2006 · 13

（总第 358-361 期）

合订本

上海文艺出版社

图书在版编目(CIP)数据

《故事会》2006年合订本.13/《故事会》编辑部编.

上海: 上海文艺出版社,2006

ISBN 7-5321-2995-0

Ⅰ.故… Ⅱ.故… Ⅲ.故事-作品集-中国-当代 Ⅳ.Ⅰ247.8

中国版本图书馆CIP数据核字(2006)第026975号

责任编辑: 鲍 放
封面设计: 李宝强

故事会 2006年合订本 13

(总第358-361期)

《故事会》编辑部 编

上海文艺出版社出版、发行

地址: 上海绍兴路74号

电子信箱: gushihui@263.net

网址: www.slcm.com

中国图书进出口上海公司发行

地址: 上海市广中路88号

电话:36357888

字数 280,000

ISBN 7-5321-2995-0/Ⅰ·2300

358

2006
SEMIMONTHLY
上半月版

1月
STORIES

百姓话题

故事会

2006 年 1 月
上半月·红版

主 编：何承伟
常务副主编：吴 伦
副主编：姚自豪（上半月·红版）
副主编：夏一鸣（下半月·绿版）
本期责任编辑：姚自豪
发稿编辑：
周 吟 吕 佳 王雅静
夏一鸣 鲍 放 梁宁宁
美术编辑：李宝强
封面插图：翁 辰
电脑制作：郭瑾玮
通 联：归依玲
本社办公室电话：021-64375030
上半月刊编辑部电话：021-64332325
下半月刊编辑部电话：021-64336469
（上海市绍兴路 74 号 邮编：200020)
主管、主办：上海文艺出版社总社

督印 发行：张 凯
电话：021-64313938
广告总代理：上海文艺广告传播中心
（上海市绍兴路 74 号 邮编：200020)
广告总监：张 淮
广告业务：021-34010383
广告投诉：021-64333738
广告经营许可证
沪工商广字 3100320050022 号
发行：中国图书进出口上海公司

手机阅读器服务商：北京掌讯远景信息技术
有限公司 客服电话：010-51196627

本刊各栏目欢迎来稿。来稿寄上海市绍兴路 74 号《故事会》杂志社，邮编：200020，请在信封上注明
"××栏目"收；本期责任编辑 E-mail 地址：yaotongzhi@vip.sohu.net

误 会

小王和小红是邻居，而且在一个单位工作，小王一直暗恋小红，但苦于没勇气表达。

一天，小王终于鼓起勇气向小红说道："那个……那个事，你知道了吗？"

小红以为说的是昨天小王家的狗咬她家狗的事，现在小王是向她道歉，于是大方地说道："哦，没什么，那只不过是两条狗之间的事而已！"

（杨思路）

（本栏插图：李 加 史 琦）

疑 问

安娜怀第二个孩子时，她八岁的儿子有时会摸摸母亲的肚子，这样就能感觉到胎儿在动。

一天，儿子在摸母亲肚子时感到没有动静，就好奇地问："宝宝为什么不动？"

母亲答道："宝宝睡着了。"

儿子想了想，然后说："您是说，您的肚子里有一张床吗？"

（沈寰宇）

感觉良好

这天，小林在车站等公交车，突然，有一个姑娘一直盯着他微笑，小林知道自己长得挺帅，吸引了姑娘的眼球，于是就原地踱了几圈，这么一来，对面那个姑娘笑得越发灿烂了，小林见了就更加起劲地在原地"踱"了起来。

这时，一旁的一个大妈对小林说："小青年，别在狗屎上踩来踩去的好吗？"

（邱士贵）

  family（家）的意思是 Father（爸爸）+And（和）+Mather（妈妈）+I（我）+Love（爱）+You（你）！ 北京 李振娇（0101）

乞丐作诗

有个花花公子把祖业败光了，只得做了乞丐沿街乞讨。一天，乞丐碰到一位农民，农民对他说："你也是七尺男子汉，不缺胳膊不缺腿，为何不自己劳动养活自己？"

这个乞丐听了，一点儿不感到羞耻，他拾了一根树枝在地上写了四句："朝吃千家饭，夜宿万户亭，未犯朝廷法，任我天下行。"

那农民看了诗后，也拾了一根树枝，在每一句诗后添了两个字："朝吃千家饭，不饱；夜宿万户亭，盖草；未犯朝廷法，还好；任我天下行，狗咬！"　　　　　（吕　吟）

螺　丝

七岁的儿子看完《机械战警》以后，就把自己当成一个机器人了，连走路的样子也模仿机器人生硬的动作。

有一天，儿子拿着一颗掉下来的牙齿走到他爸爸跟前，说："爸，你看我身上有一颗螺丝掉了。"（飞　阳）

我也愿意

婚礼上，牧师问紧张的新郎："你愿意娶杰妮为妻吗？"

一阵沉默，没有回答，牧师只好轻声提示新郎："我愿意。"

新郎立刻大声回答："我也愿意。"　　　　　　　　（陈　丰）

· 笑口常开 轻松一刻 ·

改善待遇

一位上了岁数的演员对剧院经理说："先生，我在这个剧院已经干了25年，我想，您是否可以考虑改善我的待遇？"

"没问题，今后凡是需要在台上吃东西的角色，我都让你演。"

（朱　全）

山有多高

父亲问在旅游区宾馆当保安的儿子："听说你们那里的山很高，你说说看，到底有多高？"

儿子想了想，说："有一次，我们宾馆组织打篮球，篮球从山上滚到了山沟，经理特地派了两个保安，打着背包、带着干粮下山去捡篮球了。"

（田小波）

七天前的富翁

警察在街上抓到一个冰毒贩子，当即问道"你七天前的买主是哪些人？"

冰毒贩子指着街口的一个乞丐说："他也是。"

警察："怎么？他也有钱买毒品？"

冰毒贩子说："警察先生，七天前他可是一个富翁啊！"

（柳彦鸿）

爱的选择

面对蜜蜂和蜗牛的追求，蝴蝶选择了后者，蜜蜂可想不通了，他牢骚满腹地说："蜗牛哪点比我强？选择我，咱们可以比翼双飞呀！"

蝴蝶说："我可不想再流浪了，蜗牛自己有房子，可你却一直住集体宿舍！"

（雨 夜）

等 级 差

女生们都想找到心目中的白马王子，可要求各不相同：

大专生说："我要找一个本科生。"

本科生说："我要找一个研究生。"

研究生说："我要找一个博士生。"

博士生说："我要找一个男生。"

（杜启永）

老鼠爱大米

在卡拉OK包厢里，一曲《老鼠爱大米》让一对情侣如痴如醉，女的撒娇地说道："来世你还爱我吗？"

男的一时兴起，说："如果有来世，就让我们做一对快乐的小老鼠，笨笨地相爱，呆呆地依偎，傻傻地在一起过日子，如果你病了，我就紧紧地搂着你，喂你吃老鼠药！"

（雨 夜）

6 人生无需长生不老，健康就行；事业无需惊天动地，有成就行；金钱无需取之不尽，够用就行；感情无需加蜜加糖，温馨就行；朋友无需形影不离，像你就行！ 浙江 徐月琴（0102）

蚊子的口味

几个中国学生带着一位外籍老师去吃西餐，席间，一只蚊子飞来飞去，最后在老师的脸上叮了一口，老师笑了笑说："没想到蚊子也欺生啊！"

一位学生回答道："不是欺生，是蚊子最近流行吃西餐。"

（罗琴）

静坐俱乐部

一个孕妇上了一辆拥挤的公共汽车，上车后，已经没有位子了，她站在一个年轻人身旁，一直盯着他，年轻人被盯得怪不自在的，就不好意思地对孕妇说："对不起，我不能给你让座，因为我最近参加了静坐俱乐部，真不好意思！"

孕妇说："没关系，我也参加了一个俱乐部，叫凝视俱乐部！"说完，她就一直盯着年轻人看，最后，年轻人终于忍受不了啦，站起来说："你请坐，我决定加入你们那个俱乐部。"

（唐欣）

悲　剧

小蚊子哭着回家，妈妈忙问为何而哭。

小蚊子："爸爸死啦！"

蚊妈妈："他没带你去看演出？"

小蚊子："看了，可观众一鼓掌，爸爸没躲开。"　（小辰）

不识字的害处

老师对一个读书不认真的学生说："不识字的害处很多，你能给我举个例子吗？"

学生摇摇头，一副茫然的样子，突然，一只苍蝇从他眼前飞过，他眼睛一亮，朗朗有声地说："苍蝇常常落到捕蝇纸上被粘住，最后死去，可那纸上明明写着'捕蝇纸'三个字！"

（贺吉凡）

本栏欢迎来稿，读者、作者可将有新鲜感、有精彩细节的笑话佳作投寄给我们。来稿一经采用，最高稿费为一则100元。本期责任编辑电子信箱：yaotongzhi@vip.sohu.net

找我的律师来

□ 于文君

火车站里人如潮涌，一个女子气冲冲地拖着拉杆箱，正往检票口走去。她叫王怡，买的是一张4215次列车到达终点站的车票。她走到检票口，把箱子往安检机上一放，准备过去，不料一个女安检员挡住了她，要她把挎包也放进安检机里检查。王怡说："我这是手袋，干吗要检查？再说了，前面那人的手袋不用检查，怎么我的就要检查？"

安检员一本正经地说："要你检，你就得检，必要的时候，连你的人也得进安检机！"

王怡一听安检员说话这么横，便恶狠狠地瞪了她一眼，又把手伸进自己的手袋，像是要往外掏凶器一般，当然，她摸出来的不是什么凶器，而是面纸，她用面纸擦了擦额上的汗，说："你再说一遍我听听，你要我进安检机？"

安检员冷笑了一声说："再说一遍怎么的？好像你还能掏出枪来似的。我就说了——必要的时候，你这人也得进安检机！"

王怡听她说完，回过身来，一弯腰，真的钻进了安检机，趴在安检机的传送带上，从这头进去，那头出来了。她从安检机那头爬出来后，看了看身上被弄脏的衣服，什么也不说，拖着地上的拉杆箱又走出了检票口，直接找到站长室，进了门，从手袋里拿出一只MP3，给站长放了刚才那个安检员的录音，说自己受到了不公正的待遇，她整个一个大活人，被迫通过了安检机，让她蒙受了四项损失：一、人格和心灵的损伤；二、身体受到一次不必要的放射线的侵害；三、

  别因太多的忙碌冷淡了温柔，别因太多的追求淹没了朋友；金钱不是人生的全部，无限风光就在心灵深处；停停你匆匆的脚步，勿忘享受生活光彩的赐福。　上海　梦雪（0103）

她要乘坐的列车开走了，误了她这次重要的旅行；四、她的这套进口名牌服装被弄脏……

站长看了看王怡，问她是什么意思，王怡说："索赔呗，还能有什么意思？"她拿出笔来，给站长写了一个号码，说这是她律师的电话。

站长一看，立刻意识到面前这女人不是省油的灯，只好抓起桌上的电话，拨通了那个号码，过了半个小时，一名衣着不俗的男子走进站长室，他疑惑地看着眼前的情景，然后问王怡是怎么回事，王怡指着站长，没好气地说："有你这么做律师的吗？你问他呀！"

站长说了事情的经过，最后说："律师先生，我认为，这事不构成侵权，只能说是我们的服务质量不尽如人意，也就谈不上索赔的事了。这样吧，因为你的当事人要乘坐的那趟列车已经开走了，我们给她全额退票，怎么样？"

那律师问王怡："你看怎么样？"

王怡恶声恶气地回了一句："你是律师，你说了算，干吗问我？"

律师说："好吧，那就按站长的意思办吧。"

站长在车票上签了"全额退票"的字样，两个人拿着车票走出站长室，王怡指着那个安检员说："就是她，非要检查我的手袋。"律师看了看那安检员，回头对王怡说："那你先去退票，我去去就来啊！"

律师走出去了，不一会儿买回了一束鲜花，他走到那个安检员的跟前，递上鲜花说："谢谢您和您的安检机，避免了一起妻子离家出走的悲剧发生。"律师说完话，一回头，发现王怡在他身后狠狠地盯着他，便急忙赔着笑脸，像变戏法一样，变出了更大的一束鲜花，递了过去："当然，更不能忘了给老婆买花嘛！"

王怡看着这更大的一束花，转怒为笑："臭美吧你，还人模狗样地当了一回律师呢！这次饶了你，回去给我洗衣服啊！"

（题图、插图：安玉民）

 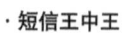
最具人气短信推荐 1月（上）

从本期起，特设短信专版，并在双页页脚刊登精彩短信，欢迎读者踊跃关注、参与我刊举办的短信征集活动！详情请见P45。

● 新年悄悄来到，快乐与你轻轻拥抱，困难见你乖乖让道，烦恼低头悄悄走掉，吉祥对你格外关照，幸福对你永远微笑！还有我时时向你发送祝福的信号。 浙江 吕渭 (0144)

● 您好，这里是中央电视台，元旦来临之际，您的好友特别为您点播一首《真的好想你》……由于系统繁忙，无法播出，麻烦你自己哼哼，谢谢！ 1306***0702 (0145)

● 当新年第一声鸥鸣惊醒沉睡的海潮，当新岁第一抹朝阳划破天边的云雾，当新春第一缕和风融化寒冷的冰霜，我的祝福已轻轻伫立在你窗前：新岁平安吉祥！ 河北 王辉 (0146)

● 祝你新年每天都快乐得像炉子上的茶壶一样，虽然小屁屁被烧得滚烫，但依然吹着开心的口哨，冒着幸福的

本期特别征集

结婚祝福——春天花会开，喜庆典礼的旺季快要到了，无数新人将会步入婚礼的殿堂，不能亲临现场的你，会用怎样的短信向他们表示祝福呢？

傻气，跳着欢快的舞蹈，心中充满浪漫的小泡泡。北京 石瑾 (0147)

● 看过最美的焰火才明白平淡更长久一点，流过最苦的眼泪才会珍惜每一份甜蜜，履行过最傻的盟约才相信真情永远不变，今生有你这个朋友倍感荣幸！ 1315***9223 (0148)

● 渴望我的祝福是明媚春色里芬芳的花蕊，在时空转换中风干，于这萧瑟冬季借美好的祝福蓬勃，为你绽放一季的温暖，盛开一年的清香，为你祝福：新年快乐！ 河北 王辉 (0149)

● 雨滴会变成咖啡，种子会开出玫瑰，旅行是一种约会，离别是为了体会寂寞的滋味。不是没人陪，只怪咖啡喝不醉，路一走就累，雨一碰就碎，只有你依然完美。 江苏 陈军 (0150)

 放下武器，我是警察，你已经被天天快乐和万事顺心包围了，只有接受祝福才是你唯一的出路，否则将会有更多的吉祥如意和心想事成包围你！ 重庆 陈安全 (0104)

善心如水

□ 许申高

入秋不久，老简开始了梦寐以求的自驾车旅游，出行的第四天，他来到了青藏高原一个人烟稀少的地方，举目四望，这一带没有一星半点的绿色，显得格外荒凉。

太阳快要落山时，前边出现了一个小村子，稀稀拉拉住着十来户人家，其中有一户人家的屋前竖着块牌子，写着几个歪歪扭扭的字："吃饭住宿补胎"，老简决定就在这儿住上一夜。

和老简一同住在这个店里的还有一个广东的胖司机。睡觉前，两人想洗个澡，可店老板告诉他俩：这一带非常缺水，水都是从很远的山里用驴车拉来的，拉一趟少说也要大半天，

所以这儿的水比油还珍贵，洗菜后的水用来洗脸，洗脸后再用来喂牲口，哪还有水洗澡？胖司机不信还有这样的事，跑到水窖那儿一看，果然是空的，只有厨房里还剩最后半桶水，结果两人脸也没洗就睡，店老板则套上驴车去山里拉泉水。

老简和胖司机睡了不多久，迷迷糊糊间突然被一阵响动惊醒，声音好像是从停车的院子里传来的。两人心里一紧：莫非有人偷车？赶紧往窗外看去，借着月光，果真发现有个十二三岁的男孩两只手上提着铁桶，钻过木栅栏，鬼鬼祟祟地来到院子里，到了车前，四周望望，然后一头钻进了胖司机的大货车底下。

男孩钻到车底下不久，突然听到脚步声，爬出来想逃，可是来不及了，老简和胖司机已经堵在了他面前。胖司机一把揪住男孩，将他摔倒在地，又

狠狠踢了一脚，然后问他："你想干什么？"

男孩双手护着头，瑟瑟发抖地说："我、我想找点水。"胖司机一时没有反应过来，吼道："扯蛋！找水怎么找到我车底下来了？还不快说实话！"男孩一下吓坏了，眼睛直勾勾地看着胖司机，颤着声音说道："我看院子里停着车，心想水箱里肯定有水，就钻了进来……"胖司机一听来火了："妈的，原来是要偷我水箱里的水！想害死我啊！我这车值好几十万，要是没水烧坏了车，找谁赔去？"说着抬腿又要踢男孩，结果被身旁的

老简给拦住了。

老简扶起地上的男孩，轻声问道："告诉我，你要水做什么用？"

男孩怯生生地说："喂驴，我家那驴已经三天没喝水，快要死了。"

胖司机听后又好气又好笑："你他妈一头驴值多少钱？总不会比我这汽车还贵吧？"

男孩突然哭了起来："这驴是用来拉水的，它是我家的命根子，要是驴死了，爸爸妈妈回来后决不会饶我……"

老简忙问："你爸爸妈妈在哪？"

男孩这才说出了原委：男孩的父母在县城打工，留下孩子在家伺候年迈的奶奶，考虑到孩子太小不能进山拉水，父母便每周回来拉一罐水储在家里，可前天早上男孩在做饭时一不小心打翻了大半罐水，水一下就紧张起来，以后好几天他就不敢给驴喂水了……

老简听了，心里酸酸的，突然，他提起男孩丢在地上的两只铁桶，钻到自己的"猎豹"车底下，拔出水管，把水箱里的水全放进了男孩的水桶里。胖司机看了，在一旁嘲弄道："你犯什么傻呀？"老简没理他，提着两桶水对男孩说："走，带我上你家喂驴去。"男孩一直愣在那里，听他这一说，才明白他的意思，高兴得不得了，带着老简掉头就走。

没过多久，老简就回到了旅店，

老板打球 (文：朱　祥；图：包丰一)

1. 一个老板在高尔夫球场打球，可是球怎么也打不进球洞。

2. 老板非常恼火，叫来了场地负责人，要求把球洞挖得像篮球架上的球篮一样大。

3. 负责人叫来员工挖好了球洞后，那个老板兴致勃勃地准备挥杆击打……

4. 负责人跑过来说："球洞变了，球也要变！"说完，他拿了一个篮球放在地上……

胖司机嘲讽着："没看出来，你还是个活雷锋啊！"老简没答理，蒙头睡了。

天亮时分，去山里拉水的店老板回来了，他叫醒老简，把老简拽到一边说道："你这人太不厚道了！"老简被弄得云里雾里："我怎么了？"店老板说："算了，不说你了，要怪只怪我们这地方穷，连个天气预报也收不了。"老简越发糊涂了："究竟怎么了？你就直说吧。"

"说就说吧，这几天你肯定知道天气预报，晓得昨晚会下冻，所以你把水箱里的水全放了。可你不像一个出门人，怎么只顾自己不管别人呢？你去看看胖子的水箱，因为没放水，水箱已经冻裂了！你说，这种鬼地方，叫他上哪去买水箱？"

店老板说这番话的时候，胖司机刚刚醒来，他全听到了，"嗖"地从床上跳下来，对店老板说道："你别怪他……告诉我，我的水箱是不是真的冻破了？"

店老板说："我还能骗你吗？要不你自己看去。"

胖司机赶紧跑到院子里看了一眼，然后顿足捶胸地嚷了起来："天哪，这地方是什么鬼天气，说冻就冻了，我这趟货算白拉了！看来这人哪，还真得有点善心才行，不然老天爷也会和你过不去呀！"

（本篇月月评短信代码：AA011）

（题图、插图：安玉民）

当今城乡差别

◆ 乡下好不容易把虫治了，城里却要买带虫眼的菜了；

◆ 乡下好不容易挂上明星照了，城里却又喜欢剪窗花了；

◆ 乡下好不容易把果子运进城了，城里却要自己来采摘了；

◆ 乡下好不容易把猪养肥了，城里却要吃素了；

◆ 乡下好不容易穿上西服了，城里却要穿对襟袄了；

◆ 乡下好不容易烫头发了，城里却把头发拉直了；

◆ 乡下好不容易学会说普通话了，城里却要学赵本山了；

◆ 乡下好不容易穿上皮鞋了，城里却要穿千层底了；

◆ 乡下好不容易进城打工了，城里却要到乡下种地了；

◆ 乡下好不容易进大城市旅游了，城里却要来吃农家饭了；

◆ 乡下好不容易出门坐车了，城里却要步行锻炼了；

◆ 乡下好不容易用上煤气了，城里却要用炭火烧烤了；

◆ 乡下好不容易有存款了，城里却要贷款了；

◆ 乡下好不容易兜里有钱了，城里却流行刷卡了。(推荐者：孙美玲)

为 了 孩 子

◆ 为了孩子能当上飞行员，老鼠嫁给了蝙蝠；

◆ 为了孩子生下来就有房子住，寄居蟹去河蚌家做了上门女婿；

◆ 为了孩子天生就富贵，狐狸嫁给了金钱豹；

◆ 为了孩子能"农转非"，仙鹤娶了本地的老母鸡；

◆ 为了孩子能有点人模样，狗和猴子成了亲；

◆ 为了孩子能不同凡响，蚯蚓和响尾蛇私奔了；

◆ 为了孩子一生下来肚子里就有点墨水，鳄鱼娶了乌贼；

◆ 为了孩子能说会道，鹌鹑嫁给了鹦鹉；

◆ 为了孩子不去网吧在家也能上网，麻雀娶了蜘蛛；

◆ 为了孩子能长寿，青蛙嫁给了乌龟。

(推荐者：夏 絮)

(欢迎读者为本栏目推荐新鲜有趣的幽默格言、俏皮话和顺口溜。来稿请寄：上海市绍兴路74号《故事会》杂志社，邮编：200020。请写明姓名和联系方法，并请在信封上注明"快乐辞典"字样。电子邮件请发 yaotongzhi@vip.sohu.net)

14 当你一个人空虚寂寞时，吃西瓜是你最好的选择：你可以用小刀割它削它还可以砍它，这时的你就可以发泄一下，大喊：我杀瓜！我杀瓜！ 广东 王波 (0106)

百姓故事

(1)
(2)

　　书中所列的百姓话题有三十个之多，诸如话说"当官的"、话说"发财"、话说"球迷"、话说"妻子"、话说"打工"等等，每一个话题都以一种朴实亲切的叙述方式，通过一则则情节性强、生动有趣的小故事揭示问题，形象地道出老百姓要说的心里话。都是老百姓自己讲述的故事，都是讲述老百姓自己的故事。

名作故事

　　汇集了经过精心修改包括美、英、法、德、日、俄等国名家大师的作品，其情节或紧张奇特，或真切动情，或谐趣幽默，或荒唐却耐人寻味，既简练明朗，又保持了原作之精华。

笑话故事

　　是从《故事会》十几年来的作品中遴选出来的笑话精品，共600余则，全方位地折射了社会、艺术和人生，作品趣味盎然，回味无穷。

谜案故事

　　收入的90则作品都是世界著名谜案故事，主人公除了名侦探福尔摩斯外，还有怪盗英雄、强悍警察、著名律师等等，他们八仙过海，各显神通，是一本谜案故事的精萃之作。

当代传奇故事

　　优秀的传奇故事能给人以悲喜、惊恐、神秘等强烈而多变的阅读快感。本书每则故事无不以"奇"作为情节的核心，让人读来欲罢不能。作为"故事会爱好者丛书"中的一种，本集子相当具有代表性，故事的特点，《故事会》的风格，从此书可窥一斑。

发财故事

　　发财，自古以来人皆往之，因此发财故事也就在民间绵延不绝。本集36则发财故事分六大类：因财起祸、生财之道、天落横财、发财恶梦、飘忽财运、钱难通神等。故事生动，通俗可读。

旅途故事

　　46则旅途故事，让人在应接不暇的情节、人物中体验生活、体验社会、体验人生，从而拥抱生活，拥抱明天。作品充分运用了故事艺术的诸种表现手法：悬念、对比、误会、包袱……情节跌宕起伏，引人入胜。

喝酒故事

　　酒这东西，自古以来人们就对它褒贬不一，毁誉参半。本集古今中外64则喝酒故事，或喜或悲，或辛或酸，或啼笑皆非，按内容分为"因酒生事、借酒陈言、醉酒出丑、酒水糊涂、酗酒丧身、荒唐赛酒"等六类。

说大事、小事,普通人的身边事
讲闲话、实话,老百姓的心里话

又是一个祥和的年

有一则短信是这样说的:"月亮升起来要一天,地球公转要一年,想一个人要24小时,爱一个人要一辈子,但说一句祝福的话只要一秒钟:'过年好!'"

过年好,过年的感觉真好!五千年中华文明史的灿烂光辉在这瞬间得到了最经典的诠释,三百六十五天辛勤劳作的疲惫身心在这里得到了最舒心的抚慰,岁月的枯荣、生活的沉浮化成了甜蜜的一杯美酒,亲朋的恩怨、家庭的苦甜替换成温馨的一声祝福!

有这么一则传说:有个青年到南方去做小生意,没想到赔了,血本无归,债台高筑,快过年了,可他连回家的路费也没有,绝望中他给母亲写了最后一封信,说是如果他春节不回家,可能就永远不回家了,请老人珍重,忘掉他这个不争气的儿子。远方乡下的母亲收到信后痛哭欲绝,她从抽屉里找到一张已经有些泛黄的贺卡,含着眼泪在贺卡上歪歪扭扭地写上一行留言:"孩子,你不回家,妈也不想活了。"母亲写完后挂着拐杖,冒着纷纷扬扬的大雪,赶到

几十里外的镇上，把那张贺卡丢进了邮电所外的邮筒里……

黄昏的时候，邮电所里的人在分拣邮件时发现了这张没贴邮票的贺卡，老所长不顾严寒赶到县城，颤抖着手把这张特殊的贺卡交给县邮局的领导，领导破例在贺卡上盖了鲜红的邮戳，还在空白处郑重地写下一行小字："这是一张生命贺卡，望能迅速投递。"落款是："县邮局全体同仁。"

就这样，这张贺卡十万火急地从县到了市，又从市邮局转送到远去的列车上……那个在南方的青年是在四天后的深夜收到这张贺卡的，那时，他蜷缩在一个小旅馆的通铺上睡熟了，睡眼惺忪的旅馆老板叫醒了他，说："有你一个邮件，邮递员非要亲手交给你。"当青年看到这张辗转万里的贺卡上母亲的留言、陌生人留下的小字时，他哭了。旅馆里的其他客人闻讯后围了过来，他们看着这张泛黄的、没贴邮票的贺卡，纷纷掏出钱放到青年的面前，说："回家去吧，你妈等着你过年呢。"当天夜里，青年怀揣着那张贺卡，踏上了北归的列车……

又是一个祥和的年，今天，我们就来说几个过年的故事……

第一个故事

好大哥，你回来过年呀

在一个三省四县交界的偏远山区，发生了这样一件事：大年三十晚上，路上行人稀少，有一个跛腿汉子，扶着辆拉客的旧"摩的"，在寒风中等着生意。他大概是想通了：只要能挣到钱，哪天不是过年？

一会儿，走来了一个身背行李的外地汉子，跛腿汉子问他去哪里，外地汉子拿出了一本地图册，凑着路灯的光，用手指在上面点了点："杏花。"

"杏花屯？"跛腿汉子怔了怔，随即就报了路程和价钱，外地汉子二话没说就上了车。

山路上静静的，一路上跛腿汉子便没话找话儿地唠嗑起来，他一开口，外地汉子也憋不住打开了自己的话匣子。这样聊着话儿，车子很快就绕过了山冈，眼前出现了一个小村子，有户人家门前还挂着两只红灯笼呢，可这时跛腿汉子却磨磨蹭蹭起来，说是走错道儿了，于是赶忙掉转车头，拐上了另一条岔路。没想开了一会儿，"摩的"又磨磨蹭蹭地停了下来，就这样停停开开，开开停停，等转过山坡，外地汉子抬头一看，嗨，两只红灯笼！这家伙折腾来折腾去，竟然是玩了一场"兜圈子"的把戏！

外地汉子恼了，正要发作，跛腿汉子却指着前面开了口："兄弟，到地

 都说流星可以有求必应，如果可以，我愿意在夜空下等待，等到一颗星星被我感动，为我划过星空，带着我的祝福落在你的枕边。生日快乐！ 广东 陈记锋（0107）

方啦，这儿就是杏花屯。你大老远的，今晚要是没地方落脚的话，不如就在我家过个年吧，你瞧，就是门前挂着两只红灯笼的那家。"

外地汉子正朝前面张望着，跛腿汉子却扔下他走了，说是还要去拉客。

外地汉子有点犹豫不决，他想了想，还是走进了村子，敲响了那家的门，片刻，一个年轻女人开门迎了出来，没想一照面，两人都瞪大眼睛愣住了："春柱！是你？""杏花！你可让我找苦了……"接着他俩又捶又打地抱作一团，哭着说起了这一年来的离情别意。

杏花和春柱本是一对恩爱夫妻，但两人都是偏性子，一年前为生活琐事拌嘴时，春柱打了杏花一巴掌，杏花从小没爹娘，性子刚烈，一气之下，便离家远走，从此就断了音信。春柱懊悔不迭，于是也背井离乡，走上了千里迢迢的寻妻之路，每到一个地方，他都是一边打工谋生，一边寻访妻子的下落。一年来，他找遍了这三省四县的山山水水、街头村落，想不到天下竟有这么巧的事儿，今晚，春柱按地图册点了个和"杏花"同字的地名儿，居然真的在这里找着了妻子杏花！

春柱说了今晚自己一路上的事儿，然后问妻子咋会流落在这里，杏花叹了一口气说："多亏了他呀，他是

个好人。"

"他是谁呀？"

"听你刚才说的那模样儿，一准就是他开'摩的'送你来家的……他叫李贵。"接着，杏花说了她一年来的经历：

离家后杏花本想在外打工谋生，几经挫折后她开始思念春柱，想回家却又抹不开面子，偏偏就在这时，她遭遇意外车祸，而肇事司机却逃逸

了，生命垂危中，她被正巧路过的李贵送往医院输血抢救。为了不让杏花瘫痪，李贵毅然让大夫从自己的腿上剜下一块骨头，接好了杏花那条被轧断的右腿，而他自己却从此变成了个跛子。为了谋生，也为了挣钱给杏花治伤养身子，李贵这才开起了"摩的"，在风里雨里拉客送客。杏花觉得今生无以报答，于是暂时留在孤身一人的李贵身边，为他洗衣做饭料理家务，尽尽自己的一点心意，而李贵曾在杏花那里看到过她和春柱的合影照片，刚才一路上春柱又说了那么多，他早就认出是谁了。春柱想起今夜路途上李贵的情形，顿时明白了，唉，在这合家团圆的除夕之夜，李贵要把一个鲜活的女人还给别人，而自己却默默地选择离开，那内心经受了怎样的煎熬呀！

望着门外越飘越密的雪花，春柱百感交集，泪如泉涌，他走到门外，朝着远方高声呼喊："李贵，我的好大哥，你回来——回来过年呀……"

第二个故事

躲债"躲"出来的稀罕事

老刘在这城里也算是个有头有脸的人物，可他运气不好，几年前承包了一条公路的工程，公路修好了，可对方就是欠着钱，数目还不小，78万。老刘手头没钱，无法打发那些为他修路的工程队，一到年关，债主们都排着队上门讨债，今年是第三年了，没办法，他只好又出去躲债了。

这天是腊月二十四，按往常经验，也是最不好熬的日子，债主会成群结队地堵门口。天还没亮，有人敲门，老刘的老婆开门一看，只见门外站着一人，五十出头，农民装束，手提一个皮箱，那人进屋后拉开了皮箱的拉链，不得了，满箱的百元大钞，那人说："70万现款，请弟媳过目！"老刘的老婆吓傻了，忙问怎么回事，来人说："弟媳不必多问，但愿我们后会有期。"他说完扔下钱后就扭头走了。

这一切来得太突然，老刘的老婆马上打电话让男人回来，老刘回到家中，听老婆一说，顿时流下了眼泪："是他，是他啊，好人哪！"

事情是这样的：老刘这次出门，说是躲债其实先是去讨那笔债了，欠他钱的是一个姓康的老板，住在省城长沙。到了康家，老刘见客厅里还坐着一个陌生人，康老板也在，凭心说来，康老板也是个本分人，过去都是很好的朋友，他也是没法，才欠了款。这次，康老板咬着牙拿出了12万，让老刘和在座的那个陌生人各分6万，回家过年。

老刘拿到了6万块钱后就找了一家旅店住下，午饭时分，去餐厅吃饭，一抬眼，见不远处的一张桌旁坐着一人，正是在康家见过的那人，老刘上

一手好字，被电脑废了；一手好拳，被骰子废了；一个好胃，被酒给废了；一个好家，被情人废了；一个好领导，被人民币废了。(0108)

前打了个招呼，于是两人要了一瓶酒和几样好菜，一边喝一边聊了起来。那人说他叫黄连富，怀化人，三年前承包一条乡级公路的工程，路修好了，也是收不到钱，也是年年讨债，年年躲债。

一根藤上的苦瓜，难兄难弟啊，两人都有无限感慨，于是交换了名片，称兄道弟。喝到八成醉意的时候，黄连富突然开了口："兄弟，我有一个想法，不知能说吗？"老刘要他快说，黄连富就说了自己的主意：眼下两人手头都只有6万元，成不了什么事，如果合在一起，就能解决一个人的问题。他的意思很明白，就是要老刘把这6万元先给他用。

话说到这份上，酒喝到这劲上，说个"不"字不容易，老刘为人仗义，再一想，觉得这6万元自己也确实派不上什么大用场，还不如成全他；再说，有康老板在，对方也跑不到哪儿去，于是就把自己的钱给了他，黄连富十分感动，千恩万谢。

老婆说的这人正是黄连富啊！猛然间，老刘想到了一个问题：黄连富这几天里一下子从哪儿弄来了70万呢？是

不是想急于帮我，去持刀抢劫了？去坑蒙拐骗了？如果真是这样，我岂不害了他？这么一想，他更急了。

其实，黄连富这时果然进了派出所：那天，黄连富带回12万元后就还了债，想到老刘如此仗义疏财，就每天烧高香求菩萨保佑他，每天绞尽脑汁想把他"救"出来，可手头没钱，急也白搭。

黄连富住在郊区，前些天的一个晚上，他外出办事回来得晚，快进村时，后面开来了一辆摩托，再一看，摩托车的后面有一辆警车在追，他马上闪在一棵大树后面，借着月光一瞧，

开摩托车的那人是认识的，是村里的一条恶棍，这家伙平时偷抢拐骗，无恶不作。也就在这时，稀罕事来了，这家伙见警车追得紧，就把一个黑皮箱扔在路边的草丛里。等车子开走后，黄连富把皮箱带回了家，一看，我的妈，成捆成捆的百元大钞，数了数，70万元啊！里面还有失主的身份证、名片等，事情明摆着，是村里这家伙抢了别人的钱。黄连富想来想去，想出了一个不是办法的办法：先把这钱送给老刘，有什么祸事我一人担着。

黄连富把钱交给老刘的老婆后就去派出所报了案，派出所把抢劫的那家伙抓来一审，案子水落石出，公安谢了黄连富，并要他交出钱款，黄连富把头一扬，说："钱我挪用了，要帮我一个兄弟。这钱我会还的，你们要怎么就怎么吧。"无论公安怎么给他做工作，他就是一声不吭。

就在这时，老刘风尘仆仆地赶来了，他把70万元交给了公安，公安清点后就让他们走了。两人到了黄连富的家，千言万语，说不够，道不完。这当儿，又有人敲起了门，敲门的是一位广东人，提着一只黑皮箱，他就是失主，是来向黄连富道谢的。他听了事情的前因后果后"哈哈"大笑，对老刘说："这个世界真是太小啦，那个欠你钱的康老板我认识啦，我也欠他35万啦，这样好啦，一会儿我给他打

个电话，就说我欠他的钱还给你啦！"说完，这个广东老板就把箱子里的钱数了一半给老刘。

老刘意外得到了这笔钱，真是喜出望外，他连声道谢，广东老板乐呵呵地说："不用谢啦，你们都是好人啦，好人就有好报啦！"

鞭炮响了，过年啦！

第三个故事

好好给你拜个年

有个双眼失明的残疾人叫庞吉生，他在城里苦苦奋斗了好些年，如今他开的"盲人按摩房"生意非常好，赚了不少钱。这年过年，他第一次带上妻儿回到了湘西老家庞家寨。大年初一那天，一家三口提上礼包，挨家挨户去拜年。

庞吉生最初创业时，老家的三伯父没少支持他，还陆陆续续给他筹措了三万块钱，他这次回来，最主要的就是为了看望三伯父，不料家里人告诉他，三伯父老夫妻俩让女儿接到深圳去过年了，庞吉生一听，便让老婆把多带的一个礼包留在家里。

八岁的儿子阳阳赶紧接了话茬："爸，你没弄错吧？昨天来时我数了，寨子里有十一户人家，你才准备十个礼包，幸好三爷不在家，要不就少了一个，哪还有多的？"庞吉生说："小孩子你懂个啥？爸能弄错吗？"阳阳

没再说话，心想可能是自己数错了。

庞吉生走出家门，一旁就是邻居庞诚的家了，庞诚和庞吉生年纪相仿，早些年在外打工，后来患上重病回到了家里，从此卧床不起，一直由年迈的母亲照顾着，母子俩日子过得非常艰难，可令人奇怪的是庞吉生出门去拜年却没有进庞诚家的门，而是一直往前走，好像这户人家根本就不存在似的，阳阳心里犯了疑，问道："爸，这一户不走吗？"庞吉生说"小孩子管哪么多干啥，跟着走就是了。"

走完寨子里其余的九户人家，才下午三点，庞吉生两口子和几个亲友在一起聊天，阳阳一个人没趣，出于好奇，就悄悄来到了庞诚的门前，透过窗户，阳阳看见这户人家的屋子里空空荡荡，一贫如洗，床上躺着一个骨瘦如柴的病人，旁边坐着他的娘，他娘愁眉苦脸、憔悴不堪，那份凄凉让阳阳看得心酸，阳阳想：爸妈怎么就不给这户人家拜年？他灵机一动，突然生出一个念头，回到家里，趁人不注意，偷出了那个留在家里的礼包，随后又来到了庞诚的家，一进门，阳阳

就喊道："奶奶，叔叔，给你们拜年！"接着就说他是庞吉生的儿子，是特地来拜年的。庞诚好像还不大相信阳阳的话，他问道："谁让你来的，是你爸吗？"阳阳点了点头，庞诚一听，激动得再也说不出话来，只有泪水滴滴答答地淌着。

第二天，庞吉生一家三口要回城里，收拾东西时，发现那个礼包不见了，阳阳说了真情，庞吉生一听勃然大怒："你小子……你知道爸的眼睛是怎么瞎的吗？本来我不想告诉你，但今天我不得不说了。"

原来，庞吉生十二岁那年，过春节时和庞诚一块儿玩，不想让庞诚用爆竹炸伤了眼睛，那时两家都很穷，

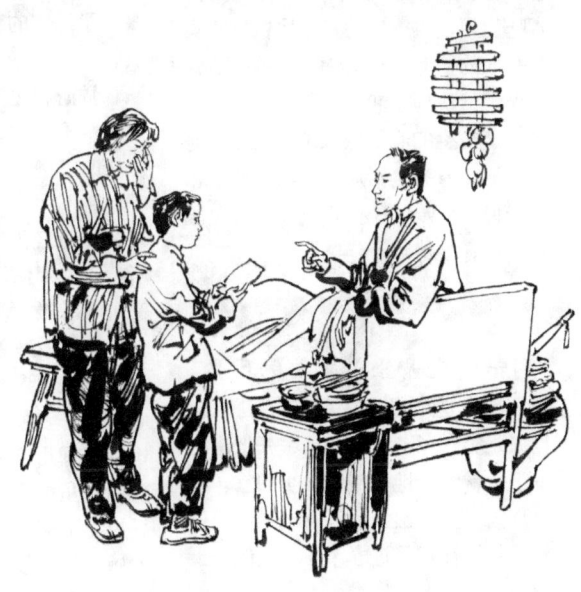

拿不出钱来治，后来感染化脓，一双眼睛就瞎了，从此，两家再也没有来往。

阳阳听后十分震惊，他要讨回那个礼包，结果被庞吉生拦住了："算了，礼包事小，只要你知道不是爸的错就行了。"

一家人上路了，刚出寨子，远在深圳的三伯父突然给庞吉生打来电话拜年了，寒暄过后，三伯父问："这次回家过年，你去看庞诚了吗？唉，这事也应该跟你说了……"庞吉生问什么事，三伯父说："你知道庞诚是怎么病的吗？他是累病的，自从你的眼睛失明后，他的心一天也没安宁过，为了挣钱，他在外卖了十年的苦力，省吃俭用，我给你的三万块钱，其实都是他的，他想交给你，又怕你不肯接受，就找到了我……"

庞吉生的心被深深地震撼了，他和三伯父通完电话后，突然对妻子和儿子说："今天不走了，跟我去庞诚家，好好给他拜个年！"

第四个故事

别错过生命里最重要的团聚

沈庆是个出生在乡下的穷孩子，也许是穷怕了，自从在县城开上出租车后，就没命地挣钱，很少回家。除夕那天早上，娘给他打来电话，说他好几年没在家里过春节了，让他今天

不管天大的事，也得赶回老家去吃顿团圆饭。沈庆心想：这大过年的正是拉客赚钱的好机会，哪能放着钱不赚？他便对娘说："娘，别等我吃饭了，我忙完了生意尽早赶回来。"气得他娘差点要骂了。

通完电话，还没拉上客，沈庆的手机响了，打电话的那人叫周游，是沈庆高中时的同学，毕业后又在一块儿开过出租车，两人关系很铁，后来周游外出打工，从此失去了联系。周游刚才打电话到沈庆家里，沈庆的娘说了电话号码，这才联系上了。

两人在火车站见了面，寒暄一番后，周游说他今天有事，要包沈庆的车，他问好了价格，硬是把600块钱塞到了沈庆的手上，沈庆拗不过他，只好开车。

周游和沈庆的家同在一个乡，两家相距不到3公里。跑了一个多小时，沈庆的家倒是先到了，周游说："这样吧，路不远了，让我来开，你回家等着，到时我再给你打电话。"沈庆一听，正中下怀，既没让车闲着，自己又能回家吃团圆饭，于是他就下了车，让周游开着车走了。

沈庆回到家里，一家人别提多开心了，他爸说："你娘等你回家吃团圆饭都等好几年了，你说不回来，她躲在厨房里抹了好半天的泪呢。"一番话说得沈庆的心里酸酸的，他上前扶着娘的肩，眼泪"吧嗒吧嗒"直淌。

我今天把祝福埋藏在雷峰塔下，积攒，珍藏，希望有一天渗过西湖水而漫溢出来，浓浓地飘荡在那浩瀚的碧波上，随着两岸的绿柳舞起，静静地带给你！ 河南 代培刚（0110）

沈庆在家吃过年饭后，周游还没打来电话，这时沈庆就多了一个心思，他总觉得周游有点怪怪的，按理说回家过年，总是大包小包的，但周游除了肩上一个小挎包外，再没任何东西，根本不像回家过年的样子。沈庆心里犯疑，怕出什么意外，好在周游所在的村子不远，他就急急赶去，进村一打听，村里人说："他开车往山那边去了。"

沈庆不由一怔，心中的担忧又多了三分，他急忙顺着那人所指的方向往山上走去，不知不觉就到了山顶，抬头一望，一眼就看见了自己的那辆出租车，车子一旁，周游正痴痴呆呆地坐着，他面对的是一座荒坟。

他千里迢迢赶回来，就为在除夕这天和一个死者相聚？

沈庆轻轻地走过去，挨着周游坐了下来。周游望着沈庆，突然泪如雨下，他说："这里有我的母亲，这些年我在外面闯荡，一心想挣够了钱回家孝敬她老人家，老母亲等啊等，整整等了五年。前年除夕，她又在村口等我，等到天黑也不见着我，就失望地往回走，没想到一跤跌倒，再也没爬起来……"

听完周游说的事，沈庆的心酸酸的，再细想周游今天的种种怪异之处，他似有所悟，一把拉住周游的手，问："兄弟，跟我说句实话，你今天为什么非要包车呢？是为我吗？"周游淡淡一笑，说道："我下火车后，想和你联系，就把电话打到你家里，结果你母亲和我唠叨了好半天，都说哭了。你母亲的那份等待和期盼，和我当年的母亲一样呀，于是我就想出了个包车的主意，要不然，也许你会为了这一天的生意，像我一样错过生命里最重要的一次团聚。"

开篇故事作者、推荐：梅子、林冠其；"好大哥，你回来过年呀"作者：叶林生；"躲债'躲'出来的稀罕事"作者：孙新华；"好好给你拜个年"、"别错过生命里最重要的团聚"作者：王国玫。

下期话题："情人节"里的中国故事

（题图、插图：刘斌昆）

征稿

《百姓话题》是我刊精心打造的一个经典栏目，我们热忱欢迎广大作者来稿。该栏目题材不限：社会热点，人间冷暖，街谈巷议，家事国事，古今中外，天南地北，尤其欢迎富有时代新鲜感、为老百姓所喜闻乐见的题材内容。

来稿要求短小精悍，一般在2千字以内；每篇都需要有一个新鲜、奇巧的核心情节。

本栏目优稿优酬。来稿可从邮局寄发，也可发电子邮件（E-mail地址：yaotongzhi@vip.sohu.net），请在信封或电子邮件的主题栏内注明"百姓话题"字样。

非法闯入

□ 王明新

本来这是一个很平常的晚上，没有停电没有停水，下水管道没有堵塞，邻居没有吵架，也没有发生月食、天上降流星雨或者大风降温等等情况，如果说和以往有什么不同的话，就是妻子和儿子都不在家，使这个晚上更加冷清、更加没有发生故事的可能。让我感到欣慰的是：当天晚上电视里将要播出一场让世人瞩目的泰森和霍利菲尔德的拳王争霸赛，这是我盼望已久的一场世纪大战。我是个拳击迷，如果非要让我选择，我宁可扣掉全年的奖金，宁可出一次不太大的车祸，宁可和妻子分居三个月，我也要选择看这次拳赛。

我早早吃了饭，烧好水，泡了一壶茶，舒舒服服地坐在沙发上，等待这场世纪之战的开始。

就在这时，有人敲门，这使我感到沮丧，这时候不管谁来我都不欢迎，可敲门声还在继续，于是我就无可奈何地去开门，一看，是一个陌生人，他未经我允许就像个老朋友似的走了进来，我问道："你找谁？你走错门了，我不认识你，请你出去。"那人看也没看我，也不回答我的话，一直走进客厅，在沙发上坐下来，端起我刚刚沏好的一杯茶一口气喝了个底朝天，看来他是真的渴了。我开始仔细打量他，我想，他会不会是我不太熟

  有一把雨伞撑了许久，雨停了也不肯收。有一束花嗅了许久，枯萎了也不肯丢。有一种朋友希望做到永久，即使青丝变白发，也能在心底深深地保留。　广州 邓伟玲（0111）

识、但和我有某种关联的人？还真有点面熟，我肯定在什么地方见过他。

这时候，那人说话了："你确实不认识我，我为什么走进你家而没有走进别人家，这完全是一种偶然。我是个在逃犯，我杀了人，警察正在追捕我，不过你不用怕，我身上没有枪，没有匕首，没有任何凶器，我没有办法伤害你，我也不想伤害你，我只是饿了，如果你能出于人道主义的考虑给我提供一些食品的话，我想在你这儿补充点热量，我想你会的。请你看着表，现在是8点10分，我不会在这儿呆得太久的。"

想不到眼前这非法闯入者竟然是个杀人犯！这时候我才注意到这个陌生人嘴唇干裂，面色蜡黄，头发长而零乱，衣服肮脏，裤脚和鞋子上沾满了泥，看样子他逃了已经不是一天两天，至少在一个月以上，现在他实在支持不住了，才冒险闯到我这里，想休整一下后继续与警察周旋……

我正这么想着，那人已经在另一边的沙发上坐了下来，而这时，泰森已经出场了。在我的印象中，泰森获得世界最重量级拳击冠军时年仅20岁零145天，是世界上最年轻的重量级拳王，他曾以37场连续不败、其中34场击倒对手获胜的战绩称霸拳坛，但也是在他最辉煌的时候，东京一战败在道格拉斯拳下，之后被一位美国小姐指控犯有强奸罪而被捕入狱，度过

了几年铁窗生涯，这次是他出狱后的第五场还是第六场比赛我记不清了。这次拳王争霸赛，在前几场中，他都是以闪电般的绝对优势结束战斗的，这令观众非常失望，他这次的对手是霍利菲尔德，舆论界一致认为他们两个胜负的比例是10：1，当然是泰10霍1，可我太想让霍利菲尔德赢了，好教训教训泰森这个不可一世的家伙！

这个时候，电视荧屏上泰森和霍利菲尔德的争霸战已经开始，泰森还想采用他的老战术，一开始就对霍利菲尔德发起了旋风般的进攻，期望在前几十秒钟或者一两个回合里就将对手击倒，甚至打得爬不起来。果然如人们预料的那样，霍利菲尔德不是对手，他虽全力以赴防守，还是挨了不少拳头。挺住，挺住，我在心里默默地为霍利菲尔德加油，还好，霍利菲尔德总算顽强地抵抗住了泰森疯狂的进攻，第一个回合结束……

我的注意力全集中在电视机上，那个陌生人见我没说话，便又开口了："你不要不理我，也许我会让你发一笔财，因为我改变了主意，我不想再跑了，我已经受够了这种胆战心惊的逃亡生活。我们那个城市的公安局已经悬赏1万块捉拿我，让我吃饱了你就可以去报警，你就可以拿到那1万块钱了。你这里一定有电话，只要你按下几个号码就大功告成了。"

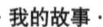

我渐渐想起来了，眼前这人，不正是警方在通缉的在逃杀人犯吗？大约两三个星期前我看到过通缉令，他进来决不是为了让我发财的，而且他也不会真的不想跑了，如果这样的话，他完全可以去自首，那样就省去了许多麻烦，这肯定是一个阴谋，但我不想报警，因为警察一到，这儿就会有一场好戏看，而这场盼望已久的拳赛肯定就泡汤了，这在别人看来或许无所谓，可对我来说比杀了我更难受！

我对他说我不会报警，我只是想看这场比赛，是泰森与霍利菲尔德的一场世界拳王争霸赛。我递给他一只空杯子，说暖瓶里有开水，冰箱里有面包和香肠，让他随便吃，吃多少都行，但不要影响我看比赛。陌生人看了我一眼，先从暖瓶里倒了一杯水，然后从冰箱里拿出面包和香肠狼吞虎咽地吃了起来，他不断地吞着，又"咕咚咕咚"地大口灌着水，吃得津津有味，连看都不看我一眼……

比赛已经到了第三个回合，霍利菲尔德继续挨打，但他已不是一味的防守，而是开始守中有攻了，他躲过泰森一击重拳，同时回了一个漂亮的上勾拳，我忍不住叫了一声"好"。这时，陌生人也已经吃饱喝足了，他用手抹了抹嘴巴上的面包屑，说："谢谢你的款待，现在你可以去报警了，我不会走，也不会反抗，我等着他们的到来，不过，我马上就要进局子了，现在早已进入冬天，可我身上还穿着秋天甚至是夏天的衣服，我想那里面不会有人送我衣服穿的，那1万块钱你不能拿得过于便宜，我的意思是你能不能送我几件旧衣服，我不要好的，只要能挡寒就行。"

我一边盯着电视看比赛，一边嘴

粽子被包子打了，带来一帮兄弟报复，命令凡头上带花的一律暴扁。小笼包葱煎包无一幸免。当烧卖被逼到墙角时，烧卖撕开衣服露出糯米大叫：我是卧底！　武汉　菲菲（0112）

里答应着他的要求，后来我就利用比赛间隙找了一件大衣扔给他，他立刻就穿在身上了。

比赛在令人近乎窒息的气氛中紧张地进行着，在这一回合中泰森被击倒了，我激动得从沙发上跳了起来，裁判给泰森数秒，泰森表示可以继续比赛，可这时电视信号却突然中断，屏幕上一片雪花，接着电视屏幕上出现一行字："因信号中断请稍候。"

陌生人看了看墙上的石英钟，说："本来你现在就可以去报警了，我想你早就想这样做了吧？你既想尽快得到那1万块的赏钱，也不想让一个杀人犯在家里呆着，我说得不对吗？只是自由的日子对我来说不多了，你就让我在这儿多呆一会吧，再说现在电视没了信号，有人给你作伴总比你一个人呆着强，你不想听听我的故事吗——我为什么杀人的故事？"

我说本来我对他的故事不感兴趣，只是现在电视信号中断了，反正无事可做，听听他的故事也未尝不可。

陌生人说："好。我杀人没有任何原因，这只是我的一个爱好，几天不杀人我就会感到手痒难耐，就像吸烟或者吸毒的人上了瘾。我这样说你不要害怕，我不会杀你的，你给了我饭吃，又送给我衣服穿，而且我身上没带任何凶器，往后我再也不能杀人了，因为只要你一报警我马上就会被逮捕，他们已经追捕我很久了，我也想歇歇了……"

电视出现了信号，比赛继续进行，在这一回合中泰森被一套组合拳打得摇摇晃晃，最终栏绳救了他，使他没有倒下去，恰在这时到了一个回合结束的时间，陌生人站了起来，又看了一眼墙上的钟，说："现在你可以去报警了，不过现在是9点20分，也就是说我在这里已经呆了一个小时零十分钟，只是如果现在你报警的话，是不是有了包庇杀人犯的嫌疑？你想想，一个杀人犯在你家里呆了这么长时间，你还给他饭吃，送他衣服穿，为什么不早报警呢？你肯定说不清楚，而当你报了警接受调查的时候，对每一个细节都要说得明明白白，也许你会说是为了稳住我才这么做的，但是警察没这么傻，他们不会轻易相信你的话，当然这只是我善意的劝告，如果你不怕惹上包庇杀人犯的嫌疑的话就去报警吧，我不会食言，但是如果你害怕了就算啦，谁也不会知道我到这里来过，明天你就把这事忘了好啦，就像什么都没发生，谢谢你的款待和衣服，我该走了。"

陌生人说了这番话后就向门口走去，我仍然坐在沙发上，动也没动。等他走到门口要拉门的时候，我开口了："刚才我把门反锁上了，这是出于对你安全的考虑，让我给你把门打开。"陌生人听我这么一说就站住了，

他回头看着我，不过比赛马上就要结束了，泰森这个不可一世的家伙马上就要输了，他输定了，我敢说！是的，我不会报警的，我从来就没想到过报警，我不是一个贪财的人，再说钱算什么？用不着的钱和粪土没什么两样，我认为！

我对陌生人说："你再等我两三分钟或者更短的时间，比赛马上就要结束了。"

陌生人看了看那个门，笑笑说："你想得真周到，不过我现在没工夫陪你了，立即把门给我打开！"现在，他完全换了另一副脸色，眼露凶光，满脸杀气！

电视荧屏上的泰森终于招架不住了，裁判终止了比赛，霍利菲尔德欣喜若狂地挥动着双手走下拳台，一个黑人妇女激动得热泪盈眶，紧紧地抱住了胜利者，我想，她一定是霍利菲尔德的妻子。

我站了起来，说："那个门没有反锁，我只是和你开了个玩笑，不过你走不了啦！"说着，我掏出了手枪，把枪口对准了陌生人……

陌生人吃惊的程度绝不会亚于亲眼看到跑着的火车突然直立着站了起来！

我笑了笑，说"自你一进来我就没打算再让你自由地出去，之所以没有马上逮捕你，是因为我不想耽误了看这场比赛，我比任何球迷都更加迷恋拳击，不然我怎么会成为我们市拳击协会的副主席呢？把手举起来吧，伙计，你撞到枪口上了，这下你明白了吧，我是个警察，而且还是个非常优秀的警察，你不这样认为吗？"

（本篇月月评短信代码：AA012）

（题图、插图：魏忠善）

思念是一季的花香，漫过山谷，笼罩你我，而祝福是无边的关注，溢出眼睛，直到心底。一切的美好源于真挚和坦诚，祝你开心！　上海　冯文静（0113）

回家的路
好长

□ 江　薛

杨大炮的女人贺二芹是个哑巴，结婚二十多年，杨大炮看老婆是越看越不是滋味，尤其是几年前他在县城有了固定的活儿，又结识了邻县一个风骚女人，这以后，就更不把贺二芹当人了。想当初，要不是杨大炮穷得连睡觉的地儿也没有，才不会去抱个哑巴睡呢！

尽管恨得牙根痒，但杨大炮是个聪明人，一是不会伙同情人杀了贺二芹，他知道警察不是省油的灯；二是不会蛮横地把她扫地出门，他怕儿子埋怨和邻居们戳脊梁骨。怎么办？没想到机会来了，春节前，在广东打工的儿子打电话回来，说让杨大炮带着他妈去他那儿过春节。儿子两年没回来过了，想一家人聚聚，也想让爸妈见见外面的世界。

杨大炮一寻思就乐了，心想：要是哑巴女人既不是被杀也不是被赶，而是自己不小心"走失"，那谁能把责任扣到我杨大炮头上？于是，杨大炮便答应了儿子，带着贺二芹坐了十几个小时的火车来到广州，一下火车，杨大炮骗贺二芹，说是去给儿子打电话，把贺二芹安排在一家小饭馆里，自己就逃了。

杨大炮兜里揣着儿子的电话、地址，其实儿子离广州还远着，得再坐五六个小时的车才到。杨大炮生怕贺二芹追上来，挤人群，穿小巷，好一会儿才停住脚步，心想：这回总该彻

底甩脱了吧！他知道贺二芹不识字，怎么着也找不到回家的路，而且她又是哑巴，无法向别人说清楚来龙去脉，而自己可以向儿子解释说火车站人多走丢了，这理由也说得过去。这么一想，杨大炮就有些得意，也有一丝愧疚，毕竟一起生活了几十年，但一想到另一个千娇百媚的风骚女人，他心里就像着了火一样热乎，哪里还想得到夫妻情分！

觉得差不多了，杨大炮又谨慎地溜回汽车总站，准备坐车去找儿子，他站在车站门口，一掏口袋，顿时傻了眼：兜里什么也没有啊！他一下急红了脸，上上下下、左左右右掏个遍，看着口袋外被刀子划开的一道口子，这才明白所有的钱连同那张纸条全被小偷偷走了！儿子的电话、地址全在那张纸条上，杨大炮也没将它们记在脑子里，这一下他只觉得天昏地暗，那颗心一下子像坠落到了万丈深渊！

杨大炮赶紧上那家小饭馆找贺二芹，他想到贺二芹手上有点儿钱，那是他不忍心她身无分文流落他乡给留着的，现在儿子那去不成，杨大炮想用那点钱先回家再说。可是，到了小饭馆却没看见贺二芹，人家说那个哑巴女人早走了！

一听这话，杨大炮急火攻心，身子摇摇晃晃就晕了过去。

回头再说贺二芹。贺二芹当时坐在小饭馆里见丈夫半天没回来，顿时着急了，她害怕杨大炮走丢了，也害怕杨大炮遇上了麻烦，于是就离开小饭馆四处寻找。一路上，她两眼泪汪汪的，她向路人笨拙地打手势，可没人明白她的意思，但有好心人看她那副可怜样，就硬塞给她一块或五角的零钱。

贺二芹不知道自己身在何方，只是满大街地寻找杨大炮，饿了，好心人会给她买几个馒头；渴了，心善的店老板会送她一瓶矿泉水，几天下来，贺二芹竟把鞋都磨破了。

这天，贺二芹坐在路边台阶上休息，一边捶打着酸痛的双腿，这时，一个五十来岁的男人走上前询问："老妹儿，你这是怎么了？"

贺二芹一听这口音，猛地抬起头，顿时激动得浑身颤抖，眼泪也忍不住落了下来：这位大哥分明是自己的同乡啊！贺二芹一把拽住他，"哇啦哇啦"说了半天，也不知说了点啥，突然，她想起口袋里的车票，便小心翼翼地掏出来递过去。

这人看了车票，知道贺二芹是从什么地方来的，可不明白她要到哪里去。这人见贺二芹不识字也不会说话，更加同情了，于是决定帮她。他先回家拿来老伴的干净衣服让贺二芹换上，又费了好大的劲，总算弄明白她想回家的意思，随即就将她送上了回家的火车。

贺二芹感激地给那人鞠了三个躬，含着眼泪回家了。

贺二芹回家了，杨大炮可苦了，那天他晕倒在那家小饭馆里，可醒来一看，却发现自己睡在马路边上，原来那家小饭馆的老板嫌他躺在桌上妨碍生意，让伙计把他抬了出去。

杨大炮爬起来，站在那儿，看着车流不息的马路，不知如何是好。贺二芹没找到，自己又身无分文，想回又回不了，饥肠辘辘，体虚难撑，怎么办？先得想法子填饱肚子，杨大炮只得放下脸面来到一家餐馆门口，他刚把想讨碗饭的想法说出来，那个胖老板就横眉竖眼地把他赶到一旁，厉声喝道："你一不是七老八十，二不是缺手断腿，有什么好可怜？自个儿好吃懒做，想让别人养活你，没门！"杨大炮被骂得无地自容，只得垂头丧气地离开。他一连走了近十家馆子，得到的都是奚落、怒骂，最后饿得实在没办法，只好像乞丐一样地去吃别人吃剩的饭菜，杨大炮嘴里嚼着，心里却是苦涩难耐。

到了晚上，杨大炮就在公园的大树下蜷了一夜。吃、睡的问题好歹解决了，眼下最要紧的是凑钱回家，他学别的乞丐的样儿，面前摆一个破碗，坐在那儿静等，但一天下来，还是因为手脚齐全的原因，碗里的硬币加起来不足一块钱。

杨大炮几乎绝望，无奈之下想到一个法子：爬火车。

这天早上，杨大炮就顺着铁道往北走，因为他家在北方。走了一天，终于来到一个小站，当一辆货车进站减速时，他像猴子一样攀上去。虽然趴在火车上风大，冷得直抖，但他心里高兴，因为只要火车在开，离家就会越来越近，但很不幸，两个小时后，列车在一个小站给迎面而来的客车让道时，杨大炮被人发现，被强行赶到了站外。

杨大炮被赶下车后心里有点慌，他不知道这是什么地方。他走到车站附近的一个小饭馆里，扫光了人家的剩菜剩饭，然后沿着铁道继续往前走，他想有机会再爬火车。杨大炮走到一段山坳的时候，意外地看到前面走过来一伙人。这时候天色已暗，这伙人也发现了杨大炮，他们停下商量了一阵，接着一个戴眼镜的走了过来，说："兄弟，落难了是吧？"

杨大炮听了这话便是一阵心酸，委屈得直想掉泪，一个劲点头。

戴眼镜的那人和气地说："要是你愿意，我请你去我那儿干活，有工钱，怎么样？"

杨大炮一听有工钱，毫不犹豫地点头同意了。现在对杨大炮来说，钱就是雪中的炭呀，只要有了钱，就能回家了。

其实这伙人是铁道上的"老鼠"，专门偷运煤车上的煤。他们把长竹竿

弄成钩状，站在铁道两侧，等列车驶过时用竹竿钩下车厢里的煤。现在是冬季，又是运煤高峰，特别是发电用的焦煤抢手得很，他们一个个都红了眼，人手不够，他们就寻找那些乞丐或无家可归的人，强迫他们白干活，谁要是不想干，拳打脚踢，就像对待犯人一样。

杨大炮没想到自己跳进了这样的火坑，看着这群凶神恶煞，只好先忍耐下来。

每天，杨大炮的任务便是躲在铁道边上，看到运煤车就走上前去，用力把竹竿架在车厢上，尽量多往下刮煤。一辆运煤车，经过十几个人的钩、刮，车厢上高高垒起的煤全给"削"平了，等到把煤袋运回，杨大炮便被锁进了那间小屋，失去自由。这伙人很狡猾，不准杨大炮同另外几个被强迫干活的人说话，而且将他们每人关一间屋，让他们没有机会商量逃跑。杨大炮也知道逃不掉，屋子里没有任何工具，外面尽是山，没有村庄，连喊都是白搭。

眼看春节一天天近了，杨大炮却在这儿受这份罪，每回看到那些回家过年的人们乘着客车经过，杨大炮泪如雨下，而每到夜里，他就狠狠地扇自己的耳光，在心里向贺二芹赔着罪。

一个月很快过去了，杨大炮在悔恨中过了这个年。

这天是正月十五，一大早，杨大炮就被带到铁道边蹲点，身旁照例跟着三个监视的人。晚上下过小雨，空气冷清。突然，杨大炮看到铁道上走过来一个女人，自北向南地走近。那女人瘦得像竹竿，穿一身又脏又破的衣服，一脸乌黑，正吃力地迈着步子，一边走一边不住地四处张望。等那女人走近，杨

大炮仔细一看，差点惊呼出来：这不就是贺二芹吗？

刹那间，杨大炮的心直颤抖，心中又是悔恨又是愧疚，这哪里像从前那个又胖又精神的贺二芹呀？尽管异常激动，但杨大炮没有叫，他知道虽然这伙人不抓女人，但一叫，贺二芹必定跟着自己遭殃，于是他就强忍着……

就在这时，不远处传来了火车的轰鸣声，而此处铁路边上正好有一大片林子，杨大炮知道机会来了！

前方来的果真是一辆运煤车，近了近了，左右两旁的十几个人一拥而上。这时，杨大炮突然扔下竹竿，拼命追上贺二芹，抓住她的手便钻进了铁路边的林子里。这一切发生得太突然，等那伙人反应过来追上去，哪里还寻得到他俩？

杨大炮带着贺二芹跑到了安全地带，一句话没说，只抱着贺二芹大哭了一场。

贺二芹也哭，哭完了就从口袋里掏出好些钱交给杨大炮，这些钱全是她沿途乞讨所得呀！

杨大炮同贺二芹来到附近一个小镇，他们先去报了警，看着偷煤的那伙人悉数落网后，便迫不及待地买了票往家里赶，他们好想好想回家呀！

回到家，杨大炮才从亲友那里知道贺二芹为什么会出现在铁道上：

贺二芹年前回家后，急急地找了每一个邻居和亲人，流着泪，着急地比划，但邻居和亲人们一点儿也悟不出她的意思，更没想到几天后贺二芹便失踪了。邻居和亲友们都不知道贺二芹去了哪里，直到现在杨大炮回来说了他的经历，大家这才明白贺二芹那时候的意思是说丈夫走丢了，想叫人帮忙找。她见没人明白自己的意思，于是决定自己去找，她沿着和杨大炮走过的火车道，走了整整一个月，终于奇迹般地遇上杨大炮！

杨大炮回家后一直没敢说这一切全缘于他最初的那个罪恶念头，想到这一次回家的路这么长，他再也不敢起一点邪念了，和邻县那个女人也断了来往，从此将心思全放在贺二芹身上，他觉得她才是最值得自己去疼的那个人……

（本篇月月评短信代码：AA013）

（题图、插图：谢 颖）

一个也不
放过

□ 卢卫平

张总经理此刻真的很闹心，他一会儿看看表，一会儿站起来在办公室里走走，他心里不停地说："怎么还不到六点呢？"他很急，急着要去约会。原来，前些日子张总在酒店遇到了一个南方小姐，名叫刘娟，张总身边的女孩不少，可不知为什么，他偏偏喜欢上了刘娟，但这个刘娟也真能捉弄人，张总几乎天天打电话找她，可她就是两个字："没空。"前几天，刘娟打来了电话，总算是说有空了，但她打的是公用电话，张总连想都没想，就给她买了一个五千多元的手机，刘娟见了手机，马上娇滴滴地说："可是到我那里不方便啊！"张总一听，就毫不犹豫地把手头一套装修好的房子送给了刘娟，这么一来，果然，今天中午一过，刘娟就在新房给张总打来了电话，让他六点去，张总一下子就来了精神，可他一看表，离

六点还有三个小时啊，此时，张总真的是如饥似渴、迫不及待了！

张总去刘娟那里没坐公司里的车，他"打的"到了那里，来到房门前，刚想敲门，可发现房门是开着的，他想，一定是刘娟知道自己要来，才提前把房门打开了。张总轻轻地推开房门就进了屋，这是一个套间，他一

单位就像一棵爬满猴子的树：向上看全是屁股，向下看全是笑脸，左右看全是耳目！祝你在新的一年使劲向上多爬两根树枝丫，看到更多的笑脸更少的屁股！　北京 经琦(0116)

进客厅，就发现脚下很粘，低头一看，哇，不得了，是血！顺着血迹看去，这才发现血是从屋里淌出来的，他马上想到了杀人案：肯定是刘娟被人杀死了！那么我呢？我没杀人，但是，人家要问我为什么到这里来，我怎么说？张总想到这里，马上准备脱身，可是，他一转身，还没走到门口，就听见门外响起了脚步声，于是，他马上后退，拉开了卫生间的门，躲了进去……

张总躲进了卫生间，但他想知道外面进来的人是谁，便又把卫生间的门轻轻地推开了一条小缝，那个人进来了，张总一眼就认出来了：李老板！他来这里干什么？难道也是来找刘娟？想到这里，张总恨得咬起了牙：刘娟啊刘娟，我给你又是买手机，又是送房子，可你还背着我找别的男人！但是，张总很快就平静了下来，并转怒为喜了，因为又有了一个"陪绑"的凶杀案嫌疑犯了！

张总躲在门后，瞪大眼睛注视着门外的动静：李老板也是一样，走到门口看见了那血，然后又看到血是从屋里淌出来的，于是就退了回来……张总估计李老板要跑，他想，你前脚跑，我后脚也跑，这样，以后即使警察找上门来，这房间里有我的脚印，也有你李老板的脚印，谁也甭想干净！

可是，情况的发展完全出乎了张总的预料：李老板还没走到门口就退了回来，原来，外面又响起了脚步声，李老板退了回来，敏捷地打开了卫生间的门，又迅速把门关上，他转过身来，猛然看到了张总，这刹那间他完全惊呆了，一下子竟说不出话来，好在他也是见过大世面的，很快就明白了是怎么回事，他很有风度地伸出手来，和张总轻轻地握了握，两个人对视了一下，心照不宣地笑了笑，然后，一齐把头转向了门缝：他们此刻急于想知道进来的那个人又会是谁！

这时，又一个男人进来了，卫生间里的张总和李老板认得那人，是开发办的陈主任，这时，两人的脸都拉了下来，心里都在骂：这个小婊子，和多少个男人好上了？但是，他们一转念又笑了：这不很好吗？又多了一个"陪绑"的！陈主任是近视眼，没看到地上的血，于是他就朝屋里走去，也就在这时，从外面闯进来一个小伙子，小伙子指着地上的血问陈主任："这是怎么回事？"

陈主任支支吾吾地说："我、我、我也不知道……"

小伙子走进了房间，一会儿就大喊着像疯了一样冲了出来，一把抓住了陈主任，厉声喝问："你为什么杀了我姐姐？走，跟我去派出所！"陈主任慌了，走到房间门口一看，果然床上鲜血淋漓，刘娟在血淋淋的被褥上

躺着，刘娟的弟弟要拽陈主任去派出所，陈主任就是不走，这样僵持了几分钟，陈主任急得都哭了，他说："我真的没杀你姐姐啊，我这样的身份，也不能去派出所，我知道你操办后事、查找凶手都需要钱，这样吧，我这里有五万元，你先拿着，以后要是不够的话，我再给你。"刘娟的弟弟接过存折，刚看完上面的数字，一抬头，哪里还有陈主任的影子？

卫生间里的张总和李老板一见刚才发生的一幕，立刻明白了自己该如何做，张总从口袋里拿出了一个存折，推开卫生间的门，随即就走了出来，刘娟的弟弟看见从卫生间里突然走出一个人来，脸上的表情显得十分惊奇，张总主动上前说："你想用钱找到凶手的想法很好，我这里也有五万元，给你做经费吧。"刘娟的弟弟接过张总的存折，数了数那几个零，数完后一抬头，张总也跑得没影了。

这时候，卫生间里的李老板开始摸索自己的口袋，结果口袋里没什么存折，他想起了手腕上的那块手表，那可值十几万啊，但现在也顾不得那么多了，走出这个屋再说吧，想到这里，李老板推开门走了出来，把表递了上去，对刘娟的弟弟说："这块手表值十多万，你卖了也好作查凶手的经费。"说着，李老板趁刘娟的弟弟还在发呆的时候溜了。

三个人都走了，刘娟的弟弟把屋里所有的门都打开看了看，确认再没有别人了，他才大声朝房间内喊道："姐，你起来吧！"

"哎——"刘娟从染满了鲜血的床上坐了起来，步履轻盈地走了出来，她从小伙子的手里接过了存折和手表，看了看，说："明天你把这房子卖了，咱们走吧。"

"那不行。"小伙子说着从口袋里掏出一个小本本，指着上面的人名说："姐，你看上面还有十个人没找呢，等这十个人都找完了，咱们再走。"

刘娟想了想，说："那就依你，可那血从哪里弄？"

刘娟的弟弟轻松地一笑，说"那好办，床下还有一大桶猪血呢！"于是，刘娟拿过小本本，又开始打电话了……

(题图：黄全昌)

敬告作者

1.本刊拒绝重发稿、抄袭稿，一旦发现，编辑部将视情节轻重严肃查处，如和当事人单位联系、在刊物上公开曝光等，并保留向司法部门起诉、追究法律责任的权利。2.所有来稿务请注明是否为原创、翻译、改编、推荐、搜集整理等，以及需要说明的其他事项（包括该作品是否已投其他报刊）。3.三个月未接到通知者，作者可将稿件另投他处，编辑部将不另行退稿。

 爱一个人就是在拨通电话时忽然不知道要说什么，才知道原来只是想听听那熟悉的声音，原来真正想拨通的，只是自己心底的一根弦。　四川　李建军(0117)

螳螂捕蝉

□ 老 三

天，在一个小山村里，发生了一起不幸事件：当时，一男一女两个小孩在玩扎蚂蚁的游戏，五岁的文秀丽被六岁的于为国用锥子扎中了右眼，大人们背着文秀丽，跋涉几十里路下了山，又拦了辆拖拉机，把孩子送到县医院，但扎得太重，文秀丽的右眼没保住，瞎了。

两家是邻居，乡里乡亲的，村里的老人、村干部，和双方的家长坐在一起商议这个事，最终决定：于家也不用赔文家钱了，等孩子们长大成人，让于为国娶了文秀丽就是了，于是两边家长签字画押，为他们订了娃娃亲。

山村穷，文秀丽瞎了一只眼，加上又是个女孩子，就没正经上什么学，小学一毕业就早早辍了学，帮大人干活，但于为国书读得好，成绩一直拔尖。

时光过得快，历经十多年寒窗之苦，于为国高考时果然金榜题名，双方家长担心他将来变心，不要文秀丽了，一商议，决定把婚事给他们办了。年龄不到领不到结婚证，就先叫他们圆房，造成事实婚姻，等岁数到了再补证，这在乡下是常有的事，于是请客摆席，吹吹打打，热闹了一天，把小两口送进了洞房。

夜深人静，人们渐渐散去。洞房里，文秀丽坐在床上，紧张而又害羞地等待着。昨天晚上，母亲按照习俗，已经告诉她新婚之夜会发生什么，但她左等右等，于为国却枯坐在一旁，碰也不碰她。过了一会儿，她听到婆婆在窗外故意大声咳嗽，那意思是催儿子早点安歇，于为国就烦躁地关了灯，冷冰冰地上了床，和衣面壁而卧，一会儿，他就打起了呼噜。

文秀丽听着于为国的鼾声，独坐在黑暗里，悄悄地哭了。她知道自己很难看，瞎了的右眼就像没牙老太太瘪进去的小嘴……

次日早晨，文秀丽的母亲早早过来，偷偷问女儿："闺女，昨晚上……他对你好吗？"

文秀丽不愿让母亲难过，就佯装羞涩地说道："妈，您别问了，一切都像您说的一样……"

可是，天之骄子一般的于为国，怎么可能看上文秀丽呢？他要的是真正的爱情！大三那年，于为国终于有了真正的爱情：学校大门外有家小小的"方静发廊"，一次，很偶然的，于为国去那里理发，遇见了发廊的老板方静，她是个美丽的女孩子，据她讲，她考大学差几分没考上，颇为遗憾，爱屋及乌，就决定来大学校园旁开个发廊，为大学生服务。经过一段时间的

接触，于为国深深爱上了她。一天晚上，他邀方静去吃饭看电影，可就这一个晚上，花去了他仨月的生活费，他没钱再请方静出去玩了，第二次就邀她在附近散散步。方静已经知道于为国来自贫困的山村，就对他说："你以后别来找我了，咱们不合适，你养不活我的。"说完她就转身回发廊了。

于为国傻掉了，就像所有初恋中的人一样，他狂热地以为自己已经不能没有对方了，他发誓无论如何也要得到方静，可要想得到她就必须有钱，他上哪弄钱去？

经过半月的苦思冥想，一个最为邪恶的念头在他脑际诞生了，于是他苦苦恳求方静再谈一次，方静虽然一百个不愿意，但见于为国一副可怜相，便答应了。

在附近一个咖啡馆里，于为国把他的计划全盘托出。也许是为了钱，也许是方静看到这个男人因为爱自己肯去冒如此大的风险而被感动了，她不仅完全赞同于为国的计划，而且一周后的一天晚上，她以身相许，把他留宿在自己的发廊里，可令于为国想不到的是方静竟然是个处女！望着床单上的一片红，于为国跪倒在她面前，发誓一定要报答她，使她幸福，让她过公主般富裕的生活。

到了暑假，于为国回了家，当晚他就要了文秀丽。名义上他们圆房已经三年了，但今晚文秀丽才第一次尝

到了做女人的滋味，她哭着告诉于为国，她晓得自己配不上他，她也没指望陪他一辈子，只要她能生个儿子，她就守着儿子过一生，给他自由，放他去闯天下。

于为国听了心中不由一阵酸楚，他几乎要放弃自己的计划了，不过一想到如花似玉的方静，他还是狠下了心肠。

第二天，于为国就去县城，找来了一位保险公司业务员，为文秀丽办理了人身意外保险，受益人当然是他。文秀丽是个什么也不懂的山村女子，听于为国和业务员一介绍，她只知道丈夫这是为她好，就欢欢喜喜地签了字。当然，为文秀丽交保险的钱，是方静出的，于为国没有钱。

转眼大学毕业，于为国的工作还没着落。这天，方静含羞告诉于为国，她怀孕了，还把一张化验单拿给他看。方静说，她都打好谱了，她想让于为国一起回自己的老家，方静有一个哥在当地当组织部长，由他给于为国找个工作，然后他们

就结婚，把喜事办了，一生一世在一起。她暗示于为国，是到了采取行动的时候了！

于是于为国回了家，巧的是文秀丽也告诉他，她也怀孕了，但开弓没有回头箭，于为国已经没有退路了。为了他和方静的新生活，为了那20万元死亡赔偿金，他只有一条道走到黑了。

第二天早饭后，于为国拉着文秀丽去散步，说是怀孕的女人应该经常活动活动，这样对未来的小宝宝好。就这样，两人出了门，路上有人打招呼，问他们干什么去，于为国说去散步，乡亲们就笑话他："为国念了几年大学，会整洋事了，还散步？"

他们上了山，在一处悬崖边，瞅

瞅四下无人，于为国装作指点一处风景，趁文秀丽不留神，一下就把她推下了悬崖。文秀丽尖叫着坠落下去，于为国哭喊起来，绕道下山，走到文秀丽的身旁，确认她已经摔死了，才抱起软塌塌的尸首，边哭边朝村里跑。

文秀丽不幸失足坠崖摔死的噩耗迅速传遍了全村，人们一边劝慰哭得死去活来的于为国，一边抹眼泪，为死者叹息：苦捱了这么多年，好不容易男人大学毕业，要跟着进城享福了，却……

不久，20万元的死亡保险金赔付下来了，于为国给双方父母各留了2万，带上剩余的16万要去闯世界了，临行前，他跪在四位老人面前，发誓赌咒道："从今往后，我于为国挣的每一分钱，有我亲爹亲娘的一份，就有文秀丽爹娘的一份。我若是不为文秀丽的爹娘养老送终，叫我不得好死！"听者无不动容，夸于为国是个不忘本的孝顺孩子。

于为国和方静在火车站见了面，几个月下来，方静因怀孕腰身已经有些臃肿了。他们上了火车，奔赴方静的家乡，去开始他们的新生活。

可能是多日的疲惫，于为国在火车上很快就睡着了。天蒙蒙亮时，他醒了过来，一瞧身边，坐着个陌生汉子，方静呢？对面坐的人告诉他，有位女的半夜就在一个小站下车了。

天啊，那16万块钱都在她那呢！于为国希望方静在他身上留下点什么，就浑身乱摸，果然从兜里摸出一张小纸条来，上面写着一行字："你看不起瞎了一只眼的文秀丽，我就看得起穷山沟里出来的你吗？"

于为国呆坐了半天，忽然纵声狂笑起来，他恨自己糊涂、轻信、没脑子——那个方静她哥要是在当地当组织部长的话，他妹妹怎么可能连个工作都找不到、要背井离乡去开发廊？他一边狂笑一边起身，乘身边无人，突然一把抬起了车窗玻璃，一头钻了出去，为当地晚报增添了一条花边新闻："今日凌晨，139次列车途经本地时，一男子跳车身亡。"后来，警方在于为国喝的饮料里，发现了安眠药成分。警方正在积极破案，寻找那个半道下车的孕妇……

此时，在一个陌生的城市，方静——其实她的真名叫汪甜甜，已从假证贩子手中办了个名字叫崔雯雯的新身份证，在小旅馆住了下来。她当然没有怀孕，她现在想的是赶紧去医院动个小小的处女膜再造手术，一动完这个手术，她就准备回老家，回到那座美丽的南国小城，以冰清玉洁的女孩儿身份，和青梅竹马的阿祥哥结婚，和他一起把他开的那家小饭店经营好，正正经经过甜甜蜜蜜的小日子……

（题图、插图：黄全昌）

 送你10颗心：早上舒心，出门顺心，路上小心，遇事耐心，做事细心，交友留心，待人诚心，对自己有信心，对情人有爱心，对家人关心，最重要是天天开心！　山东 梁国英

（0119）

□ 徐梅生

致命的一吻

阿原是一只狼，是狼妈妈的第十个儿子。这天，妈妈命令他去捕一只羊，于是阿原就全副武装地来到了一个红房子的外面。这红房子里住的就是羊的一家，此刻，红房子的门死死地关着，羊妈妈正寸步不离地守护着她的孩子们，阿原在外面转来转去，想找个机会下手，可他还年幼呀，他实在想不出什么好办法来。

这时，妈妈的话在阿原耳边响起"要靠脑子取胜。"他眼睛一眨，有了一个主意，随即从工具包里翻出一张羊皮披上，他心中暗喜：我会是一个帅哥哥的，还怕没有羊妹妹喜欢我？他这么想着，于是就去敲门。

羊妈妈正在打盹，开门的是雪球样的羊妹妹，阿原进门后眼睛一直没离开过她，他和她耳鬓厮磨着，显得十分亲热。

第二天清晨，羊妈妈带着大家出门，阿原也一直跟那只羊妹妹在一起，他还瞅了个空子，突然吻了她一下，羊妹妹垂下了长长的睫毛，脸立刻红了，他感觉到她的心跳了，她没有一点挣扎，这说明羊妹妹已经爱上了他，阿原抹抹嘴唇，馨香四溢。

他们一同走过森林草地，一同看蓝天白云，看彩蝶飞翔。长这么大了，阿原还是第一次有这种甜蜜的感觉。这天，阿原无意中看到了胳膊上套的一个毛圈，那是用狼的皮毛做的，是太奶奶留下的，他猛然醒悟了：该回家了！

在小溪旁，阿原小声跟羊妹妹

说："我们去上游，那儿的水最甜。"就这样走啊走，直到把羊妹妹引到一个洞穴处，阿原说："我们进去玩玩吧。"热恋中的羊妹妹顺从地跟在他的身后。

阿原带着羊妹妹走进了洞穴，狼妈妈看到阿原回来了，喜不自禁，突然上前拥抱着他，舔着他，眼泪涟涟地说："你总算回来了，我的儿子，我以为你给猎人逮去了。"

这时，羊妹妹已经意识到了不妙，可一切已晚，狼妈妈一掌将她推倒，立刻关好了洞门，龇着大牙准备吃掉她，阿原心中一阵颤栗，望着眼前这个为他献出初吻的羊妹妹，他心痛了，决定找个机会放她回家，他想了想，对狼妈妈说："妈妈，请你再留她一个晚上，让我在她临终前为她做点什么吧。"

这天夜里，阿原偷偷解开了羊妹妹身上的绳子，毅然打开了门，就在这时，突然，狼妈妈出现了，她"啪"地给了阿原一耳光，大声训斥道："你这个没出息的东西，我就知道你对她动了心。你忘记了祖上太奶奶的教训了，她当初恋上一条猎狗的时候，不听劝阻，最后把命断送在猎人的手里，你看看你胳膊上的毛圈吧，这就是用太奶奶的毛皮做的，这是警示！记好了，狼就是狼，必须杀死对手，否则没有生存的余地！"

狼妈妈一口咬掉了羊妹妹的一只

脚，阿原又气又急，他扑上前去，死劲推开妈妈，不料用力太猛，狼妈妈重重地摔倒在地上，四肢乱颤，口吐白沫，呻吟着："哎哟，痛死我了，我要死了……"弟兄们一个个束手无策，阿原也吓得不知如何是好，这时，羊妹妹开口说话了："我们家族熟悉各种各样的草，我知道有一种草药能治伤的。"

大哥瞟了羊妹妹一眼，说"别听她的花言巧语，弟弟们，要提防她！"阿原看看她，再看看剧痛难忍的妈妈，说："我们一起去采草药，看住了她，怎么跑得了？"

就这样，一群狼押着羊妹妹去采草药，草药采回了家，狼妈妈吃下后伤痛很快好了，阿原感激地望着羊妹妹，乘机对妈妈说："羊妹妹有功，把她放了吧。"

狼妈妈无奈地看着儿子，终于点头答应了，但是，狼族的规矩严厉，不能堂而皇之地明着放，狼妈妈要阿原给红房子里的羊送信，要他们明天上午到二十四草坡去把羊妹妹接回，阿原不敢耽搁，急忙把信送到了红房子。

第二天上午，阿原心情沉重地和羊妹妹踏上了去二十四草坡的路，风呼呼地唱着忧伤的歌，阿原看着羊妹妹一走一跛的脚，想着以后不知道有没有见面的日子，眼眶里竟然落下了露珠一样的液体，他并不知道那叫泪。

  茶，带着情感去品，越品越浓。酒，用真诚去喝，越喝越香。情，用心去体会，越来越深。
友，用理解去感受，越处越好！祝你节日快乐！　浙江 林金祥（0120）

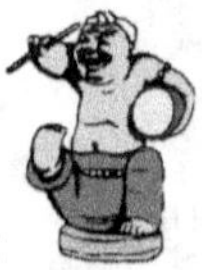

二十四草坡不大，四周有绿树环绕着。阿原把羊妹妹带到一块草地上坐下来，他要最后一次看她吃草的样子。

不久，羊妹妹的家人来了，羊妹妹偎在羊妈妈的怀里，母女俩抱头痛哭着。就在这时，突然，一群狼箭一般地冲了出来，狼妈妈带着九个儿子全来了，他们把羊妹妹的家人逮个正着，阿原疯狂地朝着狼妈妈叫道："我恨你，你不守信用，你利用我……"

狼妈妈"哈哈"大笑着说："狼永远是狼，是狼就不能有朋友，更不能有爱情，我们最终的目标就是打败敌人！太奶奶，我也算给你报仇了，哈哈哈……"

狼妈妈笑声未停，突然，"砰砰砰"几声枪响，猎人们从天而降，狼妈妈和她的儿子们全倒在血泊中，身负重伤的阿原爬到羊妹妹面前，问："我是真心喜欢你，为了你我可以永远披着一张羊皮跟你在一起，而现在……这一切是为什么？"

羊妹妹苦笑着说："我也喜欢你，但我们几千年留下来的家规，就是羊不能与狼为友……"

阿原很伤心，"腾"地跳起来，扑向羊妹妹——他要永远和她在一起，可就在这时，"砰——"一声枪响，阿原被猎人的枪射中了心脏，开枪的猎人鄙视地说："狼就是狼，什么时候也变不了要吃羊的本性！"

可是，只有羊妹妹心里知道阿原那最后一扑是要最后吻她一次，就像第一次一样。她眼泪直流，心里默默地祈祷着："不要恨我，要恨就恨这致命的一吻，它不该发生，因为你毕竟是狼，而我终究是羊……"

（题图：佐　夫）

·本刊信息传真·

发最好的短信给《故事会》　看最好的短信到《故事会》

2006年《故事会》"短信王中王"有奖大征集

参加方式：将短信（原创、推荐均可）发送到9119004（移动）、9757221521（联通）、02838666（广东移动），并按提示完成相应步骤，即可参赛。每条参赛短信收费0.50元。

下载和评奖：移动用户发送 XF+4位短信编号（如0108）到91192，联通用户发送XF+4位短信编号到9757221521，广东移动用户发送GU+4位短信编号到02838666000，即可获得此条短信。每月下载数前10名的短信成为"本月短信王"，作者（或推荐者）奖金100元；每月下载数最高的1条短信荣获"短信王中王"称号，作者（或推荐者）奖金3000元！所有入选短信的作者（或推荐者）可获得短信公司赠送的价值10元的彩铃服务。下载资费：0.50元/3条（广东移动：1元/5条）。

乔县令设考场

□ 王松平

有个县令姓乔，他为官清正，生活简朴，言谈举止诙谐风趣。这天，乔县令把师爷叫到书房，拿出一张库房登记单，说："库房昨夜被盗，你去看看少了些什么。"

师爷出去查看了一会儿，便回来向乔县令禀报："其他东西都在，只是少了两个银元宝、三根金条。"

乔县令望了望师爷，问"真是如此吗？"师爷回答："是。"

这时，乔县令吩咐衙役"把客人带进来。"

一会儿，进来了一个小伙子，乔县令指着小伙子对师爷说："从现在起，你被辞了，由他接任。"

师爷一听大惊，打量了小伙子一眼，见他衣衫褴褛，还打着一双赤脚，便不解地问道："他是谁？"

乔县令说："他就是盗取库房东西的贼。"

"什么？"师爷一听如同堕入了云雾之中，"老爷，你……你为什么要辞退我、而让一个贼当师爷呢？"

乔县令捻着一撮长须，慢慢地说道："奇怪吗？你听我讲个故事。"

于是，乔县令讲了这么一件事：昨天黄昏，乔县令在回府的路上，遇上了一个小伙子，他便上前搭讪起来，问小伙子到哪里去，小伙子憋红了脸，说他是个穷秀才，已经两天没吃东西了，想到有钱人的家里偷一点东西填肚子。乔县令感到很奇怪：世上做贼的人，谁会这么老实地告诉别人呢？于是他就试探着说："我也是个无家可归的穷汉，我带你到一个地方去，你偷了东西我们平分好吗？"小伙子答应了。

这时，天色渐渐黑了，乔县令把小伙子带到县衙后院，支开了看守的人，叫他偷库房里的东西。小伙子翻墙入院，过了很久，他才出来，他偷了两个银元宝，并把一个给了乔县令，乔县令问："这库房里难道就这么一点东西？"小伙子说，里边的大箱子、大柜子里都装着东西，但他只开了一个小盒子，里面放着两个银元宝，还有三根金条，但他做贼只是因为饿，不得已而为之，不是为了发横财，所以只拿了两个银元宝，并按照先前说好的，把其中一个给了乔县令。乔县令和小伙子分手后，立刻进库房查验，见他说得一点不差。

师爷听到这里，顿时满头大汗，吓傻了眼，原来师爷为人狡猾而贪财，乔县令说库房被盗，要他前去查看，他心中大喜，便想乘机浑水摸鱼，把账记在盗贼的名下。谁知进去一看，大失所望，大箱子、大柜子都贴着封条，没有开启，贼只打开了一只小盒子，里面的两个银元宝没了，但三根金条还

在，于是他就来个顺手牵羊，把金条揣进了怀里，可万万没有想到乔县令竟在这里设下了一个考场！

这当儿，乔县令看了看一旁局促不安的小伙子，又望了望师爷，冷冷地笑着说："师爷，你听了这个故事，你说我该任用谁当师爷呢？是任用他这个为人本分的贼呢，还是你这个浑水摸鱼、私吞公款的贪婪之徒呢？"

师爷哑口无言，乖乖地从衣兜里掏出三根金条，放到案上，灰溜溜地卷铺盖走人。师爷一走，乔县令笑眯眯地对那个小伙子说："虽然你是事出无奈，但偷盗总是不轨之举，下次可不能如此了呀！"

小伙子一听，羞得低下了头，脸又憋红了……

（题图、插图：黄全昌）

哇，没想到书可以出得这么漂亮！

"生活原来如此"

　　"生活原来如此"系列共有16册书，全彩，按礼品书精装，收录了几百个蕴涵心灵感悟、隽永难忘的生活小故事。每个小故事都配以精彩插画，寓意中赋予美感。

　　这里的一则则小故事，睿智而经典，每一则都会让你的心灵为之震撼。让你在洞悉生命意义的同时，体味生活的美丽。让我们在安静中保持心的平和，让我们一起来倾听生活的声音。虽然生活内在的声音常是微小的，但你的内心越平静，聆听得就越清楚——"生活原来如此!"

　　关于本系列丛书的更多信息，请登录本刊主办的"故事中国网"（www.storychina.cn）查询。

走进沙漠水最珍贵，沉沉夜幕灯火最珍贵，茫茫人海友谊最珍贵，幸福生活健康最珍贵，愿你拥有世间一切最珍贵最美好的东西!　河南 刘建兵（0122）

险象环生

□ 李 显

沙漠里的吃人泥沼

在博茨瓦纳北部分布着许多部落，由于偏远落后，部落里没有医生和医院。镇医院有个名叫姜然的年轻中国医生，经常不顾路途遥远来到部落给人看病。他是以志愿者的身份来到非洲的，他的得力助手芭芭拉护士，是一位漂亮的非洲姑娘，两人已相爱很久。

这天傍晚，姜然和芭芭拉给部落的人看完病，开着一辆黑色吉普车往镇医院赶。到镇上有三四百英里，没有公路，得穿过沙漠和草原，平时他们都是一路平安的，可天有不测风云，吉普车进入沙漠以后，前方突然出现了一片汪洋大海，海上有船舶、岛屿……景色美丽至极，明明知道这是海市蜃楼，姜然还是情不自禁地把车向"大海"开去。开出没多远，眼前出现了一片高高的沙堆，挡住了去路，姜然很兴奋，仍不甘心，跳下车继续奔向"大海"，可跑着跑着，他突然惊叫了一声：他陷进了一片咖啡色的泥地里，上面笼罩了一层淡紫色的雾气，泥土正在冒泡泡，湿泥已经没到了他的膝盖！姜然惊慌不已，使劲往外挣扎，可越动就越往下陷，眨眼间，泥沼没到了他的腰部……

这时，芭芭拉距离姜然大约有二十多公尺，她被眼前的景象惊得目瞪口呆，她怎么也没想到沙漠中会隐藏着这么一个"吃人"的泥沼！眼看姜然就要被吞食掉了，芭芭拉心急如焚，她赶紧在车里搜寻可以拉他出来的东西，可车里除了几瓶麻醉剂和一

些医疗器具外，其他什么也没有。芭芭拉疯狂地四处奔跑，希望能在地上找到绳子之类的东西，可一无所获!

姜然大声安慰芭芭拉不要急，让她快到镇上找人来，芭芭拉没想到心爱的人会在处于险境时还这么安慰自己，不觉流下了眼泪，她想，在沙漠里，太阳一落，气温下降很快，几个小时之内，就会降到零度，等她赶到镇上再赶回来，姜然早就冻死了!

这时，太阳已经下山了，芭芭拉感到有点冷了，就在她急得不知如何是好时，突然发现远处有车灯在闪动，她高兴得不得了，疯狂地按车喇叭，终于，远处的汽车开了过来。

开来的是一辆吉普车，从车上走下来一个小伙子，芭芭拉一看，认识，是一个酋长的儿子，叫塞莱斯，这人平时游手好闲，而且他早就看上了芭芭拉，曾多次向她求婚，但都被她婉言拒绝了。后来，塞莱斯得知芭芭拉爱上了中国医生姜然，便对姜然充满了敌意，现在，为了姜然，芭芭拉还是向塞莱斯求救了。

塞莱斯听芭芭拉一说，就把手一摊，说自己车上也没有绳子，他见芭芭拉一脸怀疑，便打开车门翻给她看，果真没有，芭芭拉失望到了极点，伤心地哭了。

"不要哭，没有绳子我也有办法救他!"塞莱斯诡秘地说，"不过，你得答应我一个条件。"

芭芭拉急切地问："什么条件?你快说!"

塞莱斯说："你离开那个中国人，嫁给我!"

芭芭拉认真地说："可我并不爱你，何必要强求呢?"

"芭芭拉，我真的很爱你!要不，你……你和我好一回……"塞莱斯的眼神闪烁不定，上下打量着芭芭拉，芭芭拉没想到他竟会在这个时候提出这样的要求，便气呼呼地说："你别痴心妄想了!"说完，她转身就走，可没想到塞莱斯竟从后面抱住了她，芭芭拉又惊又恼，疯狂地叫起来。泥沼里的姜然看到这情景气得大骂："塞莱斯，你这个混蛋，快放开芭芭拉……"可塞莱斯根本不理会，他把芭芭拉扭转了身，面对着他，又将嘴凑了上去，芭芭拉趁塞莱斯不防，抬起膝盖，用尽全身的力气往他的裆部撞去，塞莱斯嚎叫着蹲了下去，芭芭拉赶紧跳上吉普车，开了引擎就跑。

遇见了一头豹子

不一会儿，塞莱斯痛苦地从地上爬起来，钻进汽车就追。

芭芭拉为了甩掉塞莱斯，她关了车灯，加大油门，然后一个急转弯，绕过一个沙堆便往回开，在一个很大的沙堆后面停了下来，熄了火。

塞莱斯追了上来，没见芭芭拉的

踪影，便在那里打起了转，转了一会儿，又继续往前追了，芭芭拉这才长长地舒了口气，这时，她又想起了塞莱斯的话"没有绳子我也有办法救他"，难道塞莱斯真的有办法？突然，她心头一动，赶紧开着车直奔姜然。

芭芭拉打开车灯，借着灯光找到了姜然，只见他已冻得脸色发紫，快撑不住了，这会儿芭芭拉也顾不得害羞了，她一边向姜然喊"要坚持住"，一边脱下了长裙和内衣，然后用尖刀把衣服割成宽带子，打好结后，绑在汽车上，可带子还是不够长，最后她把自己也"连"了上去：她手拉带子慢慢走向姜然，上帝保佑，两个人的手终于拉在了一起，姜然总算被拉出了泥沼……

回到车上，两个人紧紧地抱在一起，眼泪夺眶而出，突然，芭芭拉发现姜然的大腿不知被什么划了一道大口子，正在流血，她赶紧给他进行处理，然后由她开车，直奔镇医院。几个小时后，吉普车跑出了沙漠，进入一片荒原。这时，天已经蒙蒙亮了，猛地，芭芭拉发现前面

不远处停了一辆吉普车，车里有人在不停地按喇叭，喊"救命"。她把车停在吉普车左边不远处，一看，在车里喊"救命"的人竟是塞莱斯，可奇怪的是他只把车窗玻璃摇下一道小缝，人却没有下车，不知道这个混蛋又想要什么花样。芭芭拉刚想踩油门离开，却听塞莱斯哭着哀求道："芭芭拉小姐，看在上帝的份上，救救我吧！"

原来，这个家伙昨晚追到这里，车突然坏了，车还没修好，却不知从哪儿跑来一只凶猛的大豹子，他吓得钻进车里不敢出来。这时，芭芭拉和姜然也发现了那头豹子，它正趴在那辆吉普车旁边的草丛里！

芭芭拉牵挂着姜然的伤情，急于开车要走，姜然由于流血过多，身体

很虚弱，他轻声劝芭芭拉，说这地方根本没有人来，就算塞莱斯不被豹子吃掉，也得渴死、饿死。塞莱斯虽然不是个好人，可罪不至死，如果弃他而走，这跟塞莱斯昨晚见死不救不是一样吗？再说救死扶伤也是医生的天职呀！

芭芭拉被姜然这个中国医生宽阔的胸襟感动了，于是她把车又倒了回去，调转车头去驱赶那头豹子。豹子吓跑后，塞莱斯才跳下吉普车，飞快地钻进了芭芭拉的车里，芭芭拉开着车，载着重伤的姜然向镇医院驶去，可开出不到一英里，车就熄了火，没油了，好在后车厢里有备油，芭芭拉让塞莱斯下车去加油，可塞莱斯刚下车就惊慌地钻回了车里，原来那头豹子又追了上来，它箭一般地窜到车子前，愤怒地用爪子抓着车窗玻璃！

用血肉周旋

三个人大吃一惊，车上没有可以对付豹子的武器，没办法，只有等豹子走了才能下车加油，可那只豹子竟较上了劲，趴在车边守株待兔般地看着车里的三个人。

太阳已经升高了，车里开始热起来，不一会儿，三个人就热得汗流浃背，可那只可恶的豹子却也乖巧，它为了躲避太阳的炙烤，竟跑到车的阴影处趴着，半点儿走的意思也没有，三个人只有坐在车里煎熬般地等待着……不知道过了多少时候，太阳落下去了，车里开始变冷了，到了夜里，三个人冻得浑身直打颤，可车外的豹子却仍然瞪着两只铜铃般的大眼睛，像个幽灵似的趴在草丛里，虎视眈眈地不肯离去……

第二天早上，豹子还趴在那里，眼睛眯着，看上去像在睡觉，芭芭拉轻轻地打开了车门，刚想下车加油，哪知那豹子"呼"地从草丛里一跃而起，扑了过来，吓得芭芭拉赶

日出东海落西山，愁也一天，喜也一天；遇事不钻牛角尖，人也舒坦，心也舒坦；常与朋友聊聊天，古也谈谈，今也谈谈，不是神仙胜似神仙，愿你快乐一整年。　　沈卫(0124)

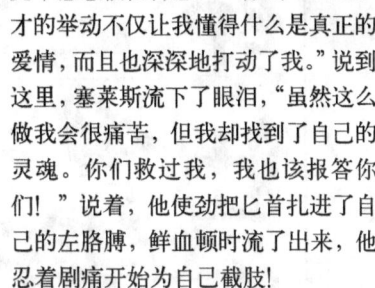

紧关上了车门。没办法，他们只有和豹子继续耗下去。

到了中午，豹子竟钻到车底下避热，大有打一场持久战的架势。这时，车里热得像个烤箱，吃的东西没有了，水也喝光了，饥渴、酷热、恐惧把三个人折磨得不像个人样。芭芭拉和塞莱斯还能勉强熬下去，可姜然由于身体虚弱，加上流血过多，已经坚持不下去了，更可怕的是他开始发烧，并且渐渐地昏迷了！

芭芭拉抱着姜然放声痛哭，她知道，如果不及时把他送到医院，就会有生命危险。芭芭拉哭着哭着，突然，她作出了一个可怕的决定，流着泪对塞莱斯说："我要冲出汽车，把豹子引开，你趁机把油加上，然后把姜然送到镇医院，记住，你一定要救活他！"

塞莱斯吃惊地说："上帝啊，你疯了吗？你会没命的！"

芭芭拉哭着说："可再这样耗下去，姜然就会死掉的呀！"

塞莱斯眼睛瞪得大大的，他不相信地问："为了他，你甘愿去喂豹子？爱情真有这么伟大吗？"

"是的！"说完，芭芭拉便要往外冲，塞莱斯眼疾手快，一把拽住了芭芭拉，拔出一把匕首，说道："我不会让你这么轻易就死掉的！"

芭芭拉问："你想干什么？"

"其实，当我看到车上的麻醉剂时，我就想到了一个治服豹子的办法，可我没有勇气说出来，更不愿意牺牲自己……你刚才的举动不仅让我懂得什么是真正的爱情，而且也深深地打动了我。"说到这里，塞莱斯流下了眼泪，"虽然这么做我会很痛苦，但我却找到了自己的灵魂。你们救过我，我也该报答你们！"说着，他使劲把匕首扎进了自己的左胳膊，鲜血顿时流了出来，他忍着剧痛开始为自己截肢！

芭芭拉一下就明白了塞莱斯的用意，想阻止他已经来不及了，她流着泪要为他注射麻醉剂，可为了节省麻醉剂，塞莱斯不让芭芭拉给他注射，就这样，塞莱斯的左胳膊在没注射一丁点儿麻醉剂的情况下被活生生地截了下来，他痛得昏了过去……芭芭拉感动了，她在塞莱斯的脸上轻轻地吻了一下，然后把所有的麻醉剂都注射进了那条截下来的胳膊里，又把那截血淋淋的胳膊扔到了车外……

那豹子早就饿极了，闻到血腥味后便扑了上去，几口便把断胳膊吞进了肚里，没多少工夫，这头凶猛的豹子就被麻醉了，瘫倒在地上，一动不动。

芭芭拉跳下车，快速把油加了进去，然后开着车箭一般地奔向镇上……

不久，姜然和芭芭拉举行了婚礼，给他们主持婚礼的是一位独臂牧师，他就是塞莱斯……

（题图、插图：张恩卫）

红肚兜

□ 张运国

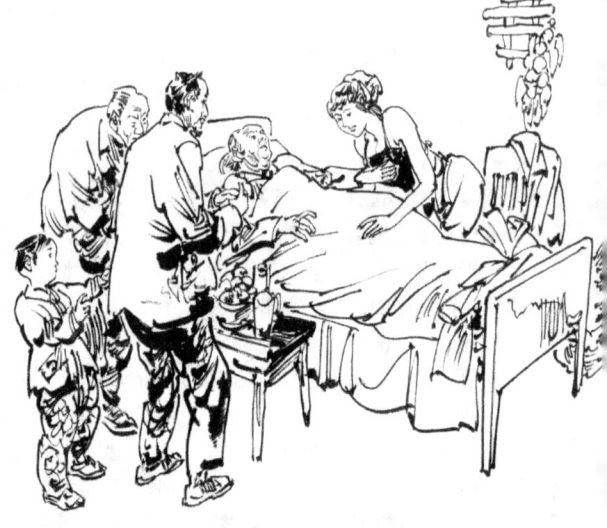

大林结婚半年后，准备告别年迈有病的老娘和有孕在身的妻子小玉，到煤矿去挖煤挣钱，养家糊口。临走前的一天晚上，大林娘把大林叫到房里，拿出一个红肚兜，递到他手里，说："到煤矿打工，危险，经常出事、死人……我特地给你做了这个，你把它穿在身上，以后就能够保你平安无事。"

红肚兜是当地人用来驱灾避祸的护身符，孩子从小就穿着它，村里老人都说这东西灵验得很。

第二天，大林告别了娘和妻子，背着被褥到煤矿打工去了。

一个月后，忽然从大林打工的煤矿传来噩耗：矿井发生瓦斯爆炸，好几名矿工在井下遇难，只是到底哪些矿工遇难还没有查清。大林娘听到这个消息后，本来已经很虚弱的身子就像是霜打的禾苗一样，日渐枯萎、衰老，但是，她却安慰媳妇小玉说："别怕，大林没事的。"

小玉眼里噙着泪水，问："娘，你怎么知道大林会没事的？"

大林娘笑着说："大林走前，我特地为他做了个红肚兜，只要他穿上红肚兜，就会躲过这一劫，一定会没有事的！"

小玉听后愣了一下，没有说话，只是在心里默默地祈求大林能够逢凶化吉。没过几天，矿上来了人，找到大林家里，告诉大林娘和小玉：大林在这次事故中已经遇难身亡，他们这次就是来安抚死者家属的，并送来了抚恤金。

小玉一听，当即失声痛哭起来，

而大林娘则两眼一闭，"嗵"地一头栽倒地上，不省人事，村里人连忙把她送到镇医院。

大林娘本来就有病，现在再遇到这样的事，更是雪上加霜，昏迷中她一直念叨着："大林身上有红肚兜，不会有事的，矿上的人一定弄错了，大林没有死，他不会死的……"可是村里人都知道大林遇难是真的，尸体都找到了。

大林娘的情况越来越不好，没有几天，头发白了，眼也瞎了，躺在床上不吃不喝，小玉和亲友只得把大林娘接回了家，等着她咽下最后一口气，可是，就是这么最后一口气，尽管气若游丝却就是咽不下去，她神志稍微清醒一点的时候就会断断续续地呜咽着："大林不会有事的，他有红肚兜保佑，不会出事的……"

村里人见大林娘咽不下这口气，挺难受的，于是，有人想出个法子，找了一个跟大林高矮胖瘦都差不多的人，穿上别人的红肚兜，然后装扮成大林，走到大林娘的病床前，说："娘，我回来了，我真的没事，多亏你做的红肚兜保佑了我！"

大林娘听后，高兴地伸出手来，哆哆嗦嗦地摸着红肚兜，她摸索了一阵，又摇摇头，说："不是，你不是大林……"

人们觉得很纳闷：老人已经好多天不吃不喝，神志越来越糊涂，可她怎么能认出那人不是大林呢？

大林娘的病更重了，可她就是咽不下这最后一口气，她苦苦地撑着，看到这些，村里人都难过得直掉泪：老人是为了等儿子回来、再见上一面呀！

这时，小玉再也看不下去了，她脱下自己外面的衣服，露出了贴身的红肚兜，然后跪在大林娘床头，哭着说："娘啊娘，我是大林，我回来了，你摸，我还穿着你做的红肚兜哪！"

大林娘伸出枯瘦的手，哆哆嗦嗦地摸起红肚兜，上上下下摸完后，她哆嗦着干瘪的嘴，一字一顿地说："对、对，这才是我的大林，我就知道你不会有事的，我在红肚兜里缝着一个铜钱呢……"说完，老人安详地笑着，显出很是满足的样子，头一歪，咽了气。

小玉伏在大林娘身上大哭起来："都怪我啊，我不该穿大林的红肚兜……大林走时，非要把红肚兜留给我穿，还说这是娘特地为我做的，用来保佑我和肚里的孩子，想不到他是在骗我，早知道这是娘给他做的，我说什么也要让他穿上，他也就不会出事了啊……"

在场的人听到这里，都禁不住流下了眼泪……

（题图：刘斌昆）

卖命的人

□ 朱才君

旧时，灌县北门外校场坝，除阅兵练兵之外，还兼作刑场，将死囚砍头或者枪毙。在这里，时常发生"卖命""买命"的喜剧。

1935年初夏的一天，校场坝又枪毙了四个死囚犯，一片污血染红了草地。行刑队和看热闹的人们离去之后，大约过了三个多小时，躺在地上的一个血淋淋的"死尸"忽然眨了眨眼睛，往四下里一瞅，也就在这时，只见从北门方向急急走过来三个人，两男一女，为首的一个女的，五十岁左右，生得立眉吊眼，满脸横肉，腰间还别着一把左轮手枪，显得十分霸气。这人，就是灌县当时有名的恶婆——女牢头熊老姐儿，那"死尸"见了她，忙又装死。

这会儿，熊老姐儿和两个警察很快走到被枪毙的尸体前，把四具血淋淋的尸体搬上了板车，刚才睁开眼睛的那具"死尸"，这会儿连大气都不敢出，身子硬挺挺的，一动都不敢动。两个警察慢吞吞地开始把尸体往板车上抬，熊老姐儿在一旁监督着，那具会说话的"死尸"一直挺着腰，僵硬着手脚，一点也不敢软，因为他明白：只要他身子一软，就会被熊老姐儿发现他还活着，就会再次被弄去枪毙！

尸体装上车，两个警察拉着板车一路走着，没多久就到了"卡房"。卡房是囚犯死后暂寄的班房，地处北门城外的一片荒地上，两间破旧的茅草房，一间停放尸体，一间是熊老姐儿的卧室兼厨房。卡房离校场坝行刑处约半里多路，被枪毙的死囚尸体，先要收到熊老姐儿主管的卡房暂时停放，收取存放费，然后在一两天内，由死囚的家属前来卡房领尸，无人认领的尸体，则由熊老姐儿带人在北门外新棺山随便挖个坑，埋了。

尸体运进卡房，熊老姐儿一面吃饭一面翘着二郎腿，用欣赏一般的目光打量着放在停尸床上的尸体。

那一具没有死的"死尸"，此刻肚皮正饿得"咕咕"叫，他听见熊老姐儿吃饭时津津有味的"吧嗒"声，更是口水直流，但又不敢流出来，只好往肚子里咽。

熊老姐儿吃罢饭，有了精神，便走到停尸床边，一个挨一个地验看，看着看着，她突然冷笑一声，取出了她惯用的一根大竹杠，对着那具没有死的"死尸"抽打起来。那"死尸"开头还强忍着，没吭声，抽到十几下时，"死尸"便疼得受不了啦，"哎哟"一声，跳下停尸床，夺门就逃，熊老姐儿冲出门，高举竹杠，一边追一边打。"死尸"饿了一天，加上惊吓，已经筋疲力尽，跑不快，熊老姐儿很快追上，"死尸""扑托"一声跪在地上，拱手求饶道："熊主任熊奶奶，饶了我吧，我上有80岁老母，下有妻儿，他们全靠我一个人挣钱供养！"

熊老姐儿鼻子里"哼"了一声，喝道："你杂种骗得了你姑奶奶的眼睛，骗不了我这根敲了20年死尸的竹杠！

老实说，你这回卖命得了好多钱？"

"死尸"连连磕着头，说："我身上没带钱，明天一定叫人把钱送来，孝敬你老人家！我原想运气好的话说不定能在天黑后悄悄逃走，独吞卖命钱，谁知你老人家敲竹杠从不漏掉一个。"

熊老姐儿听那"死尸"这么一说，走上前去，仔细打量了一下那人的脸，冷笑道："杂种，原来又是你张三娃！我今天上午搬尸时就觉得有点面熟，只是血糊糊，认不清楚，不过，任何卖命的，都难以逃过我这竹杠！"

熊老姐儿赏了一碗冷稀饭和几块泡菜给张三娃吃，然后厉声问道："今晚你睡我的床，还是睡停尸床？"张三娃嘀咕道："还是那个价？"熊老姐儿说"我的床涨价了！"张三娃嘴一撇，满肚子不乐意："那我不睡你的床，我还是跟尸体一起睡停尸床算了。"熊老姐儿恶声恶气地说："睡停尸床60元，睡我的床80元，你娃为了节省20元，宁肯跟尸体一堆睡?"张三娃哀求说："那就让我坐一夜吧，我不睡。"熊老姐儿说："坐也可以，要多交 10元钱，总共收你70元。"

半夜，熊老姐儿睡在床上，张三娃坐在凳上，两人一时睡不着，就说着话儿解闷儿，熊老姐儿问："三娃，你第一次卖命，是怎么卖的？"

张三娃哭丧着脸说起了往事：

张三娃是被抓壮丁抓到部队上的。有一次，连长问张三娃想不想吃大钱，张三娃不知道"吃大钱"是啥意思，连长说："吃大钱"就是"卖命"，过几天要枪毙人了，犯人家属找到他，说愿意出1000块大洋买命，让他在队伍中物色一个甘愿卖命的兵，冒充囚犯去挨枪毙。如果同意的话，连长就给张三娃100块大洋。张三娃一听就吓傻了："枪一响，命都没了，这100块钱要来干吗？"连长让张三娃放心，告诉他：上刑场时，让他跪在3号位，3号位的刽子手已经买通，到时候他装上假子弹，最多擦伤一点皮，出点血，绝对伤不了命。张三娃还是不肯，连长发火了，把手枪一拍，骂道："不识抬举

的东西，不干，老子先毙了你!"张三娃没法，只得答应了。连长还说，枪响后一定要装死倒下，逃的时间要算准，不能早也不能晚，那就是在行刑队离开之后、在管卡房的熊老姐儿来收尸之前，抓住时机逃到小树林中藏起来。晚上，连长会派两个弟兄到小树林接张三娃，脱下囚服，换上军装，回到队伍里，继续当兵吃粮。

连长还告诉张三娃：要是来不及逃走，被弄到了卡房，那也不要紧，他会买通熊老姐儿，给她一个80元的红包，叫她在用竹杠抽打时手下留情，然后半夜里把人放了，向上司报告时就说是卡房的墙壁年久失修，墙根有洞，让野狗钻进来，拖了一具死尸走了。连长得意洋洋地说："如果你在熊

《故事会》手机版年终大礼——VIP 读者服务

转眼已是年终，圣诞、元旦将至，《故事会》为答谢读者在 2005 年的支持，特在本刊手机版开放优惠订制活动。

从即日起至 2006 年 1 月 3 日 23：59 止，所有订制《故事会》手机版的读者，均能享受 5 元包月的 VIP 价格！不但能及时阅读每月两期新刊和数百本历年期刊，享受各种互动功能，还有免费阅读甚至赢取时尚手机的机会！本刊每月还将免费赠送 5 条《故事会》经典笑话短信，娱乐您的假期生活。（详情见手机杂志 WEB 和 WAP 网站上相关介绍）

《故事会》手机阅读器下载方法：

1、编辑短信"2000"发送到"16996199"，按照提示选择"是"，下载安装后到"应用程序"菜单或相关目录里找到并打开程序。

2、手机登陆手机杂志 wap 站：http://reader.3gmax.cn/wap，选择《故事会》阅读器,点击下载。

目前拥有下列机型并且开通 GPRS 业务的中国移动手机用户均可使用：

NOKIA: 40、60 系列；MOTO: V、C、E 系列，触摸屏系列；索爱: K 系列。

老姐儿收尸之前逃离，我这 80 元的红包就不必给她了。"

张三娃到了这份上也只有说实话了，他说他这是第四回"卖命"了。熊老姐儿一听立刻暴跳如雷，骂道："这龟儿子太不地道！"她想：眼前这个张三娃以前卖过三回命，可她"熊主任"只拿过一回 80 元的红包，瞧这龟儿子连长，节省两回了！熊老姐儿这一次可真被惹恼了："老娘这回要加倍收钱，不然，闹到哪一级都不怕！"就这样，张三娃被"卡"在卡房里出不来了！

第三天，那个做"卖命"生意的连长，见自己的士兵没归队，急忙找到那个"买命"的死囚家属："我的兵被卡在卡房里了！"家属怕闹出事后露馅，就来到卡房找熊老姐儿，熊老姐儿鼓起眼睛，指着张三娃，阴不阴、阳不阳地说："认清楚，这是不是你的儿子？"家属支支吾吾地说"是"，熊老姐儿冷笑一声，雷一般地吼道："这不是你儿子，他叫张三娃，是 28 军 4 师 3 团 2 连的兵！"死囚的家属急忙送上红包，熊老姐儿打开一看，是 80 元大洋的银票，"哼"了一声，说："不行！"家属无奈，只好又掏钱。

关节打通后，张三娃再次装成死尸，被人抬入棺材，家属跟在棺材后面哭哭啼啼的。到了夜里，张三娃掀开棺材盖，偷偷摸摸地溜回部队，继续当兵吃粮去了。他下回"卖命"，该是第五回了……

（题图、插图：黄全昌）

阳光路十七号

她和他新婚后不到一个月，他就出去打工了，村上的男人几乎全出去打工了，山上的东西实在是不能养活他们。

她在家里，种地、养猪、赡养老人，等待着他从远方来的信和寄的钱，每个月，他都会给家里寄钱，或多或少。

收到他的信的时候，她一个字一个字地读。

他的地址她早就背下来——阳光路十七号。

他在来信中说，阳光路是一条非常漂亮的路，是碎石铺满的小路，他们这里的条件相当好，住的是有阳台的房子，虽然是打工，可并不觉得苦。他说住的地方能听到悠扬的钢琴声，她还听他说起过麦当劳，以前，她只是听说过那种美式快餐，他在信中说："什么时候来了，我带你去吃。"

于是她的想象就更加完美了，甚至出现了小说里的场景，那阳台上有杜鹃花吗？那围墙上爬满了青藤吗？这种想象让她对外面的世界充满了美好的憧憬，所以，等待着阳光路十七号的来信成了她最大的快乐。

但那年的春节，他却没有回来，他说，公司组织去海南旅游去了，机会难得，还是明年再回来吧。

她逢人便说："我们家男人去海南旅游了！"

他们在信上的计划是那么美好：盖个新房子，买点小猪仔，再种点玉米，生一个小孩……想着想着，她就会甜蜜地笑起来。他离家快两年了，她想他想得快发疯了。毕竟是新婚离开的啊，于是她准备动身去找他，想给他一个惊喜。

坐了三天三夜的火车，她终于到达了那个城市，那真是一个美丽的大都市，可她分不清东南西北了，于是就把写着"阳光路十七号"的纸条递给了警察，警察说："在郊区呢，离城里还有两个多小时的车程。"

坐了两个多小时的车，她又打听这个地方，有人指给她说："往前走，那边搭简易棚子的就是！"

她终于看到一个破牌子上写着"阳光路十七号"！

那是一个简陋的木牌子，上面粘着水泥和白灰；她看到了那简陋的房子，而刚才路过那些漂亮的小区时，她也的确看到了带阳台的房子，听到了钢琴声，可那都是别人的快乐。

"那一排房子，都是临时搭建的，"旁边的人说，"这片大楼快盖完了，这片简陋的房子也快拆除了，如果你再不来，就看不到了。这帮农民工也应该回家了，他们在这里干了快两年了，为挣钱都舍不得回家，可春节老板跑了，连路费都没给，他们没办法回家了。"

她哭了，站在那简陋的房子前，想起他说过的海南旅游，想起他说过的公司和钢琴声，想起他说过带她去吃麦当劳。她敢断定，他从来没有离开过这里，他从来没有吃过麦当劳！

没有进屋去找他，她又坐了三天三夜的火车回了家，回家后她写信给他 我想你了，回家吧。

一个月后，他带着大包小包回了家，当然，还带着一份不再新鲜的麦当劳。她让他吃，他说："你吃，我在外面常吃。"

她含着眼泪吃完了那个叫汉堡的东西，一个小小的汉堡，要卖十块钱。吃完了，她说："不如红薯粥好吃呢，怪不得你说吃腻了。"

整整一夜，他给她讲外面的世界，说自己的公司多好，说住的房子很漂亮……他一直说着阳光路十七号，她听着，在黑暗中流下了眼泪，最后，她握住了他的手："因为有你，那条路应该叫阳光路。"

她一直没有说去过阳光路十七号，那是她心底一个幸福而心酸的秘密……

（作者：雪小禅；推荐者：白淑贤）

（题图：安玉民）

"感动中学生的故事"是本刊新推出的栏目，希望中学生及广大读者能喜欢。本刊热忱欢迎作者惠赐原创佳作，要求：1）题材不限，故事中的人物不限于中学生；2）情感色彩浓郁，故事情节生动；3）篇幅在两千字左右。来稿可从邮局寄发，也可发电子邮件，请在信封或电子邮件的主题栏内注明"感动中学生的故事"字样。本期责任编辑E-mail地址：yaotongzhi@vip.sohu.net。

一副小孩玩的五颜六色的拼图，居然能决定一个人的生死祸福，你信不信？

最后一副拼图

□ 陈 杰

刘大伟开了个卖儿童玩具的小店，因为经营的玩具品种少，生意不是太好。最近，上小学的儿子强强告诉他，校园里开始流行起明星拼图游戏，那些打乱的硬纸片上画的都是明星，如果拼在一起，就是一幅完整的明星像，而且上面涂有荧光粉，晚上还能发光，课余时间，同学们都爱拼着玩，于是刘大伟就从玩具批发点进了一箱拼图，打算趁机赚一笔。

这箱拼图果然卖得很快，没几天就只剩下三副了，这三副其实是残次品，拼图上是空白的，没有图案，刘大伟准备下次进货时调换一下。这天傍晚，又有几个小孩子到店里来问拼图到货没有，刘大伟告诉他们下周就去进货，这些孩子就神情沮丧地走

了，刘大伟有点纳闷：拼图游戏真那么好玩吗？

刘大伟想着想着，就拿出一副拼图，又信手在空白的拼图上画下了儿子的漫画像，又写上"强强"两个字，然后拆散了，开始拼着玩，这一玩还真玩出味儿来了。这时，正巧来了两个买玩具的顾客，刘大伟才把那副没完成的拼图装到包里，打算回家把剩下的图案拼完。

到了晚上十点半，刘大伟关了店门回到家里，吃了饭后就从包里取出那副拼图，在客厅里琢磨起来，可打乱以后的拼图就得一点点地找，直到十一点，儿子的漫画像上还缺一只胳膊没拼上，刘大伟困得眼皮直打架，便趴在桌上睡着了……

一大学食堂里的饭菜惨不忍睹，甲学生感慨道：一个肉包，包包裹裹不见馅。乙学生即兴对曰：两碗清汤，汤汤水水可照人。　山东　王新(0129)

"当、当、当……"午夜十二点了，刘大伟从睡梦中惊醒，他正要回房睡觉，突然听到儿子在房间里一声惨叫，刘大伟急忙推开小卧室的门，只见老婆昏倒在地上，又见强强面容扭曲，两只眼睛往外翻着，右臂只剩下半截，正"滴滴答答"往下滴着血，殷红的鲜血已经把被子浸透了！

刘大伟还算镇定，他撕下一角被子，用力扎住强强的伤口，然后拨打了120急救电话。经这一番折腾，时间已到了十二点半，"当——"这"半点"的钟声刚响起，奇怪的事情发生了：地上的血一滴一滴地又回到了强强的身体内，更令人惊骇的是那只断了的手臂不知从哪里飞进了屋，又奇迹般地回到了强强的断臂上，而且竟然愈合得严丝合缝，没有一丝一毫的痕迹！这时，远处响起了救护车的呼啸声，刘大伟连忙又拨打120，连连道歉，说刚才只是小孩的恶作剧，其实没有病人需要救治。

强强很快躺倒在床上睡着了，刘大伟惊愕万分：这到底是真实的现实还是虚幻的梦境？可老婆还晕倒在地上，强强包扎手臂的那块被单还在，这全是真的呀！

刘大伟的心还在一个劲地跳，他把老婆扶回卧室，又回到客厅的桌子前坐了下来，这时，他发现桌上那副拼图不知什么时候已经拼好了，这下他明白了：这空白拼图有着奇异的力量，拼图中的人像如果晚上十二点之前没有拼好，十二点的钟声一过，拼图上的人像是什么样子，被画的那个人就是什么样的惨状，不过，到了十二点半，拼图就会自动拼好，被画的那人也会平安无事。明白了这一些，刘大伟就把没使用过的那两副空白拼图小心翼翼地锁在小店的抽屉里，他再也不想看到深夜里出现的恐怖情景了！

转眼过去了一个月，强强到底是小孩子，那晚发生的事早忘了，生活又恢复了原先的平静。这天玩具店的生意特别好，直到晚上十点多，还有顾客在挑玩具。到了十一点，人们陆陆续续走了，玩具展示架前只剩下一位年轻人，年轻人左挑右拣，还没决定买什么。时间一分一秒过去，刘大伟实在困得受不了，正打算劝他明天再来，突然，年轻人从腰间抽出一把刀，凶相毕露，低声喝道："快把钱拿出来，否则要你的命！"看着明晃晃的刀，刘大伟吓得双腿发麻，只得打开抽屉，把所有的钱都拿了出来。那年轻人抓过钱，塞进衣袋，转身跑出了店。刘大伟看着空空的抽屉，一个劲地骂自己的运气背，竟然碰到抢劫的，几千块钱一下子就被抢了。

就在这个时候，刘大伟突然想到了抽屉中的空白拼图，脑子一转有了主意，离十二点还有几分钟，应该来得及，他草草地在拼图上画上个人

形，写上"抢劫犯"三个字，然后把拼图打乱，锁上店门，追了出去……

那个刚才抢钱的年轻人已经跑到了街的拐角处，刘大伟一边追一边看手表，十二点一到，只见前面逃跑的那个年轻人突然停了下来，又弯下了腰，手脚抽搐着，显得很痛苦的样子，他的脸上，出现了天塌地陷时才有的极度惊恐，紧接着，又见他的右手猛然间断裂了，鲜血一下子喷涌而出。这时，刘大伟已经来到那人面前，年轻人还没来得及说话，"嘭"的一声炸响，他的身体化作了数十块碎片，四下飞溅，撒了一地，血溅了刘大伟一

身，刘大伟吓得后退了几步，却又听见"咔"一声，脚下不知踩到了什么东西，借着昏暗的路灯，他捡起那东西一看，踩碎的竟是年轻人的眼珠！刘大伟吓得叫了一声"妈"，钱也不要了，回头便跑回了家。

第二天，刘大伟早早来到店里，按照预料，画有年轻人画像的那副拼图应当拼好后出现在桌子上的，不料却怎么也找不到，刘大伟只得把最后一副拼图装进包中，带回了家，放到了床头柜里。

有了这两次经历，刘大伟算是真正知道了这拼图的威力。总共三副空白拼图，一副画上了儿子的漫画，另一副画有年轻人画像的拼图意外消失了，现在只剩下了最后一副。

这天，店里的生意不太好，刘大伟一个人在店里想心思：最近滞销的商品进了不少，店里资金一时难以周转了，想到钱，刘大伟有点坐立不安了，钱呀钱，没有你真的是万万不能啊！

这时，电视中正在播放一则新闻：国内知名的富商王义要来本市作投资考察。刘大伟突然冒出了一个念头，他打算用这最后一副拼图做做文章，搞一大笔钱，开一个全市最大的玩具店，

有豪宅,有靓车,过过富人的生活。刘大伟的计划是:把王义的画像画在拼图上,等到午夜十二点,王义将会经受躯体四分五裂的折磨,紧接着就和他谈判,敲诈一笔钱,十二点半拼图就会拼好,王义也会平安无事,但这笔钱就稳稳到手了!

主意打定,刘大伟便想去看看那副空白的拼图,不料打开床头柜,拼图却不见了,正在这时,强强放学回来了,他手中拿着一个盒子,叫道:"爸爸,我把你的画像画到了拼图上,却怎么也拼不成,快帮帮我。"刘大伟一听这话,吓得心惊肉跳,他打开盒子,里面正是那副拆散的空白拼图,只是每块纸片上都有笔痕,刘大伟颤抖着声音问道:"这上面画的是我?"

强强怯生生地答道:"我看到一副拼图上有我的画像,就想把爸爸的画像也做成一副拼图,我看到床头柜中有一副空白的,就……"

刘大伟来不及训斥儿子,立刻拿起拼图,坐到桌边拼了起来,他的心情十分紧张,心越急,手越抖,于是就越是拼错。时间一分一秒地过去,到了十一点,拼图还没完成,刘大伟没心情再拼下去了,算了,这种躯体四分五裂的情景已经看到两次了,再说一到十二点半拼图就会自动拼好,自己就会平安无事的,这么一想,心情就放松了。这时,妻子催他快吃饭,刘大伟就坐到餐桌旁,抓起馒头吃了起来。

这当儿,餐桌上放着一张报纸,刘大伟无意中看到报上有一则新闻:"恐怖死亡、尸体四分五裂、血染小街",还有一张照片,画面上正是那个抢劫的年轻人惨死在街头的情景,报纸的日期就是刘大伟被抢劫的第二天,这么说来,那年轻人并没有复活,死了?

刘大伟越发弄不明白了:强强被画入拼图后平安无事,抢劫犯画入拼图后死无全尸,莫非是——只有善良的人画入拼图,十二点半拼图才会自动拼好,画中人也会平安无事,而犯有罪恶的人如果十二点前拼图没有完成,拼图就会消失,身体就会四分五裂而死,难道真的是这样?

刘大伟想到这里,魂都没了:我刚才还想敲诈王义,那自然也是坏人了……他顿时额头上大汗淋漓,再不敢往下想了,连忙又拿起未拼好的拼图,对自己说:"别慌,别慌,一定要在十二点前把拼图完成!"

这时,客厅内的灯突然灭了,借着窗外的月光,墙上的挂钟分明已经指在十二点的位置上,刘大伟的全身关节处开始断裂,眼眶中也渗出了血,手臂"喀嚓"一声断了下来……刘大伟在此之前从没做过一件坏事,仅是这次一念之差,可这又能怪谁呢?

(题图、插图:谭海彦)

巍巍的，父亲的爱，爱如高山
深深的，人间的情，情似大海

敦厚的杀手

□ 孙新华

1.总经理的办公室来了一位不速之客

飞虹公司是一家拥有数亿资产的跨国公司,这天,一位蓬头垢面、衣着不整的中年男子在公司门口稍稍犹豫后,迈开大步跨进了公司大门,他走进了一间办公室,对一位女士说"我要见你们公司总经理。"女士打量了他一番:"对不起,总经理不在家。"

"我要给他说一件非常重大的事!"

女士又一次打量了那男子一眼,冷冷地说"重大? 不用'重要'用'重大','重大'到什么程度?"

来者的口气毫不示弱:"对他,还有他的公司都会地动天惊!"

女士不敢怠慢了,起身离去,没多久疾步走来,对这位不速之客说:"有请!"

总经理叫高一鸣,是该市被称为

"企业家"、"慈善家"、"社会活动家"的"三家"式人物。一会儿，不速之客走进了总经理办公室，高一鸣看了来者一眼，不认识，再观其衣着神态，估计谈不出什么重大内容，这个念头一起，他便漫不经心地拿出一包极品"芙蓉王"香烟，给自己点燃一支，随手把烟甩在桌上。

来者毫不客气，与高一鸣对面而坐，拿起桌上的烟，给自己点了一支，吸了一口，说："你要有一个好的心态，尽管你是跨国公司的总经理，见多识广，但这件事对你的打击将实在太大！"

高一鸣朝上空轻轻吐出几个烟圈，那神态分明是对男子所谓的"重大"不屑一顾。

"你应该记得十年前的十月八日的上午九时。"

高一鸣当然记得，那是他儿子出生的那年、那月、那日的那个时候！

来人继续说道："在市妇幼保健医院有两位产妇同时待产，两位虽都是女性，可她们却有着不同的命运，一个是有钱人家的贵妇，一个是穷人家的贫妇，可上帝不偏袒有钱人，她们产后的结果是，贫妇生下的是儿子，贵妇生下的是女儿！"

高一鸣停止了吐烟圈，眉头略微一皱，但他很快坦然了：现在叫他爸爸的是儿子而不是女儿！

来人还在喋喋不休地说着："还有一件事我必须给你说清楚，那天你不在医院，你去了英国，是你的岳父郭子冲在医院陪护着你妻子，而我——贫妇的丈夫正在医院里。你岳父把我拉到一边，对我说，他愿出五万元拿你的女儿换我的儿子。"

来者说到这里停了停，他已感觉到自己的话引起了高一鸣的重视，于是自信了许多，语气便不由自主地增加了力度，"我是一个穷人，穷得连生孩子的费用也交不起，特别是十年前的五万元，这对一个穷人来说，该是一股什么样的诱惑力啊！尽管我不情愿，但还是同意了。你岳父是个商人，他怕我日后反悔，用商人的办法写了一个协议，要我在协议上签字。"说罢，他掏出一张纸条递给高一鸣。

高一鸣接过一看，是复印件，但确实是岳父郭子冲的亲笔。郭子冲是外籍华裔，那种外籍华裔写的歪七竖八的汉字，一般人想学也学不像。

来人进一步作了补充："这件事，你妻子知道，如果她不承认，现在医学很发达，你可以去作一次血检。我知道我和我老婆的血型，由此推断，你儿子应该是O型血！"

儿子的确是O型血，高一鸣的脑袋像重重地挨了一棒！

"你岳父在世时也和你一样，都是以慈善家自居，我就想不明白，拿金钱去换人家的儿子，这是不是一个

善人该做的善事？"那男子停了停，又说，"这姑且罢了，我对一个善人该做些什么不感兴趣，问题是十年后的今天，我女儿，当然也是你的女儿，她突然得了一种怪病……"来人把嗓门拉得高了许多，"就一个晚上，她身上突然长出了许多鱼鳞癣！这种癣摸上去冷硬光滑，闻起来还有一股鱼的腥味，和真正的鱼鳞几乎没有两样。我问过医生，医生说，这种病例极为少见，属母性遗传引起，也就是说你妻子身上也有这种鱼鳞癣，你敢说她没有吗？"

高一鸣顿时感到呼吸急促起来，是啊，他妻子身上确确实实也长满了这样的鱼鳞癣！

"我为什么要和你说这些呢？我是想说，当初你岳父和我交换儿女并不单纯是重男轻女，而是想把这种怪病转嫁到别的家庭！这是什么？这是嫁祸于人！光凭这一点，我就可以在报上向广大群众讨个说法，也可去法院指控你们的行为！"

高一鸣沉默了好久，终于发话了："谈谈你的要求吧。"

"万事和为贵，你是社会名流，加上你也没参与此事，我不想往你身上泼脏水，至于我的要求很简单，我有一件急事要办，需要钱，"说着，他掏出一张纸，是那张协议的原始件，"两万元，我把它退还给你。"

高一鸣摇了摇头："你把它收回去，三天后听我的答复，但我可以给你吃一颗定心丸，你开价不是很高，我能满足你的要求。"

在这风雨交加的夜里，我用热乎乎的短信给你温暖，用火热热的问候给你加温，用滚烫烫的祝福给你驱寒。还不够？那我就把自己塞进你的心里吧！你还冷吗？　浙江 宣志江（0132）

来人站起了身，刚走到门口，高一鸣叫住了他："三天后的晚上八点，在华天宾馆门外见面。"

2. 子弹从耳边呼啸而过

三天后，约定的时间到了，中年男子按时到了华天宾馆门外，还没停下脚步，一辆宝马牌高级小轿车停在了他跟前，车窗徐徐打开，高一鸣在车内向他招手。他上了车，屁股还没坐稳，小轿车"呼"地启动，风驰电掣，发疯般向前疾驶，超过了路上所有的车。车要开到哪儿去？像是没有目的，几乎围着这座城市的边沿转了一个圈，过了很长一段时间，车子终于在飞虹公司门口停了下来。两人进了电梯房，高一鸣按了一下启动按钮，电梯不是升，而是降，降到了地下室。穿过一条长廊，走到了尽头，高一鸣触摸了一下墙壁，墙壁徐徐启动，出现在眼前的是一个很大的厅，里面透现出刺眼的光。又走了一会儿，来到了一间办公室，室内中央的墙壁上挂着一张遗像，中年男子认识死者，就是十年前和他做交易的郭子冲。

两人又是对面而坐，距离同样拉得很近。高一鸣的脸上没露出任何表情，他递给中年男子一支烟，随即拿出一个金属打火机，站起身来，亲自给男子点烟，然而，打火机刚接触到烟头，高一鸣猛地将打火机缩了回来，像拍惊堂木，捏着打火机用力向桌上一击，"叭"地一声响，夜晚在地下室发出这样的声音，不亚于一颗炸弹在头顶上爆炸，加上这一举动又来得太突然，中年男子始料不及，连人带椅滚在了地上。

"王范！"高一鸣一声喝叫，中年男子刚刚立起身，正惊魂未定，这时听到这一声断喝，顿时又像当头挨了一棒——他是叫王范！

"你姓王名范，今年37岁，妻子亡故，家住离本市七十华里的桃园县。半年前，你因抢劫杀人被抓进了监狱。十天前，你从监狱逃了出来，就溜进了我的办公室，狗胆不小，居然玩到了我的头上！你知道我过去是干什么的吗？"高一鸣一边说一边脱光了上身，王范抬眼望去，只见高一鸣的身上足有十多处被刀砍过后留下的伤疤！

高一鸣冷冷地笑着："实话告诉你，我也是提着脑袋玩命的人，所不同的是，我是越玩越好，玩成了大款，而你呢，越玩越孬，玩成了阶下囚！"说到这里，高一鸣又像舞台上的演员一样突然换了一副表情，若无其事地拿出一支烟递给王范，接着又取出打火机给王范点火，王范吓得瑟瑟发抖，准备"迎接"高一鸣的第二次击打桌子，可高一鸣这次没有，当打火机放在烟头前的那一刻，高一鸣的大拇指向下一按，刹那间，打火机变形

・中篇故事・

了，变成了一支亮晃晃的微型手枪！

"这可是真家伙！"高一鸣的眼内露出了一道凶光，他冷笑着说，"要不要我试试？"话未说完，他扬手就是一枪，"砰——"子弹从王范耳边呼啸而过，对面墙上顿时被击出一个窟窿，"我现在就可以一枪打死你，打死你后我去报案，说你又在抢劫杀人。

你有前科，公安不会怀疑我的陈述！"

王范早已吓得面如白纸，他的身子哆嗦着。"可是，我不会杀你。"高一鸣回到了座位上，又给王范递了一支香烟，然后又给他点火，这次还真的给他点燃了，"你毕竟告诉了我十年前的事实真相，我查了，你说的句句是真。这还不是主要原因，主要原因是，你毕竟是我孩子的亲生父亲，我很喜欢我的儿子，我们父子情深。由于你我有了这层关系，我要杀你，从某种意义上说，这叫同室操戈。我还知道，你没有把这事告诉我儿子，这就说明，你的目的只是为了钱，而不是要破坏我的家庭。不就是要几个钱吗？我儿子的亲生父亲找我要钱我能不给吗？只是一条，你要得也太少了些，你为什么不开口要一百万、两百万或者三百万呢？可见你这人成不了大事！"

王范惊魂未定，抬起眼来瞟了瞟高一鸣，发现他的杀气收敛了，说刚才这番话时倒像是带了些真诚，于是便低声说道："我要这些你能给吗？"

"能呀，真的能。你是谁呀，你是我儿子的亲爸爸呀！你现在就开个口，我绝不打你的脸。"

"那……那你就给我一百万吧。"

高一鸣又笑了："少了，再说多些，你真是干不了大事。"

"那……那就二百万吧。"

 70 发这样一条短信用了0.15元，写这样一句话用了1.5分钟，买这样一个手机用了1500块，对你的祝福有15000句。　北京 杨楠(0133)

"一言为定，我绝不食言！"高一鸣朝王范笑了笑，"想干点大事吗？"

"想啊，可就是没这个机会。"

"我给你机会。"

"是吗？"王范瞪大眼睛望着高一鸣，高一鸣立刻信誓旦旦地说："是的，我不会骗你，干成了这件大事，你立刻可得二百万！"

"什么事，尽管吩咐。"

"去帮我杀个人！"

王范脑袋"嗡"地一响，浑身像被电击了一般，颤抖了好长时间。

"这个人我老早就想除掉，可一直没找到合适的杀手。当我第一眼见到你，就觉得你很合适，第一，你有过杀人的历史；第二，你是我儿子的生父，他虽然没跟着你长大，可毕竟是你的亲骨肉，你一出卖我，这对他没有好处。当然，这些都不是最重要的，最重要的是，你本来就负案在身，一旦被抓只有死路一条，而你帮我做了这件事，我给你二百万，你可以逃得远远的，逃到一个没人认识你的地方。二百万啊，够你一辈子享用的了。"

高一鸣走到王范身边，拍了拍他的肩膀，"人生如赌博，对你而言，这更好比是死前一赌，赌得好，你柳暗花明又一村，赌不好反正是死路一条，也没什么大不了，想想吧。"

王范点燃了一支烟，没吸上两口，便用两个指头将烟捻灭，他的脑神经在飞速运转着，由于想得出了神，已不知道手指头被烟燃着时的疼痛，一阵沉默后，他吐出了一个字："干！"

高一鸣满意地点了点头，拉开抽屉，拿出五扎万元一扎的百元大钞，"先拿着花，不要舍不得，"然后他又拿出一把钥匙和一部新手机，说，"今天你就住华天宾馆888房间，学干净点，别让人小看你，手机我已上了号，你现在就可用，不要关机，随时听我调遣！"

接着，高一鸣又教王范如何使用手枪……

3. 一个神秘的女人说了一番神秘的话

从高一鸣那儿出来已是凌晨两点，外面刮着大风，大风夹着大雪，王范本来就还没吃晚饭，刚才又受了一阵惊吓，现在顿时感到饥寒交迫。现代化的城市已分不出白天黑夜、春夏秋冬，餐馆和夜市摊，仍旧高朋满座，人如潮涌，但这些地方他是不能去的，他是一个在逃犯啊！王范来到一条小巷，快到小巷尽头时，看见一个小餐馆正要收摊，他走了过去，要了一个火锅，两样好菜，再要了一瓶白酒。

这一餐他吃得好惬意，不知不觉，一瓶白酒所剩不多。一会儿，身子暖了，肚子饱了，脑子也晕晕乎乎

了，步子也摇摇晃晃了。

刚出酒店还没走几步，眼前顿时觉得一黑，像是被一个布袋蒙住了头，还感觉到左右有两人夹着自己的肩膀拖着往前走，他被拖进了汽车，汽车很快开动了……

车开了很长时间，停下了，王范又被人拖着往前走，接着又听见敲门的声音，门随即开了，他被人按在一张椅子上坐下，有人给他摘下了头罩，一睁眼，只觉得眼前雪一样的亮，仔细看了看，这不就是高一鸣刚和他说完话的那间地下室吗？王范认真辨别了一下，确定就是那间地下室。室内有七个人，除了一位中年女士外，个个都是彪形大汉。

那女人坐在正中央，她一见王范，立刻故作惊诧地对着那群大汉叫了起来："你们怎么能这样对待我的客人呢？我给你们说过，他是我的朋友，只能请，你们怎么把他抓了来呢？"

王范的七分醉意差不多全吓跑了，现在脑子清醒着呢，他知道，那女人在做戏，对自己这位"客人"的"请"和"抓"其实都是事先安排好了的，只是他不知道，这女人为什么要抓他来。一会儿，女人要大汉们统统离去，她亲自给王范倒了一杯开水，再给他递过一支烟，又亲自给他点燃，也是和他近距离坐下，面对面地交谈了起来，女人说话的声音很平和："高一鸣要你杀我？"

如同一声炸雷，王范虽然不知道高一鸣要他杀谁，但这事还没过夜，又是在地下室说的，这女人怎么全知道了？

"你是不是想知道，我怎么会对你们的行为了如指掌？"客厅有一台电脑，女人将一张光碟插入电脑，顷刻间，电脑的显示屏上出现了他和高一鸣在地下室的一举一动，甚至说的每一句话都清晰入耳，王范顿时浑身冷汗！

送你一杯清茶，以芬芳的祝福为叶，以温柔的叮咛做花，再用沸腾的热情为水，宽厚的包容当杯，喝出你一年的好心情和一生的幸福！　江苏　远云（0134）

"我把你请来是给你提个醒，我是杀不得的，如果你杀了我，你会后悔终生。你知道我是谁吗？我是高一鸣的妻子，我叫郭琳，是你儿子的母亲！"郭琳说着站起身来，又给王范的杯里加了一点开水，继续说道，"我可不会像高一鸣那样威胁、恐吓你，我前面说过，你是我的朋友，再说，你是受人指使又还没有行动，更何况你是拿人钱财与人消灾，对我无深仇大恨，我为什么要对你不恭呢？只是有件事我必须要向你解释——十年前的换子，并不是我父亲要嫁祸于人，他懂神相学，你儿子刚出生，他看了后对我说：'好骨相，将来必定是将帅之材，可虽是人才，也需要好的环境来培养呵护。'现在你儿子在英国上学，受到了最好的教育，待他长大后我会要他认你。我会的，为什么会？你知道吗，这是我父亲生前的遗嘱，他没把财产交给高一鸣，而是交给了你儿子，想想看，你儿子长大后即使认你做了父亲，能割舍得了我和他的亲情吗？"

郭琳显得很激动，她告诉王范：她父亲早就看出高一鸣想除掉她，知道高一鸣是一只养不亲的狼，所以就把财产交给了外孙，同时为了防着高一鸣，他又在办公室和地下室都秘密安装了微型摄像机。

郭琳说着流下了眼泪，她说："你不要以为他想除掉我是因为我做了对他不忠的事，不是的，我是外籍华裔，在我们那个国家长大的女孩，比国内更传统，更懂得相夫教子，我对他关爱备至，可我换不回他的心，什么原因，你以后会知道的。"郭琳说着站起了身，在客厅转了两个圈，"既然他要除我，我和他之间就毫无情义可言，可我不能老防着他，这样对我不利，我也想除掉他，可一直没找着合适的人，现在，高一鸣认为利用你除掉我很合适，可我也在想，只有你帮我除掉高一鸣我才放心，他不就是给你二百万吗？如果你帮我除掉了他，我可以给你更多，因为，你本来就是我儿子的父亲！"郭琳的话说完了，她望着王范，想听他的回答。

王范的醉意全醒了，他认真听着郭琳的每一句话，心里嘀咕着：过去干哪样哪样都不成，想不到今天无意间做了杀手倒成了抢手货。他站起身来，对郭琳说："行，只是这事还得容我等几天，我还有一件大事要办。"

郭琳满脸堆笑："没问题，不急，高一鸣和你分手后就上了去机场的汽车，他要在英国的公司处理一些事务，待他回来，立刻动手！"

4. 杀手的行动也艰难

高一鸣要杀的，的确是他的妻子郭琳。高一鸣从小就胆大好斗，仰慕武侠小说中那些性情中的侠士。年轻

时参与一起带黑社会性质的群体斗殴，他砍伤了人，逃到了深圳。一天夜里，在一条不是很热闹的街上，他见四个年轻汉子围住了一个中年男人，这四人和自己差不多，属于社会上的"混混"一类，看得出，他们是在抢劫，而这中年男人，从衣着和举止，都看得出是一个有钱人。高一鸣认准了这个机会，乘这四个汉子不注意，在附近餐馆操了一把火钳，从黑暗中杀出，朝四人一顿猛劈。四个汉子经不住这摸头不知脑的突然袭击，掉头就跑，就这样，高一鸣认识了这位有钱人，他叫郭子冲，是国外来内地投资的华裔商人。

高一鸣就这样进了郭子冲的公司，他天性聪慧，办事干练，很快就成了郭子冲的心腹，郭子冲还把自己的独生女儿郭琳许配给了他。

两人第一次见面时，高一鸣的感觉是郭琳具有外籍华人特有的那种秀丽和高贵，用不着怀疑，这是既得江山又得美人的好事，可是，情况并非如此，洞房花烛夜，他扒开郭琳的衣服，惊异地发现她的身体竟是那样的污秽、龌龊：浑身长满了鱼鳞癣，银白色，在灯光下还闪着鳞光，摸上去冷硬光滑。

高一鸣有洁癖，看见后立刻跑到洗手间里呕吐了好一阵。婚后的日子更是苦不堪言，郭琳每到半夜，身上就会发痒，发痒时就要高一鸣帮她搔，这一搔就没完没了的，什么时候痒就什么时候搔，一直搔到她昏昏入睡才能停手。当然，高一鸣和郭琳也有过夫妻之事，可那也是在他极不愿意的情况下不得已而为之的。

婚是不能离的，离婚就意味着高一鸣将要放弃郭家的亿万家产，而且郭子冲在英国还有几家很赚钱的公司。要除掉郭琳，过去高一鸣只是想想而已，真正痛下决心是因为郭子冲的死。老东西大概是看出了高一鸣心里面在想些什么，死前的遗嘱上，竟然没把财产交给高一鸣，而是交给了他的外孙，外孙才十岁呀，而且老家伙还安排郭琳做了董事长，高一鸣只是在董事长领导下的总经理，说白了仅是他郭家的大管家。要解决上述所有问题，只有一个办法，那就是把郭琳做掉！

再说王范和郭琳见过面后，就在宾馆住着，白天不敢外出，夜晚在一家当街的餐馆饱饱喝足，再带点吃的上宾馆留着第二天白天吃。第五天夜晚十时许，手机响了，高一鸣问王范"准备好了吗？"

"嗯。"

"你立即赶到电视台，靠左边大门放着许多花盆，你从左往右，数到第十个，就在第十个花盆下面有一个塑料包，那里面放着枪，拿到后再打电话给我。"

王范一听有点疑惑了：高一鸣不是去了英国吗？是回国了，还是在英国电话指挥？王范来不及多想，他赶到指定地点，按着电话中所说的，果然在那个花盆下找到了一个塑料包，也果然找到了那支装有消声器的手枪，于是他便接通了高一鸣的手机："找到了。"

"你打的往西郊方向走，开到怡景花园，再找陶然山庄。"

王范按照高一鸣的吩咐，打的到了怡景花园，这是一个富人区，有很多花园别墅。现代人真怪，别墅不叫别墅，叫山庄。找到陶然山庄已是深夜12时，他又接通了高一鸣的电话："找到了。"

电话里传来了高一鸣的声音："门左边的石柱下面放了钥匙，你把门打开。一定要注意，会有一只狼狗向你扑来，那是一只只会咬人不会发出叫声的狗，你千万不要惊慌，当它的双爪搭在你肩上时，你拍拍它的头，叫它一声'黑狼'就没事了。你要杀的人此刻还没睡，在看电视，你见她就开枪。做完以后，我会告诉你钱放在哪儿的，你取了就走，现在先给你的是五万，待你安定下来后再设个账号，我会把二百万一次性转账给你。"

王范挂了电话后就蹑手蹑脚地靠近了陶然山庄，前面是围墙，围墙的门锁着，灯光很暗淡，他好不容易找

到了钥匙，把门打开，进去还没走两步，一只牛犊般大小的狼狗"呼"地向它扑来，他吓得差点叫出了声。狼狗的双爪搭在他的肩上，他拍了拍它的头，叫了一声"黑狼"，果然，狼狗摇了摇尾巴，给他让出了道。

二楼亮着灯，电视的声音开得很大，也是从二楼传下来的。王范放轻脚步上了二楼，二楼客厅的门虽然关着，但窗幔没有拉严实，透过窗幔的缝隙，他看见了郭琳，此刻郭琳正拿着手机，像是在拨号，紧接着，王范的手机响了，他赶紧退下楼，一看，是郭琳打来的，王范马上接听，郭琳在电话里告诉他："高一鸣乘坐的飞机，明天上午十点在机场降落，他走出机场大厅后，会去大厅左侧的一家名叫'姿色'的美容院洗面，洗完面后，会一个人静静地躺在那儿休息十分钟。他是一个很注重仪表的人，这是他多年养成的习惯。你在那儿下手，保证万无一失。"接完电话，王范已走出了陶然山庄，他回头看了看亮着灯光的二楼，耳边又响起了那天两人谈话时郭琳说的话，对呀，与其杀郭琳，还不如杀高一鸣！想到这里，王范掉头就走。

第二天，王范准时赶到机场，他站在大厅角落里，远远看见高一鸣从旅行通道走了出来，只见高一鸣的左手牵着一个男孩，男孩十岁左右，长

得白白胖胖，一走三蹦，满脸都是稚嫩的笑容，甚是可爱。莫非这就是自己的儿子？王范跟随其后，听见孩子正在问高一鸣："爸爸，妈妈会来机场接我们吗？"

是自己的孩子啊！十年来王范还是第一次见到自己亲生的儿子！一个本应是穷人家的儿子却落到了富人家，一个本应是富人家的千金却跟着一个穷人在受穷受苦，想到这儿，王范心里就发酸。

看到自己的亲生儿子紧随在高一鸣的身边，王范实在拿不起枪、下不了手，于是他断然离开了机场。一会儿，电话响了，是高一鸣打来的："做了没有？"

王范回答得很干脆"做了，干净利索。"

过不多久，电话又响了，是郭琳打来的："怎么样？做了没有？"

"做了，利索干净。"

其实王范什么也没做，他离开了这座城市。

高一鸣得到消息后乐坏了，他直奔家门，想着给妻子收尸，给她办个全市最热闹的丧事，再假惺惺地哭她个三天三夜；而郭琳也同样在想着如何去给高一鸣收尸，如何去公安局报案，说有人谋害了高一鸣……直到两人见面，都暗暗吃了一惊：对方还活着，毛发无损！但他们各自都认为对方不知道这事，自然是一阵"亲热"，"嘘寒问暖"。没五分钟，两人又都同样想着一个问题：上了王范的当！小样，还玩到了我的头上，而且这事要是从王范的口中露出半点风声，后果将不堪设想！

高一鸣早就派人调查过，知道王范的一些基本情况；郭琳也忙着调查，因王范有案在身，让熟人到公安局一查就明白了：王范的妻子因患癌症早已亡故，他带着女儿和父母居住。父母年事已高，还听说王范是个孝子……

5. 你就是天下最好最好的好爸爸

雪越下越大，山道上的雪已深得埋了膝盖，王范艰难地一步一步向前行走，雪天把夜晚变成了白昼。后面没有跟踪的公安，寂静的夜晚，踏雪的声音会传得很远。翻过了一道山谷，眼前出现了一个村落，王范在一幢两层楼的小洋房边停下了脚步，大山里能有这样的小洋楼，可见房屋的主人还算富有。半年前，王范就是在这幢小洋楼里作的案，作案后他想逃，哪知房屋的主人给派出所打了电话，公安在道口边拦截了他。

夜还不是很深，房屋的主人还没睡，在看电视。王范敲了敲门，开门的是一位老头，他见到王范，顿时吓得面如白纸。王范一把抓住他的手，强按他坐下，紧接着从衣袋里掏出万元一扎的两扎大钞，对老头说："这次你可要把真货给我，再给假的我可真要杀了你！"

老头抽出两张票子，在灯光下照了又照，摸了又摸，确认是真币后走进另一间房，不一会提出了一个塑料包。

王范说："多给点，要两份。"

老头又拿来一包，王范拿了东西刚出门，老头又拿起了电话，不过这次他不是打给派出所，而是打给他儿子："我是你爹，被公安抓着的那人又来了，提了两万元现金……我们上次是不是做得过分了些，撤诉吧，我们都是做父母的。"

老头打电话王范没听到，他溜回家时东方刚现出鱼肚白，他左右看了一眼，确定没有人跟踪，这才溜进了家门。

王范轻声叫醒了父母，叫他们别声张。女儿是跟着两个老人睡的，此刻还在梦乡。他把女儿抱到自己房间，解开她的上衣，后背心立刻露出了大片大片的鱼鳞癣，王范又解开了刚才在那个老头那儿拿来的塑料包，将包里的粉末涂在女儿背上的鱼鳞癣上。

王范看着女儿奇丑无比、令人恶心的身子，心如刀绞、欲哭无泪，一幕幕往事历历在目：

半年前，女儿身上突然长出了鱼鳞癣，奇痒难熬，一痒就哭，有时哭得晕死过去。王范一边帮她搔痒，一边流泪：她本应该是有钱人家的女儿啊，是自己害了她，要是她跟着父母，就有可能不会得这样的病，就是得了，她的父母也有能力帮她治好。王范也曾带女儿去看过许多医生，可病情丝毫不见好转，还耗空了家里的所有积蓄。后来他找到一位皮肤病专家，专家告诉他，这种病极为罕见，属遗传基因引起，目前医学上还找不到根治它的办法，他叫王范死了这条

心。

正当王范心灰意冷的时候，村里来了一位游方郎中，也就是王范刚才去见的那个老头，老头看了小女孩身上的鱼鳞癣，说：这病能治好。王范一听来了精神，问他要多少钱才能治好病。老头说：“药不值钱，是祖传秘方，也是一个偏方，但这病极少见，别说一般医生治不好这种病，就是治得好，一生也难得遇上这样的病人，所以收费较高，两万元！”

王范一听傻了眼，他去哪儿弄这些钱呢？正当王范在发愣时，老头从包里拿出一些药来：“为了证明这药的效果，我先送你一点，仅是证明一下，不能根治。”说完这些，老头又说了自己的家庭住址，要王范有了钱去找他。王范当晚就试了，他把药涂在女儿身上，不料奇迹真的发生了，当晚女儿身上就不痒了，睡得很香。没出三天，鱼鳞癣大面积脱落，可好景不长，没几天，病情复发，又回到了原来的样子。

于是王范又去了老头家里，说了很多好话，还要女儿跪下来喊老头“亲爷爷”，但所有这些都没用，老头冷热不吃，一是不赊欠，二是不少价。王范愤怒了，一天夜晚，他提着刀冲进了老头的家，老头面对刀子吓得直哆嗦，他从里屋拿出了一些药，给了王范。

王范回家后把药涂在女儿身上，哪知没有半点效果，这药是假的呀！药虽然是假的，可他犯的案却是真的，老头的儿子在城里是个有脸面的角色，他说王范抢劫杀人，于是公安抓了人，案子还在调查中，王范却逃了出来，想不到这一逃却逃出了一连串的事：遇见了女儿的亲爸亲妈，当了杀手没去杀人，却用拿回来的真钱买回了真药！

今天，王范把从老头那里拿回来的真药涂抹在女儿身上，第三天，奇迹再一次出现：鱼鳞癣荡然无存，还长出了细皮嫩肉。女儿可高兴了，身上再也不痒了，晚上睡得很香，孩子才十岁，说不出什么，可她知道父亲为她的病付出了很多，有一天，她对王范说：“爸，你猜我长大了想干什么？”

“想干什么？”

“我要变成一个仙女，给你变很多很多的钱来。”王范听了高兴得流下了泪……

王范在家呆了七天，这些天他没敢出门。第七天的夜晚，见女儿已熟睡，他背着她走出了家门。走过一条山道，他感觉后面有人尾随，他知道尾随他的不是公安，公安用不着这样，可以名正言顺地抓他。他知道了，接下来该会发生什么事，这是他早就预料到了的，对了，不是预料，是本应该有的结局，只是这事来得早了

这是来自**的限量纪念版祝福短信，收到者心想事成，万事如意。您还可发送“我请你吃饭”赢取与他面对面的机会！快行动吧！　北京　赵静蕊(0137)

些。

有些话必须给女儿说了，再不说恐怕就没时间了。王范走到了一条岔道口，这地方比较敞亮，他好一边和女儿说话，一边保护着女儿。女儿还在他背上熟睡，他叫醒了她。

女儿揉了揉惺忪的睡眼，看了看四周，问："爸，我们去哪儿？"

"爸带你去户好人家。"

"什么？"女儿有些不解，睁大眼望着王范。

"爸原本是想带着你去那户好人家的，可是……可是爸只怕是走不动了。"

女儿越听越不明白了："爸，你为什么要我去见那户人家？"

"去见你的亲爹亲妈呀！"

女儿越发有些不解了，瞪大眼睛问道："爸，你说什么呀，你不就是我的亲爹吗？"

王范将女儿紧紧地搂在怀里，呜咽着说"不是，真的不是，你本应该是大户人家的千金，当年爸一时糊涂，让你白受了这些年的苦。你现在去找他们吧，在那儿，你会过上好日子的，还会受到最好的教育。你的亲爸亲妈都是有出息的人，在那儿，你再也不需要做仙女变钱的梦了。"

"他们要是不认我呢？"

"怎么会呢？他们是慈善家，每年都会给孤儿院好多好多的钱，怎么会不认自己的亲生女儿呢？要是他们怀疑你不是他们的女儿，你就把背露给他们看，因为你妈身上也有鱼鳞癣。对了，你背着的小书包里还有药，这是爸特意给你妈弄来的。"

"我知道，爸为了这些药还被抓了。"

王范把女儿死死地搂着，泪水长流："知道就好，知道就好，这是爸在生前做的最有意义的一件事。你妈的病好了，你爸就不会和她闹了。你回去后要告诉你的爸妈别再闹了，其实他们所闹的，是日子过好了在找好日

"优媒杯"《故事会》优秀作品月月评

每期3篇选1　最高奖金800元

为鼓励读者参与，《故事会》决定举办"'优媒杯'《故事会》优秀作品月月评"活动，参加方式如下：

1. 每期由初评委推荐3篇故事为候选作品，读者可选择最喜欢的一篇，将其月月评短信代码（如AA011，没有短信代码的作品不参加评选）发送到911903（移动用户）或97575631（联通用户）、02838168（广东移动）。每次限选一篇，可多次投票。

2. 凡选对本期"最受欢迎的故事"的读者均有机会获得现金奖。每期设一等奖1名，奖金800元；二等奖10名，各获现金100元；所有参加评选的读者均有机会获得参与奖，每期200人，各获精美礼品一份。

3. 本期活动截止期为：1月5日。得奖读者在评选结果揭晓后将得到短信通知。用户每投一票收费1元。

本期候选作品：

1.《善心如水》(p11)（短信代码：AA011）

2.《非法闯入》(p26)（短信代码：AA012）

3.《回家的路好长》(p31)（短信代码：AA013）

"掌上灵通杯优秀作品月月评" 2005年11月(上)评选揭晓

2005年11月（上）获得选票前三名的作品分别为：《半只烤鸭》（3264票）、《老子教你开窗户》（2397票）、《真心无价》（1862票）。

子的岔，这些岔，穷人忙着生存，连想都不会去想啊！"

说完了这一些，王范像是履行了一个神圣的使命，他松开了女儿的双手，抹了抹眼窝里的泪水，说："去吧，你爸妈住在城里，怡景花园，陶然山庄……"

女儿似乎明白了什么，又似乎什么也不明白，她向后退了两步，又突然扑到王范的怀里，大声哭着说："爸，你说的不是真的，你是嫌我累着了你。爸，我的病不是好了吗？我哪儿也不去，他们再好我也不去，你就是天下最好最好的好爸爸！"

小道边的树林内发出了急骤的声响，也能听到清晰的脚步声，王范用力将女儿推开，对着树林高声大呼："你们不要开枪，她是你们的女儿……为了孩子，你们的双手不要沾着鲜血！"

枪声响起……

（题图、插图：杨宏富）

  朋友就像片片拼图，结合后构成一幅美丽的图画。如果不见了一片，就永远不会完整。你——就是我不想遗失的那重要的一片。　河南　王璇(0138)

外国悬念故事

　　该书汇集的是《故事会》"外国文学故事鉴赏"专栏中的35则精品，其中包括美、英、法、意、俄、日等国的当代有影响的作家的作品，尤以美、日居多，按内容分为"机智过人、如此情爱、自食其果、历尽惊险、光怪陆离、荒唐滑稽"等六类。

历险故事

　　36则历险故事场面刺激，气氛紧张，情节惊心动魄，人物性格鲜明，叙述过程常常给人以身临其境的感觉。作品通过对主人公聪明才智的展示和坚韧不拔精神的刻划，形象地展现了历险故事特有的魅力。

荒诞故事

　　50余则故事用啼笑皆非的荒诞手法来鞭挞生活中的假恶丑，用荒诞不经的人物形象来呼唤人世间的真善美，在荒诞的外衣下，包藏着极为深刻的社会内容，长久以来一直活跃在人们中间，口耳相传，历久不衰。

诙谐故事

　　本书汇集外国诙谐故事精品100则，按内容分为"莫名其妙、洋相百出、针锋相对、随机应变、难言之隐、弄巧成拙、井底之蛙、强词夺理"等八大类，每大类前均有短小幽默引言，从不同角度折射社会面貌。

我的故事

　　《故事会》自1995年开辟"我的故事"栏目以来，日益受到广大读者的认可和欢迎，如今成为保留栏目。它的特点是"真情流露"，作品多是作者的亲历或见闻，并以第一人称叙述故事。本书汇集了该栏目的41则作品，读来备感自然亲切。

外国幽默故事

　　此书选取了《故事会》"幽默世界"中的近百则外国幽默故事，并按内容分为"奇闻趣事、巧言妙计、戏谑嘲笑、鞭挞讽刺、荒诞不经、意味深长"等六类。

武侠故事

　　39则武侠故事，形象地描述了侠义之士扶弱抑强、除暴安良、布善施德、匡扶正义的豪情生活，作品情节设计跌宕起伏，人物形象栩栩如生，每一则故事都是一首武林豪杰的正气歌！

男子汉故事

　　本书共收10则中篇故事，刻画了一群性格各异的青年男子，作品情节性强，极富文学色彩，不仅显示了男性的健壮刚强美，更突出他们面对权势、金钱、爱情以及生与死所表现出来的气质、智慧和英勇。

神秘的
录音带

□ 李月平

小玲是刚读初中的女生，一进校门她就和小雨同住一个寝室。小雨的家在一个很远的小村里，她成绩很好，人也长得挺清秀的，可她那一双大眼睛总像一汪深不见底的泉水，似乎蕴藏着深不可测的隐秘；那弯弯的眉毛，又好像是一副沉沉的担子，小玲时常戏谑道："可别把天下的心事都装在你的担子里，把林黛玉的香肩压弯了！"

小雨有心事，这是肯定的，她经常用一个老掉牙的随身听，听同一盘磁带，而且听得如痴如醉的，有时甚至会听得流泪，听完，又会视若珍宝一般把随身听放进抽屉里，锁上。

她在听什么呢？

一天，小玲下了自习课从教室回来，打开宿舍门，又看见小雨坐在书桌前听那盘磁带了，大概是听得太入神了，她竟然没有发现小玲回来，依旧听得如痴如醉。小玲不禁调皮起来，她蹑手蹑脚地走到小雨背后，用力地拍了一下她的肩膀："喂，着火啦！"随即不由分说地夺过小雨的随身听，从里面掏出磁带，一看，磁带上原先的标签被撕了，啥字也没有，于是小玲把磁带一扬，嬉笑着说："这是什么带子呢？是歌带么？可不可以借给我听听啊？"谁知小雨劈手夺回磁带，说："对不起，阿玲，你要听的话我给你另外一盘，这一盘我自己要听，可以么？"

小玲一听恼了："不就是一盘磁带嘛，干吗这么小家子气啊？"她越发觉得好奇了，一心想弄明白这是盘什么磁带，于是就伸手去夺，但小雨说什么也不肯给她，就这样拉扯来拉扯去，突然，"叭"的一声，磁带掉到了地上，碎成了两半，顿时，小雨的身子猛地一颤，脸涨得通红，双目怒睁地看着小玲。小玲被小雨的表情吓了一跳，不由得愣住了，再一看，发现小雨的眼窝湿漉漉的，啊，她哭了！小玲顿时慌了手脚，意识到自己今天的玩笑开得有点过头了，于是赶紧道歉："对不起，小雨，我……我不知道这磁带对你有那么重要，要不，我把它修一下吧，里面的带子还没断，换个外壳就可以了……"没等小玲说完，小雨已抢先把磁带捡起，独自转身取出小刀，小心翼翼地修了起来，修好后，她把磁带放进抽屉，锁上。

接下来的一段时间，小雨还是时常独自一人在宿舍里静静地听那盘磁带，一会儿发出幽幽的叹息，一会儿泪流满面，小玲觉得莫名其妙："这究竟是怎样的一盘磁带啊？"她想问问小雨，但一想到上次的情形，只好作罢。

一天晚上，小玲上完自习课，已经很晚了，其他的室友买通了管寝室的胖阿姨后溜出校门吃大排档去了，寝室里只有小玲和小雨两个人，小雨还是在听她那盘永远听不厌的神秘磁带。说也巧，一会儿隔壁有人喊小雨，小雨便把随身听往抽屉里一放就走了，竟然忘了锁上，小玲的心不由得狂跳起来：磁带，那盘神秘的磁带！在好奇心的驱使下，小玲轻轻地打开了小雨的抽屉，动作敏捷地取出了随身听，一按放音键……奇怪，过了好久里面竟然还是没有任何声音；又过了几分钟，里面响起了轻微的脚步声，又过了一会儿，响起了咳嗽声……天啊，这是一盘什么磁带啊！

小玲正在发呆，突然身后响起了轻轻的脚步声，回头一看，小雨已经回来了，小玲窘得无地自容，红着脸说："对……对不起，小雨，我不是存心要这样的，我只是觉得好奇……"小雨看到小玲这副窘相，只是淡淡地一笑："其实也没什么……"

小玲奇怪地问："那里面录的是什么声音呀？"

小雨的眼圈红了，她说："我……我爸妈都是聋哑人，他们在家里终日辛苦地操劳，我在学校时很想他们，但我又不能常常回家去看他们，我就用那盘磁带录下了他们日常生活的一些声音，我以前不告诉你们，是怕你们笑话我……"

小雨缓缓地说着，不知什么时候，两行泪水已经无声地滴落了下来……

（题图：安玉民）

无法归还的赃物

上个世纪二十年代，欧美上流社会最有名气的人不是某某贵族或某某富豪，而是珠宝大盗贝里，他几乎光顾过所有名流的保险箱、收藏室，但法网恢恢，"技艺精湛"的盗贼最终还是被捕了。十八年后，刑满出狱的贝里已是两鬓斑白，他独自迁居到一个小镇上，隐姓埋名，过起了平静的日子，小镇居民对他的过去一无所知，都觉得他是个可敬的绅士。

转眼三年过去了，偶然间，贝里的真实身份被发现了，消息不胫而走，报社来人采访旧日的江洋大盗，谈话中记者的一个问题是："您可记得当年得手的价值最高的东西是什么？是谁的？"

"当然记得，"贝里的眼中流露出无限悲哀，"被我偷得最厉害的人叫贝里，我偷的东西是无价之宝，叫光阴，当我想归还赃物时，却发现已经不可能了。"

以贝里的头脑，他可能成为一个学者、一个商人……泣不成声的贝里在最后只说了一句话："现在我才意识到我是花了一辈子时间抢劫了自己！"

（作者：陈　丹；推荐者：潘小冬）

恐惧的经验

一个旅行团，因天气转坏，被困在一个小村落里。

村民给他们的是一些过期的食物，大家食用之前，先扔给狗吃，狗吃了没什么不好的反应，于是他们才放心地食用。

没有多久，突然听说那只狗死了，所有人都吓呆了，好些人开始呕吐，有人感觉发烧和泻肚子。

村里的医生为他们诊断，却查不出任何毛病，医生只好请人去追查狗的死因，结果发现狗是被汽车轧死的。

（推荐者：李志轩）

战无不胜的猴子

从前，有一对仙人夫妻，他们常常到山顶上下棋，在他们下棋的地方有一棵大树，树上住着一只猴子，这只猴子经年累月地躲在树上看仙人下棋，终于练就了高超的棋艺。

不久，这只猴子下山找人挑战，结果没人是它的对手，国王终于看不下去了，于是下诏：一定要找到人来战胜这只猴子。

其实，猴子的棋艺卓绝，举国上下，根本无人是它的对手，怎么办呢？

这时，有一个大臣自告奋勇地说要和猴子下一盘，国王问他需要什么，他说只要在比赛的场地上放一盘水蜜桃。

比赛开始了，猴子和那位大臣面对面坐着，结局是猴子输了，因为猴子的眼睛一直盯着这盘水蜜桃。

战胜对手，其实就是战胜对手的弱点。

(作者：张建鹏；推荐者：陈　超)

老鼠的心

有只老鼠担心被猫逮着，惶惶不可终日，它祈求佛祖把自己变厉害点，于是佛祖就把它变成了一只猫。

成为猫后，它开始怕狗，黑夜白日都如惊弓之鸟。佛祖可怜它，又把它变成了狗，可没过几天，变成狗的老鼠听说附近有豹子出没，于是它寝食不安，每天躲在地窖里发抖，它再次求佛祖开恩，

佛祖没办法，只好把它变成了豹子，但豹子马上想到自己可能成为猎人的晚餐，于是又苦苦哀求佛祖："求您把我再变强壮些吧！"

"如果你永远怀着一颗老鼠的心，外形变得再强大也是枉然。"佛祖说完，念动咒语，"噗"地一声，豹子又变回了老鼠。

(推荐者：晓　鱼)

有一种思念叫月满西楼，有一种默契叫心有灵犀，有一种感觉叫轻风细雨，有一种幸福叫红藕齐怜，有一种祝福叫只要你过得比我好。轻轻问一声：你还好吗？　广东　周青松(0140)

当机立断

美国钢铁大王卡内基年轻时担任过铁路电报员。一次假日时他轮到值班，突然收到一份加急电报，说附近一列货车脱轨，要求各班列车改变轨道。卡内基打了好几个电话也找不到一个有资格下命令的上司，万不得已，他就冒充上司的名义下达命令给司机，调度他们改换了车道。

按当时铁路公司的规定，电报员冒用上司的名义发报，唯一的处分就是革职。卡内基在次日一上班时就直接把辞呈放到了上司的桌上。上司把他的辞呈撕了，告诉他："这世上只有两种人值得开除，一种是不肯听命行事的人，一种是只听命行事的人，而你不是其中的任何一种。"

其实，我们也会碰到需要决断的时候，当然，那是需要我们承担一定风险的。

（**推荐者**：蔡华先）

木匠的门

一个手艺极好的木匠给自家做了一扇门，用料实在，做工精良。

后来，门上的钉子锈了，木匠便找出钉子补上，门又完好如初，再后来门轴坏了，木匠一一修好……若干年后，这个门虽经无数次破损，但经过木匠的精心修理，仍坚固耐用，木匠对此甚是自豪。

· 沧海拾贝 人生百味 ·

有一天，邻居对木匠说："你看看你们家的门！"木匠仔细一看，这才发觉自家的门虽还能用，却是残破不堪，而邻居家的门全都是式样新颖、质地优良。木匠先是纳闷，继而又禁不住笑了："是自己的这门手艺阻碍了自家这扇门的发展。"

具备一门手艺很重要，但换一种思维更重要，行业上的造诣是一笔财富，但也是一扇封闭住自己的门。

（**推荐者**：陈明智）

被赏识的小偷

多年以前，在台湾曾发生过这样一件事：有一个作案千余次而从未失手的小偷在一次行窃时被警方抓获，于是一名记者前往采访并报道了这一案件。

在台湾，每天报道这种小偷事件的新闻多如牛毛，但是这一次，却因为这位记者在报道中写的一句话，让当事人从此扭转了人生的航向。

这句话是这样写的："像心思如此细密、手法如此灵巧、风格如此独特的小偷，干任何一行都会有所成就的吧！"正是这一句极其平常的话，让这位失足者重新找回了做人的自信和尊严，从此，一个浪子要回头的坚定信念就被这簇充满包容、博爱的文字火花点燃了。

后来，这位小偷改邪归正干起了别的，几年之后，他就成了台湾有名的几家大型羊肉店的老板。

在一次邂逅中，这老板对那位记者不无感激地说："是你写的那篇报道打破了我生活的盲点。"

其实，每一个人不论作什么事，他都从心底渴望能够得到别人的赏识，试想，如果没有那记者那一句"赏识之辞"，这位今日的老板说不定至今还徘徊在人生的十字路口呢。

（推荐者：朱雪敏）

蜗牛的爱情

有一对蜗牛在公路旁的草丛里约会，公蜗牛问母蜗牛："亲爱的，你什么时候才答应嫁给我呢？"母蜗牛思忖了半天，说："听人家说，爱情的滋味是浪漫的，可我怎么没有品到呢？"

公蜗牛听了这话，朝前方那条宽阔的柏油路凝视了一会儿，然后信心十足地说："亲爱的，如果你真的喜欢浪漫，那么，我们就一起去环球旅行结婚吧！"

于是，它俩爬上了那条柏油马路，一起没日没夜地爬呀爬，累得筋疲力竭，但仍没有爬出小镇的中心。两只蜗牛感到很失望，完全没有了先前那浪漫的念头，之后，它俩就在一株青草底下举行了结婚仪式。

浪漫需要双方在力所能及的情况下营造，如果脱离了现实，那只能是失望。

（推荐者：陈 仕）

学写作文，可以从读故事开始

我将与你一起的所有记忆打包压缩，填上密码，遗忘在过去的路边，永不去想。却因你轻轻的一句而再次沉迷。你清楚，那开锁的密码很简单：我爱你。 广东 朱琪(0141)

要死在大门口

□ 寅 虎

秦水下了班刚走到楼下，就听四楼办公室的同事喊他，秦水扬起头问啥事，同事大声说："忘记给你说了，你出去办事的时候，你老婆往办公室打电话……"

秦水听说老婆在找他，忙问："她说啥啦？"

这时有点风，风中传来的声音分明很清晰："你老婆说——要死在大门口！"

秦水心中一惊，两腿顿时软了下来，原来昨天晚上和老婆英子拌了嘴，秦水一赌气睡在客厅的沙发上，早上没和英子打招呼就上班了，没料到她竟然想不开……秦水顾不上骑自行车了，打个出租车就往家赶。

一下车，秦水一边往小区大门口跑，一边大声喊着："英子，英子，你在哪里？"

但是，小区大门口静悄悄的，没有任何异常形迹，进进出出的几个人听到秦水的喊声都奇怪地回过头来看。秦水有一种不祥的预感：难道英子已经送进了医院？这时，小区保安出来了，秦水颤着嗓子问："英子呢？英子呢？"

保安笑着说："看你这个紧张的样儿，是不是路上有人抢劫？"

秦水急得快要哭了："我老婆她说要死在大门口，她人呢？"

保安听了，就从桌上拿起一串东西，"嚓啦"扔给了秦水："是你老婆出门时留在这儿的，让我们交给你。"

秦水伸手往兜里一摸，自己上班时忘了带钥匙，原来老婆说的是：钥匙在大门口！

吴老三醉酒

□ 姜文明

龙泉湾有个单身老汉叫吴老三，这人是个"酒"负盛名的主儿，见酒就醉，一醉就犯糊涂。

这天，吴老三去邻村喝喜酒，一直喝到夕阳西下，才一摇三晃地上了回家的路。快到家门口时，他一抬头，蒙蒙眬眬地看到门前的山坳上有什么东西卧在那里，他揉了揉一双醉眼，仔细一看，没错，是家中那头牛犊，于是他一边骂一边赶。按理说，天渐渐黑下来时，再调皮的牲畜都会安静下来，可今儿个不知怎的，这牛犊调皮得很，你往东赶，它往西跑，愣是不上道，他费了好大的劲，才算把这头不听话的牛犊赶进了圈，又把圈门死死关上。

这一折腾，吴老三也累了，进屋倒头便睡。

第二天一大早，吴老三被邻居叫醒了，邻居脸色死白，慌得说不出一句囫囵话："快……快……"

吴老三跟着邻居来到了自家的牛圈旁，这时，他家的牛圈外围着不少人，几个打猎的好手早就把猎枪架好，瞄准了牛圈。吴老三不知发生了什么事，跑过去一看，我的妈呀，一头大豹子正在牛圈里，它好像预感到大祸临头，想跳出圈来，可又找不到突破之口。

村里的人都感到十分奇怪：这豹子是怎么跑进牛圈的呢？它既然能够自己进去，怎么就出不来了呢？

突然，吴老三一声大叫，双腿像筛糠一样直抖，手指着牛圈内的豹子，浑身哆嗦着说："它……它……"天哪，这头豹子，竟然是昨天黄昏时，喝醉了酒的吴老三把它赶进牛圈的！

  常有压力是你能力不差，常洗洗涮涮是你有个好家，常去逛街购物是你有钱可花，常被人请吃饭是你很有身价，常收到信息是你有人牵挂！ 深圳 左茗雅(0142)

在东城区一条繁华的街上，有一个患小儿麻痹症的男乞丐正在乞讨，正在这时，一位西装革履的高个子来到乞丐身旁，他对着乞丐的耳朵嘀咕了一阵，乞丐马上划动着小板车跟他走了，从此，这位"生意"很好的乞丐竟神秘地在东城区失踪了。

没过几天，在西城区一条繁华的街上，这个乞丐又出现了，"生意"还是出奇的好。

这天，乞丐正乞讨着，又有一位西装革履的矮个子来到他的身边，埋怨道："你让我找得好苦，我从东城一直找到这里，这里西城可不属于我们的地盘，快跟我回去吧！"

乞丐没搭理那人，他不慌不忙地从身上掏出一个小手机，打起了电话"袁老板吗？你来一趟吧，我这儿有点麻烦了。"一会儿，先前那个高个子来了，他对矮个子说："胡老板，人各有志，他愿意投奔到我的门下，你不能强迫他吧！"

胡老板决意要夺回自己的"员工"，他表示可以加工资，还答应把这几年里的经济损失补足，乞丐一听笑了笑，又问："袁老板已经答应将他的女儿许配给我，你愿意将自己的女儿给我当老婆吗？"

胡老板气得吹胡子瞪眼，他的女儿花容月貌，正在上海读大学，他"呸"了乞丐一声，拂袖离去。

一个月后，胡老板收到了袁老板的一张结婚请柬，到那里一看，新郎果然就是那个乞丐，再看看新娘，她虽然也是残疾，但长得可是花容月貌呀，胡老板百思不解，便悄悄问袁老板，袁老板说："她是我去年认的干女儿，也是街头乞讨的……"

胡老板一听顿时傻眼了："袁老板啊，你真精明到家了！佩服！"

高价乞丐

□宁书科

测试老婆

□陈建勇

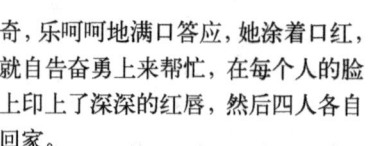

张三、李四、王五、赵六四个人是哥们，他们时常在川味火锅店的包厢里"修长城"，按惯例，最后谁赢了就请客，今天张三一个人赢了，该他请客。其实他们四人都不是太能喝的，两瓶白酒没喝完，就有点醉醺醺了，大家一边喝酒一边聊天，不知怎的，话题扯到了"老婆"，张三红着脸嚷道："老婆是什么东西，不就是侍候老公的嘛！"

张三是出了名的"妻管严"，大伙儿见他酒后说大话，便想治治他，于是有人提议做个游戏：测试一下，看谁怕老婆。游戏内容是这样的：在四个人的脸上都印一个红唇，回家后看老婆怎么说，谁被收拾得最惨，谁就算输，输了的明天再请客，请火锅店的老板娘作证。

一旁的老板娘听了，觉得很新奇，乐呵呵地满口答应，她涂着口红，就自告奋勇上来帮忙，在每个人的脸上印上了深深的红唇，然后四人各自回家。

张三回到家里，老婆一脸笑容地把他迎进屋里，但她很快闻到了张三身上的一股酒气，再一看，见他脸上印着一个红唇，于是怒不可遏地一把将他推出门外，"哐"的一声把门关得严严的，还破口大骂，无论张三怎样苦苦央求，老婆就是不开门，于是张三第一个返回了火锅店。

第二个回到火锅店的是李四，李四的老婆其实是个很温柔的女子，可没想到她也把李四赶出来了，再想想

 气象台称：今天夜里大面积地区会下人民币，西北方向有时有支票，局部地区还会有金块！气象部门提醒市民备好大麻袋，等候发财！祝新年快乐！ 浙江 汪志斌（0143）

也是，女人再温柔，可也容不得这样的事呀！第三个来的是王五，王五衣衫不整，头发零乱，脸上有抓痕，只有赵六没来，看样子他是进屋了，好福气呀！

老板娘看着三人一副狼狈的样子，抿着嘴唇笑着说："游戏做大了吧？不过，我从一个女人的角度看，你们不用担心，在这里坐一个小时，回去保证门开了。"

没有别的办法，只有按老板娘说的做，于是三人默默地坐在火锅店里等，一个小时后才回家。

张三到了屋门口，心里七上八下的，悄悄地推门，门果真开着的，嗨，老板娘说得真准。走到房间门口，张三见灯光下老婆正披着衣服躺在床上，他轻轻地敲了一下门，怕老婆吓着。

老婆的气还没消，她怨恨地说："你还有脸回来？"张三轻手轻脚地进了屋，然后就把他们玩游戏的事说了，并叫老婆和李四的老婆对证，说着，张三用手机拨通了李四的电话，轻轻地问："进屋了没有？"

李四的声音有了笑意，但低低的，不敢大声："进了，你呢？"

"我也进了。"张三的声音还是很小，不敢放肆。

李四说："我老婆在哭，我说的话她不相信，你把电话给你老婆，叫你老婆跟我老婆说一下吧？"

张三把电话给了老婆，两个女人通话后，张三的老婆脸上才有了笑容。

说完后，老婆把手机甩给张三："吃饱了撑的！"

张三拿了手机，又给王五打了个电话，知道王五也进屋了，这才松了口气，风波总算平息了，正准备睡觉，手机又响了，一看是赵六的。

赵六说的第一句话是："不好了！"

听了这话，张三不由一肚子的怨气："你有什么不好？在家里舒舒服服的，我们三个才不好，在外面关了一个小时，刚被放进来。"

赵六在电话里说："你们关在外面，那是老婆爱你们，我进了屋，却惨了，老婆和我谈判，她要和我离婚，她什么都跟我说了，她和别人相好都一年了；她还说，反正我们各自都有了，正好。张三，我们的测试结束了，哎，出来吧，叫上李四、王五，到火锅店再陪我喝两杯！"

（本栏题图：李 加 史 琦）

（本刊可推荐的栏目有：笑话、快乐辞典、点击网络故事、情节聚焦、3分钟典藏故事，读者可把看到的、听到的适合以上栏目刊用的各类作品推荐给我们；其他栏目均刊发原创作品，热忱欢迎作者提供有浓郁的时代气息和新奇情节的故事作品。来稿可从邮局寄发，也可发电子邮件，本期责任编辑的电子信箱为：yaotongzhi@vip.sohu.net）

美德故事

　　本书汇集的是《故事会》相关故事之精品，所选45则作品分类为"见义勇为、扶危济困、真诚待人、洁身自律、亲情似金、夫妇同心、师生谊重、知过悔改"等八大类，生动形象地讴歌了中华民族传统美德。

生意经故事

　　故事形象地描述了生意人的思维方式和经商才能。他们或巧做广告而振兴企业，或施展其经营绝招而"妙笔生金"，或审时度势掌握顾客心理而销售产品，或运用《孙子兵法》中的战术而出奇制胜。

16岁故事

　　在人生漫长的旅途中，16岁是一个最展辉煌、最富朝气、最显青春的花季。本集收入的36则故事，是为16岁少年编织的一支支动人的歌谣，一个个扑朔迷离的美梦，一首首催人泪下的诗篇。

口才故事

　　口才即说话的才能，当今社会人们演讲、论辩、访谈、讲解、教学以至主持节目、说相声、讲故事等等，都十分讲究口才，口才好与不好，其效果大相径庭。此书收入103则故事，集中表现了千百年来中华民族一些帝王贤臣、文人名士和民间机智人物的智慧、幽默以及其思维的敏捷和即兴论辩的才能。

359 2006 1月

SEMIMONTHLY
下半月刊

STORIES

笑话16则	谭 波等	4
东方夜谈		
这伙劫匪真倒霉	老 海	8
感动中学生的故事		
镶在身体里的定情物	方冠晴	11
我的故事 奇怪的考题	白 驰	17
中国新传说		
幸运年关	吴相阳	21
嫁给公家人	梅 冰	25
泼辣老婆可爱妻	嘉 欣	28
晚报第四版	夏 菁	32
16岁故事		
叫一声妈妈	陶诗秀	35
悬念故事		
照相机里有鬼	原上草	38
外国文学故事鉴赏		
冬天里的两个秘密	张 洁	42
3分钟典藏故事		45
民间故事金库		
我要紫砂碟	周海亮	49
传闻逸事		
铲除安霸天	鲁 瓜	55
血色鞋印	童程东	62
中篇故事		
黑洞里的罪恶	柴兴志	67
阿P系列幽默故事		
倒霉的一天	童树梅	82
幽默世界		
总是有用的	陶柏军	85
看见美女躲着走	李文胜	86
超规格接待	徐 彦	88
高水平演唱	刘 绩	89
谁是恐龙	郝文祚	90
都是冒牌的	黄晓光	92
编读往来		61
快乐辞典		66
漫画故事		87
本刊信息传真		34、48、54

故事会

2006年1月
下半月刊·绿版

主 编：何承伟
常务副主编：吴 伦
副主编：姚自豪（上半月·红版）
副主编：夏一鸣（下半月·绿版）
本期责任编辑：梁宁宁
发稿编辑：
姚自豪 周 吟 吕 佳
夏一鸣 鲍 放 王雅静
美术编辑：李宝强
电脑制作：郭瑾玮
通 联：归依玲
本社办公室电话：021-64375030
上半刊编辑部电话：021-64332325
下半刊编辑部电话：021-64336469
（上海市绍兴路74号 邮编：200020）
主管、主办：上海文艺出版总社

督印 发行：张 凯
电话：021-64313938
广告总代理：上海文艺广告传播中心
（上海市绍兴路74号 邮编：200020）
广告总监：张 淮
广告业务：021-34010383
广告投诉：021-64333738
广告经营许可证
沪工商广字3101034000029号
发行：中国图书进出口上海公司

手机阅读器服务商：北京掌讯远景信息技术
有限公司 客服电话：010-51196627

封面插图：谢友苏

·笑话·

光阴似炮弹

阿光看了老师给自己批改的作文后，愤愤不平地说："为什么说我这里写错了呢？太不公平了，古人可以写光阴似箭，现在这个时代，写光阴似炮弹有什么错呢？"

（谭 波）

换 工 种

泥水匠发现新来的学徒工对着一堆水泥发呆，不开心地问道："你干吗不干活？"

学徒说："昨天干完活后，我双手老是发抖！"

泥水匠说："好吧，那你去筛沙子吧！"

（郑 浩）

（本栏插图：李 加 史 琦）

人身保险

经济学老师正在课堂上讲授被保险人与受益人的关系。

为了能讲得更形象一点，他举了个例子："比如说，我投了人身保险，有一天我不幸被车撞死了，我爱人就可以获得赔偿金，她就是受益人，那么我是什么人？"

一个同学在下面回答道"死人。"

（姜建国）

立刻去做

公司经理让人在墙上挂上"想做就立刻去做！"的标志，希望激励职员的工作效率。

过了一段时间，老板的一个朋友问他这个举措效果如何。

老板答道："出纳拿了10万元溜走，办公室主任和我的女秘书私奔，几十个职员一齐要求加薪！"

（赵 俊）

4　本饺子店聘请了四位新员工：快乐负责剁馅，团圆负责和面，幸福负责下锅，美满送到你的面前！福建 陈鑫雄（0201）

选 谁

一个小伙子有三个要好的女朋友，一个是医生，一个是接线员，另一个是教师。小伙子拿不定主意选谁做他的伴侣，于是向母亲请教。

母亲立即回答说："当然是选女教师了！"

"为什么？"

"这还不清楚吗？因为医生老是说'轮到下一个了'，电话员则常常说'请讲得简短些'之类的话，而女教师总是那么和气地说：'我们再来一遍，我们不妨再试试，别灰心，最后一定会成功的。'"

（林 媛）

婚前婚后

莫尔和西蒙在一起聊天。

莫尔："结婚前我常带恋人去看惊险片。"

西蒙："为什么？"

"这样可以把她搂紧些。"

"后来呢？"

"结婚后我就一个人反复看一个打斗片了。"

西蒙："为什么？"

"我太太是这个打斗片中的武打演员，我得研究她的动作套路啊。"

（吕 静）

危机时刻

夫妻俩在山上野营时碰到了熊，幸好有猎人及时相救才得以脱险。

事后妻子生气地说："当那只熊出现时，你怎么可以扔下我就跑了？你曾经发誓，为了我会勇敢面对死神的。"

丈夫说"可我们面对的是熊，不是死神啊！"

（蒋 净）

我也是刚到

某醉汉不慎从二楼坠下，受了点轻伤。警察拨开围观的人群，走到醉汉身边问道："发生了什么事？"

醉汉说："不知道，我也是刚到。"

（佳 兵）

原 因

一个女孩子一直暗恋着一位医生，她为了想见到这位医生并且引起他的注意，每天都去找这位医生看病。可是，最近连续一个星期，这个女孩都没出现，医生正觉得奇怪时，她终于又出现在医生面前。

医生很好奇地问她为什么这几天都没来，女孩答道："上个礼拜我生病了，所以没来找你。"（秦 明）

推销良机

汽车商对自己的推销员说："我想，现在是你向杰克推销一辆新轿车的最好时机。"

推销员颇为不解，问"这是为什么呢？"

经理说："别忘了他是个好胜的人，而他的邻居刚刚买了一辆。"

（张晓风）

做 作 业

女儿赖在电视机前不走，妈妈催促道："别看电视了，快去做作业。"

"妈，我正在做作业，你看！"

妈妈接过女儿的作文本，只见上面写了个题目："我陪妈妈看电视"。

（李 陆）

负 担

新生入学教育。

辅导员说大学生不宜谈恋爱，并列出一条有力的证据——谈恋爱要花钱。

一学生深有感触地说："恋爱，这是在加重一个家庭经济负担的同时，减轻另一个家庭的负担。"

（范伟利）

  茶，苦而后甘，令人回味；酒，绵而后劲，叫人道爽；泉，清而味淡，却用一生来品出甜；一个好的朋友，如茶，如酒，如清泉，让人受益一生！比如你。 内蒙古 祁杰（0202）

马变骆驼

有位很胖的小姐问跑马场的管理员："你们什么时候买了骆驼啊？"

管理员很有礼貌地回答说："小姐，我们没有买骆驼，实际上您看到的是一匹马，自从上次被您骑过之后，就变成现在这样子了。"

（杨和平）

疑神疑鬼

位老实的乡下绅士到城里看牙医，医生说要打麻醉，那位绅士马上掏出他的钱包。

牙医："先生，现在不用付钱。"

绅士："喔……我只是想确定一下自己被麻醉前还有多少钱。"

（张劲松）

保留头发

个头发稀疏的人去找医生，说："您能不能给我点什么，让我能保留我的头发呢？"

医生热心地说"没问题，这个您拿去吧。"说罢，递给他一个空盒子。

（吴学峰）

眼更坏了

有个老太婆患眼病，请了位医生给她治疗，讲定病好后给报酬，但是那医生每次来给她上药，都趁她闭上眼时，偷走一件东西。

数月之后，医生说治好了病，向老太婆要报酬。

老太婆拒绝说："我的眼病不但没好，反而更坏了。以前我还能看见家里的所有东西，如今有些东西却看不见了。"

（孔　刚）

（本栏欢迎来稿，来稿一经采用，最高稿费为 1 则 100 元。本期责任编辑电子信箱：liangningning@vip.sohu.net）

这伙劫匪真倒霉

□老 海

特种生物药品研究所的万博士无意间研究出了三粒药片，为了妥善起见，他一直把药放在身上。

这天晚上，万博士走在回家的路上，突然从黑暗的角落里蹿出三个人来，没等博士反应过来，就被重重地击倒在地上，手上的包也被抢了去。一个人在他身上摸索起来，一个角落也不放过，博士担心的事情终于发生了，那个药瓶被掏走了。

博士惊叫了起来："别拿这药！我身上所有的东西你们都可以拿走，但请把这三粒药还给我……"

领头的劫匪一听这话来了精神："这是什么药，很值钱吧？"

博士赶紧说"不值什么钱的，但它是魔鬼之药，吃了会有危险的！"

三个劫匪听罢却一起"嘿嘿"地笑了起来，其中一个说："太好了，我就想变成恶魔。"说罢，他恶狠狠地踢了博士一脚，然后使了个眼神，三人就飞快地跑走了。

他们一口气跑到了一间偏僻的小屋里，那是他们住的地方。劫匪中的老大翻遍了博士的公文包却一无所获，不禁生气地骂："妈的，都说博士有钱，咱怎么就劫了这么一个穷鬼，就这百十块钱还有这破手机……"

劫匪中的老二接着说："大哥，别忘了那几颗药片，看他那么紧张，一准是好东西。"

老三说："他说这药有魔鬼的力量，敢吃吗？"

老大打开药瓶倒出一粒药来说："有啥不敢吃的，老三，你先尝尝！"他没等老三回答，就把一片药塞进了老三的嘴里，老三还没缓过神来，药就被他给吞了下去。

三人静静地对视着，过了一会儿，老大问："老三，有啥感觉？"老三伸出双手，空抓了两下说："我感到很有力气，比刚才劲儿大多了！"

这下老大放心了，把那两粒药倒了出来，跟老二一人一粒吞下了肚。

夜已深了，三人都觉得有点困乏，就倒头睡下了，但是他们并没睡太久就醒了过来，老大摸了摸胳膊，惊呼道："你们摸摸身上，是不是汗毛变长了？"

打开灯，三人相互打量一番，老二镇定地说："大哥，汗毛是多了，还有点发黄，可这都没什么，你不觉得浑身都是劲儿吗？现在我觉得我能摔倒一头牛。"说罢，他开门出去，回来的时候，竟然抱着两块巨大的石头，满脸快意地说："太好了，从今往后我怕是打遍天下无敌手了。"

老大接过石头掂量掂量，也笑了起来："今儿这石头怎么这么轻呀！"

三个人兴奋了好一阵子，平静下来又觉得有点困，于是又倒头睡去，过了一阵子，老大又醒了，他下了床走了几步，感觉身子轻许多，于是又把老二老三叫起来问："看我是不是瘦了？"

其实不用问，因为他看到老二老三也瘦了很多。三人再一次相互打量，纷纷笑道："还能减肥呀！"老三

边笑边无意识地在原地跳了一下，没想到的是，他猛然向上飞去，"轰"的一声，头就撞在了天花板上……

三人忙来到院子里，面对房子站成一排，只听老大数着："三、二、一！"三人同时起身向房顶跳去，在月光下，只见三条黑影腾空数米，然后轻飘飘地落在了房子顶上。

老大对着空气目瞪口呆，直到两兄弟抱着他说："大哥，我们现在拥有了超人的力量，今后再不用小偷小摸了，我们要干一番大事业……"老大听罢，抱紧两个兄弟痛哭起来："兄弟，我们再也用不着怕警察了……"

三人激动了好一阵子，直到他们再一次睡去，就一觉睡到了大天亮。

再说万博士，回到家里想着那三粒药的事情，一夜都没睡好。天大亮的时候，家里的电话铃响了，他提起电话，就听那边说："万博士吗？我们是动物园的。"

万博士疑惑地问："动物园？你们找我有什么事情吗？"

"是的，现在有一件非常奇怪的事情，说出来真怕您不相信，所以还是请您来一趟的好，这件事情怕是和您有关。"

万博士立刻赶到了动物园，园长一见他来，赶紧递上一张名片问："请问您养猴子吗？"他看博士摇头就解释道："是这样的，今天一大早，街上

有三只猴子在疯狂奔跑。

有一只猴子手里紧抓着一个公文包，在我们抓住它后，那个公文包就是夺不过来，好像是它的命一样，直到把它锁在了铁笼里，它才从包里掏出了这张名片，拼命对着我们摇晃，好像希望见到名片上的这个人……"

万博士跟着园长来到铁笼前，原本"叽喳"怪叫的猴子看到万博士马上安静了下来，并且"扑通"跪在了地上，冲着博士磕头如捣蒜。

博士走到近前说："先把包给我吧！"那只猴子把包恭敬地举过了头……

园长对这一切大感不解，追问其中原因。博士叹了口气说道："昨天我无意中兑制出几颗药片，但我无法得知它的药性，只觉得它对人很不安全，可是昨晚它被它们抢了去，这三只猴子就是昨天晚上三个劫匪变的，现在我才明白，那药片用在人身上就是一种退化药，吃了就会退化成猴子。"博士转过头去对三个"猴子"说："我昨天警告过你们的，说这是魔鬼之药，你们不听，现在求我又怎样，我可没有解药呀！"

那园长听罢笑了起来"博士，你说的真是天方夜谭呀！不过既然不是你的猴子，那我就放心了。不过在他们没变回去之前，我得把它们放到猴山里，让它们与同类一起生活。"

园长一声招呼，几个人就把铁笼向猴山搬去，很快，三只猴子就入住了猴山。

园长对博士说："新来的猴子往往不受欢迎，会受同类的欺负，不过过两天就好了。"

博士跟着园长来到猴山，见数十只猴子张牙舞爪地向三个新猴冲了过来，它们三个拼命地抱头奔逃，还叫着人听不懂的猴语……

博士微笑着对园长说："让这伙倒霉的劫匪先受两天罪吧，我现在回去研究解药，什么时候能研究好，要看他们的造化啦！"

（题图、插图：安玉民）

镶在身体里的
定情物

与爱相遇

2000年，我从军校毕业，分配到南方某边防总队，边防部队工作高度紧张，因为我们要与走私贩毒团伙做斗争，防止违禁物品入境。

边境检查站连我一起有六名女兵。值勤的时候，我们英姿飒爽威风凛凛，丝毫不比男兵逊色；不值勤的时候，我们也像普通女孩子一样，爱聚在一起谈论男兵。

大家谈得最多的是朱炜。

朱炜是侦察大队副大队长，是总队最帅最酷的男兵，有名的神枪手，总队的散打冠军，侦察和追捕能力一

流……那时我最大的愿望，就是能亲眼看到他。

直到十二月的一天，中午我不当班，正在宿舍前面的空地上洗衣服，有个姐妹突然碰了碰我，说："你不是总想见朱副大队长吗？他来了。"顺着她的目光，只见五个全副武装的男兵和一个西装革履的商人从宿舍旁走过去。我的目光在那些男兵身上搜索，却并没有发现谁显得特别，倒是觉得那个商人气定神闲，气质不凡。

我遗憾地说了自己的看法，两个姐妹笑作一团，原来那个"商人"就是朱炜！因为身份特殊，他很少穿军装，总是根据工作需要打扮成不同类型的人，商人，大学生，知识分子，毒贩，不管他打扮成什么类型的人，都让人难辨真假。

第二次见到朱炜，是在2001年2月。

春节刚过，那天我们正吃午饭，突然接到紧急集合的命令。站长说，据可靠情报，有一个贩毒团伙要在今天偷运毒品入境，除当班的兵力继续在

1号道值勤外，我们要立即赶往2号道和3号道增援打埋伏。

我的任务是埋伏在3号道，在我们之前，已经有侦察大队的战友埋伏在那里，我们只是增援。

我趴在灌木丛中一动不动，三个小时过去，才望见边境那边有个人影跨过了边境线，往我这边走来，走了几步，那人突然朝我们这边开了几枪。我立即举枪还击，双方展开了激烈的枪战。就在这时，一个人影扑过来，将我压倒在地上，几乎同时，我听到子弹在身边嗖嗖飞过。我推开那人，才发现，他是朱炜，他的手臂已经中弹，鲜血直流。

原来对方早就有埋伏了，那人朝我们这边开枪只是试探，等我的枪一响，对方埋伏的人就一齐向我开枪了，是朱炜救了我一命。

朱炜拉着我挪了地方，这时他的对讲机响了，是2号道那边打来的，说他们听到枪声，问要不要增援。朱炜说："千万别过来，很明显他们开枪的目的就是吸引注意力。"

果然，没过多久，2号道那边抓住了4名毒贩子和两头驮毒品的毛驴。

为爱负责

那一次，我以为会受到纪律处分，但站长只是在开会的时候将我狠狠批评了一顿，会后才知道，总队本来是要给我处分的，是朱炜为我辩解，说我开枪还击并没有错，错的是我缺少经验，中了对方的诡计。

我跑到医院去看朱炜，看到他手臂上缠着绷带躺在病床上的样子，我忍不住像个小孩子似的哭了。朱炜却笑起来，说："哭什么？这是好事呀！我早就想休假了。"

那段时间我每天都去医院看朱炜，接触得多了，我发现他是一个很幽默的男人，擅长猜别人的心思。他说，要想当好一个侦察员，首先就要善于了解人。

虽然他这么说，但他看不透我的心思，我爱上了他。

到朱炜出院的那天，我知道，如果再不向他表白，以后就很难有机会，所以我低着头结结巴巴地说："朱炜，我，我……"这是我第一次叫他的名字，以前我都是叫他"副大队"。朱炜递过来一个袋子，说："你想帮我提袋子对不对，那，拿着。"

我接过袋子，张了张嘴鼓起勇气，说："我爱你。"声音很轻，但很坚决。说完了，我几乎不敢看他的脸。

朱炜明显地愣了一下，但他立即说："亚琴，这是不可能的。"说完这句话，他头也不回地走了。

遭到朱炜如此直白的拒绝，我很受伤，但我心有不甘。我向姐妹们打听朱炜的个人情况，姐妹们告诉我，朱炜28岁，以前是有个女朋友，是他读军校时的同学，但后来不知为什么

幸福，是风起时有人从身后为你披上一件衣；是疲惫时捧上的一杯清茶；是清贫时两人共享的一碗白粥；是寂寞时朋友总在想着你，并经常发来问候的短信。（0205）

分了手，以后朱炜就没谈过女朋友。

我开始给朱炜写信，每半个月一封。前面的几封信都石沉大海，没有回音，直到寄出第五封信，朱炜主动来找我了，他将我带到公路旁的树阴下谈话，也就是那一次，他告诉我，他与以前的女友分手的原因。他的女友不要他在边防总队当侦察员，说那样太危险，而女友的父亲是个军级首长，已经答应把他调到后方去，他没去，就这样，两个人分手了。

他说，由那件事他想明白了，女孩子都希望有安稳的生活，而他的工作危险性太大，如果他与谁结婚，哪一天他光荣了，他就害了人家。所以他决定，没从侦察大队退下来的时候，他不谈个人问题，请我别在他身上浪费感情浪费青春。

我说："我不考虑这些，我爱你。"

他说："但我要考虑。我要为爱我的人负责。"说完这句话他走了，头也没回。

他越是这样，我越是铁了心要爱他，我觉得他是一个有责任心的人，这样的人，值得任何女孩子去追求。我一如既往给他写信。

爱的见证

这样又过了一年，直到2002年3月的一天，我的战友张晓红生日，我到她宿舍去送生日礼物，却意外地发现她在给人写信，我只瞄了一眼开头，心里就一阵紧缩。信开头第一句就是："朱炜，你好！"看到我，张晓红有些慌乱，很快将信折起来揣进了裤兜里。

我这才发现，并不是只有我爱上了朱炜，那段日子我痛苦不堪，我没再给朱炜写信。

2002年5月4日，我突然接到朱炜的一个电话，他说："过一会儿，你能不能站在比较显眼的位置？"我还没明白他话里的意思，电话就挂断了。我打过去，对方的手机竟关了。

我一直在琢磨他那句没头没尾的话是什么意思，两个小时后，我们突然紧急集合，而且是由首长亲自给我

们讲话，我一下子明白了，将有非同寻常的任务。首长说，我们要去抓两个正在交易的毒贩子，但他同时严厉地告诫大家，不能真抓住他们，要让他们逃掉。没有命令谁也不能开枪，得到开枪的命令也不能打中那两个人，要往偏里打。

我们赶到离边境检查站十多公里的一个汽车修理站，在那里埋伏了起来，一个小时后，两个毒贩子出现了。我惊讶地发现，其中一个竟是朱炜。我一下子明白了总队首长再三告诫不能击中他们的意图！朱炜是在做卧底！

他们刚开始交易，我们就从围墙外探出头来，高喊："不许动！"朱炜掏出手枪，但我发现，他举着枪有些犹豫，一直在寻找什么。我不知道他在犹豫什么，但一下子我记起了那个电话，他让我站在比较显眼的位置！我直起身，露出上半身，向他高喊："放下枪！"朱炜很快瞄准了我，没有犹豫，很快，枪响了，我只觉得右臂一麻，我的枪掉到地上，血，从我的手臂上流了出来。

枪响的那一刻，我一下子明白了朱炜那个电话的目的。我也真真实实地感觉到，随着那声枪响，我梦寐以求的爱情，终于来临了。

我住进医院，医生从我的手臂里取出了一枚弹头，那是朱炜送给我的。总队的首长到医院来看望我，他们告诉我，为了使朱炜卧底成功，他

们向朱炜下达了命令，要他向战友开枪，打伤一名战友，以取得毒贩子的充分信任。我将那枚带着自己鲜血的弹头攥在手里，心里是从未有过的温暖，我明白，他为什么向我开枪，而不是向张晓红，不是向别人。

第三天，朱炜到医院来看我了，他捧着我受伤的手问我疼不疼，还说，因为我受伤才使计划成功，总队打算给我记功。

我对记不记功并不在乎，当一名边防军人会有流血，甚至有牺牲，这我早就知道。我明知故问："你为什么选择向我开枪，而不是向别人？"他轻轻抚摸着我的伤口，说："因为，我只能牺牲我的亲人。"我笑了，问"我是你的亲人吗？难道我是你的妹妹？"他摇了摇头，双眼直视我，说："不是，你是我的爱人。"

那一刻，我的泪汹涌而下。

（作者：方冠晴；推荐者：林　天）

（题图、插图：安玉民）

"感动中学生的故事"是本刊新推出的栏目，希望中学生及广大读者能喜欢。本刊热忱欢迎作者惠赐原创佳作（也可推荐），要求：1）题材不限，故事中的人物不限于中学生；2）情感色彩浓郁，故事情节生动；3）篇幅在两千字左右。来稿可从邮局寄发，也可发电子邮件，请在信封或电子邮件的主题栏内注明"感动中学生的故事"字样。本期责任编辑 E-mail 地址：liangningning@vip.sohu.net。

距离不代表分离，没联络不表示忘记，没通电话不代表冷落，没见面更不是没关心你。在忙碌交织的岁月里，我会永远珍惜这份友情。1331***3122（0206）

悲剧故事

　　本书所收10则故事是从《故事会》刊登的数千同类作品中精选出来的，主人公的遭遇构成了凄怆感人的故事情节，主人公的命运牵动人心，主人公悲惨的结局更令人心颤。

喜剧故事

　　从《故事会》"幽默世界"栏目中精心挑选成集，按内容分为：谐趣篇、巧计篇、戏谑篇、讽刺篇、荒诞篇、沉思篇。本书的特点是：(1)现代感强。作品均是反映当代生活的各类题材；(2)短小精悍。作品长不过千余字，短只有三四百字，言简意赅，内容丰富。

恩仇故事

　　构成恩仇的因素是多方面的：由爱变恨，由恨成仇；以怒报德，恩将仇报；忘恩负义，寻仇报复；亲人之间，恩怨仇杀……本书这9则中篇恩仇故事矛盾冲突尖锐复杂，有很强的可读性。

怨女故事

　　这是一本关于悲怨女人的故事书，54则作品分为"大祸从天降、魂系狼窝口、扭曲的灵魂、水火当有情、红颜怨恨天、情谊伴君行、三女抗争记、情歌绝唱对、亡灵的哭泣、山村血泪情"等10个篇章。

阿P故事

　　阿P是一个社会群体的缩影，他独特的对事对人的处理方式，使这些故事充满了情趣。不过洋相百出的阿P，他的内心世界又是复杂的，他的所作所为留给读者的思索是多层次多元化的。阿P故事不仅仅是消遣作品，还有着揭示社会矛盾、启迪人生和思考未来的认识和教育作用。

滑稽故事

　　滑稽是一门引人发笑的艺术，被称之为生活和艺术中一种特殊的"调味品"。本书所选故事均取材于社会生活，作者想象力丰富，倾向性鲜明，作品内容极具口传性，诙谐色彩浓郁，是人们茶余饭后上佳的精神伴侣。

芝麻官故事

　　芝麻官故事旨在全方位地展示这一特定社会角色的思想境界和人格境界。他们或两袖清风，为民请命；或贪赃枉法，假公济私；或昏庸糊涂，装腔作势；或廉洁奉公，兢兢业业。由于他们同老百姓的距离最为接近，因此他们的故事就更具现实意义。

打赌故事

　　古今中外73则打赌吹牛故事，按内容分为"逗趣、斗智、惹祸、戏丑"等四大类，多为表现人们的诙谐与机智，有的立意鲜明，寓有讽刺味，而较多的则是娱乐与逗笑。

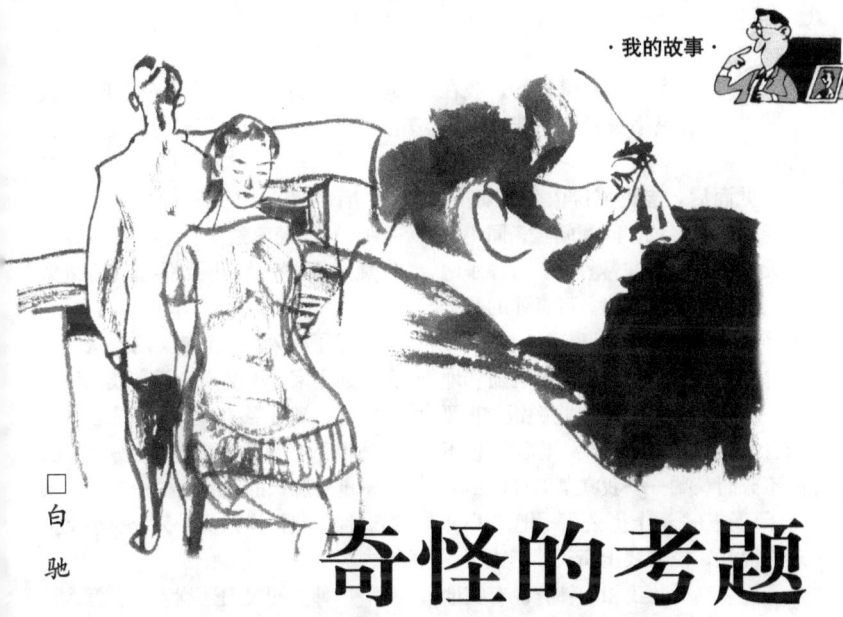

□ 白驰

奇怪的考题

我是个柔顺的独生女孩，不知道是因为人长得还可以，还是因为其他原因，反正追求我的人很多。面对众多追求者，我自己有些拿不定主意，于是决定让老爸来帮我挑选。我一向崇拜老爸，他眼光特厉害，要不我也不会把这么重要的任务交给他。

那天，我郑重地提了我的要求，老爸似乎很开心，和颜悦色地讲了两点意见：第一，恋爱结婚我自己做主，他和妈决不干涉；第二，婚姻事关一生幸福，一定要慎重，建议我扩大一下接触面，遇到比较中意的先带回家，先让全家统一统一意见。

老爸的民主作风让我很开心，我高兴地说："我挑跟我合得来的人，您帮我看看他的前途，两者都通过，就好啦！"

"放心吧，要说前途，没点儿真本领休想混过我这一关，我这儿正准备着一道难题，等他们来考哩！"老爸胸有成竹地说。

我知道老爸做事向来让人琢磨不透，这道考题不会那么简单。但是，我根本没想到，他的考题会那样奇怪，令我啼笑皆非！

几天后，我带回来一个帅哥，姓韩，相貌堂堂，家庭也有些背景。前不久，他参加市人事局公务员考试，笔试面试都是头名状元，才貌那可是万里挑一。我们虽说认识不久，可两

· 我的故事 ·

人都还挺有感觉的，我在心里偷偷希望他能顺利过关。

见面后，老妈笑得像朵大菊花，老爸也满面喜色，问寒问暖，同小伙子天南海北聊得非常投机。看样子两位主考大人都很满意，可奇怪的是老爸好像并没出什么难题。

一晃就到了半上午，老爸随和地说："小韩，中午留下来吃顿饭。我要亲自下厨做几个拿手菜。你呢，也不能不劳而获哟——我家菜刀钝得不能用了，你们一道上街去买一把。"小韩连声说好，拉着我上街买菜刀去了。

没多会儿，我和小韩有说有笑地回来了。小韩递上一把亮闪闪的新菜刀，老爸漫不经心地问："小伙子，这刀快吗？""快！我们跑了好几条街买的，看了好几家店铺，挑最快的买的！您试试看。"小韩擦擦额头汗珠回道。老爸切切菜，连声夸赞"好刀，好刀！果然锋利无比！小韩同志，你还蛮有眼光的嘛。"虽然老爸的考题还没出，但看得出来，气氛融洽，一切顺利，我心中窃喜。

吃过饭，老爸客客气气地送走小韩，我正红着脸等老爸的表态，谁知他关上门，转身对我说："小韩这小伙子是不错，但还是嫩了点儿，你自己再考虑一下。"

我愣住了，一肚子委屈地说："为什么呀？您连题目都没给他出啊！"

老妈也一头雾水。"天机不可泄露，我已经考过他了呀！"老爸慈爱地拍拍我脑袋，淡淡一笑，"以后你会明白的，有合适的小伙子，你就接着往家带吧。"已经考过了？考了什么呀？我疑惑不解，好几天都有点情绪低落。

过了好久，一个姓文的小伙子被我带回了家。小文出身于高级知识分子家庭，满腹经纶，谈吐不凡，各方面都很不错。他和老爸聊了一会儿，似乎挺对脾气的，我刚松一口气，谁知老爸忽然打住话头，又吩咐小文上街去买菜刀。

小韩买的菜刀还崭新的，怎么又要买？我心里一动：莫非老爸的考题与菜刀有关？为了能帮小文顺利过关，我和他一起仔细研究了"菜刀"问题，最后终于达成了共识。我们直奔进口商品商店，花大价钱买了一把样式好看的名牌菜刀。

吃过饭送走小文后，我担心的事还是发生了。老爸说："小文呢，的确很出色，但还不是很成熟，要不再看看。"我不乐意了，噘起小嘴，气呼呼地问："小文又哪儿不对劲啦？"老爸安慰说："莫急，莫急。老爸以后自然会给你满意的答案。风物长宜放眼量嘛，再挑挑看。"我有点沮丧，想不出我的爱情和菜刀能有什么关系。

就在我渐渐有些泄气的时候，一个长相一般、看上去挺憨厚的小伙子

18 两千年代，爱情加快，从爱到踹，一个礼拜。星期一放电，星期二表态，星期三牵手，星期四相爱，星期五谈判，星期六拜拜，星期天寻找新爱。你今天星期几？ 北京 张伟（0207）

频频向我发起了爱情攻势。小伙子名叫温天明，家庭没有任何背景，但从政却很顺利，据说才干出众，他温柔、体贴、细心，对我非常有耐心，在他的温柔攻势之下，我动心了，决定把他带回家。

这天，温天明夹着公文包如约来到我家。老爸果然又要让他去买菜刀，小温温和地点点头，并不让我陪着去，没过多久，就拎着一把模样很普通的菜刀回来了，连个包装也没有，我一看就灰心了，在边上直摇头。老爸也冷淡地问："这么快就买回来了，这菜刀快不快啊？""不快，但也不钝。"老爸听后板起脸，有些不高兴地问："让你去买菜刀，你买个不快不慢的来干吗呢？"

我看势头不对，坐在一旁焦虑不安，可小温却似乎不在意老爸的态度，耐心地解释说："我一向喜欢用这种菜刀，要是您愿意听，我想给您讲个我亲身经历的故事，也和菜刀有关。"

老爸点点头，示意让他讲。

小温慢条斯理地讲开了——

我小时候生活在农村，这年开春，一班铁匠来到村里，给农户打农具、铁器，就住在我家。有个一头银发的童老师傅手艺特好，白天默默无言地干活，晚上就给我讲古今故事。童师傅走南闯北，见多识广，讲的故事让我听得入了迷。我总爱提些稀奇

古怪的问题，很讨童师傅喜欢。临走时，童师傅特意打了三把菜刀送给我，说："你这孩子机灵，将来很有可能成大器，我送给你三把菜刀，一把切肉如泥，一把切菜如柴，一把不快不钝，你好生琢磨，留意它们，若是能彻悟，定会前途无限，受用一生！"我当时一个小孩子，哪懂这些，大人图个吉利，也就收下了。

后来，村里人都知道我家有把锋利无比的大菜刀，凡遇红白喜事都来借用。那大菜刀切肉剁骨头样样顺手，难活儿都是它包揽了。起初，今日在东家风光，明日在西家逞能。可

是好景不长，不久，那菜刀锋刃残卷，锋芒全无，厨师们弃之一旁，再无人问津。而那把钝刀呢，从无人用，搁在墙角，渐渐锈蚀腐烂，成为废铁。倒是那把不快不钝的菜刀，似快非快，磨磨又用，四季油光锃亮，厨师们觉得还是这把刀顺手，一直用了很长时间……

听完故事，老爸微睁双眼，突然收住笑容，一脸严肃地说道："我让你买刀，你却和我讲中庸之道，用这样的态度工作，恐怕不太合适吧？"

屋里的气氛一下子紧张起来。我知道坏事了，赶紧使眼色让小温别顶撞老爸，哪料小温不理睬我，不卑不亢地说："我不觉得这是中庸之道，我是觉得不管是刀还是人，能力和精力都是有限的，除了要有拼劲，也要有耐力和韧性才行，您说呢？"

老爸对他的话未置可否，淡淡地说："工作上还是要积极主动的，要明白事理，但不要沾染庸俗之风。"我一听这话，知道又黄了，可小温却一点不觉得尴尬，憨笑着说："谢谢您！您的教诲，我一定铭记在心！"

小温走后，我一头钻进卧室不出来了，这时候，我真有点后悔让老爸帮我做参谋，究竟什么样的人在他眼里才是有前途的呢？

可没想到，第二天中午小温跑来找我，高兴地说："晚上一起去看电影吧！"我暗骂这小子笨，自己被否决了都不知道！于是不高兴地说："你觉得自己通过了我老爸这一关？"小温开心地说："当然啦，你要是不信，就打电话回家说晚上要和我去看电影，看看你爸爸怎么说？"我当然不信，立刻打电话给老爸，说小温要请我晚上一起去看电影，没想到老爸爽快地说："天明这小子不错，你要是想去看，我是没意见的。"我忍不住叫了起来："怪了，昨天没听你说同意呀！"老爸在电话那头笑着说："天明知道我的态度就行了，你这丫头，小孩子脾气，是要这么个成熟点的人带着！"

当天晚上，我和小温开开心心地看了电影，有了老爸的认可，我们相处起来随意多了，回到家，我追着老爸问小温这菜刀买得好在哪里，老爸点点头道："天明不简单呀，有悟性，是块好料！别看这菜刀，大有学问呢！你老爸一无靠山，二无奇才，却从小小村支书起步，到现在成了五百万市民的父母官，全靠自己悟透做人做官的道理，小温才二十几岁，就能明白，还能不卑不亢，无庸俗之气，这一关，他算是通过了！"

我虽然还不能完全明白这菜刀的玄机，可看到老爸对小温肯定的态度，还是大大地松了一口气，总算有人通过了这个奇怪的考题。

（题图、插图：箭 中）

□ 吴相阳

年三十这天，民工田喜留守在建筑工地，工地外一阵阵"噼噼啪啪"的鞭炮声，越发让他觉得一个人在外地过年，实在太凄惶。

这个年关，田喜原本和媳妇说好要回家的，可包工头偏要工地留人，他算一个，再说工头只给了200块工钱，其余的要过了年才给，田喜想想不能带钱回去，也没钱给家里买点年货，回去也没什么意思，就留下来了，他把200块钱都寄回了家，想让媳妇把年过得像样一点。

到了吃年夜饭的时候，田喜走出了宿舍，他早想好了，要到"月嫂饺子店"去吃这顿年夜饭，自己给自己喜庆一下。

这家叫"月嫂饺子店"的小饭馆，是田喜和工友们平时打牙祭的地方，离工地不远，就在火车站旁边，那里的水饺馅大皮薄，不仅量足，价格也便宜。有一回田喜和媳妇说起这家水饺店，媳妇还开玩笑说："再好能有我包的水饺好？干脆我去你们工地边上开饺子店吧，你天天都能来吃！"田喜边走边想，禁不住自顾自地笑了起来，等他回过神了，发现自己想媳妇想得都走了神，有点不好意思起来，再抬头一看，不远处"月嫂饺子店"门口的灯箱亮着，不知咋的，田喜竟然有了点暖暖的感觉。

一进店门，一股暖意迎面袭来，一向热情的胖老板似乎对田喜有些印象，微笑着说："这位大兄弟，咱今晚来点新花样，吃顿大锅水饺，这才像在家过年的热乎样子，您要多少？半斤够吗？"像在家一样吃大锅水饺？田喜听了这话乐了，忙回答："就要半

斤水饺吧。""好嘞——"胖老板冲厨房喊道，"月嫂，再添半斤水饺，等火足了，大锅一块儿下！让大伙一起吃热乎的吧！"

月嫂？田喜有点吃惊，说实话，田喜这一年多来到"月嫂饺子店"也来过好几回了，可一次也没见着招牌上所说的"月嫂"，他闹不清这"月嫂"是真有其人还是胖老板故意取那么个好听的名儿招揽客人，现在"月嫂"在年关时候出现了，八成是胖老板媳妇喽，看来店里那些帮工们回家了，现

在要劳驾老板娘亲自出马了。

田喜好奇地向厨房瞅去，那里被一扇玻璃隔着，蒸汽哈在玻璃上，看不清里面。田喜再环顾一下餐馆，大概有六七个客人，看上去天南地北的。田喜心想：让没法回家过年的客人一起吃顿大锅水饺，这胖老板和老板娘考虑得倒挺细致！

很快，胖老板就亲自从厨房端上了几盘热气腾腾的水饺，一边上齐各种蘸料，一边还嚷着："大过年的，大伙肯赏脸到小店来吃这顿饭，修来的缘分！今日不同往日，你们细细尝慢慢咽，别着急，权当守岁饭，一定要敞着肚皮吃，图个来年圆圆满满——"

一席话说得大家都笑了，田喜拿起筷子夹起一个香喷喷的水饺，蘸着调味汤汁，有滋有味地吃了起来，不知咋的，他觉得今天这水饺好像特别有滋味，吃到第三个的时候，忽然，田喜的牙齿咬到了一样硬东西，他连忙放下筷子，埋下头，将嘴里的东西吐在手里，还没来得及看那硬东西是什么，胖老板已经笑嘻嘻地冲着他走了过来，高声说："大兄弟，别丢下！你看它是什么！"田喜这才定睛看了看掌心的东西，嘿，竟然在饺馅当中有一毛钱的硬币……田喜心里忽地一热：原来城里也有老家那样的风俗！

其他的吃客都伸过头来看，胖老板说："吃出钱来是喜事，吃钱吃钱，年年有钱！"胖老板又向田喜竖

起大拇指"大兄弟，你是第一个幸运者！"

有个客人开玩笑说："老板，吃出'钢蹦'不顶用，我们想吃出'金蛋蛋'，好寄回家去让老婆孩子过个好年，怎么样，能吃出来吗？"其他人被这番话逗得笑了起来。

"谁说'钢蹦'不顶用，你们看那里……"胖老板指着柜台上的几样东西，"这几件东西，吃出'钢蹦'的幸运者可随便挑一样，不值钱，图个乐子——大兄弟，看中哪一件？"

田喜抬头往柜台上一看，果然有香烟、刮胡刀、暖手壶之类的东西，他连忙摆摆手："老板，这怎么成？能在这里吃顿热乎乎的大锅水饺，已经要谢你了，哪能再要东西？"

胖老板打断田喜的话"这'月嫂饺子店'的生意不全赖大家吗？再说，那些东西并不值钱，你就别客气了，过来挑吧！"

田喜不好意思地走近柜台，他原本想随手取一样东西，可不经意间，柜台角落里的一瓶东西让他眼睛一亮，大伙都顺着他的目光望过去，又一齐朝田喜有些灰白苍苍的短发望了望，"嗡——"地笑开了怀，原来那是一瓶"乌发露"，专门染头发用的。

有个吃客打趣道："老哥，还臭美呀！当心用了那染发剂，工地上的苍蝇全爬到你的头上去开庆祝会……"

"不，不是，我想给……"田喜搔头，有些不好意思，一时又不知该怎样解释。

胖老板看着田喜的窘态，忙接过话茬："咱民工就不能讲究点生活质量啦？大过年的，给头发'施施肥'挺好的，为啥不能美一回！只是，这拐角里的东西，不是咱的奖品，好像是月嫂给谁买的，让我问让，月嫂——"

原来是老板娘的，田喜有点失望，正这样想，那半掩的厨房门"吱呀"被打开了，田喜冲着响声看去，只见一个系着碎花围裙的女人走出来，田喜不看则已，一看吓了一大跳，竟然是自己的媳妇秀月！田喜拍拍脑门，确信自己不是在梦中。

秀月看来早就知道自己来了，很大方地走过来，冲田喜眨眨眼，说："刚才你进门的时候，我就在厨房看到你了，想等你安安心心吃过饺子后，出来给你个惊喜，没想到，现在就被老板喊出来了！"

胖老板有点糊涂了，他看看秀月，又看看田喜："你们，你们是……"

秀月笑着说："他是我男人，我到城里就是来找他的。"

田喜诧异地问："你怎么呆在这呢？"

"本来想到工地去找你的，可从火车站出来，已经是年三十中午了，没走多远就看到了这家你常提起的店，门前还写着因厨房帮工回家过年，要招个短工，会做水饺就行，我

脑子一转，就进来应聘了。你不是电话里跟我说，别担心你的年夜饭，你会到'月嫂饺子店'去吃吗？我想要是在这里见面，也挺浪漫的。怎么，刚才没吃出这水饺的口味挺熟的？"

胖老板这下明白了，连连点头："月嫂不但手艺好，还会想花样，大锅水饺，水饺包钱，给大伙惊喜，都是她的主意，她说在乡下，四邻都叫他'秀月嫂'，有的干脆就叫她'月嫂'，你们说巧不巧，这家店我当初盘下来的时候就叫这个名字，现在'月嫂饺子店'真来了个叫月嫂的人，真是打

着灯笼都难找的好事，大伙说，我能不留下她吗？要我看，这位大哥这么喜欢来我们这里，多少也是冲着这个名字来的吧！"

大伙连声叫好，胖老板又举起那个"乌发露"，冲着秀月说："你说这是要送给别人的见面礼，应该就是送这位大哥的吧，看大哥刚才那意思，好像正想要一瓶呢。"

秀月有点不好意思了，田喜却连连摇头："我是想给秀月买一瓶，这人没到四十，头发却早过四十了……"

听到这，胖老板和所有客人都安静下来，外面"噼噼啪啪"的鞭炮声显得格外响亮。

还是秀月笑着打破了沉默："大伙要觉得我做的饺子好吃啊，就帮着我跟老板说一声，多留我在这里做几天工，就算送给我的过年大礼了！"

胖老板赶紧说："要是月嫂愿意，我倒希望你长期留下来呢，你手艺这么好，主意也多，再说，有了你，咱这就是名副其实的'月嫂'饺子馆了，城里离不开大饭店，也需要这样的饺子馆，就像大城市也需要咱这样的小人物一样，来，大家都别只顾着说话了，水饺要凉了！"

这话说得实在，也说到大伙心里去了，对于田喜来说，这真是个幸运的年关啊。

(本篇月月评短信代码：AA021)

(题图、插图：魏忠善)

 24 你过得还好吗？老虎没有欺负你吧？狮子吓唬你的次数也不多吧？猴子抢你食物了吗？两只小爪子抓手机看短信习惯了吗？ 武汉 菲菲（0210）

嫁给公家人

□梅 冰

小 玉和村里的小文书强子好上了，这事儿小玉妈本来就不乐意，现在听说强子因为笔头子好、做事踏实，被调到乡政府任文书了，她就更不乐意了，非逼着小玉跟强子分手。

小玉正和强子蜜里调油地好着，自然是不肯分，嘟着嘴说："强子上进能干，哪点让您看不上了？"小玉妈也不多解释，一屁股坐在地上，一把鼻涕一把眼泪地数落起来，说小玉爸老早走了，她日做老子夜做娘地把闺女拉扯大，现在儿大不由娘了，她还

不如死掉算了，虽说这不是什么新鲜招数，可对小玉是特别管用，她赶紧用了缓兵之计，说："我听你的还不行吗？不过，我想问几个问题！"

小玉妈这才收了眼泪，点点头说："要问啥？"

小玉在妈身边坐了下来，轻声说："妈，强子他抽烟、喝酒吗？"妈摸不着头脑，说"这倒没听说过。"小玉又问："妈，强子他赌博、花心吗？"妈又答："他敢！"小玉又问："强子他不要上进吗……"

小玉妈推了小玉一下，打断了她的话："闺女你打什么哑谜呢？有话直说！"小玉不紧不慢地说："强子既然没什么不好，妈您为什么非要拆散我们呢？"

小玉妈这回听明白了，敢情闺女绕了这么大个圈子就是为了这句话哩，她当下脸一沉说："反正我就是不

同意你们的事，实话告诉你，不为别的，只为强子他现在是个公家人。"

小玉听了这话更不明白了，问："公家人怎么了？公家人吃人啊？"小玉妈摇摇头说："闺女你不知道，公家人是搭不得的，他们心贪着哩，你就是拿块砖头从他家门口走他也会拿出把菜刀磨两下，贪心的人咋会一辈子对你好呢？咱还是找个老实靠得住的手艺人吧！"小玉听了撇撇嘴，一

副不屑的样子，小玉妈见她听不进自己的话，点点头说："丫头你不信？好，回头妈逮机会试给你看！"

这天，强子正在村东头走着，小玉妈迎面走了过去，手里拎着个篮子，那篮子里也不知装着什么，看上去很沉，小玉妈一副费力的样子，看见强子便叫了声："强子，过来一下！"

强子老早就看到了小玉妈，但因为平时小玉妈见到他都是一副冷淡的样子，他正犹豫着要不要上前打招呼，听小玉妈这么一喊，他忙冲上去，一把接过篮子，低头一看，叫了起来："这么沉？哇，全是大草鱼！大妈，您买这么多草鱼干什么？"

小玉妈说："哪是我买的，是吴老头在北荡里抽干了一条沟捉的，沟里还有鱼，他腾不出手把鱼送回来，我正好路过，他这就让我捎回来了，鱼太多了，数都来不及数，强子，你就帮大妈把鱼送到他家吧！"

强子找到了卖力的机会，开心地说了声"好咧"，就拎着篮子大步流星地走了。

强子一走远，就有一个人从一棵大树后面转了出来，这人正是小玉。小玉妈对小玉说："闺女，你可亲眼看见了，那鱼你也数过了，是28条，等会儿你到吴老头家，数数他家的鱼，看少不少？公家人看到油水不捞一把？打死我也不相信。"

小玉嘴上说"我不信强子他会这样"，可心里也犯起嘀咕来，强子你可千万别让我失望啊，否则，咱俩的事十有八九保不住了。

磨蹭了一会儿，小玉和她妈估计强子也该从吴老头家走了，便来到了吴老头家，一进堂屋就看到一大盆鱼活蹦乱跳地在水里扑腾，小玉妈和吴老头老婆扯着闲话，小玉假装看鱼，嘴里却小声数起来："1、2、……"数着数着小玉忽然不吱声了。小玉妈偷眼一看，却见小玉脸色煞白，正咬着嘴唇数第二遍，数到最后突然就哭了起来，捂着脸向外直奔，把吴老头老婆吓了一大跳，这情景只有小玉妈心里明白，不用说肯定是鱼少了。

小玉一路哭着一口气奔到村西的强子家，一进门就闻到一阵扑鼻的香味，不错，正是鱼汤的香味！强子一见小玉来了，高兴地说："小玉，我正要找你哩，我妈今天买了两条鱼烧了汤，她让我叫你来喝，说你最近好像有些瘦了……"

小玉二话不说，拉着强子大叫道："你买了鱼？你这个坏了良心的，跟我来！"

强子还没反应过来就被小玉拉得跌跌撞撞的，想要问，却见小玉气得脸发白，哪里还敢说什么，只得个老老实实地跟她跑。

两人一阵风似地跑到吴老头家，小玉妈和吴老头老婆还在扯着闲话，小玉一肚子气，正要责问强子干的好事，刚想问，却见妈向她偷偷直摆手，小玉便把话硬生生地咽下去，走到妈身边，却听到妈紧张地小声说："闺女，弄岔了弄岔了，你刚才数鱼时是不是少了两条？刚才吴老头老婆说了，鱼倒进盆里的时候，有两条蹦到外面去了，结果没留神让隔壁的大狸猫给叼走了。"

小玉愣住了，是正好少了两条，可强子家里的鱼又是怎么回事呢？她忽然想起什么，拉着强子回头又奔。

强子可被她搞懵了，不知道小玉今天是怎么了，可又不敢问，只好又被小玉拉着手狂奔，不过说实话，拉着小玉软绵绵的手倒很好受，他还真希望就这么一直拉着跑下去，倒也挺不错。

回到强子家，鱼汤更浓更香了，小玉一把掀开锅盖，白雾直涌上来，小玉再往锅里仔细一瞧，嘿，是两条黑鱼，不是草鱼！

小玉"哇"的一声又哭了，边哭边一头扑在强子怀里直捶他，边哭还边喊着："早不炖，晚不炖，偏这会儿炖什么鱼汤啊！"强子吓得手忙脚乱的，但还是不知道这到底是咋回事。

这时，小玉妈走了进来，两人连忙分开来，小玉妈看了一眼锅里的黑鱼，再瞟瞟傻乎乎愣在那里的强子，说道："还不盛碗汤给——妈喝！"

（题图、插图：魏忠善）

泼辣老婆
可爱妻

□嘉　欣

黄喜权是单位食堂的负责人，大小也是个官，可在家里却啥事儿都得听老婆高翠花的。高翠花是个身体强健、性格泼辣的女人，见识过的人说她打老公像砍肉一样轻松，骂老公更是比嗑瓜籽还脆快。其实高翠花挺疼老公的，就是特别容易吃醋，又骂又打的时候，准是她怀疑老公在外面搞什么花头了。

这天，高翠花不知道从哪里听来的，说是黄喜权最近和单位食堂的一个女师傅有"故事"，说是那女师傅每天上班什么活都不用干，就给一千多块一个月，说是黄喜权亲自安排的，还有人说那女师傅住在高档小区呢！

听了这些，高翠花哪里还坐得住，当天晚上，高翠花就把传说中的那个女师傅堵在了单位外面的胡同里。

高翠花仔细一看，奇怪了，这女师傅看上去和自己差不多年龄，长得还行，可毕竟有点老了，她原来还以为是个年轻姑娘呢？不过情急之下，也顾不得细想了，没等对方弄明白她什么来历，高翠花就一把拽住了人家的胳膊，大吼起来："快说，你是怎么勾引黄喜权的？"

那女人吃了一惊，脸一下红了，争辩道："我和他什么关系都没有！"高翠花一听她争辩，脾气上来了，用胳膊搂住她的脖子使劲一勒，那女人立刻就喘不上气来了，拼命点头表示

  朋友不一定合情合理，但一定知心知意；不一定形影不离，但一定心心相惜；不一定锦上添花，但一定雪中送炭；不一定常常联络，但一定放在心上。　重庆　张超虹（0212）

要说实话，高翠花这才松开。那女人见高翠花这么凶，怕她再动手，于是一边咳嗽一边说了实情，高翠花听完之后，气得把拳头攥得咯咯直响，她告诉那女人，今晚的事不许跟任何人提起，如泄露出去，绝饶不了她。

高翠花决定这次不蛮干了，她要用点心计，于是她把那个女人说的话写在了纸上，第二天一大早就给局纪检委寄去了。

可过了好几天，也不见纪检委有什么动静，高翠花把这事跟一个贴心的女伴说了，女伴不屑地说："作风问题也算不得什么大事情，要贪污受贿上面才管！"高翠花眼珠子一瞪"要说这王八蛋不贪污受贿，打死我都不信！他工资也就两千块，每月给外头的女人一千多，还给她买了房子，他不贪污受贿哪来这么多钱？"女伴摇摇头说："你说的虽然在理，可现在要讲证据，否则人家反过来告你个诬陷罪。"

高翠花一听这话，没声音了，可闷了没多久，眼珠子又瞪了起来："没证据我一样整治他。明天我就上他们单位闹去，非把事情搞明白不可！"

高翠花果然雷厉风行，第二天中午就闯进了黄喜权单位食堂，黄喜权正在上灶，那个女人就站在他身边，两人正聊着什么。高翠花一看这情景，就指着那女人骂开了："你真是不要脸啊，看上去也年纪不小了，还出来勾引别人老公，今天我非打死你不可！"

听高翠花说要打死自己，那女人一边往黄喜权的身后躲，一边大叫："大妹子，我不是……"

高翠花几步冲到女人跟前，恶狠狠地说："你要敢再吭一声，我就撕烂了你这张嘴！"

眼瞅着高翠花的手就要挠到女人的脸了，黄喜权一个大步蹿过来，抱着老婆就往外拽，还一个劲说是个误会，高翠花抡起巴掌抽了黄喜权一个大嘴巴，质问道："要是没搞什么花头，为什么花这么多钱雇了这女人，却还要自己亲自上灶？"黄喜权耷拉着脑袋不说话了。高翠花气急了，大骂黄喜权是个废物，找个女人都找不到年轻漂亮的。

高翠花最后这句话伤了黄喜权的自尊，他铁青着脸，挥起拳头要打高翠花，被闻讯赶来的办公室刘主任大声喝住："黄喜权！你想干什么？动手打老婆？你挺有本事啊！是不是不想往好处过了！你和女师傅是什么关系，今天要当着翠花和大伙的面说清楚！"接着，刘主任又把脸转向高翠花："弟妹你先消消气，有话慢慢说。咱们先回办公室好不好？等会我一定让黄喜权给你个说法。"听了刘主任的话，又看看周围围观的人，高翠花更加来劲了，她一屁股坐在了食堂的凳子上，说："我哪也不去，就让他当

着大家的面把事情说清楚！"

黄喜权气得眼睛都快喷出火来了，他胳膊一抢，推开老婆："你非得自找没趣是不是？好！那我就告诉你，她是我丈母娘，咋地！"刘主任跟高翠花听了这话，都懵了，好半天高翠花才回过神来，大骂黄喜权不是人，可骂归骂，黄喜权真的这么说了，她似乎也没什么办法，高翠花嘴里喊着要回家烧房子，悻悻地走了。

让黄喜权没想到的是，还没到下班时候，局纪检委书记就带人来了，并且要单独和他见面，让他好好交代作风问题，黄喜权这下慌了，没谈两句，就把事情的真相一股脑地说了出来。食堂这个女师傅，和黄喜权没有一点关系，却是刘主任的"丈母娘"，刘主任新小蜜的妈！刘主任要提副局长了，上面马上要来考察，他安排这样的人事工作不方便，就让黄喜权出面替他办。刘主任给黄喜权打了保票，等自己当上副局长，一定不会亏待他的。黄喜权当然不敢怠慢。

"那刚才你老婆来闹的时候，为啥不说真话？"

黄喜权低着头说："刘主任问我'是不是不想往好处过了'，分明是点拨我，让我担下来，可我那个蠢老婆……"

纪委书记站起来说："我看你老婆一点都不蠢，倒是你，蠢透了，这种事情你担得下来？"

黄喜权叹了口气，低着头等书记给自己处分，可没想到，纪委书记却只说让他写检查，然后就带着一帮人走了，送走了纪检书记以后黄喜权才听说，刘主任被人举报贪污问题，刚才就被带走了。黄喜权暗自庆幸，自己只帮着他做过这一件事情，算是陷得不深。可一想到回家以后肯定还有一场恶战，他又担心起来。

黄喜权磨蹭着回到家，一推开

把我的心情心思心意心愿心疼心急心动心爱心灵心血心声心田心扉心绪心怀心潮心醉心神心结心碎一并送给你，让你永远开心爽心留心定心舒心遂心一切顺心！ 北京 江林强 (0213)

门，高翠花就一阵风似地猛扑过来，黄喜权往墙角一缩，准备听天由命了。可谁知，高翠花扑上来以后，不但没用拳脚给他"按摩"，还抱住他一阵亲热，边笑边说自己太高兴了。

黄喜权搞不懂老婆今晚搭错了哪根神经，于是小心翼翼地问道："干吗又这么高兴了？"

高翠花哈哈一笑，说她的目的终于达到了，当然高兴了！看黄喜权听不懂，高翠花就讲起了在小胡同堵那个女人的事和去单位闹的真实目的。

在小胡同里，女人早把事情的真相告诉了她，以为告诉高翠花不关她老公的事，而且是她老公上司安排的，她就不会再去闹了，这件事情也就能瞒下去，没想到高翠花听了，还是很生气，她想不到平时一本正经的刘主任，背地里干这种勾当不说，还要自己老公背黑锅，搞得自己做人也没面子。于是她就写信到纪委去揭发，过了几天，看没什么动静，又心生一计，决定到单位闹事，想用话激黄喜权，逼他说出刘主任的事情，好让大伙给刘主任算一笔经济账，把事情搞大了，不怕纪委不来调查！

黄喜权听她这么说了，松了口气，反问道："你就不怕把我也搭进去？我也算是'滥用职权'啊！"

高翠花指着他的头说："你还说这个，我想逼着你当场把他的事情说出来，还能立功呢，没想到你这个糊

涂鬼，要自己揽下来，我当时真想揍你一顿！回头我还担心别真把你给带去调查了，可我刚才就听说了，刘主任被带走啦。"

黄喜权嘀咕着说："人家刘主任平日没得罪过你啊，干吗非要把他整下台？"

高翠花猛地推了黄喜权一把，咬牙切齿地说："你怎么这么糊涂着，他贪污受贿就是缺德，这种人要不进监狱，老百姓还有好？这种人要是再当上大官，咱们这个国家都得让他们给祸害了！再说了，跟啥人学啥人，跟着巫婆学跳神，我要是不把他整下台，你整天跟在他屁股后头，早晚有一天得跟他一块蹲监狱！"

黄喜权一听"蹲监狱"，立刻惊出一身冷汗，细一琢磨，老婆说的还真是那么回事，刘主任现在让自己帮他养"丈母娘"，今后当上了局长，还不定让自己帮他做啥坏事，就像老婆说的，这种人要是做了大官，老百姓非遭殃不可。

黄喜权突然觉得自己这个泼辣老婆，还有可爱的一面，不仅比自己明白道理，还挺有心计，倒是自己，只看到眼前的事情，想到这里，忍不住夸了起来："人家都说，家有贤妻男人不做横事，看来你这个'恶'老婆，才是我黄喜权的福星啊！"

（本篇月月评短信代码：AA022）

（题图、插图：魏忠善）

□夏 菁

晚报第四版

老张一辈子默默无闻，退休以后突然有了要出名的想法。经过一个星期的研究，他发现本地晚报第四版集中刊登社会新闻，许多普通人只是做了一件与众不同的事，照片就被登了上去，老张想到如果自己的照片也能上报，那不也就一夜成名了吗？这种想法让他兴奋了起来，他决定马上行动。

老张第一个行动就是抓小偷。从这天起，老张每天专挑人群密集的地方去。还别说，没几天，真让他碰上了一个。这天下午，他上了一辆公交车，突然看到一个人正把手慢慢往一个乘客裤子口袋里伸，老张兴奋极了，没等那手伸进去，就扑上去死死抓住，一边抓还一边喊"快抓小偷"！可那个小偷不但不慌张，还十分生气地说："你这人有毛病啊，我手里空空的，怎么会是小偷了，再说，你问问，看谁丢了东西了？"老张一听这话愣了，是啊，自己太着急了，捉小偷也得等他偷了再抓，要不哪有证据啊。那小偷看老张一副老实的样子，越发来了精神，一边骂着一边往门口走去，等车一靠站就下了车，留下老张呆呆地站在车上，其他乘客不明就里，也觉得老张有点不正常。

受了这样的挫折，老张决定放弃捉小偷，尝试另一个计划：见义勇为。

老张这回选的地方是风景区，看来这样的选址还是很有道理的，没几天就让他碰到一起车祸。在通往风景区的路上，他看到一群人围在路口，麻木地盯着一个被汽车撞伤的女孩，那女孩浑身是血，躺在地上，身体抽搐着。老张拨开人群，背起那女孩就想往医院跑。可刚冲出人群，就觉得那女孩在他背上挣扎起来，旁边也有人向他喊道："放下她，没看到摄影机吗，我们在拍电影。"老张听了这话，忙把女孩放了下来，周围的人都冲着他直笑，再看看边上，果然又是灯光又是摄影机，自己刚才太激动了，竟然一点都没注意到。

老张开始怀疑自己的计划了，他决定再最后尝试一次，要是还失败，就说明自己真的没有上报纸的命了。

这天接近黄昏时，他正在街上溜达，突然看见一户人家的窗口冒出浓烟来，里面还夹杂着孩子的哭声。他想都没想，冲上楼去，一脚踹开房门，在满屋子的火和黑烟中摸索着抱出了2个孩子，屋子里没有孩子的哭声了，却传来了小狗的叫声，两个孩子又哭了，央求他再回到屋子里去抱他们的小狗，正当他有点犹豫的时候，消防员赶到了，冲进了房间，迅速扑灭了火，还把小狗抱了出来。紧接着，记者也赶到了，他们不停地对着一个满脸漆黑的消防队员照相，那个消防队员牵着2个孩子，怀里还抱了只小狗。

老张看着记者手里的相机，彻底绝望了，他想通了，还是老老实实做个默默无闻的人吧，看样子他平凡的命运是注定了的。

打这以后，老张又恢复了平静的生活，每天去广场和一帮老人一起锻炼、下棋、聊天，就在他差点把什么晚报第四版这码事忘记了的时候，他的照片居然意外上了第四版的社会新闻，那是一个大风天，老张在路上走的时候，被风吹下来的一个大广告牌砸中了头，受了重伤，晚报报道了这件事情，还配了一幅不大不小的照片，照片上老张躺在担架上，正在往救护车上抬。

（题图、插图：魏忠善）

《中国最有影响力的故事》征文大赛拉开帷幕

五大奖励措施　稿酬外追加千字千元奖金

为鼓励多出优秀作品,《故事会》杂志社决定继续举办 2006 年《中国最有影响力的故事》征文大赛,并对优秀作品实行 5 大奖励措施:

1. 入选作品除在杂志上发表外,还将收入《〈故事会〉:中国最有影响力的典藏故事》(2006 年版)一书。2. 入选作品可得两笔稿酬:在《故事会》杂志发表的作品,首发稿酬每千字 400 元,选入书后再追加每千字 1000 元。3. 入选作品均颁发奖励证书。4. 本刊将委托有关专家对入选作品进行精彩点评。5. 本刊将邀请有关作者参加 5 月在上海举办的第十一期"故事创作研讨班"、10 月在外地风景区举办的优秀作品改稿会以及年底的颁奖大会,所有费用均由我社承担。

征稿范围:具有现实感、新鲜感且可读性强的中短篇原创作品,超短篇(如幽默故事)的字数一般在 1500 字以内,短篇(如中国新传说)的字数一般在 5000 字以内,中篇故事的字数一般在 15000 字以内。

第一次截稿日期:2006 年 3 月 31 日。

来稿方法:1. 从邮局寄发,请在信封上注明"征文大赛"字样,本刊地址:上海市绍兴路 74 号《故事会》杂志社,邮编:200020。2. 从网上传递,可发以下信箱:wulun@vip.sohu.net,请在主题上注明"征文大赛"字样。来稿也可直接发至各责任编辑的电子信箱,本期责任编辑的信箱是:liangningning@vip.sohu.net。

"优媒杯"《故事会》优秀作品月月评

每期 3 篇选 1　最高奖金 800 元

为鼓励读者参与,《故事会》决定举办"'优媒杯'《故事会》优秀作品月月评"活动,参加方式如下:1. 每期由初评委推荐 3 篇故事为候选作品,读者可选择自己最喜欢的一篇,将其月月评短信代码(如 AA021,没有短信代码的作品不参加评选)发送到 911903(移动用户)或 97575631(联通用户)、02838168(广东移动)。每次限选一篇,可多次投票。2. 凡选对本期"最受欢迎的故事"的读者均有机会获得现金奖。每期设一等奖 1 名,奖金 800 元;二等奖 10 名,各获现金 100 元;所有参加评选的读者均有机会获得参与奖,每期 200 人,各获精美礼品一份。3. 本期活动截止期为:1 月 20 日。得奖读者在评选结果揭晓后将得到短信通知。用户每投一票收费 1 元。

本期候选作品:1.《幸运年关》(p21)(短信代码:AA021);2.《泼辣老婆可爱妻》(p28)(短信代码:AA022);3.《叫一声妈妈》(p35)(短信代码:AA023)

"掌上灵通杯优秀作品月月评" 2005 年 11 月(下)评选揭晓

2005 年 11 月(下)获得选票前三名的作品分别为:《那个地方能养老》(2810 票)、《湖里有贼》(1497 票)、《爱心密码》(1063 票)。

叫一声妈妈

□ 陶诗秀

婷婷是个先天聋哑的女孩，长得很漂亮，也聪明机灵，但就是听不到这个世界美妙动听的声音，更没办法说出话来，哪怕是最简单的"妈妈"两个字。就因为这个遗憾，本来应该十分美满的家庭，总是有些不快乐的气氛，爸爸妈妈的关系也因为她的问题，越来越不好了。

婷婷生日那天早上，妈妈帮她在读书的聋哑学校办理了住宿手续，聪明的婷婷知道，自己长大了，妈妈真的下了决心要和爸爸离婚了，她让自己在学校住，就是要把自己安顿好，才有时间和精力去办这件事情，因为爸爸不肯离婚，妈妈要通过法律手段解决这个问题。

婷婷想得没错，妈妈真的向法院申请了离婚，经过一通忙碌，终于盼到法院开庭的日子，可就在婷婷的爸爸妈妈一起走到法院门口的时候，婷婷爸爸突然接了个电话，听了之后，他站住不动了，用恳求的口气对婷婷妈妈说："秀，之前我一直不想离婚，是我不对，但咱今天能不能不去法院了，刚才学校打来电话，说婷婷人不见了，得赶紧去找，只要一找到婷婷，我马上和你协议离婚，再不拦你了！"

婷婷妈妈听了这话，脑子"嗡"的一声，几乎站不稳了，她不知道自己是怎样和丈夫一起坐到了出租车上，当她回过神来的时候，"哇"的一声哭了出来。

为了要离婚，所有的人都指责她

不负责任，说她无情，现在婷婷不见了，要有个三长两短，连她自己也不会原谅自己，可她对这个家庭，真的已经绝望了。她跟丈夫是大学同学，婚后两人的关系也还不错，可是自打生下婷婷后，乌云就一直笼罩着这个家庭，花光了几乎所有的积蓄，却换来了无法治愈的结论。她和丈夫商量想再要一个孩子，可丈夫坚决不同意，说婷婷天资聪慧，好好培养，也会走出很好的人生路来，再要一个，是对婷婷的不负责任。

婷婷妈妈想到这些，哭得更凶了。婷婷爸爸伸过手来，抓住了她的手，小声说道："别自责了，婷婷不会有事的，我知道，你生婷婷之前就说过等孩子将来叫你'妈妈'的时候，你会是世界上最幸福的人，可偏偏……"

"我承认是我自私，你说得对，我是个不负责任的人，可直到现在，我还是想要一个能喊我妈妈的孩子，这就是我要离婚的惟一原因。"

婷婷爸爸不说话了，没过多久，车子停在了学校门口。

老师已经等在了大门口，一看他们来，立刻跑上前去，递上一张婷婷留下的字条，说是刚才给他们打过电话后在婷婷宿舍发现的，上面有婷婷写的几行歪歪扭扭的字："妈妈：不要离开我和爸爸吧，我知道是因为我不能叫您一声妈妈，让您心中难过了，婷婷说声对不起了。婷婷想到了一个法子，想到了一个叫妈妈的法子，真的，不骗您。我走了，到白羊坪外婆家去了，您要是能来外婆家，便什么都明白了。婷婷。"

看着那几行浸着泪水的字迹，婷婷妈妈仿佛看见了婷婷幽怨的眼神，她再也控制不住自己了，放声大哭起来。还是婷婷爸爸比较理智，向老师道了谢，拉着婷婷妈妈往白羊坪赶去。

情人像老鼠爱大米恋着你，钞票像2002年的第一场雪撒向你，幸福像城里的月光照着你，快乐像两只蝴蝶绕着你。知足常乐！ 1358***5418（0216）

当他们赶到白羊坪婷婷外婆家的时候，天都已经黑了。婷婷外婆看到他们来，着急地说："这是怎么了，怎么让孩子一个人回来，婷婷好像很伤心的样子，一回来就把自己关进了小柴屋里，和一群小羊在一起……"

婷婷妈妈听到这里，二话没说，就往柴房跑去，在后院那间小柴屋外，她高声地喊道："婷婷，出来吧，妈妈跟爸爸一起来接你了！"她知道婷婷根本听不到她的声音，好像是喊给自己听似的，一边喊一边用特殊的节奏晃动着柴房的门，她相信婷婷看到这门晃动出的节奏，肯定知道是她来了，这是她们之间熟悉的暗号。

这特殊的敲门声一响起，柴屋中立刻有了动静，紧接着，传出一声声嘶哑而又悲切的呼唤声，听起来极像是："妈妈——妈妈——"

婷婷妈妈一下子愣在那里，她在白羊坪生活了十八年，小时候每天都出去放羊，这声音，她再熟悉不过了，这一声声像极了"妈妈"的呼唤，分明是小羊羔的叫唤声！难道这就是婷婷想到的那个叫妈妈的法子吗？就在那一刻，婷婷妈妈禁不住泪如泉涌，扑在柴房的门上失声痛苦，她的心真的要碎了。

"妈妈——妈妈——"，柴门里还是不停地传出这样的声音，声音里还夹杂着呜呜咽咽的啜泣声。

婷婷妈妈忙回房间，拿了笔在纸上飞快地写下来两行字："婷婷，开门吧，妈妈跟爸爸来了，现在就接你回家。妈妈发誓，再也不离开你。"

婷婷妈妈重新跑回柴房，把写了字的纸揉成一团，塞进了门缝。没多会儿，柴房的门"吱呀"一声开了，果然像婷婷妈妈想的那样，眼前的景象让人肝肠寸断：婷婷正搂住两只洁白的小羊羔，哭得像个泪人儿一般。而那只小羊羔，蜷在婷婷的怀中，嘶哑的"咩咩"声有点像孩子在睡梦里模糊不清的呼唤妈妈的声音。婷婷妈妈冲过去，一把把婷婷搂在怀里，婷婷依偎着她，递过来一张被泪水打湿了的纸，上面写着：

"妈妈：当您听到这一声'妈妈'的时候，您心中高兴吗？我知道，这么多年，婷婷没能叫您一声妈妈，惹您生气了。这下好了，婷婷终于找个叫妈妈的法子了。我从书里知道，小羊羔从羊妈妈身边牵走的时候，总是会叫个不停，我想，它们一定也是在叫妈妈，书里还说它们的叫声，真的很像小朋友在叫妈妈。我不会叫妈妈，可我知道您要走的时候，已经在心中叫了一百遍，一千遍，一万遍……您能留下吗？"

婷婷妈妈紧紧地把这张纸攥在手里，冲着婷婷拼命地点头。

（本篇月月评短信代码：AA023）

（题图、插图：刘斌昆）

照相机里有鬼

□原上草

赵彬是个天生胆小谨慎的人，可偏偏好奇心又比较重。

这天下班后，他刚走出公司，就被一个戴墨镜的人给拦住了："先生，要不要照相机？数码的，很便宜，我急着用钱，只卖两百块。"赵彬一听这么便宜，想想八成是骗子，要不就是偷来的东西，就没有搭理。谁知墨镜又追上来："你可以先看看嘛，来路绝对没有问题，我可以给你看看买照相机的发票。我也是急着用钱，再说，这相机其实是有特殊功能的，我就是想卖给您，别人给两千我还不一定卖呢！"

赵彬一听这话，好奇心一下子被钩了起来，问道："有什么特殊功能？"

墨镜神秘地笑笑："你买回家试试就知道了，天机不可泄露。"

赵彬拿过照相机看了看，墨镜又试着给他拍了一张照片，没错，是正宗数码照相机，可没看出有什么特别的功能。墨镜看出了他的心思，神秘地说了句："先生，您回去拍的第一张照片，会向您说明这种特殊功能，记住，要一个人在房间里的时候拍！"

赵彬看他神秘兮兮的样子，再也挡不住自己的好奇心，想想两百块买个相机也合算的，于是掏钱买了下来。

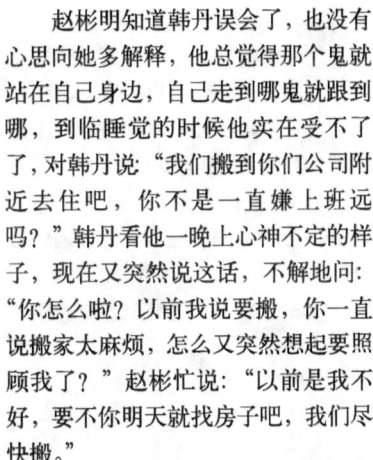

回到出租屋后，赵彬迫不及待地对着自己拍了一张，然后通过显示屏想看看效果。这一看可把赵彬吓了一大跳，他发现自己的头像旁边多了几行小字，放大了一看竟然写着："鬼魂无处不在，只是常人看不到罢了，该相机有拍摄鬼相的功能，请慎用。"

赵彬平时就怕人家说鬼啊怪啊什么的，现在突然看到这几句话，神经一下子紧张起来。他忍不住对着沙发又拍了一张，这回看图像时，赵彬吓得嘴都合不上了，沙发的旁边多了一个头像，是一个狰狞的男人面孔，眼睛、鼻孔、嘴巴都流着血。

等赵彬回过神来，叫了一声"妈呀"就把照相机丢在了沙发上，他明白了，这屋子里有鬼！只是自己看不到罢了。

正当他不知所措的时候，女朋友韩丹回来了，见沙发上有个数码相机，好奇地问："怎么突然想起来买数码相机了？"

赵彬怕坏着她，连忙掩饰道："当然不是，是一个同事托我替他保管的。你别动！"

韩丹看他怪怪的样子，追问道："一个相机而已，你干吗这么紧张啊？"

"弄坏了就不好了，别人的东西嘛！"赵彬一边说一边站起来，把相机锁进了自己的抽屉里。

韩丹有点不开心了："不会是里面有别的女孩子的照片吧！"。

赵彬明知道韩丹误会了，也没有心思向她多解释，他总觉得那个鬼就站在自己身边，自己走到哪里就跟到哪，到临睡觉的时候他实在受不了了，对韩丹说："我们搬到你们公司附近去住吧，你不是一直嫌上班远吗？"韩丹看他一晚上心神不定的样子，现在又突然说这话，不解地问："你怎么啦？以前我说要搬，你一直说搬家太麻烦，怎么又突然想起要照顾我了？"赵彬忙说："以前是我不好，要不你明天就找房子吧，我们尽快搬。"

还好一切顺利，周末的时候他们已经住到新租的房子里了。赵彬还是有些不放心，找了个韩丹不在的时候，拿出照相机对着电视机"咔嚓"拍了一张，一看图像，他吓得一屁股坐在了沙发上，那图像上又有一个鬼，不过这回是伸着长舌头的女鬼，披头散发的，眼珠全是白的。天哪，难道真的到处都有鬼？他吓得再也不敢乱拍了。

就是这两张鬼照片，把赵彬好端端的生活搞得一团糟，工作的时候精神恍惚，回到家更是既紧张又恐慌，一副失魂落魄的样子。

这天吃晚饭的时候，韩丹突然放下筷子，幽幽地说："我们别再玩捉迷藏了，你肯定有事瞒着我。要是你有

了其他的想法，直接说好了！"

赵彬听了这话，真是哭笑不得，他没想到韩丹会往这方面想，不过想想自己最近的表现，也的确容易让她误会，可赵彬不知道从何说起，于是问道："丹，你相信鬼吗？"

"你瞎说什么呢？"韩丹不高兴地说，"要我说，有鬼的话，也是你心里有鬼！"

赵彬摇摇头，还是把想说的话咽

了回去，告诉韩丹什么事情都没有，让她别瞎想。

第二天，同事小雷过生日，请赵彬他们几个到家里喝酒。赵彬偷偷地把相机带了过去，趁大家都在喝酒的时候，悄悄来到卧室，用照相机对准小雷的床照了一张，再一看图像，天哪，一个穿清朝官服模样的僵尸鬼出现了。

赵彬忍不住了，把小雷拉到旁边，提醒道："你这屋里不清静。有鬼！"

谁知小雷听了不但不紧张，反而哈哈大笑："你什么时候成了巫师会看鬼了？"

赵彬听他这么说急了，争辩道："真的，你是看不到的！"

小雷看到他这么认真，有些不高兴了："我看你最近心神不定的，现在倒说我家里有鬼，你到底想什么呢？做人可不能心里有鬼！"

赵彬再没心思喝酒了，他急急地从小雷家出来，没有回家，而是直接去了公司，他要去证实一下，公司是否有鬼。在公司拍的照片竟然真的没了鬼影子，但这回又出现了几行字："晚上独自到荷花街189号去，你会获得神奇的力量。记住，只能你一个人去！"赵彬一看时间，还来得及，他迫切地想知道接下来会发生什么事情，于是决定立刻赶过去。

走在路上，电话响了，是韩丹打

来的:"你在哪儿啦,我刚才打电话到小雷家,小雷说你先走了,等了一会也没见你回家,小雷还吞吞吐吐地说你最近不太对劲,让我多关心你,到底怎么回事!"

赵彬不知道该怎么说,随口说道:"我在公司附近,等会儿还要去公司拿样东西,一会儿就回去,先挂了吧。"电话那头,韩丹沉默了一下,没说什么。

当他来到荷花街的时候,很容易找到了187号,顺着街道往前走,是188号,可再往前,就是一片拆迁的废墟了,于是他向一个过路的人问189号在哪里,那路人白了他一眼:"189号以前是殡仪馆,刚搬了。"赵彬听了这话,出了一身冷汗。

他也不知道自己是怎么回到住的地方的,进门后发现韩丹不在,打她的手机也关机了。他这下可着急了,莫非和家里的鬼有什么关系?他坐不住了,抓起衣服就到附近去找,却在街口他们经常光顾的一家大排档看到了韩丹,她正独自一人喝酒呢,旁边已经有了两个空瓶子。他跑过去刚要开口,韩丹就嚷开了:"你别告诉我你去哪了,我也不想知道,不就是想分手嘛,何必这么遮遮掩掩的呢?"

周围的人都看着他们,赵彬恨不得找个地缝钻进去。可韩丹不管不顾,说:"你后来根本没去公司,何必骗我呢,你真以为我嫁不出去啊?

哼……"

赵彬知道她喝得有点多了,硬把她拖回了住处。他知道再不说实话可能两人只有"拜拜"了,于是一五一十对她说了事情的来龙去脉。

韩丹听了这话,酒也醒了一半,抢过相机拍了一张,可当她看到鬼影子的时候,没像赵彬想像的那样吃惊,而是若有所思地点了点头,说:"明天把相机给我用一天吧,放心,我请人帮你捉鬼。"

赵彬虽然有些担心,但怕自己阻拦又引起韩丹的胡思乱想,于是点头答应了。

下午下班的时候,赵彬刚走出公司大门,韩丹就迎了上来,把相机往他怀里一塞,说:"你看看,那天卖给你相机的人是不是他?我今天约他见面时,远远地偷拍了一张,他旁边也有鬼呢!"赵彬看了一眼,果然是那个卖给他相机的人,吃惊地说:"你认识他?"韩丹笑着说:"你要是早和我说,早就捉到鬼了,他是个搞程序设计的,我的一个网友,一直死气白赖地追求我呢。我跟他明说了咱们的关系,说不可能答应他,他就想了这个怪招,我调查过了,他无非是在照相机上捣了点鬼,真卑鄙。不过你怎么连这也相信?真是个傻瓜!"赵彬听了这话,松了口气,挠挠头说:"原来他才是鬼啊!"

(题图、插图:刘斌昆)

□张　洁　编译

冬天里的两个秘密

弗兰茨是个孤苦伶仃的老人，在这个世界上已经没了亲人。他在医院住了两年多了，是洛里安大夫的病人中年纪最大的一位。

冬天来临的时候，他已经连路都走不动了，还要靠人喂饭，洗脸。夜里他总是做噩梦，大声地说胡话，医生把他安排在了顶楼的小房间里，房间的窗户朝着一条寂静的横街，这意味着，他开始默默地等待死神的降临。

但是圣诞节到了，新年到了，死神却一直没到顶楼房间里来找他，洛里安大夫也不明白这老人为什么看上去好像只剩下最后一口气了，却还有强烈的活下去的愿望。凭大夫多年的

经验，使弗兰茨活下来的不是药物，而是一种神秘的力量，他相信，这老人的心中一定有个秘密。

这天傍晚，洛里安大夫推开弗兰茨的门，却发现他正朝窗外张望。看到大夫进来，他立即把脑袋缩了回去。大夫说："您应该静静地躺着休息，为什么总往窗外张望？"

弗兰茨先生想了一会儿，对洛里安大夫说："请您走到柜子后面去，不要露面，要不就不灵了。"

于是大夫就走到柜子后面去。弗兰茨先生坐起来，关掉床头柜上的灯，这时小房间里一片昏暗。接着他又开了灯，又关掉，又开灯。突然，在他们对面横街的一间亮着灯的顶楼窗

户里出现一个姑娘。这是个可爱的小姑娘，大眼睛，黑头发，她笑着并朝这儿招手示意，弗兰茨先生也向她招手示意。小姑娘在对面鼓掌，然后把各式各样的东西摆在窗台上，她自己站在窗台后面。窗台上摆的尽是玩具，有乔木、灌木，有一个教堂，还有许多洋娃娃，只要用手插进洋娃娃的衣服里面，它的形态就能不断变化，像活的一样。

小姑娘在她的窗口表演了一场真正的木偶戏！表演完毕，小姑娘鞠了一个躬。

弗兰茨先生笑了，这可是大夫几个月以来第一次看到他笑，于是情不自禁地往前走了两步。这时，在小姑娘半明半暗的房间里出现了一个妇人，当她意外地发现弗兰茨先生和医生时，她惊呆了，赶紧拉上窗帘，接着就什么也看不见了。

"对不起，是我妨碍了演出！"洛里安大夫沮丧地说。弗兰茨先生躺在床上喘了会儿气，终于开口了："我认识这个小姑娘五个星期了，纯粹是偶然，一天，我想转身到另一侧，当我抬起头时，看到了她，她就把那些洋娃娃指给我看，并开始表演起来。为我表演！"

"从那时开始她每天给我表演节目，而且总是新的，感谢上帝，让我的眼睛还看得到东西。我每天都在焦急地等待傍晚来临，这个时间我们用

信号约好了，灯一闪，她的演出就开始。"

接下来的整个冬天，洛里安大夫每天给弗兰茨先生检查身体，每天都关切地问同一个问题："您一定又往窗外看了吧？"

老人总是轻松地回答："是的！"

雪融化了，弗兰茨先生竟然已经能够坐在桌旁吃饭，能够自己洗澡了。3月份的时候，他可以自己走路了，所有的人都不敢相信这个奇迹。

4月初的一天，弗兰茨先生惊慌失措地对洛里安大夫说："大夫先生，大夫先生，昨天小姑娘不见了！要是她出了什么事……"

接下来的整整一个星期都不见小姑娘的踪影，可怜的弗兰茨先生完全失去了常态，他甚至有点旧病复发。但是洛里安大夫对此似乎完全不当一回事，直到第8天，他对弗兰茨先生说："请您穿好衣服，有人邀请我们。"

"有人邀请？在什么地方？"

"那个为你表演的小姑娘的父母亲邀请我们去吃午饭。您动作快一点，要不我们就迟到了。"

弗兰茨先生穿衣服还从来没有那么快过！洛里安大夫想搀扶他过马路，但他走得比大夫还快，老人踉踉跄跄地径直上了对面那幢房子的顶层。

大夫似乎熟悉这里的房门，他在一道门牌上写着"维德曼"的门上按了电铃。一位女士开了门，这位女士

就是老人曾经在小姑娘的房间里常常看到的那个，在她后面站着一位先生，当他们看到弗兰茨先生时，脸上马上泛起了笑容，一起说："非常欢迎，亲爱的弗兰茨先生。"

看到弗兰茨先生困惑不解的样子，小姑娘的父亲解释道："不久前，洛里安大夫拜访过我们，谈起了您的情况。"

弗兰茨突然明白了大夫的良苦用心，他感激地看着洛里安大夫，急切地问小姑娘现在在哪里？

小姑娘的父亲领着弗兰茨走过了

客厅，在一道门前站住："我的女儿玛利亚就在这里面，这门应该由您来推开。"弗兰茨双手颤抖着推开门，这是一间装饰得很漂亮的儿童房间，玛利亚，他的小朋友，大眼睛，黑头发，她正躺在靠窗的小床上，被子滑落下来，弗兰茨先生看到玛利亚的右腿从脚趾到膝盖绑着石膏绷带。

"太好了，您终于来了！"玛利亚兴奋地喊道。

维德曼太太说："我的女儿6个月前患了严重的骨髓炎。她必须卧床，老是卧床。我们请了最好的医生，用了最好的药物，但是毫无用处。我们非常担心玛利亚会终身残疾。可前段时间，玛利亚的病情突然好多了，起先我们还不知道是怎么回事，后来我们才知道，她每天为您演出……上一周的检查出现了奇迹。检查表明现在她只有局部发炎，医生说很快就能康复了。"

玛利亚向弗兰茨伸出一只手，他也伸手握住了她的小手。

"您和玛利亚都有一个秘密，正是您和这个秘密使她得到了健康，我们将永远感谢您！"小姑娘的父亲嗓音沙哑地说。

洛里安大夫意味深长地说："不，有两个秘密：一个是你们之间的小秘密，还有一个是能够影响健康，能够驱赶孤单，能够创造奇迹的秘密。

（题图、插图：佐　夫）

 我用1缕春风，2滴夏雨，3片秋叶，4朵冬雪，做成5颜6色的礼盒，打着7彩8飘的丝带，用9分真诚10分热情装进365个祝福：祝你新年快乐！　四川　李文松（0220）

活得快乐

一位读商学院的中国留学生，在纽约华尔街附近的一家餐馆打工。

一天，他雄心勃勃地对餐馆大厨说："你等着看吧，我总有一天会在华尔街工作的。"

大厨问道："这是你毕业后的打算吗？"留学生自信地回答"我希望学业一完成，马上进入一流的跨国企业工作，不但收入丰厚，而且前途无量。"

大厨摇摇头："我不是问你的前途，我是问你将来的工作兴趣和人生兴趣。"留学生一时无语，显然他不懂大厨的意思。

大厨却长叹道："如果经济继续低迷下去，餐馆不景气，那我就只好去做银行家了。"

留学生惊得目瞪口呆，疑心自己的耳朵出了毛病，眼前这个一身油烟味的厨子，怎么会跟银行家沾得上边呢？

大厨对留学生解释："我以前就在华尔街的一家银行上班，天天披星戴月，早出晚归，没有半点自己的业余生活。我一直都很喜欢烹饪，家人朋友也都很赞赏我的厨艺，每次看到他们津津有味地品尝我烧的菜，我就高兴得心花怒放。有一天，我在写字楼里忙到凌晨一点钟才结束了公务，那一刻我就下定决心要辞职，摆脱这种工作机器般的刻板生活，选择我热爱的烹饪为职业，现在我生活得比以前要愉快百倍。"

很多人在选择职业时，第一看体面，第二看收入，两者兼得，就足以在人前人后风光炫耀了。但的确也有一部分人，认为职业没有高低贵贱之分，他们更注重的是对事业的兴趣，活得快乐而自我，也是一种上乘的人生境界。

（推荐者：叶梅清）

成功的真谛

有人问一位智者："请问，怎样才能成功呢？"智者笑笑，递给他一颗花生："用力捏捏它。"那人用力一捏，花生壳碎了，只留下花生仁。

智者说："再搓搓它。"那人又照着做了，红色的种皮被搓掉了，只留下白白的果实。"再用手捏它。"那人用力捏着，却怎么也没法把它毁坏。"再用手搓搓它。"

当然，什么也搓不下来。

"无论经受怎样的揉搓，遭受了怎样的毁坏，却保持一颗坚强的心，这就是成功的秘密。"

（推荐者：贾　宇）

温暖

有个男孩养了只小乌龟。在一个寒冷的冬天，小男孩想让这只乌龟探出头来，用了他所能想到的一切办法，却未能如愿。他试着用手去拍打它，用棍子去敲击它……但任凭他怎么拍、怎么敲，乌龟却连动也不动。后来，他的祖父看到了，笑了一笑，帮他把那只乌龟放在一个暖炉的上面。过了一会儿，乌龟便因温暖而渐渐地把头、四肢和尾巴伸出了壳外。男孩见状开心地笑了。

祖父说："当你想要让别人按照你的意思去做时，记住不要采取攻击的方式，而要给予他关怀和温暖，这样的方法往往更加有效。"

温暖地待人，你将会得到意想不到的惊喜。

（推荐者：小　颖）

别丧失信心

奥斯卡是麻省理工学院的毕业生，他把几种旧式的探矿仪器组合改造成为勘探石油的新式仪器。

1929年，他为一个石油公司勘探石油，在气温高达43度的西部沙漠地区干了好几个月。如果他这么干下去，一定会大有发现的。

可是事与愿违，有一天，他突然得知，所在的公司因无力偿还债务而破产了，他只好踏上归途。

一路上，他越想越感到倒霉透顶，情绪很坏，看什么都不顺眼，在俄克拉荷马城的火车站上，因为离发车时间还有几个小时，他便在站台上把随身带的探测仪器架了起来，这时，仪器上的读数表明车站下面蕴藏着石油。

当时，由于奥斯卡的情绪实在太懊丧了，他甚至认为：人倒霉了，连仪器也反常了。然而不久之后，人们便发现俄克拉荷马这座城市就浮在石油上，而最先发现者奥斯卡却丢失了这个机会。

有时信心和奇迹之间有一个默契，几乎所有的奇迹都是信心创造的。而失去信心，连近在咫尺的奇迹也抓不到。

（推荐者：林芳菲）
（本栏插图：佐　夫）

人间有爱

初春某个假日的下午，我在储物间整理一家人的冬衣。9岁的女儿安娜饶有兴致地伏在不远的窗台上向外张望。

这时，我无意中在安娜羊绒大衣两侧的口袋里各发现一副手套，两副一模一样。

我有些不解地问："安娜，这个手套要两副叠起来用才够保暖吗？"安娜扭过头来看了看手套，明媚的阳光落在她微笑的小脸蛋上，异常生动。"不是的，妈妈。它暖和极了。""那为什么要两双呢？"我更加好奇了。

她抿了抿小嘴，然后认真地说："是这样的，我的同桌买不起手套，可是她宁愿长冻疮，也不愿意去救助站领那种难看的土布大手套。平时她就敏感极了，从来不接受同学赠送的礼物。妈妈买给我的手套又暖和又漂亮，要是她也有一双就不会长冻疮了。所以，我就又买了一模一样的一副放在身边。如果装作因为糊涂而多带了一副手套，她就能够欣然戴我的手套，今年她手上就没有冻疮了。"

孩子清澈的双眸像阳光下粼粼的湖水，我欣慰地走到窗边拥抱我的小天使，草地上一丛丛兰花安静地盛开着，又香，又暖。

（作者：安瑞森；推荐者：萧 一）

先把泥点晾干

导师吉纳经常告诫学生不要一时冲动，成了情绪的奴隶。

一次，一名研究生找到他，说另一名同学出言不逊，当众讽刺他的理论过时、见解平庸，令他大为恼火。他不知道是该去找那个学生论个明白，还是应该找对方的教授评理。

吉纳教授慢条斯理地说："有时候，别人的言行是很难理解的。如果你不介意，让我给你一个小建议。"

他看了看这个学生继续说："批评和侮辱，跟泥巴没什么两样。你看，我大衣上的泥点，就是今晨过马路时溅上的。如果我当时立即去抹，一定会搞得一团糟。所以我把大衣挂到一边，专心干别的事，等泥巴晾干了再去处理它，就非常容易了。瞧，轻轻掸几下就没事了。我建议你等情绪的水分都蒸发掉了，再来想这件事。到那时，如果你还打算讨伐他，请再来找我。不过晾干水分后，你也许会发现那泥点也淡得找不到了！"

（推荐者：夏 靖）

学写作文，可以从读故事开始

不当差的天使走了

母亲离开前的那个晚上，和父亲整整对坐了一夜，也说了一夜的话，但我只记住一句："你走吧，我来向佩佩解释。"这句话是父亲说的，所以我知道走的是母亲。

母亲离去后的好几天里，我天天都在等着爸爸的解释，但他似乎是把此事忘了，仍一如既往地送我去上学，给我在家长手册上认真填写我又学会了的新字、又听到的故事，以及纠正我左手写字画画的情况。每当奶奶叹气说母亲"心早就不在啦"时，父亲就会用眼神制止奶奶。

母亲走了一个多星期后，一天晚上，父亲合起给我读的故事书，又压了压本来已经压得很好的被角，说："你听过很多天使的故事，天使飞到一个地方，发现那里有人冷了，有人饿了，有人需要帮助了，她就会留下来当差，如果一切很好的话，不当差的天使就会放心地飞走，继续去找需要她帮助的人。世界上的爸爸妈妈就是天使，是专门飞来照顾孩子，陪孩子一同好好长大的。咱们家里，有爸爸一个人就能照顾好佩佩，所以，妈妈才放心地把佩佩留给爸爸，妈妈去了一个叫澳大利亚的很远的地方，就像不当差的天使一样……"

或许父母离婚时能对孩子做出的最美、最好、最阳光灿烂的解释。

（作者：徐 佩；**推荐者**：萧 一）

一个人的天空很蓝，蓝得有点忧郁；一个人的时候很自由，自由得有点孤单；一个人的日子很轻松，轻松得有点无聊；想念朋友的时候很幸福，幸福得有点难过。 广东 谭乃明（0225）

我要
□周海亮
紫砂碟

清咸丰年间，济南府城里有个小姑娘，叫张小咩，芳龄二八，聪明伶俐，长得也俊。

张小咩的娘死得早，她和老爹张铁匠相依为命，虽然日子过得清贫，可也平安快乐。可是你想平安和快乐，有人不干啊！谁不干？就是城西孙财主家那个无恶不作的二公子，孙二咧。

话说这一天，张小咩上街去买绣花的丝线，走着走着，就碰上无所事事的孙二咧。只见孙二咧左手托一鸟笼，右手提一酒壶，敞着胸膛，歪戴着帽子，两边跟着家丁赵甲和赵乙，正耀武扬威地耍威风。

这孙二咧一看到张小咩，眼珠子差点蹦出来，一边惊叹着："世上竟有如此美人儿！"一边就跟旁人打听："这个俏佳人儿，是谁家闺女？"旁人告诉他："城东张铁匠的女儿，叫张小咩。"孙二咧大嘴一咧，当街叫道"这张小咩，我娶定了！"

被孙二咧看上的，还有个跑？何况跟仙女似的张小咩。第二天，他就找人到张铁匠家提亲去了。

孙二咧找人提亲，不找媒婆。找谁？找家丁赵甲和赵乙。天刚亮，赵甲和赵乙就敲开张铁匠家的门，也不说话，放下两个担子，对张铁匠说："明天我家孙少爷要来娶亲，你们准备一下。这是彩礼。"说完，转身就走。

张铁匠一看，吓了一跳。两个担子，四个大筐，前面两个大筐装满了铜钱，后面的两个大筐，则装满了鸡

鸭鱼肉，其中一个筐上，还搁着一把雪亮的菜刀。张铁匠心里明白，孙二咧的意思是同意也得同意，不同意也得同意！

张铁匠这下慌了，倒是张小咩抿着嘴巴想了一会，说："把邻居和附近的穷人都喊来，把铜钱和鸡鸭鱼肉按人口分给他们。走的时候，别忘了让他们明天来喝喜酒！"张铁匠吓了一跳："你真要嫁给孙二咧？要往火坑里跳？"张小咩微微一笑，凑近老爹的耳朵，说了几句话。张铁匠听了，心里还是不踏实。张小咩说："放心吧，肯定没问题。"

第二天一大早，孙二咧一行人吹吹打打地来娶亲了。孙二咧骑着枣红大马，胸前斜挂着大红花，旁边是八人抬的大花轿，后面还跟着十二个家丁，好不威风！到了张铁匠家门口，孙二咧下了马，然后朝张铁匠一抱拳："爹，我来接小咩过好日子去了。"张铁匠也一抱拳："儿子，里面请！"孙二咧翻了翻白眼，心里气得够呛。可是有什么办法？老丈人叫女婿一声"儿子"，表示没把他当外人，像亲生骨肉一样对待，说得过去啊。所以孙二咧尽管心里不痛快，脸上却只能堆着笑，进了里屋。

张小咩坐在床沿，披着红盖头，正等着他呢！孙二咧走上前说："娘子走吧，早去我家，早入洞房。"说完就要去拉张小咩。想不到张小咩往旁边一闪，轻声说："早晚都是你的人，别急嘛。"说完站起身就往外走，这一声娇嗔可把孙二咧甜得够呛。

刚走出两步，张小咩突然停住了。她说差点忘了带一样东西走。孙二咧问是什么，张小咩说："紫砂碟！"孙二咧扑嗤一声笑了："你去了我家，别说紫砂碟，你要紫砂锅，你要紫砂房子，我都能给你弄！"

张小咩说："你有所不知，我说的可不是一般的紫砂碟，这个紫砂碟是我家的宝物。你放一枚铜钱进去，能变出两枚铜钱；放一个金元宝进去，能变出两个金元宝。"孙二咧当然不信："有这么好的东西，你家还这么穷？"张小咩说："这紫砂碟属雌性，只能青壮年男子来用才显灵。我爹年纪大了，我又是女流之辈，所以这宝物一直埋在我家的后院。再说我家也不穷，你肯定知道我把你送来的彩礼都分给穷人的事了吧！我家真穷的话，我怎么舍得分？"孙二咧被她说得有点糊涂，不过听起来似乎也有些道理，于是傻乎乎地点点头。

张小咩接着说："现在我要出嫁了，当然要带走这个紫砂碟。以后就可以由你来用了！"孙二咧将信将疑地问："这紫砂碟真的埋在后院？"张小咩肯定地点了点头。张二咧又问："埋了多深？"张小咩说："一尺深。"孙二咧一拍大腿，叫道："挖出来带走！"

他心里想，管他是真是假，挖挖看看，反正挖一尺深也就一炷香的工夫。于是唤来赵甲，说："听你少奶奶吩咐！"张小咩就告诉赵甲，先把后院的那口大铁锅掀开，然后往下挖一尺，要悄悄地挖，挖到什么东西，送上来。赵甲纳闷地问："到底要挖什么？"孙二咧骂道："叫你挖你就挖，管这么多干吗？"

一会儿，赵甲就回来，说："挖一尺深了，什么也没挖到！"张小咩说："不可能。挖的时候，你跟别人说话了吗？"赵甲说："那么多人围着看，我能不说话？"张小咩说："不是告诉你要'悄悄地挖'吗？"赵甲一听，愣住了。张小咩轻轻对孙二咧说："忘了告诉你，这紫砂碟通人性，这一说话，它害怕了，就又躲得深了。现在还得再挖三尺！"孙二咧一听，冲着赵甲破口大骂："笨蛋！再去向下挖三尺！叫上赵乙一起挖！"他琢磨着，反正再挖三尺，也费不了多长时间。

一会儿，赵甲又回来，说"又挖三尺深了，都挖出

水了，还是什么也没挖到！"张小咩问："这回说话了吗？"赵甲摇头。张小咩问："咳嗽了吗？"赵甲说："赵乙咳了一下！"这回孙二咧抢着说道："咳嗽叫'悄悄地挖'？"然后转过头问张小咩："这回躲多深了？"张小咩轻声说："估计又躲了一丈深！"孙二咧再一次大骂赵甲："再去挖一丈深！让那些家丁和轿夫都给我去挖！"他心里想，都挖到这程度了，要是不挖了，刚才不都白费劲了吗？

等赵甲再一次回来的时候，还是什么也没有挖到。孙二咧就有些不耐烦了，问张小咩："你是不是在骗我啊？"张小咩就问赵甲："有人说话

吗？""没有。""有人咳嗽吗？""没有。""有人放屁吗？"赵甲哆嗦了一下，老老实实地说："我放了一个，干活这么累，我早上又多吃了几个韭菜包子……"孙二咧心里那个气啊，喊道："放屁还叫'悄悄挖'？我早晚能叫你们这群笨蛋气死！"接着又转头问张小咩："这回躲多深了？"张小咩说："十丈深！"孙二咧一听，差点没气成哮喘。心里想，我的娘，十丈，这得挖一年吧！

这时天已经快黑了，孙二咧着急入洞房，就跟张小咩商量，能不能先把她接走，先入了洞房，这紫砂碟过些日子再挖。张小咩点点头说："倒有一个不用继续挖的办法，也能得到紫砂碟！"孙二咧忙问什么办法，张小咩说："这宝物一连受了三次惊吓，怕躲得还不止十丈深，硬挖可能挖不出来了。不过如果家里的男主人——就是你——朝它高喊三声'我要紫砂——碟'，记住，一定要用和我一模一样的喊法，它听了，就会出来了。"孙二咧来气了，说："那你开始怎么不让我用这个法子。"张小咩委屈地说："刚才咱不是不想告诉别人嘛，这一喊，别人就都知道了，不过事到如今，也只能如此了。"孙二咧想：试试也行，都下了这么大功夫了，不继续下去，真是太可惜了。再说有没有这个紫砂碟，张小咩有没有骗自己，一喊便知。

张小咩继续叮嘱他："不过，千万别跟别人说你是去喊紫砂碟的，人家问，你就说你想为我老爹做件好事，给他打口井，估计赵甲他们现在肯定也挖出了一口深井了。你就说你找人算过，谁出的主意挖井，这井就能照出谁将来的时运。你说你是来井边照时运的。"

孙二咧打断她的话："我才不信能照出什么时运来！"张小咩说："没让你信，就是骗骗他们，尽量别让他们知道你是去喊宝贝去了。"孙二咧说："那我一喊他们不就听见了？"张小咩说："所以你尽量把嗓子喊破，喊得越破越好，记住这么喊'我要紫砂——碟'！记住了吗？"孙二咧点点头："记住了！"心里想，反正就这么一喊，喊完了就入洞房！

两个人到了后院，赵甲他们还在挖，果然已经挖成了一口深井。孙二咧忙摆摆手，让他们别再挖了。然后把刚才张小咩教给他的话，跟周围看热闹的人说了一遍，并让他们先避一避，因为他想看看自己将来的时运。看热闹的人一听，就出了院子，站在门口等着。这时张小咩捅捅他，提醒他和正往外走的老爹打个招呼，于是孙二咧大声对张铁匠说："爹，等我看好时运，就喊你！"张铁匠一边往外走一边说："知道了，我的好儿子！"他也大着嗓子说话，引得门口那些人一顿暴笑。

估计别人都看不到他们了，孙二咧这才趴在坑边上朝里看。张小咩说别看了，天快黑了，快喊吧！于是孙二咧撅起屁股，把脑袋努力伸进井里，扯着嗓子喊"我要紫砂——碟！我要紫砂——碟！我……"没等他第三句喊出口，张小咩照着他的屁股就是一脚！这个孙二咧，一下子掉进井里去啦！

孙二咧命大，竟被闻声赶来的赵甲救了上来。张铁匠想，这下糟了，他肯定会报复的！却想不到被捞上来的孙二咧虽然没死，却摔傻了，每天只会歪着个脖子，流着口水。你问他以前的事，他根本记不清，更别提张家父女怎么忽悠他这段。张铁匠这才把悬着的一颗心放下来。

可是孙二咧虽然摔傻了，他爹孙财主可不傻啊！儿子去了张家一圈，回来就傻了，这事他当然不能善罢甘休。不过他可比他儿子聪明，他不硬来，而是智取。于是就把张铁匠和张小咩告上了公堂。给他们下的罪名是：图谋杀死孙家二公子。

升堂审案那天，知府大人找了很多证人。他问那些人："孙二咧为什么要挖那口井？"大伙都说："他说他要孝敬张铁匠！"他再问："那他为什么让你们离开？"大伙说："他说那口井能照出他将来的时运，怕我们看到了。"知府接着问："他当时说了什么？"大伙说："他说，等他照好时运就喊爹。"知府继续问："那他掉进那口井的时候，喊什么话没有？"大伙说："喊了。他扯开嗓子喊'我要自（紫）杀（砂）——爹（碟）！我要自杀，爹！喊了两声，声音都嘶哑了，很是绝望！"知府大人说："你们都是张氏父女的邻居，一面之词不可信。我再问问别人。"于是传来赵甲和赵乙，问："孙二咧跳进井

里前，喊什么了？"赵甲赵乙便学着孙二咧当时的腔调，齐喊："我要自杀——爹！我要自杀——爹！"于是知府大人摆摆手说："我觉得可以结案了。"

其实这孙财主和孙家二公子平时作恶多端，知府早就看他们不顺眼，无奈他们财大势大，不敢妄动了他们。这次好不容易盼来了机会，他怎能错过？

知府把眼一瞪，冲孙财主说："是这样。你家二少爷为尽孝道，给他爹——当然不是你，是他的另一个爹——挖了一口井。然后他站在井沿那儿照，这一照，马上不想活了，朝他爹高喊两声'我要自杀，爹！'然后就跳井自尽了，就这么简单。至于他为何要喊一嗓子，就因为他是一个善良的小伙子，他怕你冤枉了张氏父女，所以想在临死前证明他们的清白。你说你多有福气，你家二少爷虽

说成了傻子，傻了也总比死了好吧？"

孙财主急忙争辩："不对不对！我家二公子活得好好的，又是娶亲的大喜日子，怎么只照一下井就不想活了，就要自杀呢？"

知府大人哈哈一笑："你是真不懂，还是装糊涂？他不是说过嘛，这井能照出他将来的时运。他这么一照，看到自己第二天就成了傻子，荣华富贵、绝色美人都享受不成，还不绝望自杀？换你你也得跳！好了，本案真相大白了！张氏父女当堂释放！"说完一拍惊堂木，退堂！

后来，有人给这件事，编了一首打油诗：

胡作非为孙二咧，
看上漂亮张小咩。
欢天喜地娶亲日，
直叫我要自杀爹。

(题图、插图：黄全昌)

新的一年开始，好事接二连三，心情四季如春，生活五颜六色，日子七彩缤纷，一定八方来财，烦恼抛到九霄云外，请接受我十心十意的祝福！ 浙江 杨勤锋（0223）

铲除安霸天

□鲁 瓜

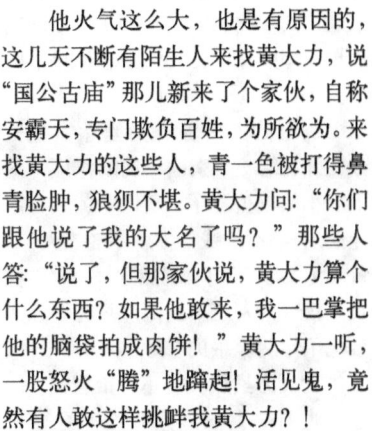

黄大力在佛山这片地儿上，也算得上大名鼎鼎。虽然不是师出名门，但凭着他的聪敏和勤奋，加上不知从哪儿弄来的几本武学秘籍，倒也在十七八岁便练出了一身好武艺，人称"天下无敌"。如此一来，黄大力就有些狂妄，性格也有些自相矛盾：一边替人打抱不平，一边自己欺负人。这天，他就大张旗鼓地说是要去"国公古庙"把安霸天的脑袋砸扁！

他火气这么大，也是有原因的，这几天不断有陌生人来找黄大力，说"国公古庙"那儿新来了个家伙，自称安霸天，专门欺负百姓，为所欲为。来找黄大力的这些人，青一色被打得鼻青脸肿，狼狈不堪。黄大力问："你们跟他说了我的大名了吗？"那些人答："说了，但那家伙说，黄大力算个什么东西？如果他敢来，我一巴掌把他的脑袋拍成肉饼！"黄大力一听，一股怒火"腾"地蹿起！活见鬼，竟然有人敢这样挑衅我黄大力？！

他听说，这个安霸天，每天中午都要躺在"国公古庙"不远处的石凳上睡一觉，倒是个下手的好时机。

这天是个集日，不过时辰尚早，集市上人并不多。黄大力正走着，忽然被一个声音喊住："黄师傅，来吃盘卤牛肉！"黄大力一看，是个卖卤牛肉的凉棚，摊主是个小伙子，正向他露着讨好的笑。也难怪，在佛山这片

地儿上，有谁不认识他黄大力呢？

黄大力也不客气，坐下就吃，一连吃了两斤，完事，抹抹嘴，抬腿便走。卖卤牛肉的小伙子急忙将他拦住"黄师傅，您还没给钱呢。""钱？"黄大力吃了一惊，"你还要钱？"说罢心想：我吃饭，还从没给过钱呢！想不到小伙子仍然认真地说："看我这样的小本买卖，您怎能忍心不给我钱呢？"黄大力便耍起了赖"可是我没吃过你的牛肉啊！谁看到了？你问问周围这些人，谁看到我吃你的牛肉了？"

周围的人对黄大力当然惧怕三分，哪敢给一个卖卤牛肉的作证？这下子小伙子更急了，硬拉着黄大力不让他走："不给钱，你就不能走人！"黄大力笑了："好，既然这样，你称称我。我这个人还不到两斤重呢，怎么会吃了你两斤牛肉？"

黄大力虽然长得不算很魁梧，但怎么也有一百五六十斤吧？这么一说，卖卤牛肉的小伙子当然不相信，于是有言在先，如果黄大力体重不足两斤，就放他走；如果超出两斤，那么没话说，给钱！想不到要开始称的时候，却找不到可挂秤钩的地方。

"挂我鼻孔吧！"黄大力指着自己的鼻子，得意洋洋地说。

卖卤牛肉的小伙子也着急了，真的把秤钩挂在黄大力的鼻孔上，然后

向上一提！奇怪，黄大力竟然轻飘飘地被他提了起来，把秤砣拨到合适的位置，一看，一斤六两！

"怎么样？不到两斤吧？"挂在空中的黄大力蜷曲着腿，对卖卤牛肉的小伙子说。

既然连体重都不足两斤，还有什么可说的？于是小伙子无奈地摆摆手，让黄大力走了。

就这样，白吃了人家两斤牛肉，还将人家戏弄一番。黄大力一边抹着嘴上的油，一边美滋滋地继续赶路。心里想：这小子，没见过轻功啊！

走着走着，黄大力突然感觉有人在跟着他。转身一看，是一个老头，长长的白胡子，满脸的皱纹，弯着腰，正盯着他看。黄大力不解："老人家干嘛？"老头说："刚才看你挂在秤钩上，感觉你武功底子不错，我想收你为徒！"黄大力心想：没听错吧？收我为徒？这岂不是对我黄大力的侮辱？虽然人不可貌相，但面前的这个老头儿，看起来真的是黄土埋到了脖子根，竟然还要收自己为徒？真是笑话！于是黄大力也不客气："老人家，如果您再年轻二十岁，说不定我会考虑收您为徒。"老头说："年轻人别太狂妄啊！错过了这个机会，可别后悔啊！"黄大力也懒得再跟他搭话，甩下他，快步往前走。

将出集市的时候，黄大力再一次被人叫住："黄师傅，来看看上好的石

材！"黄大力一看，一个红光满面的中年汉子，正守着一块六尺多长、三尺多宽、六寸多厚的方方正正的花岗岩，向他招着手。黄大力想绕过去，不想却被他拦住了。

黄大力说："我可是有要紧事去做，这石头你还是卖给别人吧！"那汉子说："像这样上好的方石，只有你黄师傅才有资格享受啊！"黄大力不明白地说："享受？""是啊，比如刻个石碑什么的。"黄大力心里不舒服了：你咒我死？我这还好好的，刻石碑干嘛？却又不好发作，于是想干脆戏弄他一番算了。

黄大力摇着头说："这石头不行，腐烂了！"中年汉子："黄师傅可真会开玩笑，长这么大，还头一次听说过石头会腐烂！"黄大力笑笑："不信？好，我试给你看！"说完伸出食指，照着这块石头就是"啪啪啪"十几下，竟像捅着一块豆腐般，每一下，都把这石头穿了个洞！

"看到没有？不腐烂，怎么会这么软？"黄大力一边说一边继续用食指捅着石头。黄大力就是想把这块石头捅个稀巴烂，看他还怎么卖？

终于，黄大力捅得差不多了，瞅着中年汉子，眼睛里尽是幸灾乐祸。想不到中年汉子突然大喝一声，将一只手猛地挥向这块石材，只一眨眼的工夫，那只手已经没入石中！然后汉子又怪叫两声，猛地将手拔出。黄大力看到，石头竟被那中年汉子，抠出一个碗口大小的窟窿！

中年汉子把手伸开，露出抓着的一大把雪白的石沫，说："黄师傅，哪里烂了？腐烂的东西会发灰发黑的，你看看这样的雪白石沫，有一点儿烂的样子吗？多新鲜的石头啊！"手伸开，洁白的石沫撒了一地。

黄大力自知遇上了高手，刚才对方的这招，很有点像江湖上盛传的"无影手"招式。可是狂妄的黄大力哪里肯认错！他抱一抱拳说："那就是我黄大力看走眼了！既然石头没烂，

·传闻逸事·

那你卖给别人好了！咱们后会有期！"说完，脚下生风，溜得飞快。

黄大力要去"国公古庙"找安霸天，他可没工夫陪着这人玩。

想不到刚走一会儿，那个白胡子老头又一次出现在黄大力身后。一边走一边说："看你刚才劈石头的指法也不错，我还是打算收你为徒！"黄大力不想理他，继续走得飞快，想不到那老头也走得飞快，根本甩不掉他。到最后，黄大力几乎是小跑了，可是，那老头仍然紧紧地跟在他的身后。黄大力心想：今天怎么搞的，净遇上些高人？心里开始烦躁起来。

临近"国公古庙"的时候，黄大力面前突然出现一条宽约两丈的深沟。沟是新挖的，据说"国公古庙"这些日子正在修建，这沟也许与此有关。黄大力心想：摆脱这老头的机会终于来了。只见他助跑几步，猛一用力，竟"噌"地跃了过去！再回过头来看那老头，老家伙正在那边挠头呢！

黄大力怪里怪气地喊："老人家你倒是过来啊！能过来，我就拜你为师！"老头也不搭话，用手揪了揪自己的辫子，怪事出现了！他竟然把自己揪了起来，身体凭空浮起！这事黄大力别说看到，简直是闻所未闻！只见老头将自己揪得慢慢地离开地面，然后两只脚在空中交替拍打，竟然似一支箭般飞过来，速度之快，令人瞠

目结舌！

老头到了黄大力面前，说："年轻人说话算话吧？"黄大力急了："做梦！我大力自学成材，根本不需要拜什么师傅！你飞得快有什么用？逃跑？高手过招，比的是谁能把对方打败，逃跑算什么本事！如果我大力没看错的话，你刚才的这招，应该是'无影脚'吧？不过你的'无影脚'对我来说，一点用处也没有，因为我从不逃跑。"白胡子老头摇摇头："年轻人啊，就你这种狂妄的性格，早晚会酿成大祸！"黄大力哪有心情听他教导，一来着急去"国公古庙"把安霸天的脑袋砸扁，二来刚才丢了面子，觉得脸上无光，所以头也不回，直奔"国公古庙"而去。再看看那老头，仍然站在原地，一个劲儿地摇头。

很快，黄大力就来到"国公古庙"前。果然，不远处的一个石凳上躺着一个汉子，辫子拖在地上，正打着呼噜，流着口水。黄大力走上前，照着对方的屁股就是一巴掌："起来！是安霸天吧？"汉子被黄大力打醒，迷迷糊糊地说："是老子我！你小子……"黄大力不等对方说完，照着他的脑袋就是一拳。这一拳用足了力气，如果打上去，别说打扁，那脑袋估计能直接飞出去老远！

安霸天岂是等闲之辈？虽然脑子还迷糊着，但却本能地一闪，然后身体猛地拔起！可是他还是没能躲过黄

早晨是快乐的开始，晚上是烦恼的结束；晴天照出你灿烂的心情，雨天冲去你所有的忧愁。无论是早晚，不管是晴雨，愿你快乐每一天！ 山西 谢君（0227）

大力的这一拳，这一拳虽然没能击中他的脑袋，却是结结实实地打中了他的胸膛！只听得一声钝响，安霸天的身子直飞出三丈多远，把一棵茶壶粗的大树一下子砸断了！

直到这时，黄大力才大吼一声："我是黄大力！"再看看躺在地上的安霸天，好像只剩下呼哧呼哧喘气的份儿了。

杀人要偿命，黄大力不是不知道，所以他对现在的这种状况，很是满意。黄大力说："今天暂且饶你一命！不过我有两个条件：一，你马上从佛山消失，从此别让我再看到你！二，今后不准再欺负百姓，否则，我随时会取你性命！"躺在地上的安霸天，痛苦地点头。

想不到如此顺利！黄大力拍了拍手，转身往回走。刚走出两步，感觉不大对劲，好似后脑门那儿，突然刮起一股凉风！黄大力转头，只见安霸天已经到了他的身边，身体似一支射向他的冷箭，两根手指直冲着他的脖子而来！黄大力暗叫：大事不妙！急忙抽身而退。可是飞在空中的安霸天，动作比他快得多。黄大力只觉浑身一麻，便再也动弹不得。

他知道，自己被安霸天点了穴道。

安霸天飘到他的面前，落地，盯着他的脸说："服不服？"黄大力把牙一咬："要杀要剐，随你的便！"

安霸天哈哈大笑："是条汉子！不过你实在低估了我安霸天！我能够有今天的名气，岂是吹出来的？岂是你一拳就能够解决的？"

黄大力非常后悔自己刚才太过轻敌，可是事到如今，却只能由他摆布。黄大力心里那个恼啊，竟把牙齿咬出血来。

安霸天说："你不止犯了轻敌的毛病，你最大的缺点，就是目中无人！你来找我算账就来呗，还到处宣扬，这话传到我的耳朵里，我怎能不

作好准备？你看到的我在睡觉，然后被打得飞起来，其实都是假的！"

黄大力又有些不耐烦了："要杀要剐，给个痛快！"

安霸天再一次哈哈大笑："年轻人的性子真是急啊！听我说，你犯的错误多了！其实就算我作好准备，如果你的手上再多上几成功力的话，也能把我打一个窟窿！你也不是没有机会学，那个卖石头的老哥，完全可以当你的师傅，你完全可以主动拜他为师！你只要别急着来找我，跟他学些日子，今天一战，说不定谁赢谁输呢。"

黄大力心想：安霸天连我碰上一个卖石头的高手都知道，看来我的确是太小瞧他了。嘴上却依然硬着："要杀赶快，啰嗦什么！"

安霸天接着说"还有，就算你手上的功力不够，脚下的功力够了也行。比如刚才我点你的穴，如果你闪得足够快，就能够躲开！再接着比试的话，你仍然有机会赢我！为什么不跟那个老头学'无影脚'呢？你又不是没看到他出招！他主动收你为徒，你都不干，你今天输给我，就太正常了。"

黄大力现在的确有些后悔了。唉，只怪自己太张狂、太自大、太不虚心，现在真成了人家砧板上的鱼肉。

安霸天说："我说得对不对？"黄大力仍然嘴硬："事到如今，我只求一死！"

"死？"安霸天轻轻一笑，"让你看看我是谁，你再死不迟！"说完，安霸天转过身去，用手轻轻一抹脸，转过来，黄大力大吃一惊！这安霸天，竟然变成了那个卖卤牛肉的小伙子！

安霸天再用手轻轻一抹，这一次，又变成那个卖石材的中年汉子！再一抹，竟又变成那个要收他为徒的老头，只不过，没有白胡子而已。安霸天笑笑："胡子没法变，胡子是粘上去的。"最后他又抹了一把脸，那张脸就恢复了"安霸天"的原貌。"易容术，听说过吧？"他笑笑，"其实卖卤肉的、卖石材的、那个老头、安霸天，都是我一个人。我也不叫安霸天，我叫安啸天。没听说过吧！江湖中处处卧虎藏龙，我也不是什么高人，你当然没听说。至于被我打得鼻青脸肿找你诉苦的那些人，有些是我的徒弟，有些也是我本人易容而成，这都看不出来，你还能称'天下无敌'？还敢称'武林高手'？"

黄大力这时候只剩下吃惊、佩服和难堪的份儿了。一个他从未听说过的无名小卒都有如此深厚的功力和武学造诣，那么他以前的所谓"无敌"，真正是一个笑话！

"所以啊，"安啸天说，"如果有人

"编读往来" 栏目正式开通

从本期开始，"编读往来"栏目正式开通了。开辟"编读往来"这个栏目，旨在加强编读间的互动、合作，目的只有一个：把杂志办得更好，满足读者需求。编者和读者可以借助这个小平台，发表一些看法、观点，一起探讨，共同分享。

这一期，我们选登湖北读者张静淑来信中的一段。

湖北张静淑：我特别喜欢读语言风趣幽默的故事，这样的故事不仅读起来轻松愉快，也很容易讲给别人听，一同分享这份快乐。我想很多人都会和我一样，在紧张的工作之余，希望能从阅读中获得一种轻松感，也希望在吃饭聊天时讲个自己在《故事会》里读到的有趣故事来调节气氛。所以我希望《故事会》能有更多好看的幽默故事，也希望其他栏目里能有更多轻松活泼、充满智慧的故事！

绿版编辑部：首先要感谢您对《故事会》的关注和信任！您提的这个建议非常好，相信很多读者都和您一样，在读我们杂志的时候，希望既能得到真善美的启示，同时也能获得轻松阅读的快乐感。正像您所说的，很多喜欢读《故事会》的人都喜欢把自己读到的好故事和别人分享，而轻松幽默的故事更容易记得住、讲得出、传得开，同时，这类故事风趣幽默风格的背后，往往蕴涵着生活的智慧。因此，我们在今后的编辑过程中会更多地注意这个问题，也非常希望大家能踊跃来稿，把更多题材新鲜、情节生动有趣、语言轻松幽默的故事投寄到编辑部来，共同实现快乐阅读的愿望！

真希望能和大家做更多的交流，但版面有限，还是留到下期继续吧。如果您也有什么意见和建议想和我们交流，请随时和我们联系，来信请寄：上海市绍兴路74号《故事会》杂志社，邮政编码：200020，请在信封上注明"绿版读者来信"；如发电子邮件，可至liangningning@vip.sohu.net，请在邮件主题上注明"读者来信"。

想取你性命，你早死了几百次了！我注意了你好久，之所以给你下这个套子，只是想让你搞明白三件事：一，江湖中高人遍地都是，谁也别把自己太当回事；二，千万不要欺负百姓，你一边吃人家的东西不给钱，一边又要替人家消灭'民祸'，可是你想过没有，你自己就是最大的'民祸'；三，我看你武功底子不错，但任由发展的话，应该不会有太大的出息。如果你看得起我，就拜我为师，练出一身好

武艺，悟出一心好武德，从此除霸安良。如果你不听我的，那么，随你去吧！"说完，安啸天在黄大力身上轻轻一点，穴道便被解开。

黄大力这次是心服口服，"扑通"一声跪倒，高叫一声："师傅——"

后来，黄大力跟随安啸天，潜心学武，终成一代武林宗师。据说，后来威震天下的黄飞鸿，正是当初的黄大力。

（题图、插图：谭海彦）

血色鞋印

□ 童程东

早年，海宁盐官城外有一张姓大户人家，因主人张诚明在外地为官时不幸染病身亡而家道中落。张诚明的妻子没过多久也因悲伤过度而逝。张家就只剩下一个儿子叫做张晋，每日里只靠做教书先生勉强度日。

一日，张晋一人读书至深夜，忽然听到有人在外面轻轻敲打着他的窗户，一个压得很低的声音在窗外说道："张公子，请开门，有一事相告！"

张晋疑惑间起身开门，一个老者闪身进了小屋。老者站定，低声说道："张公子还认得老朽罗忠吗？你小时候我还抱过你呢？"

张晋定睛一看，竟然是罗家的老管家罗忠，他刚要开口，罗忠却暗示他不要说话，走过去关严了窗户，神秘地说："我家夫人吩咐让你三日后夜里到罗家后花园门外等候，以三次击掌为号，到时自有人给你开门。夫人要见你，还要给你一些东西，她要帮你早日许下聘礼，迎娶小姐过门，以免夜长梦多……"

原来，昔日在张家鼎盛之时，曾与城北绸缎庄老板罗仁卿家订下了一门亲事。罗家小姐罗惜惜今年已到了嫁人的年龄。只因张家衰落，张晋无力下聘礼，故此婚事一直拖着。罗仁卿曾放出风声，说张家再不来下聘，他们就要退亲了。

张晋真不相信会有这样的好事情，可罗忠却不和他多解释，说完就从背上解下一个包袱，里面是一套上好的衣服，让张晋穿上试试，说道："这可是小姐一针一线为公子缝制的。"张晋听了这话，一股暖流从心底升起。

罗忠又道:"只是你鞋子太旧了,有些不配。这样吧,我给公子量一个尺码,让鞋匠做好了,再给你送过来。"

张晋深鞠一躬,道:"罗管家,有劳你了。"罗忠笑了笑,道:"公子暂时不要声张,只怕言多必失。"说完,起身出门,消失在茫茫夜色中。

三日转瞬即过,这天晚上,夜色漆黑,天还下着雨。张晋穿戴完毕,只是罗忠的新靴子迟迟不见送来,张晋无奈,只得挑出一双旧布鞋穿上。他撑起一把雨伞,孤身前往城北罗家。

来到后花园门口,张晋依约击掌三声。门"吱呀"一声开了,一个家童闪身出来,道:"是张公子吧,夫人小姐已等候多时,快随我来。"

家童领着张晋在花园里七弯八拐,好不容易才来到一座偏僻的小楼跟前。家童又击掌三下,一个丫鬟出来把张晋接进去了。张晋已有好些年不来罗家,这里都变得陌生了。来到一个房间,张晋见到一个富贵女人端坐在堂上,忙上前行礼。夫人上前扶起,道:"多年不见,模样儿都变了。"

叙过家常,夫人拿出一包东西,打开一看,里面是一大堆银两和十几件首饰。夫人道:"贤婿,这是我们娘儿俩多年积下来的私房钱,你都拿去,速速前来下聘。"张晋面对如此美意,只有连声称是。

夫人交代完毕,转身道:"儿啊,你也出来见见自己的夫君吧!"里面应了一声,罗小姐从里面出来,来到张晋身前道了个万福。她只叫得一声张公子,便再也说不下去了。张晋与罗小姐只是在小时候见过面,长大成人后这还是第一次相见,他只觉得罗小姐婀娜多姿,让人有说不出的爱怜,夫人似想让他两人单独呆一会,先悄悄退了出去。

说了一会儿话,罗小姐起身羞答答地说:"张郎,你的鞋子旧了。前日罗管家给你做了一双新靴子,放在我这里,你就穿了回去吧。"

张晋换上新靴子,顾不得旧布鞋,喜滋滋地背上夫人相赠的包裹和小姐依依惜别。他下楼后不见了夫人和丫鬟,又不敢声张,就直奔园门。不想园门已被紧锁,张晋只得爬上一棵树,翻墙而走。围墙外,一个打更人冷冷地盯着张晋看了好一会儿。张晋一路小跑回到家里,倒头便睡。

第二日,张晋尚在睡梦中,忽然被一阵震耳的敲门声惊醒。打开门,一群公差一拥而入,到处乱搜。这时一个人走到张晋面前,道:"就是他!小人昨夜打更,看见他慌慌张张地在罗家的花园墙外匆匆走过。"

此时已经有人从张晋的卧室里搜出了一大包银两和十几件首饰。为首的捕快呵斥道:"张晋,现在人赃并获,你还有何话要说?抓起来,带走!"言毕,一副沉重的铁链已经套

在了张晋的脖子上，张晋一路大呼冤枉。

县令刘元普本已离任，正在等候新县令上任，不想又接到大案。大堂之上，观者如云。刘县令开始公开审问张晋，他把惊堂木一拍，大声喝道："大胆张晋，你昨夜在罗员外家盗窃、杀人、放火，你可知罪？"

张晋一听，犹如晴空霹雳。他跪在地上，说出罗忠传言，夫人相赠，并与小姐相会的事情来。

刘县令传来罗忠，罗忠此时打着绷带，脸上有多处烧伤的痕迹，他上前一口否认有传信约见一事，并肯定地说："昨夜有人乘雨夜天黑潜入罗员外书房中偷盗，不想被罗员外发现，竟然残忍地打晕了罗员外，来人害怕事情败露，就在房中放了一把火，罗员外不幸被烧死在大火之中。事后，家人发现了一柄雨伞，确认是张晋之物，再联想到退亲的事情，张晋最可能是凶手。"

张晋越听越心惊，越想越离奇，他突然想到夫人和小姐对他一往情深，应该会为他说一句公道话，于是他要求夫人、小姐上堂作证。刘县令答应了。不一会，夫人、小姐的轿子来到县衙，从里面缓缓走出两个身戴重孝的女子。她们来到堂上跪下。夫人道："请青天大老爷为我们伸冤！"

张晋回头与她们打了个照面，不禁打起了寒战。原来，眼前的夫人、小姐已非昨天夜里的夫人、小姐……

铁证如山，张晋在严刑之下，只得"招供画押"。刘县令把张晋打入大牢，只待秋后问斩。刘县令年事已高，

任期已满。他见自己离任之前还破了一桩大案，心情甚是愉快。

过了几天，新县令许琏到任。刘县令和许琏交接公务时，无意中谈到张晋的案件，许琏听了，发觉有不少疑点。张晋一介书生，怎么会做出这等杀人纵火的事情来？况且他即使想做，又怎会选择在雨夜纵火？事后又怎么会把雨伞留在罗家？

许琏决定夜审张晋，张晋见新大人上任重新问此案，不禁涕泪交加，把事件又原原本本地说了一遍，许琏听后叫文书一一记录在案。为了辨别真伪，许琏决定亲自去罗家走一遭。

许琏带着几个人来到罗家，只听见里面一片哀号。罗员外的棺木停在正屋中。夫人和小姐在一旁哭泣着。许琏在罗忠的陪伴下察看了一番，最后来到罗员外的书房。走进书房，只见一片废墟，一股浓重的焦味扑鼻而来。罗忠道："刘县令吩咐要保留现场，所以一直没有打扫。那天老爷坐在窗前看书……"说着，他眼里滚出了几颗眼泪。

许琏在罗员外的书房里来回看了很久，吩咐他们赶快打扫，然后就回衙门了。

几天调查下来，许琏得知罗员外近来生意不好，而且欠了许多外债，他还在钱庄里查到，罗员外前不久把30万两白银拨到了邻县的一个叫吴运承的陌生户头上。

一日，许琏正在衙门里和刘县令交谈，外面忽报管家罗忠求见，许琏让他进来。罗忠道"我在打扫书房的时候，发现外面窗台上有一个暗红色的血色鞋印。而且在楼下的花丛中找到了一双旧布鞋，我怀疑这双布鞋是张晋当晚不慎留在园中的，请大人明查。"说完，罗忠呈上粘着血迹的旧布鞋。

许琏听了，连忙再次带人来到罗员外的书房。他见里面已经打扫过了，四周墙壁焦黑。许琏跟着罗忠来到窗台前，上面赫然留着一个血色鞋印。许琏用布鞋扣在上面，竟然分毫不差，他又转身面对书房的侧墙看了许久，然后，他上前用手来回敲击着墙壁。忽然，许琏停手，说道："在这里了，来呀，给我拆开！"

几个随从上前用刀具撬开墙壁，很快，露出一个大洞来。原来这里面竟然是一间密室。许琏大声喝道："罗员外，出来吧。不然，我可真要在这里放上一把火，把你烧死在里面了。"

良久，里面慢慢走出一个人来，脸色苍白，全身颤动不已，罗员外狠狠地问："你怎么知道我躲在里面？"

许琏道："本来你安排得天衣无缝，张晋看来是在劫难逃了。尽管我知道本案有疑点，但始终找不到一个缺口，就只能对张晋一审再审，其目的就是想逼你们做出点什么事情来，自露马脚。今天总算让我等到了，罗

超级伤自尊事件

◇ 今天吃完饭，在校园里找了个长椅打了个盹，醒来后发现敞开盖的饭盒里居然被人扔了几毛钱。

◇ 那天刚搬到新校区，出去买盒饭，帮大家一起买的，一共七份，在进宿舍区大门的时候，两个女生看见我了，然后其中一个对另一个说："不是说不能叫外卖吗？"

◇ 那天周末看见学校门口有人在摆摊做家教，正想过去看看有没有做家教的机会，一个女生迎上前来，说道："叔叔，想给你孩子请家教啊？"

◇ 搬进新家，某次买了很多东西回家，在门口碰到邻居。他很同情地问我："拿着那么多东西怎么挤车回来的？"天，我看起来像坐不起出租车的吗？我告诉他我是自己开车回来的。他又大叹做出租车司机很苦，腰都不好。我看起来像腰不好吗？我告诉他我不是出租车司机。他恍然大悟，"哦，你原来是单位给领导开车的司机。"懒得说了，就点了点头。可有一天早上，他居然来敲我门，让我送他一段，因为基本顺路，就答应了，但他居然还说："反正是公家的油。"

◇ 在一个夏天的傍晚，我们哥几个遛弯儿，路过一工地。有个穿很烂的白背心儿、趿拖拉板儿拖鞋的兄弟走慢了，一人落在了后面。这时，一位好心的民工走过去拍了拍他的肩膀，说："喂，开饭了，一起去吃吧……"

管家说发现了一个血色鞋印，我上次来过书房察看，并未在窗台发现什么痕迹。难道是张晋在大牢中出来故意踩上去的吗？"

许琏说完扭头看着罗管家，罗管家哀声道："老爷，都是我害了你。"

许琏又道："上次来我就发现书房的墙壁明显比其他的墙壁都要厚，后来我查过你的底细，最近生意不好做，你欠了不少债，前不久却把30万两的白银转移到邻县一个叫做吴运承的人名下，而这个人根本就不存在。

看来，你是想等此事平息之后举家外迁，于是我就确认你还活着！为了躲掉巨债，诈死不算，你还要借婚事做诱饵陷害张晋，我只是不明白，张晋遇到的夫人和小姐到底是谁？"

罗员外干笑两声，道"对付这个小子，只要到青楼叫个老妈妈和一个小女子就可以了。"

许琏摇了摇头，叹道"害人终害己，现在你恐怕真的要家破人亡了！"

（题图、插图：黄全昌）

  财神老爷对你笑，笑得胡子往上翘，问你发财要不要，享受富贵真奇妙！钞票多多真有效，看见什么就想要，若问这天何时到，读完信息就生效！祝你发财！ 1396***5977（0231）

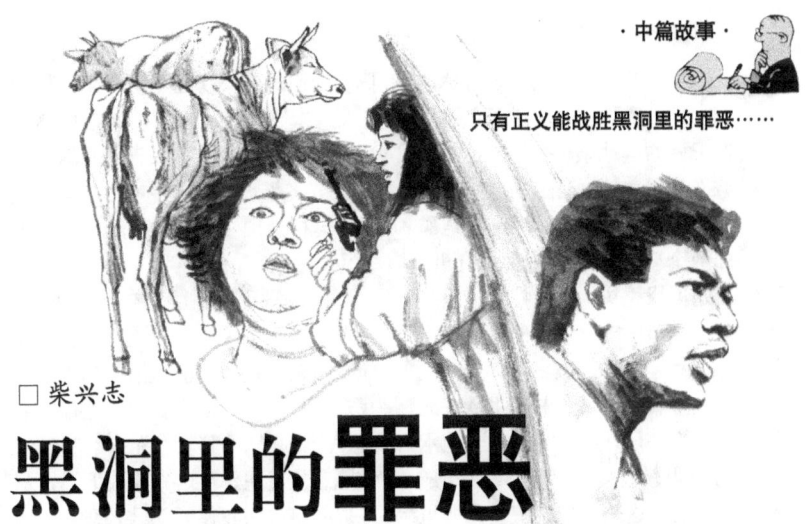

□ 柴兴志

黑洞里的罪恶

1. 连环骗 倾家荡产

劳飞在农大学的是兽医，毕业后找了几份宠物医院的工作都没干长，不是他爱跳槽，是老板们太狡猾，每到试用期将满，必会找些借口把他辞退，后来听内行人说这就是求职陷阱，试用期工资低，求职者工作肯卖力，黑心老板就花小钱使唤勤快人。

劳飞对打工寒心了，有一天在街上闲逛，看到一家商场在促销酸奶，买的人还真不算少，他眼睛一亮有了主意：自己也学过饲养学，干脆租个场地养奶牛！

说干就干，劳飞当天就在网上找到了一条信息：一个养牛户急需用钱，要把四头荷兰黑白花奶牛连同场地一起转让，要价五万元。劳飞当兽医时熟悉牛羊的价格，觉得比市价低了不少，于是马上跟户主取得了联系，又找朋友们凑足了本钱，约定明天到奶牛场面谈。

第二天一早，劳飞按地址找到市郊的这家养牛户，户主是个四十多岁姓寇的秃头男人，他先给劳飞看了土地承包合同和奶牛的品系证明，然后带劳飞进了牛舍。

劳飞看那四头荷兰黑白花奶牛个个膘肥体壮，乳房膨大，黑白相间的皮毛又光又滑，再看牛角牙口也正当旺奶期，心里已经八分满意，正想和户主讨价的时候，外面又有两个买主来看牛了，劳飞怕到手的鸭子飞了，顾不上还价，赶紧掏钱签了协议。

办完交接后秃头走了，劳飞清理好牛舍围栏，接着给牛洗澡消毒，谁知这一洗一刷就出了怪事，牛身上流

下的都是黑水，再拿水管子一冲全褪了色，原来是染了色的本地杂种牛！

劳飞心里一凉，两腿一软坐在了地上，他这才明白卖牛的秃头是骗子，那两个凑热闹的买主都是托儿。明知没处再找秃头，赶紧打电话报了案，警方接到报案后告诉他，最近已经发生了两起奶牛造假案了。

劳飞望着四头褪色的奶牛欲哭无泪，这样的牛只好贱价处理，土地承包合同也得转让，好歹收回点儿成本，可自己在这儿人地生疏，到哪里去找买主呀！

正在这时，门外有人喊老寇，劳飞出来一看，原来是个三十多岁的胖女人，劳飞一下子看到了希望，忙问她找老寇干什么，胖女人开口便骂："死秃子欠我的房租！你是干啥的？"劳飞吃了一惊，赶紧拿出土地承包合同给她看："老寇把牛场卖给我了，怎么又出来了房租？"胖女人拿过合同一看又骂了起来："这是老娘家的宅基地，哪儿来的狗屁承包合同！"

劳飞面如土色，完了，合同也是假的！事到如今顾不得面子，只好把受骗的事告诉了胖女人，胖女人听了直瞪眼，说："你受谁的骗我不管，现在牛场是你的，你就得先交房租，不交这牛就归我！"劳飞气坏了："归你？这四头牛起码还值一万多，你那房租是多少？"胖女人拿出租房合同，上面的应交房租是两千元，胖女人说："老娘今天就发回善心，算你的牛值一万，我再给你八千元两清！"

劳飞想这杂种牛一时还真不好卖，这样处理了也干脆利落，一咬牙说："成交！"

两人签了卖牛协议交清了钱款，胖女人却坐下来看着劳飞，意思是等他收拾东西走路，劳飞生气了："想赶我走呀？你看看租房合同，还有半个月才到期呢！"胖女人无奈："好好，你愿意住就住，可这牛我买下了，东边那间房得归我住。"劳飞没理她，胖女人气哼哼地走了。

劳飞不是愿意住在这儿找堵心，是实在没脸去见借钱的朋友，打算先在这里住几天静静心，好好想想下一步该怎么走。

天不知不觉就黑了下来，屋里的灯突然亮了，把沉思中的劳飞吓了一跳，抬眼一看，眼前站着胖女人，胖女人显然是精心打扮过，灯下看来也颇有几分姿色，她笑眯眯地打开带来的食品袋，把一盒热气腾腾的饺子放在劳飞面前："趁热吃吧。"

见劳飞瞪着饺子发愣，胖女人笑了："想喝点儿酒吧？"又从袋里拿出一瓶酒"喝点儿酒解解愁吧，别怪大姐心狠，我也要靠房租过日子呀！"

是呀，事到如今还有什么好说的，劳飞抓起酒瓶就是一大口，接着就一口接一口地喝起来，酒入愁肠，半瓶酒下肚人就有点晕了，不知不觉地伏在了桌子上。不知过了多久，昏昏沉沉中劳飞觉得有一双手在他身上摸索，他哼了一声，那双手缩回去了，一会儿又听见床上有动静，他使劲睁开眼，才发现胖女人的手伸进了裤子底下，劳飞起来叫道："你干什么？"

胖女人忙缩回手："大姐帮你铺铺床呀。"劳飞大喝"我都这样了，你还想偷我的钱，快走！"胖女人嘟嘟囔囔起身走了，劳飞晃晃悠悠地起来插上门，一头倒在了床上……

2. 寻出路 危机四伏

第二天早晨，劳飞醒来就觉得头疼胸闷，他洗了把脸出去散步，顺着村路向西溜达，看来这村子很大，估摸有上千户人家，奇怪的是日上三竿竟鲜有人烟，再往村西走就更怪了，好多房子变成了拆毁的残垣断壁，走到村西头，房子已经统统被拆平，前面不远就是飞机场。

劳飞疑疑惑惑地再往前走，见一个捡破烂的汉子从废墟里刨钢筋，劳飞赶紧敬上支烟，拉他坐下歇歇，聊着天打听出了村里的事。

原来村子已经被机场征用，村民也基本上迁走了，可不知为什么，村子刚拆了西头就忽然停了工，村里大部分房子都原封未动，时间一长就有好多外地人住了进来，多是捡破烂做小生意的，天一亮就四散出去谋生，

白天难得见人。

劳飞立刻想到：胖女人的租房合同也是假的！可她骗个房租也就是了，买那几头杂种牛做什么？难道真想养牛挤奶？再想起她昨晚鬼鬼祟祟企图偷钱，更说明这个胖女人一定有问题，劳飞没了散步的心思，匆匆回了养牛场。

就在牛场不远处，有一堵围墙拆开了一个豁口，劳飞无意识地往里一探头，发现院里的大树下躺了一个人，这人躺在一张旧床垫上，一动不动地像个死尸，劳飞壮起胆子跳进了豁口，走近那人一看，不禁吓了一大跳。

那人面黄肌瘦形似骷髅，身边扔

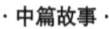

着一支一次性注射器，还有个小塑料袋和蒸馏水小瓶，不用说就是个吸毒鬼，劳飞叫他一声没反应，拿脚拨了他一下，那人还是没反应，劳飞以为他死了，用力又踢了一下，不想那人"哇"地一声睁开眼，看见劳飞吃了一惊，"嗖"地跳了起来。

劳飞哼了一声转身要走，骷髅却横眉立目地冲上来挡住了去路问："你是干啥的？"劳飞笑道："不干啥，随便看看。"骷髅火了："随便看看？你当这是你家呀？今天来了就别想走！"说着捡起一块断砖，作势要砸过来。

劳飞正待反击，忽听有人叫了声"'废物'，干啥呢？"接着从围墙豁口跳进来一个人，那人一见劳飞大惊失色，返身跳出豁口便逃，劳飞一转眼就看见了秃头，大叫一声："站住！"撒腿就追，骷髅忙把断砖砸过来，劳飞一闪躲过，飞起一脚踢倒骷髅，再跳出豁口一看，秃头早没了影儿。

劳飞追了几步就站住了，他自知人生地不熟，在这么复杂的地形里找人无异大海捞针，想了想再回到围墙豁口一看，那个骷髅也不见了。劳飞心里有点儿发虚了，这显然是个藏污纳垢的地方，死在这里怕是连尸首都找不到，受了骗就当破财免灾，还是赶紧回家为妙。

劳飞回到养牛场收拾东西，刚从枕头芯里掏出卖牛的八千元钱，胖女人进来了，她斜着眼嘻嘻一笑："挺会藏的嘛！"劳飞哼了一声："不会藏昨晚就被你掏走了！"胖女人嘻笑"知道这个就该早点儿走，现在想走可是晚了！"劳飞不在乎："怎么？想叫大烟鬼们把我抓起来？"

门外有人喝道："你看看是不是大烟鬼！"劳飞一回头：秃头带着两个手提铁链的汉子堵住了门，两个汉子不是别人，就是昨天给秃头当托儿的买主。秃头冷冷地说"天堂有路你不走，地狱无门你偏来！"回头喝令两个汉子："把他给我锁起来！"劳飞拉开架势要反抗，秃头拿出一支注射器："我劝你还是老实点儿，免得也变成大烟鬼！"

这一招儿真灵，劳飞自知寡不敌众，只好让两个汉子用铁链锁住了脚脖子，另一头锁在了柱子上，胖女人搜走了劳飞的手机和钱，一眼看见了劳飞的行医许可证："嗬！还是个兽医呀！"冲门外喊了声："进来！"门外应声进来一个人，原来就是刚才被劳飞踢倒的骷髅大烟鬼。胖女人喝令："'废物'，你给我看着他！"

果然是个"废物"，劳飞忍不住想笑，胖女人撇撇嘴："你笑啥？不知死的鬼！你以为我让他跟你搏斗呀？我就让他当个报警器，这周围都是我们的人，不怕死的你就跑！"说着就要走。劳飞喊住她"你们打算把我怎么办？"胖女人说："等办完了事再说吧。"劳飞又问："我的钱不是都被骗走了吗？你们还要办什么事？"胖女人不耐烦了："还要瞎打听？也不想想为啥把你抓起来！"

说完锁上门跟着秃头他们走了。

劳飞读了四年大学，这种事可没人教他该怎么办，好在链子只锁住了一只脚，可以在链子长度范围内走动，那个叫"废物"的骷髅大概站累了，看看劳飞的床就想躺下来，劳飞看他可怜，任他躺在了床上，自己拖着链子到窗口向外边看。

秃头他们都在牛舍里忙碌，过了一会儿，胖女人回来了，她冲劳飞一笑："我给你个机会怎么样？"劳飞忙问："什么机会？"胖女人告诉劳飞，他们要回杂种牛就是为了伪装成好牛再卖出去，因为已经骗了两次，秃头已经不能再出面了，正好劳飞可以充内行，只要装做卖主再把假冒奶牛卖出去，大家就可以各奔东西了。

劳飞已经猜出这帮家伙是骗子加毒贩，毒贩子们个个心狠手黑，杀人灭口只当家常便饭，现在只不过是暂时利用自己。再想眼下没有别的出路，只好走一步看一步了，劳飞点了点头，胖女人乐了："这才是明白人！"她打开劳飞的锁链说："跟我来。"

3. 陷黑洞 触目惊心

劳飞跟着胖女人走进牛舍，四头牛的染色工作刚刚完成，一个汉子拿着钢锉在修理老化的牛角，一个汉子提来了一桶奶，拿起一只大针筒吸了奶，向牛的乳房里注射，随着一筒筒奶注进去，牛的乳房很快便膨胀起来，劳飞忍不住说："这样干牛就废了！"

监工的秃头笑起来："我管它废不废，这法儿好使就行，你不是学过兽医的大学生吗？嘻嘻，照样儿骗你没商量！"

劳飞无话可说，秃头警告："让你看看是让你心里有数，明天把戏给我演好了，演好了我让你走人，演砸了嘛……我给你血管里来上一针！"

劳飞的头皮直发麻，他知道这种独门骗术是决不会轻易示人的，让他看见决非好兆，今后要么就死心塌地地跟他们干，要么就是死路一条，放他走人的话鬼才相信！

胖女人讲了明天卖牛的注意事项，又把劳飞带回屋里锁上，命令"废物"给他泡来一碗方便面，劳飞看着方便面没有胃口，耳听"废物"直吸鼻子，回头看他正在吞口水，劳飞冲他一摆手，"废物"急忙抢过方便面，稀里胡噜地大吃起来。胖女人骂起来："滚外边吃去！""废物"端着面出去了。

看来胖女人是唱白脸的，她和颜悦色地安慰劳飞，劝劳飞跟他们一起发财，劳飞脑子里乱哄哄地没了主意，只好点头答应，胖女人见他如此顺从，心满意足地走了。"废物"随后抹着嘴进来，看来这碗方便面没白喂他，冲劳飞点头哈腰笑了笑，主动地坐在了凳子上，劳飞懒得理他，躺在床上闭目养神。

半夜的时候，劳飞迷迷糊糊听见"废物"在嘶嘶地吸凉气，睁开眼一看，"废物"蜷缩在地上，抱着肚子呲牙咧嘴，鼻涕口水直流下来。劳飞明知故问："你怎么了？""废物"嘶嘶地说："伤口疼……"劳飞冷笑："伤口疼？是犯毒瘾了吧！""废物"疼得抱着肚子一个劲儿地哼哼。

劳飞烦透了，拖着链子下了床，捶着门冲东屋大叫："来人呀，'废物'犯病了！"几声大叫之后，胖女人披着衣服匆匆跑来，一看"废物"又骂

起来，"废物"呻吟着哀求："伤口疼得受不了了，救命呀！"胖女人急："你有狗屁伤口！再胡说我掐死你！""废物"不敢再说，只管"哎呀哎呀"地叫，劳飞冲胖女人发了火："你到底管不管？他一会儿死了怎么办？"

胖女人无奈，只得又跑回东屋，拿来一小包东西丢给"废物"，气呼呼地走了，"废物"立刻扑上去，从小包里倒出些粉末，放在锡纸上用打火机一烤，呼呼一顿猛吸，劳飞闭上眼睛，厌恶地扭过头去。

过了一会儿，"废物"来了精神，走到劳飞身后小声说："谢谢小兄弟，要不是你我早饿死了。"劳飞起了好奇心："你到底是伤口疼还是犯毒瘾？""废物"嘟嘟囔囔地不敢说，劳飞哼了一声："糊涂！明天咱们就是一伙了，以后还想不想让我帮你？"

"废物"权衡了利弊，终于开了口："我是刚卖了肾。""啊？"劳飞惊得叫出声来，吓得"废物"直嘘嘘："你小声点儿呀！"劳飞问："买卖活人器官？""废物"点点头。劳飞想起来了，他在网上倒是看到过这样

当云飘过，那是我想你的痕迹；当光闪耀，那是我想你的感觉；当雨落下，那是我想你的证据；当你不幸被雷击……抱歉，那是我想过火了。 山东 罗涛（0234）

的帖子，当时以为是恶作剧，万没想到竟有真的!

"废物"告诉劳飞，秃头跟胖女人是两口子，只要挣钱什么都干，他们还参加了一个地下买卖人体器官的团伙，秃头他们负责提供盲流做配型，另外有人联系那些急需器官移植的患者，以捐献为名明捐暗卖，手术过后，他们说是保密的需要，不等刀口长好就把他接出医院，卖肾的钱也是一次给一点儿地拖延，伤口疼就引诱他吸毒止痛，把他卖肾的钱都骗回去。

妈呀! 劳飞的心剧烈地跳起来，他突然想起了太空里的黑洞，那黑洞无影无形，所有接近它的物质都会被巨大的引力吸进去，这儿就是个地下黑洞，是个专门藏污纳垢的黑洞! 眼前的"废物"实在是太可怜了，劳飞让出床让"废物"躺下，仔细检查了他发炎的伤口，撒了消炎粉包扎起来，劳飞告诉他吗啡在医学上是用来止痛的，但过量使用就会成瘾，好在他吸毒时间还短，只有治好伤口才能摆脱对毒品的依赖，如果再这样下去就只有死路一条。

劳飞又拿出消炎药给"废物"服下，问起了他家里的情况。提起家，"废物"边说边流下了眼泪，他当然不想死，他日夜都在想念老家的父母妻儿，可身上有伤手中没钱，自知难逃魔掌。现在终于遇上了好人，便一个劲儿央求劳飞给他指条明路。

劳飞说："明路只有一条，那就是尽快把这里的情况报告给公安机关，只有他们才能把咱们解救出去。""废物"为难了："可我逃不动呀，你把我给锁起来了，怎么去报告？"劳飞想想说："明天他们叫我卖牛，胖女人肯定还会让你来监视我，咱们想办法转移她的注意力，找机会请买主把信带出去交给公安局。"

"废物"连连点头，劳飞找出纸笔，匆匆写了封短信叠成一个小纸条，在纸条外面写上：藏起来，速交公安局! "废物"接过纸条，小心地藏在了怀里，为了双保险，劳飞照样又写了一份，自己藏在了身上。这一夜，劳飞和"废物"谁也没睡着。

4. 送警报 逢凶遇险

第二天一早，胖女人打开劳飞脚上的锁链，把他和"废物"带到了院里，院里静悄悄的，秃头他们早没了影儿，只有四条漂亮的"荷兰"奶牛系在牛栏里，胖女人把奶牛品系证明和土地承包合同交给劳飞："戏还照老样子演，'废物'当你的助手，我这个房东先不出面。"正说着手机响了，胖女人接完电话警告劳飞："买主快到了，我劝你别打歪主意，当心没处买后悔药吃!"

胖女人匆匆走了，"废物"拿了把扫帚扫院子，劳飞装作照看奶牛观察四周，没有发现一点儿异常情况，但他心里知道，暗中肯定会有人在监视，当"废物"扫到身边时，劳飞小声说："小心点儿，有人监视。""废物"咳了一声表示明白。

不大工夫，一辆出租车停在了院门外，司机跳下车拉开后车门，出来的却是个三十多岁的女人，劳飞心里立刻凉了半截儿，女人家胆小，只怕她见了纸条大惊小怪，那时候大家就一起玩完了！

"废物"迎了上去，把女人带进了院子，女人自我介绍姓黎，是为一家养牛场来采购奶牛的，劳飞自然装起了场主，请黎女士先看货，黎女士进了牛栏，看看牛的牙齿，摸摸牛的乳房，那套检查法儿跟自己买牛时差不多，劳飞知道她准会上当，牛场让她来采购真是瞎了眼。劳飞顾不上替别人担忧，急的是她是个女人，找什么理由才能靠近，把报警的纸条塞给她呢？

这时候，出租车司机在外面围栏边上撒尿，"废物"恰巧就站在围栏里面，他灵机一动，跳起来大骂："你他妈狗撒尿不找地方呀，呲了老子一脚！"司机火了："你怎么骂人？""废物"惟恐天下不乱，大骂着跑出院子推了司机一掌，司机反手也推了"废物"一把，"废物"哪里经得一推，"咕咚"跌了个屁股蹲，爬起来揪住司机撕扯起来。

黎女士吃了一惊，急忙要跑出去劝架，此时劳飞孤注一掷了，一边说"我去，别伤了您。"一边趁着伸手拦她的工夫，顺势把纸条塞进了她的衣兜。

外面"废物"正跟司机纠缠，他揪住司机的胳膊，同时把手里的纸条塞进司机手心，小声说："藏起来交给……"气头上的司机根本没听到，只顾把手往回一抽，纸条飞起来甩在了地下，"废物"再顾不得司机，飞快地捡起纸条，送进嘴里吞了下去。

架劝开了，黎女士生气了："真野蛮！你们搞什么鬼？"回头叫司机："咱们走！"劳飞拦不住，眼睁睁地看着她们开车走了。

车刚开走，秃头他们不知从哪里都跳了出来，秃头揪住"废物"就往东屋里拖，胖女人喝令两个汉子把劳飞扭进屋里锁上了铁链，胖女人尖叫："你他妈演的好戏！"劳飞瞪着眼装傻"戏是按你教的演，买卖做不成关我什么事？"胖女人没理他，留下一个汉子看住劳飞，怒冲冲地走了。

不一会儿，东屋里响起"劈劈啪啪"的声音和"废物"的惨叫，劳飞的心揪了起来，他知道自己救不了"废物"，只能保持沉默，拷打声还在继续，惨叫声却越来越小，过了一会儿，拷打声停了，秃头他们提着棍棒皮带一起闯了进来。

胖女人看着劳飞冷笑："'废物'

说完了，现在该你交代了！"劳飞只好继续装傻："什么没头没脑的，我不明白你的意思。"胖女人哼了一声："非要吃了棍子才明白？"劳飞喊起冤来："你们想杀人灭口就明说，我死了也不当冤枉鬼！"

没等胖女人说话，秃头忍不住了："我让你当明白鬼，你说，'废物'吞进嘴里的是什么！"胖女人阻拦不及，劳飞马上就明白了："废物"没有露底！劳飞急中生智："你说他能吞什么？还不是你们给的白粉！"

劳飞歪打正着，胖女人为了让"废物"保持精神，今天早上确实给了他一包白粉，也许是他跟司机撕扯时掉在了地下，因为怕被外人发现就吞了下去？胖女人看看秃头，秃头看看胖女人，两个人一时吃不准了。

这时一个汉子急急跑进来，咬着胖女人的耳朵小声说了句什么，胖女人一愣，冲秃头他们一挥手，一帮人向东屋跑去。

劳飞心里突然有了一种不祥的预感："废物"出事了！"废物"本来就已弱不禁风，怎经得住几条大汉的殴打？劳飞忐忑不安坐立不安，竖起耳朵听着外面的动静。

东屋里吵吵嚷嚷，渐渐听清是胖女人和秃头在互相埋怨，埋怨了一阵又一起骂手下的汉子，劳飞正听得入神，一个汉子气冲冲地进来，解开链子把劳飞拖进东屋。

劳飞一进屋就看见了蜷在地下的"废物"，"废物"满脸是血，翻着白眼正在抽搐，胖女人叫劳飞："看看他还有救没有？"劳飞蹲下摸摸他的脉搏，跳动得又弱又急，赶紧告诉胖女人："快送医院还有救！"秃头一歪嘴："送个屁医院，你不就是学医的吗？"劳飞气坏了："我学的是兽医！"秃头喝道："什么人医兽医，人就是野兽！"

劳飞怒视着这只野兽，恨不得三拳两脚把他打死，可惜自己不是武松，只好忍下气跑回屋，拿了镇静药

给"废物"灌下去，又忙着给他包扎止血，可"废物"还是昏迷不醒，劳飞急得大叫："再不送医院人就完了！"秃头似乎醒悟到了什么，反倒笑起来："完了也好，完了有完了的用处！"喝令手下把劳飞拖回屋锁起来。

回到屋里，劳飞突然明白了秃头的意思：他们要把"废物"的器官都卖掉！劳飞拖着链子跳起来，捶着门破口大骂，秃头带着人冲进来，扭住劳飞在一张表格上按下指印，又搜走了他的全部证件，秃头狞笑着说："别骂了，'废物'要自愿捐献遗体，算你是捐献人家属还不行吗？你就等着分红吧！"

劳飞扑上去要跟秃头拼命，两个汉子按住劳飞，收紧链子锁在床脚上，嘻嘻哈哈地笑着走了，劳飞直到骂哑了嗓子也没人理睬。

5. 降救星 绝路逢生

天渐渐黑下来，劳飞也骂累了，躺在床上喘着粗气冷静下来，他感到自己的处境更危险了，因为自己知道的内情太多，胖女人和秃头决不可能放过他，最大的可能会被卖掉器官后再灭口。他本来期待着那个黎女士会把信送到公安局引来救援，可等了一天也没有音讯，现在只有想办法自救了。

劳飞仔细地检查了链子，粗链大

锁无法可解，顺着链子看下去不禁眼前一亮，链子的另一头拴在了床腿上，只要把床抬起来不就行了吗！虽然脚上还要拖着链子，只要能逃出屋子，躲进废墟，就可以再另想办法。

劳飞试着抬床，这个破铁床虽不太重却锈蚀不堪，一动就要吱吱嘎嘎响，劳飞用得力气大了些，门外立刻有人喝问："你他妈想干啥？"劳飞只得又躺回床上，等待时机。

大约等到了半夜时分，劳飞刚要再试，后窗轻轻一响，一件小东西"噗"地落在床上，捡起来一看：是手机！劳飞的心惊喜地狂跳起来，看看那钉着木板的后窗，缝隙里没有了动静，劳飞知道一定是来了救星，赶紧打开了手机。

手机出现了短信："我是侦察员，报警信收到，请回复短信报告具体情况。"劳飞立刻编辑短信，简单报告了自己知道的所有情况，又特别报告了自己和"废物"的处境，请他们尽快抢救。对方很快就来了回信，告诉他立刻行动警力不足，已经请求上级调集警力，目前需要想办法牵制罪犯争取时间。

劳飞刚刚藏起手机，就听院子里开进来一辆面包车，接着听到秃头招呼手下把"废物"抬出来，开车的人问："货还有气儿吗？"秃头说："够呛了。"开车人急了："不行，死在路上怎么办？谁买你的死人！"秃头忙

女孩吃吧吃吧不是罪，再强的人也有权力去增肥，苗条背后其实是憔悴，爱你的人不会在乎你的腰围，尝尝阔别已久美食的滋味，就算撑死也是一种美。 福建 刘桂东（0236）

跑进劳飞的屋子，命令劳飞赶紧抢救。

劳飞跑出来一看，"废物"的呼吸已经很微弱了，可他手里除了一些常用药，能救急的只有兽药，劳飞知道兽用药和人用药按规定是不可以混用的，但兽药只是纯度低剂量大，它们的基本成分还是相同的。事到如今没有选择了，只能临时救急，他马上给"废物"打了一针强心剂。一针下去，"废物"开始有了好转，劳飞知道他极度营养不良，也不管秃头的不断催促，又慢慢地往他静脉里推葡萄糖。

看看临近拂晓，开车人也着急了，跺着脚一劲儿地催促，这时，"废物"呻吟起来，胖女人大喜："好了，快上车！"劳飞忙喊："不行，还要多推点儿葡萄糖，这样走他挺不了多一会儿！"胖女人犹豫了，秃头眉头一皱喝道："带上药让他跟着走！"胖女人下了决心："好，你也一块儿去！"

两个汉子抬起"废物"刚要上车，忽听厨房里"嘭"地一声，门窗里红光闪闪，随着浓烟蹿出了火舌，秃头大叫

"谁他妈没关煤气？"胖女人喊起来："别问了，快救火！"两个汉子把"废物"丢在车下，急忙端盆提桶泼水救火。

劳飞才不会跟他们救火，打开药包继续给"废物"推葡萄糖，正推着，怀里的手机突然振动起来，劳飞背过身子掏出来一看，屏幕上出现了三个字：扎轮胎！劳飞乐了，真是好主意，不用说这把火就是侦察员放的，他趁机再把轮胎一扎，这帮家伙就被牵制住了。秃头他们只顾在厨房救火，看不到面包车这面的情况，劳飞从药包里拿出个大号兽用针头，一使劲扎进了后轮胎，针孔里"嘶嘶"地响起来，轮胎很快瘪了下去，劳飞拔出针头，忽然想起车上都有一个备胎，于是狠狠地又把针头扎进了前轮胎。

·中篇故事·

厨房是用石棉瓦搭盖的简易房，里面也不过有些破桌凳，火很快就被浇灭了，前轮胎刚刚瘪下去一半儿，胖女人和秃头灰头土脸地跑过来，劳飞赶紧蹲下身子继续给"废物"推葡萄糖，秃头一把夺下了劳飞手里的注射器："别他妈推了，快上车！"两个汉子抬上了"废物"，秃头推着劳飞也上了车，车子发动起步，开车人刚一加油门，车子"呜"地一个急转弯，"轰"地撞在墙上熄火了。

秃头的秃脑袋撞出了血，捂着伤口大叫："你他妈怎么开的车！"开车人顾不上说话，启动车子倒回了院子里，秃头骂骂咧咧下了车，低头一看就叫起来："前轮胎怎么瘪了？"往后一看，后轮胎也瘪了一个，胖女人过来一看也傻了眼，车上只有一个备胎，大半夜的到哪里去补胎？

开车人琢磨着不对味儿了："进院子时车胎还挺好的，怎么这一会儿就瘪了两个？"胖女人和秃头也觉得奇怪，跑回屋拿来手电筒，仔细检查起轮胎来。

劳飞的心一下子提到了嗓子眼儿，前轮胎上的针头没来得及拔出来，被秃头找到自己就完蛋了！劳飞没时间想什么后果，眼下只有逃跑一条路，可脚上拖着链子没法儿跳墙，即使跳出去也会被他们追上，最好的办法就是藏起来，藏在哪里最安全

呢？看看院子里黑糊糊的，只有手电筒一闪一闪的亮光，趁那些人的注意力都在轮胎上，他一手提起脚上的链子，轻手轻脚地绕到车后，一头钻进了厨房的废墟里……

秃头突然举着支针头大叫起来："原来是你搞的鬼！"跳起来回头一看，身后只剩下了躺在地上的"废物"，秃头发了疯，抡起手电筒狠敲两个汉子的脑袋："你们都瞎了？还不快给我追！"汉子们慌忙提上棍棒，跟着秃头冲出了院子，胖女人也急了，招呼上开车人一起追了出去。

6. 斗困兽 拨云见天

厨房里还弥漫着余烟水雾，劳飞趴在塌下来的石棉瓦底下，呛得嗓子直痒痒，可一看秃头他们气急败坏地追出去，高兴得忘了咳嗽，心里得意自己的英明抉择，忽然想起了"废物"，现在倒是个救他的机会，可自己拖着链子使不上劲儿不说，行动起来声音也太大，而秃头他们就在附近，说不准什么时候就会突然回来，如果被他们堵住……

劳飞猛然想起了送手机的侦察员，马上给他发了短信："我藏在厨房里，你在哪儿？赶快来帮我救人！"等了一会儿不见回信，劳飞再也等不下去了，他决定冒险去救"废物"，刚刚钻出来，就听厨房外面轻轻嘘了一声，一个黑影从窗外跨进来一条腿，

女人不必太美，只要有人深爱；女人不必太富，只要过得幸福；女人不必太强，只要活得尊贵；祝看短信的漂亮女人永远幸福快乐！　1357***9402（0237）

劳飞忙迎上去接住，帮助他爬进了厨房。

那个人小声问："你说的'废物'在哪里？"劳飞听声音像是女人，按亮手机凑上去一看，惊得差点儿叫出声来，竟是买牛的黎女士！

劳飞怎么也不相信自己的眼睛："你、你就是侦察员？"黎女士点点头一拉劳飞："咱们回头再说，赶快去救'废物'！"劳飞一抬脚，黎女士听见"哗啦"一声，蹲下一摸是锁上了链子，她从头上拔下一支发卡，三拨两拨，就听"咔"地一响，锁头打开了。

两个人溜到院子里，轻轻抬上"废物"回到厨房，搬起块石棉瓦盖上，劳飞摸摸他的脉搏还平稳，这才松了口气，他转回头看看黎女士，心里佩服极了，一个女人就敢半夜深入险地，真是孤胆英雄！

黎女士告诉他，公安局从几次奶牛诈骗案中，已经注意到了这个治安死角，又在网上查到了相似的卖牛帖子，所以派了黎女士借口买牛化装侦察，当时劳飞趁机给她塞纸条时，黎女士已经觉察到了，所以才装做发火吹了买卖，回去向领导做了汇报，由于劳飞的举报信写得匆匆，只揭露了秃头他们诈骗和贩卖人体器官的恶行，没有写上自己和"废物"被扣的危险处境，因此警方没有立即采取行动，而是安排她当晚又潜回来设法联系劳飞，摸清全部底细后，再择机张网行动。

她还告诉劳飞，现在公安局已经接到了她的报告，正在抽调警力赶赴这里，大约一小时内就能开始行动，劳飞兴奋了："动手时算我一个！"边说边伸手把链子抓在了手里，黎女士点点头："行，但一定要注意安全，一切听我指挥！"

院子里响起一阵杂乱的脚步声，秃头和胖女人他们扑空后回来了，胖女人气急败坏地下令："先把后轮胎换上凑合开，咱们赶快转移！"秃头骂骂咧咧过来帮着换轮胎，到车旁一

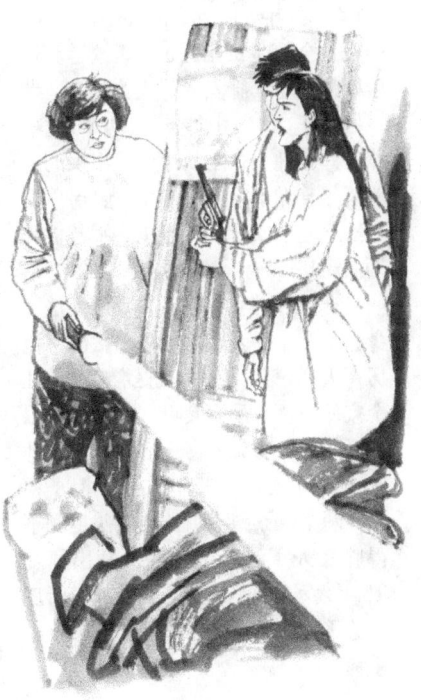

看就叫起来："坏了！'废物'也跑了！"胖女人吃了一惊"他怎么跑得了，肯定是劳飞干的！"秃头直搔脑袋："他脚上锁着链子又背着人，能跑多远？"胖女人醒悟："对！多半儿就藏在附近！快，咱们先搜搜院子！"

秃头带着手下散开搜索，胖女人在院子里四处巡视，她走到厨房前突然站住，打开手电筒摸了进来，劳飞和黎女士躲在歪倒的门板后面，盯着她手电筒的光柱，光柱扫来扫去突然停住，光柱罩住了石棉瓦底下露出的"废物"的手，胖女人刚要张口喊人，劳飞一个箭步窜出去，一甩铁链套住了她的脖子，胖女人好大力气，猛地一拽链子，转身扑向劳飞，两个人"喀嚓"摔在地上，刚从牛舍里出来的秃头听见声响，大叫一声："厨房里有人！"几个家伙闻声赶来，举起棍棒冲向厨房。

劳飞和胖女人缠滚在一起无法脱身，黎女士一步跳出门外，拔出手枪厉声大喝："不许动，我是警察！"几个家伙一愣，秃头大叫："给我上，跟他拼了！"黎女士鸣枪示警，"砰"地一声震耳欲聋，开车人丢下棍子便逃，两个汉子跟着就跑，秃头也顾不得胖女人了，几个人四散翻出了院墙，黎女士顾不得追他们，冲进厨房帮劳飞按住胖女人，扭住胳膊戴上了手铐。

黎女士把胖女人交给劳飞看管，再次冲出厨房的时候，院外警灯齐明，警察们押着秃头一行人进了院子，原来警察们已经赶到，包围了院子刚要通知黎女士行动，就听一声枪响，几个家伙纷纷跳墙出来，这下省得费劲儿了，警察们守在墙下照单全收。

黎女士指挥警察们分头行动，一面对院子进行搜查，一面把"废物"抬上车送医院急救，劳飞呆呆地看着黎女士指挥若定，猜她一定是个领导，果然，一个警察跑来敬礼："报告黎大队，院子搜查完毕，请示下一步行动。"

劳飞哇地叫出来："你真是大队长呀！"黎女士问："怎么？不像吗？"劳飞一劲儿地点头："像像，太像了！"黎大队笑起来："你也很像个卧底警察呀，回局我替你请功！"

劳飞摇摇头："我不要请功。"黎大队长奇怪了："你想要什么？"劳飞大声说："我要改行当警察！"旁边的警察笑了："当警察？你再上警校可超龄了。"劳飞生气了："谁说上警校？我要考公安大学！"黎大队长逗他说："好，我们按有功人员负责推荐，毕了业就把你要来干刑侦。"

"真的？"劳飞抓住黎大队长的手使劲摇晃："你说话要算话！"

看他那当真的样子，黎大队长和警察们一齐笑起来……

（题图、插图：杨宏富）

 朋友是天，朋友是地，有了朋友可以顶天立地；朋友是风，朋友是雨，有了朋友可以呼风唤雨；财富不是永久的朋友，朋友却是永久的财富！ 1399***0102 (0238)

哲理故事

生活中处处有哲学，57则作品无不通过曲折生动的故事情节与矛盾冲突，揭示丰富和深刻的哲理内涵，让你从中看到智慧的闪光与思想的火花，并由感情的激荡而升华为哲理的思索，从中悟出事物深层的蕴含与人生命运的真谛。

打官司故事

"打官司"这个词具有强烈的民间语言色彩，官司一打起来，各种矛盾冲突就无可回避，无法隐藏。本书共收集涉及法制的故事30则，分6大类，它们是：精彩个案，愚昧法盲，弄权枉法，道德法庭，回头是岸，法永道恒。

校园故事

一生最好是少年，一年最好是青春。这是一本充满活力的书，学生的时代，校园的生活，如花盛开般奔放，如火焰般热烈，全书34则故事，也许能唤起您少年时代最美好的回忆。

愿这本书能成为学生和老师的朋友！

打工故事

随着改革的不断深化，打工的观念将会成为社会普遍认同的一个观念。本书收编的24则故事，就是生活中打工仔、打工妹们打工生活的真实写照与缩影，它们是同类故事中的精品，相信能引起您的阅读兴趣。我们祝愿打工者们：明天会更好！

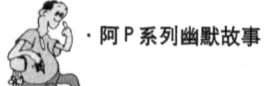

倒霉的一天

□ 童树梅

阿P这几年做生意发了点小财，整天西装革履地挟着个皮包打手机，回家也没有以前准点了，小兰有点担心地问："阿P，男人有钱就变坏，你莫不是也变坏了吧？"

阿P听了一本正经地说"你老公我是那号人吗？我那是忙，再说，我这点钱也算钱吗？等我赚多了——"小兰眼一瞪，问："赚多了怎么样？"

阿P赶紧满脸堆笑地说"赚多了也不能坏。"小兰也跟着笑，可心里还是隐隐有点担心。

这天吃晚饭前，阿P打电话说要回来吃饭，小兰可高兴了，以最快的速度弄了几个小菜，有红烧鱼、溜肚丝，当然阿P最爱喝的排骨汤也是少不了的。一到吃饭的点，阿P真的准时回来了，小兰忙把菜从厨房往餐厅端，可阿P对着小兰精心烧出的菜竟没有发表一星半点的评价，还一副愁眉苦脸的样子，似乎有什么心事。小兰不乐意了，问："怎么啦？好不容易按时回家吃个饭，还耷拉着脸！"

阿P一听长叹一声，一边用勺子舀汤喝一边无精打采地说："还真有事了，一批货出了问题……"话没说完，放在桌角的手机突然响了起来。

阿P好像在等什么消息似的，听到手机响，手忙脚乱地放下勺子抓手机，却碰翻了面前盛排骨汤的碗，随着"咣"的一声响，一碗汤整个洒在了阿P脚背上，烫得他直跺脚，小兰也吓坏了，连忙问道："烫得疼不疼？"阿P顾不上脚上的汤，拿起手机就走到阳台上去接听，过了一会儿，才又回到餐桌前，这时候，小兰

人生不过几十年，成败荣辱都在天，是非恩怨莫在意，健康快乐最值钱。自古人间苦乐伴，看得高远境如仙，愿你不为凡事恼，轻松快乐每一天。 1306***8946 (0239)

早就收拾好了，还给阿P拿来了干净的鞋袜。

经过这样的小插曲，阿P似乎也没什么心思享用美食了，原本丰盛的晚饭就在糟糕透顶的气氛中结束了。小兰见阿P烦躁的样子，便试探着提议："阿P，要不咱出去走走，散散心吧！"

阿P本不想去，但看到小兰期望的眼神还是点点头同意了，出门时小兰没忘了牵上家里的小狗，那是条健壮的小公狗。

在林阴小道上，两人边散步边有一搭没一搭地说着闲话，小兰忽然看到阿P眼睛有点定格的样子，她抬头一看，明白了，对面走过来一个长着天使面孔魔鬼身材的女郎，那女郎手里也牵着一条小狗，那是一条小狐狸似的雪白的小狗。小兰看到这情景，没来由就生了气，心里愤愤地想：真是狗像主人，这话说得一点没错。

就在这时，意外发生了，两条小狗几乎同时挣脱了各自主人的手，然后颠儿颠地跑到一起又是嗅又是亲的，还没等两位女主人反应过来，两条狗竟当众亲热起来！

那女郎一见这情景，立时气得杏眼圆睁，上前一脚踢开小兰家的小公狗，把正在兴头上的小公狗踢得"汪汪"大叫。女郎还不解气，委屈地骂道："哪里来的野狗？难道有人养没人管吗？"

自个儿的宠物被人踢，而且还挨了这么难听的骂，小兰也是一蹦三尺高，再想想阿P看到女郎时发呆那样，当即反唇相讥："自家的狗学狐狸精，就别怪骚狗子上门！"

那女郎也不是吃素的，一听这话，明白小兰是指桑骂槐，立刻回敬起来。小兰一见不好，那女郎伶牙利齿妙语如珠，看样子自己不是人家对手，对了，老公在身边哩，于是小兰得意地大喝道："阿P，人家欺负你老婆啦，你还不快上？"

阿P正心烦着生意上的事，刚才见两女人开战心里就烦，忽然听到小兰喊她，只好上前，可一面对女郎他又犹豫了，一个人高马大的大男人，跟一个女的是开骂好还是打架好？都不合适啊！

小兰见阿P不为她撑腰，更是气不打一处来，正要发火，惊人的一幕出现了：那女郎的小白狗忽然撒着欢儿跑到阿P的脚边，亲热无比地咬着阿P的裤管，嘴里还发出只有在见到久违的主人时才发出的撒娇似的"呜呜"声。

小兰一见之下简直要疯了：难怪死阿P见到这个女的就愣了一下，现在又不肯帮自己，原来他们俩早就认识啊，不然的话那女郎的小狗为何见了阿P现出这副恶心的样子？再联想到吃晚饭时阿P魂不守舍的模样，还

跑到阳台上去接手机，他哪是烦生意，分明是在外面有了事情。

想到这里，小兰伤心气急，冲着阿P吼了起来："死猪头阿P，你背着我干了些什么，快说，这狗怎么和你这么亲热，我跟你没完……"

阿P心里这个窝火啊，今天这是怎么了，一连串的不顺，连个小母狗都跟自己过不去，跑来冤枉自己，一想到小母狗，阿P这火"腾"地就上来了，不是它捣乱，能生出这么多事吗？

阿P一把推开面前哭闹的小兰，冲到女郎面前，掏出一叠钱对那女郎说："小姐，把小狗卖给我行不

行？钱要是不够，我回头再给你，你现在就把它卖给我吧！"

那女郎愣住了，再一看阿P给她的一大叠钱，卖不卖？不卖不是傻吗？这么多钱可以买两三条这样的小狗了，于是赶紧点点头，接过了钱。

小兰不知道阿P要干什么，愣在那里，阿P却一点不犹豫，揪起还在不停咬他裤管的小狗，骂道："我让你嗅，我——打死你！"说着，拾起一块石头就要砸。可真要下手了，火气也小下去了，看着小狗纯洁无邪的眼睛他住了手，突然觉得自己很可笑，自己肚里有火，却往一个不会开口的畜生身上发，算什么本事嘛！

可就在这时候，小兰冲上来死死地按着阿P的手，骂道："死阿P，这下你还有什么话好说的？你这是想杀狗灭口啊！"

阿P一听这话，差点昏过去，天哪，今天这是怎么了？怎么这么倒霉啊？自己不就是生意上不顺心吗？怎么做什么都变成别有用心了？

这场小狗引起的风波过了好几天才算平息下来，经过小兰的内查外调，终于查明阿P和那女郎并无关系，阿P那天确实是为生意烦，至于那小白狗为啥会对他亲热，很简单呗，阿P的裤管上洒上了排骨汤，正好那小白狗晚饭还没吃，这不就亲热起来了嘛。

（题图、插图：李 加 史 琦）

我托空气为邮差，把我热腾腾的问候装订成包裹，印上真心为邮戳，37度恒温快递，收件人是你。祝你天天快乐！ 山东 隋海燕（0240）

总是有用的

□ 陶柏军

陈帅是单位人事处的处长，这天，他拿了张填好的《学生家庭状况调查表》交给负责电脑打字的孙大姐，请他帮自己打印一份，这样交上去比较好看。

孙大姐一看，这表格要求填写的项目还挺多，甚至父母在单位的级别和职务都要一一填写。再一看，陈处长都是如实填写的，孙大姐摇了摇头，说："陈处长，这表格你怎么如实填写？你不怕以后老师找你的麻烦？现在学生家长的状况，到了老师那里都是一笔资源。说不上哪一天，老师就会找到你办什么事情。像您这样的，一准被找上，现在有经验的家长，根本不在这样的表格上说实话！"

陈帅一听，开玩笑地说："那我就干脆说自己靠在街头蹬三轮车为生。"

孙大姐说："那以后老师家搬个煤气罐什么的还不得让你承包？"陈帅想了想"那就写我刚刚刑满释放，在家待业！"大家都说这个主意好，对这种人，老师恐怕躲还来不及呢。

晚上，陈帅把填好的表格给了儿子，并且解释了其中的原因。儿子倒是没太在乎："填什么我无所谓了，老师说了，这些信息学校都帮我们保密的，别的同学也不可能知道。"

还别说，陈帅的这一招还真管用，儿子经常回家说老师找小明的父亲办户口了，找小亮的妈妈给亲属看病了，找小伟的叔叔给办摩托车牌照了，可始终没有找到陈帅这里。

可是好景不长，有一天，儿子放学回家对陈帅说："我们老师找您办点事！"陈帅一惊"我一个没有职业的刑满释放人员能办啥事啊？"儿子说："我们老师和她的邻居吵架了，老师说，让你找几个人收拾一下她的邻居！"

陈帅一听，傻了。

看见美女躲着走

□ 李文胜

谭明自己长相一般，可偏偏喜欢在马路上看美女，用他自己的话说养养眼也是好的。

这天黄昏，他正走在街上，迎面过来一个女孩，身材很棒，穿着时髦，他这眼珠子立刻就不听自个儿使唤了。

女孩发现他呆呆的样子，嫣然一笑："大哥，怎么一个人出来呀？"

谭明见她主动和自己搭话，不由一愣：难道她是那种女人？

女孩看到他愣在那里，又靠近了一点，说："能占用你一点时间吗？"

谭明一听这话，忙不由自主地点点头。

就这么着，谭明有些恍惚地跟着女孩到了路边花园的凳子上坐了下来，女孩子对他说了几句什么话，他也没听进去，只听到"试验"什么的。正当他要调整状态好好迎接这次难得

的艳遇时，突然感到腰部有点隐隐的痛，急忙低头一看，原来女孩手里多了一把寒光逼人的匕首。他马上清醒了：遇上打劫的了，劫匪还是个美女。

谭明忙翻遍衣兜，摸出钱包，颤抖着捧给她。

可女孩并没有接，她一改刚才的温顺，怒瞪着杏眼，朝自己胳膊上猛地刺去。谭明眼睁睁地看着利刃插进了她白嫩的皮肤，鲜血倏地涌了出来，"啪啪"往下滴，在夕阳的照耀下，红得有些吓人。

谭明顿时目瞪口呆，看着她那痛苦不堪的样子，知道这是一招十分利害的自残。他早在报纸上看到过报道，这时候，只要这女孩一叫喊，行

天气预报：你将遇到金钱雨、幸运风、友情雾、爱情露、健康云、顺利霜、美满雷、安全雪、开心闪，此天气将会持续整一年！祝你快乐！ 广西 张珍莲（0241）

报复（文：姚 斌；图：包丰一）

1. 在马德里，一场斗牛赛刚刚结束，斗牛士身上多处受伤。

2. 他不顾劝阻，全身多处缠着绷带从医院冲了出来，嘴里喊着："我一定要报仇。"

3. 他的助手和朋友们不知他要做什么，都紧张地跟在后面。

4. 斗牛士走进了一家餐厅，坐在了一张餐桌旁，大声吩咐侍者："给我上两份烤牛肉，烤得越焦越好。"

人就会立刻把他扭进派出所，到那时候，不仅要给她治好伤，还要赔付一大笔医疗费，弄不好还会因伤害罪坐牢，这真是黄泥巴掉进裤裆里——不是屎也是屎了。

谭明认栽了，愣愣地坐在那里等着女孩子提要求。

女孩见他吓傻了，突然哈哈大笑起来，拔出匕首，又恢复了娇声娇气样子："大哥，我不是说了给你做个试验看看嘛，怎么还这么吃惊啊，我是刀具厂的推销员，这是我们新研制出来的小型尖刀，刀柄上有个开关，看是刀刃刺进了皮肤，其实是缩进了刀柄，流出来的血也是暗藏在刀柄里的染料。如果不信，你看——"

女孩又向他演示了一遍，然后掏出面巾纸擦掉了"血迹"。他仔细一看，女孩胳膊上确实没有一点伤痕。

"大哥，您看这把刀多神奇呀，才二十块钱，买一把吧，要是去讨债，准能令您满意。"

谭明终于明白了女孩的意图，松了一口气，忙从钱包里掏了100块钱，说是要买五个，其实他又不讨债，哪里用得着这道具，可他心想，还是买了走人太平，不买的话，这美女还不定生出什么新招来！

超规格接待

□ 徐 彦

小张被提拔为办公室主任后，最让他头疼的事情就是不知道该如何区分来人的重要程度，但因为这影响到接待规格，他必须搞清楚。

不过小张是个聪明人，没过多久，还真就让他从老总跟人握手这事上，琢磨出了名堂：凡是特别重要的人物来了，老总老远就满脸堆笑地迎上去，双手紧紧握住对方的手，好久都舍不得松开；比较重要的客户来了，老总跟对方握手时，另一只手则拍拍对方肩膀；普通客户只是礼节性地握握手，时间不会超过三秒钟……

按照这个标准，他把接待规格分成了三档，一档是规格最高的。按照这个原则判断，还真就没失误过。

这天，一位中年人来拜访老总，老总喜出望外："哎呀，老同学，好久没见面了，今天你咋想起我来了？"说着就扑上去跟中年人热情拥抱。

小张一见这情景，明白了，赶紧告诉秘书："中午照一档标准安排。"快12点时，小张敲开老总办公室的门："到用餐时间了，咱们请客人去宜兴轩吧。"老总一听这地点，脸上明显地掠过一丝不快。

中午吃饭时，老总虽然谈笑风生，但小张感觉到老总的情绪有那么一点不对头，弄得小张心里一直七上八下。下午一上班，他就被叫进老总办公室训话："你以前做事挺妥当的，今天这人又不重要，为什么把规格搞得那么高？"小张支支吾吾说了自己的判断标准。老总一拍桌子："太笨了你！我这同学刚调到报社当记者，我怕他是来公司暗访的，担心他身上带了微型录音机之类玩意儿，所以才扑上去查查……"

高水平演唱

□ 刘 绩

胡经理特别喜欢唱歌，求他办事的人知道他这个爱好，每次请他吃过饭后，都要安排去KTV唱歌，唱的时候大家当然都变着法子夸他唱得好听，时间久了，他不禁就有点飘飘然了，自我感觉相当不错。

这天晚上，有个客户请胡经理吃饭，酒足饭饱之后照例要请他去高歌一曲。胡经理放开嗓子，一展歌喉，先来了一首《在那桃花盛开的地方》，又来了一曲《小白杨》。这个客户只是听别人说胡经理喜欢唱歌，亲耳听到这也是第一回，只见他屏住呼吸，一动不动地坐在那里，十分投入的样子。

尽兴之后，胡经理客套地说："唱得不好，见笑见笑！"

客户赶紧说："真是余音绕梁，三日不绝于耳呀。"

胡经理听他这么说，高兴得连连摆手说："过奖了，过奖了！"

"您太谦虚了，我刚才听得都动弹不了，我看您的水平完全应该上电视了！真希望刚才就是在看你在演播室的演唱啊。"

胡经理虽然听过不少奉承，可这么高的评价还是第一回听到。回到家后，他得意地对老婆说起此事，本想得到几句夸奖。可是老婆乐了："你那水平我还不知道，要说动弹不得，我也常有这感觉，一是被你吓的，二是不敢动弹，需要用全身心的精力来抵抗你跑调的噪音。"

胡经理争辩道："人家说我可以上电视去演出，这难道不是说我唱得好、水平高吗？"

老婆指着他的鼻子说："人家当然希望你上电视去唱啊，就你那破锣嗓子，在人家跟前唱，人家受着煎熬却也是非听不可；要是在电视上播出，人家不想听，一抬手'啪'就可以把电视关掉！"

谁是恐龙

□ 郝文祚

楚峰老师是个大龄未婚青年，最近他以"小狗别叫"的网名，在网上认识了一个叫"我是汪汪"的美眉，敲碎了七七四十九个键盘后，楚峰老师和"我是汪汪"都被对方深深吸引了，决定来个亲密接触。不过楚峰担心到时候碰上个恐龙，逃都逃不掉，为了谨慎起见，他向办公室其他老师讨主意。

物理老师说："我送你一架望远镜，未雨绸缪，以便早早决定是进攻还是战略大转移，不过千万别相信背影，以防出现'路上美女一回头，吓死奶牛才三头'的悲剧。"

语文老师想了想，说："小楚，我送你一首诗，如果是美女，你就说你们的爱情会像这首诗一样美丽隽永；如果是恐龙，你就说你们的爱情将像诗一样空洞无聊，应该早点结束。"

美术老师说："这样吧，我把我的假发套送给你，如果是美女，你就把它戴上装酷；如果是恐龙，你就把假发套翻戴上，装秃子吓跑她。"

思忖再三，楚峰老师认为还是数学老师的建议比较不错，思维清晰，逻辑性强。数学老师是这样说的："明天八点，你把网友约出见面，我八点一刻给你打电话，如果你说'嗨'，那就代表对方是个美眉，我就去领导那儿给你请假；如果你说'喂'，则表示对方是个恐龙，我就说单位有急事，让你速回！"

第二天，天刚蒙蒙亮，楚峰就出发了。谁料九点钟刚过，楚峰老师耷拉着脑袋，快快而归。数学老师惊问："你为何这么早就回来了？电话里我明明听到你说'嗨'了呀！我已经给你请了半天的假。"

楚峰老师尴尬地笑笑说："我那个网友也接了个电话，她'喂'了一声，然后就说单位有急事走了……"

  送你一件外套——前面是平安，后面是幸福，吉祥是领子，如意是袖子，快乐是扣子，口袋里满是温暖。穿上吧，让它相伴你每一天。河南 陈上（0243）

都是冒牌的

□ 黄晓光

小李在电脑市场买了个二手笔记本电脑，价钱是便宜得没法说，可谁知用了不到三天，电脑就出了问题，当初为了把价钱压下来，老板和他说定了是不退不换的，他只好拿到电脑维修店去问人家能不能修，没想到人家说他的电脑是个冒牌货，没几千块修不好。修一下比买一台新的还贵，小李当然不干，闷闷不乐地往回走。

路过工业大学的时候，他突然想起来一件事情，前段时间在路上碰到一个朋友，带了个女孩，当时介绍说自己的女朋友，叫小鹃，他记得那个朋友介绍小鹃的时候说她是工大搞电脑的。

想到这里，小李决定去碰碰运气，要真能找到小鹃，可以让她帮着修理一下，说不定不要花钱就能解决问题。

于是，小李进了工大的校门，从计算机系的办公大楼找到电脑维修房，可都说没有叫小鹃的人在这里，

小李开始怀疑"小鹃"是不是那个女孩的小名。

正当小李沮丧地准备打道回府的时候，冷不防身后有人叫了他一声。回头一看，这不正是踏破"皮鞋"无觅处的小鹃吗？小李抹了一把汗，说："我可找到你了，你这是要到哪里去啊？""快到开饭时间了，我正要到食堂去做工呢。"小李一听就懵了："你不是搞计算机的吗？"小鹃笑了起来，说："咳，你别听他胡说，我哪是搞计算机的，我在食堂工作，不过——他说得也没错，最近食堂实行电脑打卡了，我就负责操作打卡机。"

（本栏题图：李 加 史 琦）

最具人气短信推荐 1 月（下）

本刊特设短信专版，并在双页页脚刊登精彩短信，欢迎读者踊跃关注、参与我刊举办的短信征集活动！详情请见P54。

● 累了要好好休息，错了别埋怨自己，苦了是幸福的阶梯，伤了才懂什么是珍惜，醉了是折磨自己，笑了便忘记曾经哭泣，闷了给我发个信息！浙江 乐可俭 （0245）

● 白云从不向蓝天承诺去向，却朝夕相伴；风景从不向眼睛说永恒，却始终美丽；星星从不向夜晚说依恋，却努力闪烁；朋友从不向你倾诉思恋，却永远牵挂！ 1343***2810（0246）

● 好丈夫标准：出门在外像绅士，赚钱理财像谋士，体贴妻子像护士，辅导孩子像博士，矫健潇洒像斗士，幽默风趣嬉皮士，做家务是大力士，不敢花心像道士。内蒙古 英军（0247）

● 我要的不多，一杯清水、一片面包、一句我爱你；如果奢侈一些，我希望：水是你亲手倒的、面包是你亲手切的、我爱你是你亲口对我说

的……海南 钟宁（0248）

● 好朋友简简单单，好情意清清爽爽，好缘分永永远远，当你收到这个短信时，我已把忘忧草和幸运草带给你；忘忧草使你忘记烦恼，幸运草让你一生好运！（0249）

● 人生慢慢悟，事业慢慢兴，真假慢慢辨，爱情慢慢求，甜了慢慢尝，心境慢慢宽，有苦慢慢说，有冤慢慢诉，有伤慢慢疗，有气慢慢吐，有情慢慢等！ 1339***2279（0250）

● 接电话声音渐渐小对方是领导，声音渐渐大对方是部下，一听就发躁对方拨错号，笑得不停歇那是女同学；半天停一下老婆在训话；悄声避开人对方是情人！（0251）

每当太阳升起的时候我会从厚厚的衣裳中钻出来感受它的温暖

本期特别征集

善意的玩笑——让你的短信和别人开一个善意的玩笑吧！在乏味枯燥的工作之余带来一丝轻松和微笑，也让他（她）知道，你在惦记着他（她）！

 装满一车幸福，让平安为你开道；抛弃一切烦恼，让快乐与你拥抱；叫寒冷让道，让温暖对你关照；卸下一车真情，让幸福永远对你微笑！祝你快乐！ 湖北 汤青山（0244）

360

2006
SEMIMONTHLY
上半月版

2月
STORIES

百姓话题

故事会
2006 年 2 月
上半月·红版

主 编：何承伟
常务副主编：吴 伦
副主编：姚自豪（上半月·红版）
副主编：夏一鸣（下半月·绿版）
本期责任编辑：吕 佳
发稿编辑：
姚自豪 周 吟 王雅静
夏一鸣 鲍 放 梁宁宁
美术编辑：李宝强
电脑制作：郭瑾玮
通 联：归依玲
本社办公室电话：021-64375030
上半月刊编辑部电话：021-64332325
下半月刊编辑部电话：021-64336469
（上海市绍兴路 74 号 邮编：200020）
主管、主办：上海文艺出版总社

督印 发行：张 凯
电话：021-64313938
广告总代理：上海文艺广告传播中心
（上海市绍兴路 74 号 邮编：200020）
广告总监：张 淮
广告业务：021-34010383
广告投诉：021-64333738
广告经营许可证
沪工商广字 3100320050022 号
发行：中国图书进出口上海公司

手机阅读器服务商：北京掌讯远景信息技术
有限公司 客服电话：010-51196627

封面插图：谢友苏

本刊各栏目欢迎来稿。来稿寄上海市绍兴路 74 号《故事会》杂志社，邮编：200020。
本期责任编辑 E-mail 地址：lujia411@yahoo.com.cn

泻 药

一位老先生来到药铺,对伙计说:"劳驾给我来一剂泻药。"

伙计把泻药递给他。

"效力快吗?"老先生问道。

"特快!您看对面的茅厕,离这儿刚好50步远,只要您现在服下药,一跑到那茅厕,一定会见效!"

过了一会儿,老先生愁眉苦脸地又来了。

"您还要一剂,老先生?"伙计问。

"不,我来是为了告诉您,那茅厕您多估计了两步!"

（张 璐）

(本栏插图:李加史琦)

班师回朝

语文课上,老师问:"谁知道班师回朝指的是什么?"

阿强立刻起身答道:"指的是打了败仗。"

老师一脸疑惑,问道:"为什么这么说啊?"

阿强得意地说:"都搬尸体回去了,不是打了败仗是什么?"

（陈邦辉）

亲子鉴定

有个刚参加工作的年轻人,在酒桌上炫耀自己:"我在政府部门上班,各位有什么事,尽管找我。"

同桌的人都很反感,一个中年人说"我在亲子鉴定所工作,你如果需要我帮忙的话,尽管来找。"

年轻人说:"我还没有结婚呢。"

中年人微笑着说:"你父亲如果需要的话,也可以来找我!"

（小 艺）

  您把窗儿打开,我的祝福会随着风儿飘进来;您把窗帘拉开,我的祝福会随着阳光射进来;您把手机打开,我的祝福会随着铃声响起来。听到了吗?新年快乐! 1361***313822 (0301)

解 聘

一家大公司的董事长召集公司高层主管开会。

董事长一脸严肃地问总经理：“昨天，你是不是带着办公室的唐小姐去参加舞会了？”

“是的。”总经理满面通红地答道。

接着，人力资源总监、财务总监等部门主管都承认自己曾经与唐小姐有过约会。

董事长的脸色愈加阴沉，他铁青着脸问道：“难道在座的都和唐小姐约会过吗？”

“董事长，我从来没有和唐小姐约会过！”刚来不久的副总经理得意地说道。

“太好了！”董事长松了一口气，“你现在马上代表我们把她解聘掉！”

（杨东杰）

名列第三

不知为什么，丈夫又惹妻子生气了，妻子唠叨着：“在这个世界上，让我爱又让我恨的就是你！”

丈夫连忙笑道“不对吧，我不过名列第三。”

妻子被弄糊涂了：“名列第三？”

“是的，排在我前面的还有镜子和体重秤。”（小 艺）

美中不足

小童从来没吃过鱼。一天，他在姑姑家吃饭，姑姑特地做了鱼给他吃。小童边吃边说：“这鱼真好吃，要是不放刺就更好了！”

（丁 林）

本栏欢迎来稿，读者、作者可将有新鲜感、有精彩细节的笑话佳作投寄给我们。来稿一经采用，最高稿费为一则100元。本期责任编辑电子信箱：lujia411@yahoo.com.cn

·笑话·

我马上到

到市郊火车站要经过火葬场和天堂村。有两个友人相约赶火车，一个打电话给另一个："我已到天堂，你在哪里？"另一个说："我在火葬场。你等等我，我马上到！"（丁　林）

先别说

丈夫在剃胡须，夫人从外面回来，她兴奋地说"我刚去了一家高级皮货店，要不要听听我买了些什么？"

"先别，我手里拿着刮胡子刀呢，我现在不希望颤抖！"（丁　林）

再吃几年饭

小孙子想把装满水的水桶从井里提上来，可怎么也提不动。奶奶见到后，帮助孙子提上来了，她对孙子说："再吃几年饭，你就可以了。"

过了一会儿，奶奶将一根线向缝衣针的针孔中穿去，由于老花眼，她试了好多次都没有穿进去。孙子见到后，很快帮奶奶把线穿进了小针孔，他对奶奶说："再吃几年饭，你就可以了。"

（陈　彦）

长期准备

小区里住着一对夫妻，因感情不和，经常吵架，一吵就摔餐具。

一个邻居对他们说："请问你们总这个样，准备什么时候离婚呢？"

那对夫妻怒气冲冲地问这话是什么意思，邻居慢条斯理地说："我是想，要是再缓两三年的话，我打算在这里开一个餐具店。"（小　艺）

更有面子

张三是个盲人。一天，他来到一个烧饼摊前，对摊主说："喂，老板，来一张烤糊了的烧饼。"

摊主十分不解，问："你为什么非要糊的？"

张三说："我不说你也会趁机把糊的给我，我先说出来不是更有面子吗？"

（维燮辉）

 祝你：一帆风顺，二龙腾飞，三羊开泰，四季平安，五福临门，六六大顺，七星高照，八方来财，九九同心，十全十美，百事亨通，千事吉祥，万事如意！1371***3910（0302）

受欢迎的小孩

"六一"儿童节那天，幼儿园举行联欢会，小朋友们争相表演节目。有个叫吴旋旋的小朋友，上台表演弹钢琴。一曲完毕，下面看节目的爸爸妈妈们喊起来："再弹一首，再弹一首……"老师就微笑着问吴旋旋要不要再弹一首，没想到吴旋旋急得快要哭出来了："我又没有弹错，为什么还要我再弹一首？" （丁 林）

退 药

在药店里，一顾客不满地对经理说："上星期你们卖给我的生发膏我不要了，快把钱退给我！"

"为什么？"

"你说，它是与脱发作斗争的，可是不顶用。"

"我是说过，这种生发膏可用来与脱发作斗争，但并未说，它一定能取得胜利啊。"

（陈冰明）

如此肯定

珍妮对男朋友说："亲爱的，我们结婚后，会有三个孩子！"

男朋友好奇地问："你怎么这么有把握？"

珍妮说："那当然，这三个孩子现在都住在我妈家里呢……" （蓝献伟）

走 后 门

冬日，寒风呼啸。同学们从前门进进出出，坐在前门边上的学生被风吹得涕流不止，无奈就在门上大书："天冷风大，请走后门。谢谢合作。"

坐在后门的一位学生如法炮制，写道："反腐倡廉，严禁走后门。"

（宁云芳）

（为庆贺狗年的到来，我们专门从民间剪纸库中找来一些可爱的小狗，放在本期单页的右上角，与百万读者共享节日气氛。）

鉴宝

□ 于　强

前清年间，朝廷连年平叛剿乱，赈灾抚民，需要大笔银两，于是雍正皇帝便对自己的臣子下了手：凡是犯了事的官员，不论官衔大小，一律抄没家产，悉数充公。

这年，御史弹劾两江总督唐尧文贪赃枉法。此时京城不少大臣为唐尧文说情，说他为官数十年，并没出过大错，贪赃一事可大可小，主张对他从轻发落。雍正一时难以决断，便命亲信李卫去抄查唐家，等有了结果再做定夺。

不久，李卫回到京城，当朝呈上了登记着唐家所有家产的清单。雍正当众打开清单，越看越是心惊：没想到区区一个总督竟能搜刮这么多民脂民膏，自己身为一国之君，其中许多珍宝也是闻所未闻。看了几页清单，雍正突然停住，问道："清单上说查抄

了两千斤人参，难道这唐尧文私下还贩卖药材吗？"

李卫赶紧回答："这人参并非用来买卖，是唐尧文自己用的。"

雍正不信："唐尧文又没有病，两千斤人参要吃到猴年马月？"

李卫笑答："皇上有所不知，唐尧文最爱吃嫩菜心，但又不喜欢白菜的土味，因此每次厨子炒菜时都事先把人参烘干，再充当木柴烧火，这样人参燃烧时的药香便盖过了白菜的土味。每做一次白菜心，都要烧掉几十斤人参。这两千斤人参，还只是唐府一月的用度。"

雍正听罢点头叹息，又见清单上有一样珍宝叫摇钱树，不禁好奇地问："这摇钱树朕只听说过，还从未见过，不知究竟什么模样？"李卫赶紧命人把从唐家查抄来的摇钱树抬到雍正面前。

雍正一瞧，不禁暗自咋舌。只见这摇钱树的树干用赤金铸造，翡翠打造成的枝条上有无数个小金钩，钩上挂着大大小小明晃晃圆溜溜的金元宝、银树叶、玉如意、玛瑙钱……还有雕工精美的玉蝉、金雀翘立枝头，宝光烁烁，栩栩如生。

雍正问："不知这摇钱树有何用处？"

李卫轻笑一声，说："此事说来好笑。唐尧文娶了三十六房小妾，个个国色天香、姿色动人，到了晚上唐尧文不知该宿在哪一房内，便让人造了这株摇钱树，美其名曰：选芳枝。每晚，三十六房小妾轮流拿着一只金鞋，用力往摇钱树上丢，谁打下的宝贝多，唐老爷就陪哪个睡……"

雍正嘴上不说，心里却十分不悦，心想自己身为皇上才只十几个妃子，这唐尧文真是可恶。这时，他无意中翻到清单最后一页，见有三样珍宝没有命名，便问道："这三样珍宝为何无名？"

李卫惭愧地说："微臣无能，那三件宝贝稀奇古怪，不但我，其他抄家的大小官员也无人识得，因此无法命名。"

雍正忙让太监把那三件宝物呈上来。只见一件是一只镂金镶玉的尖嘴孔雀，一件是一把模样古怪的小锯刀，还有一件是个镏金玉石壶。雍正拿起三宝，左瞧右看，也弄不明白这三样东西有何用处。此时，上书房大臣张廷玉上前说："听闻礼部侍郎刘言春博览群书，通晓古今，无物不识，不如让他前来鉴宝。"雍正一听，立即下旨宣刘言春上殿。

刘言春仔细看了三宝后，对雍正说："启禀皇上，第一件尖嘴孔雀，是用来嗑瓜子的。先把瓜子放入孔雀尖嘴里，然后轻拍孔雀的后背，孔雀便会嗑开瓜子壳，将瓜子肉吐入盘内。第二件小锯刀，则是用来锯冰块的冰刀。每年冬至那天，到河中切下三尺见方的冰块，用棉被包裹后涂上蜂蜜和蜡油，藏到十几尺深的地下石洞中。等到盛夏酷热难耐之时，便可取出冰块，用冰刀切成碎冰，用来泡茶消夏。"

刘言春一边说，大臣们一边窃窃私语，纷纷感叹唐尧文平日生活之奢靡。雍正的脸色越来越难看，他强压住怒气，问："那第三件镏金玉壶又是何物呢？"刘言春叹了口气说："皇上恕罪，微臣学识浅薄，实在……认不出这是何物。"

雍正取过玉壶，细细打量。只见这壶用上等和田宝玉雕成，壶身上还镶嵌着猫眼石、夜明珠等各种珍宝。更奇特的是，只要往壶中倒入半盏清水，顷刻间，那水便会散发出缕缕香气，香味沁人心脾，久久不散。大臣们见此，不免纷纷猜测，这个说玉壶是盛酒的酒器，那个说玉壶是放香料用的，各执一词，争论不休。雍正见刘言春都认不出此宝，心

中闷闷不乐，一连几天挂怀此事，竟然连朝都上不了了，整天抱着玉壶苦思冥想。

这天，雍正正在欣赏玉壶，只见李卫疾步前来，说他已经找到了认得玉壶的人。雍正大喜，赶紧吩咐大臣们上朝。不一会儿，君臣齐聚，只见李卫带上来一个形容猥琐的细瘦汉子。雍正问："你是何人，怎会认得这镏金玉壶？"

细瘦汉子自称王小二，是唐家一个下人，这玉壶他每天都会见到，因此熟知用途。雍正忙道："快说，这玉壶到底是何宝物？"王小二不慌不忙从怀中掏出纸笔，写下两个字后恭呈御览。雍正迫不及待地打开纸一看，突然脸色大变，一拍御案，气呼呼地甩袖而去。

大臣们不解，捡起雍正丢下的纸片一瞧，见上面只有两个字：溺器。原来，王小二在唐府是看茅厕的，这镏金玉壶不过是唐尧文夜里内急时用的一个尿壶而已。

第二天圣旨下，唐尧文被判满门抄斩，原先为他说情的大臣们这回都闭上了嘴，什么也说不出来了。

（题图、插图：安玉民）

最具人气短信推荐 2月（上）

本刊特设短信专版，并在双页页脚刊登精彩短信，欢迎读者踊跃关注、参与我刊举办的短信征集活动！详情请见P29。

● 春节到，拜年早：一拜全家好，二拜困难少，三拜烦恼消，四拜不变老，五拜儿女孝，六拜幸福绕，七拜忧愁抛，八拜收入高，九拜平安罩，十拜乐逍遥！1360***9690（0345）

● 恭贺新春 送你一个饺子，平安皮儿包着如意馅，用真情煮熟，吃一口快乐，两口幸福，三口顺利！然后喝全家健康汤，回味是温馨，余香是祝福！ 广西 何雪梅（0346）

● 欢欢喜喜迎新年，万事如意平安年，扬眉吐气顺心年，梦想成真发财年，事业辉煌成功年，硕果累累丰收年，祝君岁岁有好年！ 福建 陈建添（0347）

新年到，请你动动脑！你能读懂下面这条短信吗？请用某种方言朗读，把它翻译成普通话，以短信形式发给我们，你将有机会获得一份新年礼物哦！（发送方式见P29）

鹅响泥，鹅响泥，鹅肥肠响泥，泥兹蹈布？鹅盐类斗划底六，泥兹蹈布？鹅斗馈逢塔，泥载鹅薪尚，鹅科响泥乐！济德根鹅尝练西，泥邀布励鹅，鹅久瓦瓦库。（0351）（下期公布正确答案。）

● 铃声歌声信息声，声声祝福；喜事乐事开心事，事事如愿；一岁十岁百岁，岁岁平安；少年中年老年，年年好运；前世今世来世，世世有缘！1358***8808（0348）

● 钟声是我的祈祷，炮声是我的祝福，歌声是我的问候，雪花是我的贺卡，美酒是我的飞吻，清风是我的拥抱，快乐是我的礼物！祝你新年健康、快乐、吉祥！ 江苏 黄春满（0349）

● 一杯水会感动路人，一滴水会感动小草，一片云会感动天空，一份爱会感动世界，新年即将到来，提前送上一声祝福会感动朋友！ 河南 姬连东（0350）

珍惜雨后清新的空气，
珍惜五彩缤纷的世界，
珍惜似秒表般飞逝的

（图：江慧娴）

情　谎

市第五医院住院部一间病房的门被轻轻推开了，走进来一位拎着个蓝色布兜的老头儿。他头发雪白，清瘦的脸上带着笑容。他走到一位半躺着的老妇人床前，那老妇人脸色发黄，满面倦容。看见老头儿，她的眼睛里闪出一丝光亮。

老头儿在床前的方凳上坐下，轻声问："今天上午怎么样?"老妇人有些吃力地动了动身子，回答："还行，打了一针。""这就好。"老头儿说着，从蓝布兜里掏出一个饭盒，打开，饭盒里一边是黏糊糊的小米粥，另一边是油汪汪的鸡蛋炒青椒。他把饭盒递给老妇人，站起来扶她坐直，又从上衣的左兜里掏出个不锈钢勺儿，在衣襟上蹭了一下，递给老妇人，轻声说"吃吧"。

老妇人望了望老头儿，有些心疼地说："以后你在家吃完了再给我送饭。你看，你这阵子也瘦了许多，脸色这么不好，你要多注意身体呀！"

老头儿一摆手："半辈子都是你给我做饭，退休了，我也给你做做饭。嘿，将来官司打到哪儿咱们也是两不

欠，再说，我的身体比你可强多了。"

老妇人舀起一勺粥，才送到嘴边，忽然又想起了什么："我说，英子怎么样了?"

老头儿的脸上立刻显出兴奋的表情："你不说我差点儿忘了。"他从兜里掏出一封信，递给老妇人，"这孩子有电话不打，尽写信，她好着呢!"

老妇人接过信展开，一个字一个字柔柔地念出来：

亲爱的妈妈爸爸：

非常想念你们。这段时间我忙得

 鸡去犬来百花香，一条信息送四方。东方送你摇钱树，南方送你永安康，西方送你好如意，北方送你钱满箱。东南西北中，幸福又健康！祝新年快乐！　1306***8870（0305）

不亦乐乎，刚从济南回来，又要去深圳。整天开会啊、研究合同啊，可就这样，我还是胖了，都不敢上秤了，真没办法。

　　妈妈爸爸，看来只有过一段时间才能回来看你们二老了。现在通讯工具很发达，可我却不愿'言而无信'，我觉得用文字更能表达我的情感和思想。

　　爸妈，你们要保重。
　　　　想念你们的女儿　英

　　老妇人看完，眼睛里充盈着泪花。她把信折好，放在枕头底下，体贴地说："别让她回来，更不能让孩子知道我得了这么重的病，她会伤心的，请假回来也耽误工作。"

　　老头儿叹了一声，说："孩子就像小鸟，长大了就要飞，咱们也不能把她拴在腰上啊！以后你感觉好点的时候，给她写封信，报个平安。"

　　老妇人流露出伤感的表情："也不知我这病能不能好哇，只怕是一天不如一天。"

　　老头儿倾过身子，伸手把已流到老妇人眼角的一滴泪抹掉"你呀，想到哪儿去啦，你不好，我怎么办？英子怎么办？我们可不许你有个三长两短；再说英子都二十好几了，以后结了婚，还要让你给看外孙呢！"老妇人笑了。

　　"吃吧，一会儿凉了。"老头儿把饭盒再次捧给老妇人，催促着。

　　老妇人吃完饭，老头儿站起来，一边收拾饭盒，一边轻声地叮嘱："你休息一会儿，晚上我再来看你。"他扶着老伴儿躺下，给她盖好被子，朝她笑笑，才轻手轻脚地离开了病房。

　　老头儿出了门，从病房门外的休息椅上拎起一个绿色的饭兜，匆匆地下楼，坐上了公共汽车。两三站后，他下了车，走进了车站边的市第八医院。上了三楼，他在一个病房门口站住，把刚才那个给老伴儿装饭的蓝兜子放在门前的椅子上，定定神，脸上露出微笑。然后他轻轻地推开门，先向房里其他病人友善地点点头，接着走到一位二十多岁的姑娘的床前。这姑娘面色憔悴，头发有些蓬松。老头儿把绿饭兜放在床头柜上，一边打开一边说："这些天，路上总是塞车，饿了吧？"他边说边往外掏饭盒。饭盒也是饭菜分装式的，一半是大米绿豆粥，一半是冒着热气的黄瓜炒肉片，还有一个咸鸭蛋。

　　姑娘挣扎着想坐起来，老头儿忙伸手小心地扶起她，把她身后的枕头挪了挪，让她半躺着。然后，老头儿从上衣的右兜里掏出一把花瓷勺，在衣襟上蹭了一下，递过去。姑娘看着饭菜，脸上露出为难的表情，说："我不想吃。"

　　老头儿的目光里立刻流露出责备的神情："人是铁，饭是钢，不吃怎么

能行？这都是你小时候最愿意吃的，有了病，一是吃药，二就是吃饭。"

姑娘顺从地接过勺子，一边慢慢地吃，一边问："我妈挺好吧？"

"好，好。上午我把你写的信给了她，她看了说：'这孩子又胖了，以后看谁要她。'你妈呀，也忙得很呢，天天早上都出去扭秧歌，那身体棒得连我都赶不上啦。对了，她说过两天给你写信。"

姑娘脸上显出一丝苦笑"爸，你多陪陪我妈，她身体不好，千万别让她知道我得了这么重的病，她会伤心

的。等过几天我再给她写信。"她又看了看父亲，"爸，你也瘦了，你要注意身体呀！"说着，一颗泪珠从姑娘的眼眶里流了出来。

老头儿伸手给她轻轻擦去泪水，边撩起垂在女儿那失去血色的额头上的一缕黑发，"你别想那么多，一心一意地看病，人没有过不去的坎。等吃完饭你睡一会儿，晚上我可能晚来会儿，你王大爷找我有点事。"

从女儿的病房出来，老头儿拎上两个饭兜，像来时那样匆匆地下了楼，又上了公共汽车。过了三站，他下了车。这里离他家很近，但他没有往家的方向走去，而是走进了相反方向的市第十医院。扶着楼梯上了二楼，他轻轻地推开一间病房的门，走进去，像瘫了似的躺在一张病床上。不一会儿，医生走进来，给他挂上了吊瓶……

（推荐者：陈　亮）

（题图、插图：安玉民）

"感动中学生的故事"是本刊新推出的栏目，希望中学生及广大读者能喜欢。本刊热忱欢迎作者惠赐原创佳作（也可推荐），要求：1）题材不限，故事中的人物不限于中学生；2）情感色彩浓郁，故事情节生动；3）篇幅在两千字左右。来稿可从邮局寄发，也可发电子邮件，请在信封或电子邮件的主题栏内注明"感动中学生的故事"字样。本期责任编辑 E-mail 地址：lujia411@yahoo.com.cn。

寂寞是梦，梦不会永远不醒；忧愁是风，风不会一处久停；朋友是你，你永远在我心中；朋友是我，我会祝福你一生。在祝你新年快乐之际，也愿我们友谊长存！　北京　陈思（0306）

如此享受 （文：刘 涛；图：包丰一）

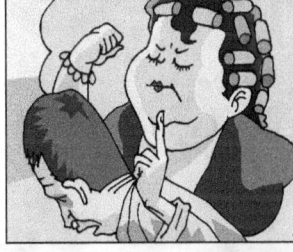

1. 赵四有个野蛮的老婆，一不高兴就动手打人，赵四经常被打得鼻青眼肿。

2. 居委会张主任劝赵四老婆："作为公民，赵四应该充分享受人权。"赵四的老婆说："我明白了！"

3. 没想到第二天，赵四又被她打了。张主任见状问赵四："你老婆不是说明白了，人权'的道理吗？"

4. 赵四哭诉道："是呀，她说要我享受充分的'人拳'，于是她就给了我一顿结实的'人拳'！"

·本刊信息传真·

2006年《中国最有影响力的故事》征文启事

五大奖励措施　稿酬外追加千字千元奖金

为鼓励多出优秀作品，《故事会》杂志社决定继续举办2006年《中国最有影响力的故事》征文大赛，并对优秀作品实行5大奖励措施：

1．入选作品除在杂志上发表外，还将收入《〈故事会〉中国最有影响力的典藏故事》（2006年版）一书。2．入选作品可得两笔稿酬：在《故事会》杂志发表的作品，首发稿酬每千字400元，选入书后再追加每千字1000元。3．入选作品均颁发奖励证书。4．本刊将委托有关专家对入选作品进行精彩点评。5．本刊将邀请有关作者参加5月在上海举办的第十一期"故事创作研讨班"、10月在外地风景区举办的优秀作品改稿会以及年底的颁奖大会，所有费用均由我社承担。

征稿范围：具有现实感、新鲜感且可读性强的中短篇原创作品。超短篇（如幽默故事）的字数一般在1500字以内，短篇（如中国新传说）的字数一般在5000字以内，中篇故事的字数一般在15000字以内。第一次截稿日期：2006年3月31日。

来稿方法：1．从邮局寄发，请在信封上注明"征文大赛"字样，本刊地址：上海市绍兴路74号《故事会》杂志社，邮编：200020。2．从网上传递，可发以下信箱：wulun@vip.sohu.net，请在主题上注明"征文大赛"字样。来稿也可直接发至各责任编辑的电子信箱，本期责任编辑的信箱是：lujia411@yahoo.com.cn。

警匪故事

　　本书汇集五则中篇故事精品，描写公安人员深入虎穴，与潜伏的敌特土匪斗志斗勇，最后使之落入天罗地网。故事情节曲折复杂，悬念性特别强，敌我之间关系扑朔迷离，错综复杂，人物命运特别牵动人心。

红色间谍故事

　　7则中篇故事，描写一群置生死于度外，出生入死在敌巢魔窟中，机智勇敢地与敌特匪首周旋，进行地下斗争的革命者。故事情节曲折，人物形象鲜明，具有震撼人心的艺术魅力。

捣蛋鬼故事

　　本书收入的"捣蛋鬼"，是一批头上长角的油子、懦夫、贪者、莽夫、偷儿、怪徒，他们大多性格怪异，但在激变的环境中却展现出了人们意想不到的美丽人生。书中也描写了另一类罪错者，故事往往以轻喜剧的风格来处理人物之间的矛盾冲突，让你饱览社会生活的丰富多采。

怕老婆故事

　　怕老婆现象古今中外均不同程度存在，汇集出书这是第一本。作者均取材于实际生活，有古代代表性作品，更多的是描写当代人的这类夫妻关系。他们怕老婆的行为，离奇古怪；怕老婆的动机，五花八门。

说大事、小事,普通人的身边事
讲闲话、实话,老百姓的心里话

"情人节"里的
中国故事

如今流行"情人节",2月14日,那是一个令无数有情男女心动、心甜、心醉的美好日子,到处都是红玫瑰,一束束,一捧捧,一片片,那血一般的红,正是男女恋人爱情心路上朝夕相伴、风雨同舟的见证。

其实,中国的青年男女素来有自己表达情感的方式:农历七月初七晚上,银河里群星点点,半个月亮的余辉洒向银河,这便成了人们想象的"鹊桥","七七"牛郎织女鹊桥相会,千百年来不知有多少男男女女在这样的良辰美景里过了自己的"情人节"。只是中国人不喜欢张扬,爱讲究个"含蓄",花前月下,悄声细语,送一个信物,还不好意思当面给呢,还得叫"红娘"暗中传递;外国人可不一样,他们谈恋爱,无所顾忌,喜欢轰轰烈烈,喜欢让满街人都知道,唯恐别人不知道,还要当街接吻呢。改革开放,中国人开始了前所未有的向外学习的新时代,瞧,这一学呀,把外国人的"情人节"也学过来了,来了个"洋为中用",好,这一下我们中国人既有了"七七"鹊桥相会的情人节,又有了烛光加红玫瑰的情人节。总之,男女在一起,恋爱总是要谈的,中国这样,外国也是这样,要谈得有滋有味、有声有色、有情有趣、有模有样,生活,本来就应该是五彩缤纷、千姿百态的嘛!

今天,咱们就来讲几个在2月14日这个"情人节"里的中国故事……

第一个故事
送不出去的红玫瑰

从 2月14日的上午起,北京各处街头就出现了卖玫瑰花的流动摊贩,随着时间一点点地过去,卖花的越来越多,在这些卖花人中,有一个四十岁左右的男人,他穿着邋遢而且是个盲人,一双白眼珠,一身脏衣服,还挺吓人的。他坐在地铁站的出

站口，举着一束红玫瑰，反复唱着一首歌"春天来临了，到处开满了鲜花，可是我却看不见它。亲爱的姑娘啊，请接受我一束红玫瑰，让它伴你走遍海角天涯……"说实在的，他的嗓子还真不错，歌声也挺动人的，但是，这么一个脏兮兮的瞎子在地铁站口这么坐着，还真破坏了情人节的浪漫气氛，你想啊，哪一对恋人愿意在一个喜庆的日子里买一个瞎子的花呢？

下午，飘起了雪花，那个盲人的身上很快积了厚厚的一层雪，有人劝他到地铁站里去卖，他却直摇头。天渐渐暗了，路灯亮起来了，可这个盲人还在执著地卖着他的花。

这一切，引起了一个三十多岁的女人的注意，她已经在这里停留好长时间了，这时，她走到盲人的面前，打量着他。盲人的眼睛看不到东西，但是听觉特别灵敏，他把花举到那女人的眼前，说："请买一束红玫瑰吧！"

"多少钱一束？"

"10块钱，足足有20支呢。"

那女人觉得奇怪了：一个月只有一个14日，一年只有一个情人节，卖花的人都抓住这个时机哄抬花价，有的人已经卖到一束红玫瑰50块钱了，他为什么卖得这么便宜？那女人问他，盲人吞吞吐吐了好半天，才长长地叹了口气，说："我其实不是为了卖花，而是为了等人。"

"等人，等谁？"

"等我心爱的姑娘。"

路过的人听了，感到好奇，于是纷纷停下脚步。

那女人试探地问："能说给我听听吗？"

盲人犹豫了一会儿，终于点点头，说了起来：十年前，他打工来到北京城；五年前，他认识了心爱的姑娘曲雪燕，后来就同居了。谁知天有不测风云，他的眼睛越来越不好，去医院一检查，是视网膜脱落，雪燕十分着急，陪他去医院治疗，医生说，要治好这病得花五万块钱，他一听就急了，说不治了，爱怎么就怎么吧，但是雪燕不干，她说："钱花光了可以再挣，可是眼睛失去了就再也找不回来了。"于是，她揣上他全部的积蓄去医院交押金，但是，从那天起，她就再也没有回来……

听他讲完了这些往事，有人说："看来，你那个什么雪燕是个骗子，她拐了你的钱就远走高飞了。"

盲人一听就急了："不，不，半个月后雪燕给我打过电话，说她遇到大麻烦了，要我耐心地等她回来，她会在情人节那天来找我的，她要我在这里的地铁口等她，然后带我去治病，再正式结婚。"

这时，刚才要买花的那个女人开了口："所以，后来你因为没有钱而失去了治疗的机会，眼睛瞎了；所以，这几年来，每到情人节这一天，你就在这个地铁口卖花等她，盼望着她能重新出现在你的面前。"

盲人脸上露出了笑意"是的，我们当初就是在这里认识的。"

那女人说："你是不是叫成立新？"

盲人点点头，满脸疑惑"那——你是谁呀？"

那女人没有回答，只是说"我问你——如果曲雪燕是个骗子，你现在还会爱她吗？"

盲人想了好半天，才一字一顿地说"我也不恨她，她一定是遇到了什么迈不过去的坎，再说，我是真心爱她的……"

那女人的眼圈有点红了，湿了，忍不住要掉眼泪，她的眼前现出了曲雪燕苍白的面容。曲雪燕因为犯诈骗罪已经被判处十年徒刑，在刑讯笔录上，她坦白地说，她曾被男人伤害过，于是她就用诈骗的手段报复男人，报复社会，至今，她都不相信这世界上会有真爱，也不认罪。昨天，在监狱组织的交心活动中，曲雪燕像说笑话一样地说了自己五年前的故事，她说如果那个叫成立

新的男人真的爱她，真的能原谅她，她就相信这世界上还有真情，她就会真心接受改造，出来后和他结婚，好好伺候他一辈子。于是，女子监狱的管教，也就是现在来买花的这个女人，为了挽救一个堕落的灵魂，就似信非信地跑到地铁口来寻找成立新，没想到的是，她不仅找到了成立新，还看到了成立新对曲雪燕始终不渝的爱！

女管教久久地沉默着，突然，她掏出手机，拨通了电话，说："叫曲雪燕接电话！"

一会儿，电话那头传来一个女人的声音，女管教把手机递给了成立

新，成立新激动啊，他颤抖着手捏住手机，高声喊道："雪燕，你好吗？我是立新，今天是情人节啊，我已经在这里等你五年了啊！我的眼睛失明了，你、你还能和我好吗？"

电话那头开始是沉默，后来就传来痛哭的声音，电话那头的曲雪燕断断续续地说："我不应该骗你，你是好人，忘了我吧，我不配你！那钱，等我出来后挣了还你，一定还你，一定的！"

成立新高声叫着："雪燕，我不怪你，你改了就是好人。今天是情人节，你等着，我让人给你带玫瑰花去！"说着，成立新扭身往身旁的花堆去拿花，也许是过于激动，也许是雪地太滑，他脚下一哆嗦，"砰"地摔倒在地上，而脑袋则重重地撞在大理石的台阶上……

血染红了雪，心感动了心，电话那头曲雪燕嘶哑着嗓门喊着："立新，立新，你怎么啦？"

女管教永远忘不了这一天：2005年2月14日；地点：北京南礼士路地铁口……

第二个故事
乘龙快婿跑得快

大刚谈了一个女朋友名叫张娟，各方面都觉得挺满意，就差最后一关

大刚去拜见张娟的父母了。于是，事先约好了情人节那天上门，到了那天，大刚打扮得挺精神的，临行前他心里琢磨着：初次见面，一定要让张娟父母留个好印象。

张娟家在郊区农村，还好，这两年公交线路发达，转了四趟公交车，总算到了张娟说的地方，于是大刚掏出手机给张娟打电话，说到地方了，让她出来接他。

一会儿，张娟打开门，身后还跟着她的父母。大刚忙拎着礼物大步走过去，满脸堆笑地打招呼："哎哟，伯父伯母，怎么你们也出来了，不敢当，不敢当呀！"张娟爸抬头一瞅大刚，正好看见大刚身后有一辆"奔驰"轿车缓缓驶过，还以为大刚是刚从轿车上下来的呢，便笑呵呵地说道："我正担心我家住得偏僻，你过来不方便呢，敢情你坐'大奔'来的啊！"

"那个……"大刚一愣，随即明白张娟爸搞错了，但大刚这人爱面子，虚荣心强，平时没影的事儿还爱吹牛呢，何况这次别人主动朝自己脸上贴金，并且这人还是未来的老丈人，于是连忙顺水推舟，说："是呀，坐车方便些，待会儿我走时，手机打过去，'大奔'就来接我啦！"

几个人走进屋里，大刚暗想，自己是公司的一名普通员工，这坐"奔驰"好像有点说不过去，于是又自圆其说地开了口："本来我这级别哪能

  送你清晨第一枝玫瑰，愿它给你一份馨香；送你清晨第一颗露珠，愿它给你一点清新；送你清晨第一个微笑，愿它给你开心的每一天！ 1364***3333（0308）

坐得上公司的轿车，不过，伯父是见过世面的，应该知道如今闯社会也不全靠职位，还要看关系混得怎么样，对不对？我呀，跟我们总经理关系最好了，简直就像亲兄弟一样！"

大刚在张娟家坐了一会儿，快到吃饭时间了，他隐隐约约听到张娟的爸妈好像在厨房里争吵什么，走过去一听，原来，张娟爸埋怨张娟妈早上买菜时没买鸡，张娟妈责怪张娟爸去城里买报纸时没把鸡买回来。大刚脑袋灵活，忙上去打圆场："随便吃点就行了！"张娟妈说："本来打算炖鸡汤呢，结果，竟没有鸡！大刚你不知道，我们家炖鸡有祖传的配方呢，不让你尝尝，俺老两口今晚这觉都睡不舒坦。"大刚暗自高兴，觉得张娟的爸妈对自己印象不差，不然不会这么热情地要给自己炖鸡汤喝。虽然现在鸡汤还没喝到口，大刚已经觉得心里美滋滋的了。

这时，张娟爸开了口："对了，大刚，你不是坐奔驰车来的吗？这样吧，你开车去买只鸡吧，我告诉你地方，你有车，来回估计也就是半个多小时，不耽误咱们喝鸡

汤！"

"哦，这、这倒也不错呀！"大刚心里暗暗叫苦，却硬撑着不说出实情，他站起身，慢吞吞地朝外走着，一边掏出手机，回头装模作样地对张娟爸说："我这就叫司机把车开来……"

大刚出了张娟家，可就傻了：买只鸡花不了几个钱，可卖鸡的地方离这里有一段距离，要是有出租车可以坐，就算多花点钱也认了，但这里根本没出租车，这该怎么好呢？大刚如今骑虎难下，他漫无目的地朝前走着，一边苦苦思索着办法。

大刚走不多远，突然一眼看到路边的沟里好像有一只鸡在扑腾，真是

踏破铁鞋无觅处，得来全不费工夫啊！大刚四处一瞅，见没一个人影，就把两条裤腿一挽，跑过去跳进了沟里。这沟里没水，里面扔的都是丢弃的垃圾，而在沟里扑腾的确确实实是一只老母鸡，大刚朝前一扑，一把将老母鸡摁在手里。

大刚抓着鸡正要跑，忽然听到身后有人大声叫道："你……你……站住……"坏了，被鸡主人发现了！大刚来不及回头，拎着鸡就跑，一边跑，一边还听见后面有人在追着喊："鸡……鸡……我的……"原来这人说话结巴，没等他把一句话"喊"明白，大刚早跑得不见影了！

大刚回了家，张娟爸见这么快就把鸡买来了，高兴坏了："这有车就是方便呀！"他接过老母鸡，一手拿刀，在院子里杀起鸡来。张娟在一旁打趣道："明白什么叫'乘龙快婿'了吧？快婿呀，就是说做什么事都快！"张娟起初还担心爸妈对大刚不满意，现在见二老开心，总算放下了心来。

张娟家的鸡汤很快炖好了，几个人正要开始享用，忽然响起了敲门声，张娟爸放下勺子，起身去开门。

门一开，门外就传来了说话声："我……我想说、说点事……"大刚一听这熟悉的结巴声，不由心里"格登"了一下：这家伙竟找到这里来了！如果自己偷鸡的事在张娟家抖出来，真

是丢人哪！他不由得脸上发烫，于是就说要上卫生间，卫生间里有窗户，可以听到外面的说话声。

那人因为说话结巴，再加上着急，好一阵子才说清楚自己的意思：原来，他家里的一只老母鸡误吃了老鼠药，在院子里乱扑腾，眼看活不了啦，他就把鸡扔进了外面的沟里。后来，他看到有人拎走了老母鸡，担心那人拿回去后吃这只有毒的鸡，于是就追，可追又追不上。他胆小，害怕因为自己的鸡闹出事情来，就在村里一家一户地问，问到张娟家，已经是问过好几十家了。

原来如此！大刚一听，吓得冷汗都出来了……

那人说话的时候，张娟和她妈也从客厅出来了，张娟妈乐呵呵地对那人说："说来巧了，我们今天确实吃鸡了，不过我们吃的鸡，是我的女婿开着奔驰，从城里买回来的！"

这时，那人看到了垃圾桶里的鸡毛，疑惑地说："我看、看这鸡毛像我家的鸡呀……""嗯？"张娟爸一怔，几个人隐隐觉得有什么地方不对劲。

张娟涨红了脸，喊道："大刚，大刚！"可不管她怎么喊，就是听不见大刚的声音，到卫生间和几个房间去找，也不见人影。一家人顿时明白了是怎么回事，都十分尴尬，张娟妈自我解嘲地说道："我这'快婿'不但买鸡快，跑起来也快呀！"

第三个故事

今年一定要娶到你

郑荣和妻子没有感情，不咸不淡、磕磕碰碰地生活了两年，后来两人不吵不闹地办了离婚手续。离婚后郑荣又找了个新恋人叫毛绮，他们已经相爱一年多了。情人节到了，郑荣随同毛绮坐了三个小时的公交车，去毛绮家看望未来的丈人丈母娘。说实话，两人的结合遭到了女方家长的激烈反对，尤其毛绮的母亲，听说女儿和刚离婚的男人搅和在一块，肺都气炸了。郑荣这次专程前去，就是想来点感情投资，解开未来丈母娘这边的疙瘩。

来之前，郑荣已有心理准备：未来丈母娘多半不会给好脸色，所以他想好了一箩筐讨好老人家的话，可到了那里，根本没人理睬他，郑荣准备好的话一个字也说不出口，要没有毛绮在一旁不时搭讪几句，郑荣真恨不得钻到桌底下打个洞一溜了之，当时那感觉呀，真的是尴尬！

吃过饭后，除了俩小孩，大伙儿都留在客厅，毛绮娘家人

好像约好了似的，并排坐在郑荣和毛绮对面的沙发上，就像三堂会审一样。

毛绮妈清了清嗓子，突然开腔了："我说你呀——有什么打算？"

郑荣一听，立刻紧张起来，他毕恭毕敬地答道："我、我是这么想的——我这一辈子一定不会亏待了阿绮，选个好日子结婚，您老看呢？"

"光口头说不行！我们阿绮这么好的一个女孩，要是你花言巧语骗了她怎么办？你拿什么保证啊？"毛绮妈这么一说，七大姑八大姨立刻随声附和，毛绮的妹妹更是狮子大开口，说起码要先拿出10万元做聘礼，一个子不能少，还说是交了钱才显得诚心诚意，他们敢情早商量好了，就等给

郑荣下套呢!

郑荣乍一听，怔了一怔，他扭头瞧着毛绮，希望她能替自己说句话。虽然10万元他拿得出来，可毕竟不是个小数目，如果今年结婚，到时还要有一笔不小的花费呢!

毛绮却没有帮他的意思，自顾自地起身去了洗手间，郑荣有点火了，他怀疑毛绮是不是早跟家里人谋划好了，请君入瓮呢! 得，既然你们只信几个臭钱，咬咬牙给钱就是! 他从钱包里取出银行卡，一边说密码，一边随手递给了毛绮妈，这张卡上恰好有10万元存款。

毛绮妈收了钱后，一家人的态度来了个一百八十度的大转弯，脸上都有笑容了，可郑荣却高兴不起来，他事后一想，要10万元聘金这么大的事，毛绮妈事先肯定跟女儿放过风，毛绮却瞒着自己不说，关键时刻还一走了之，明摆着是合伙算计人，简直不像话! 这么一想，郑荣总有点不乐意，在回家的路上，他就刻意冷淡毛绮，一副爱理不理的样子，毛绮却根本不在意，一路上照旧嘻嘻哈哈的。

在车上颠簸了几小时，终于回到家了，刚到小区门口，有个卖花的小姑娘捧着一束花跑了过来，用甜甜的声音对郑荣说:"先生，买束红玫瑰吧，今天可是情人节哦!"情人节里买束红玫瑰，那是一种气氛，虽然郑荣此刻心里有点不舒坦，但他还是买了，并且把花递给了毛绮，冲着她微微笑了笑。

回到家里，郑荣放下行李箱，想去洗个澡，冷不防听见毛绮一声大叫:"你快来看呀!"郑荣不知道发生了什么事，跑过去一看，只见毛绮正对着刚买来的那束红玫瑰发呆，再一看，那束花里竟然夹着一张银行卡，郑荣正在发愣，毛绮从背后一把紧紧抱住了他，把头靠在他的肩上，一副甜甜蜜蜜的样子，说:"亲爱的，对不起，我和你开个玩笑，其实花里的这张卡就是你给我妈的那张，现在还给……不过，我妈也是为我着想，请你别怪她好吗? 我晓得她肯定会把这卡给我的，所以当时就没帮你说话，我是想让她老人家有个安慰啊! 虽然钱算不得什么，可你能为我一下子拿出10万元，我还是好感动……"

郑荣心头一热，立即回转身将毛绮紧紧拥在怀里，在她额头上轻轻吻了一下，他心里暗暗发誓: 多体贴的一个女孩啊，今年一定要娶到你!

"送不出去的红玫瑰"作者: 范大宇;"乘龙快婿跑得快"作者: 芦宏伟;
"今年一定要娶到你"作者: 林贤安。

下期话题: 四个怪老头的故事　　　　　　　　(题图、插图: 刘斌昆)

死亡游戏

□李　磊

耿诚下岗后心情烦透了，这天他又和老婆吵了一架，一气之下就甩手出了门。

出门后，他漫无目的地在街上逛着，不觉来到一条叫紫云阁的小巷子。突然，耿诚看见走在自己前面的一个男人摇晃了几下，接着一下栽倒在地。他急忙过去，只见那是一个穿着考究的中年男子，此时正仰天躺倒在地上，大张着嘴，身边还放着个精致的密码箱。耿诚探了探那人的鼻息，惊讶地发现他竟已停止了呼吸。耿诚活了半辈子还从没有碰到过这样的事，他心跳如打鼓，鼻尖也冒汗了。

正在耿诚束手无策的时候，那个密码箱跳入了他的视线，奇怪的是箱盖竟是半开着的。耿诚顺手一掀开盖子，顿时，一道耀眼的光芒照花了他的眼睛，箱子里竟然装满了珠宝首饰！这得值多少钱啊，自己干一辈子也赚不到啊！耿诚的心跳得更厉害了，手也不停地颤抖着，似乎拿着的是一包已经点着引线的炸药。不知怎地，他突然将箱子往怀里一塞，放开步子就往巷子外走。

刚走了几步，耿诚就听到背后传来追赶的脚步声，隐隐地还有人在喊"等等……等一下……"他不敢回头，加快了脚步，一溜烟地跑出了巷子。

回到家已经是下午五点多钟了，耿诚知道这当儿老婆肯定买菜去了，他关好门，急不可待地将密码箱里的东西全倒了出来。钻戒、玉镯、宝石

项链……耿诚一边用颤抖的手翻动着珠宝，一边想：我这不是偷也不是抢，是老天看我可怜送给我的。这样一想，耿诚又有些坦然了。

他继续在桌上搜寻，突然看到一张名片掉落在桌角。耿诚捡起来一看，只见上面写着：钱柏万，虹鑫珠宝公司总经理。原来是珠宝店的老总，怪不得随身带着这么多值钱的玩意呢。正想着，名片边另一张小卡片引起了耿诚的注意，只见那卡片上赫然写着："我没有死，我患有特殊症状的强直性昏厥症。这种病一旦发作，其症状往往使人误认为我已经死亡。如果您发现我的躯体，敬请速告张仲德大夫。事后我当重谢！切记切记！"

卡片上还显眼地印着张大夫的联系地址和电话。耿诚看完惊得半天没回过神来，他没想到那人竟还没有死，或者说不及时抢救的话，他必死无疑。想到这里，他不由害怕起来：我不送他去医院，不是成了杀人犯吗？想到事情的严重性，他拔腿就朝外面跑。

耿诚乘的士匆忙赶往陌生人晕倒的地方。他不想让司机看见他要去哪里，所以在附近的一个十字路口提前下了车。下车后，他像遛大街似的不紧不慢地走着，在街角处才猛地拐了弯。

进了小巷，耿诚一看：巷里空无一人，原本钱柏万摔倒的地方现在却停着一辆警车！

耿诚这辈子很少跟警察打交道，但现在不得不向他们了解情况。

"同志，这儿发生了什么事？"耿诚结结巴巴地问。

"刚才有个人在这儿晕倒了，现在生死不明。"警察说，"我们已经先把他送走了，你可以为此事提供一些线索吗？"

"不不，我什么都不知道，只是听到警笛声过来看看而已……"耿诚说着连连摆手。

耿诚脸上竭力装出一副事不关己的样子，但两腿却不禁瑟瑟发抖，步履蹒跚。"我是杀人犯！"他的脑海中不时闪过这个可怕的念头。

正当耿诚想离开这个是非之地时，后面又传来一声："请稍等！"耿诚回头一看，正是刚才那个警察。他走到耿诚身边，和蔼地说："刚才你对那个晕倒的人好像很关心，你是不是有什么情况要反映？你说出来，也许我还能帮上忙。"

"我，我……"耿诚犹豫了片刻，终于鼓起勇气说，"我想告诉你们，其实，刚才你们弄走的那个人……他、他还活着。你们可能以为他死了，实际上他只是昏厥过去了……"

"你开什么玩笑？"听了耿诚的话，警察很吃惊，一副难以置信的表情。

耿诚不安地搔搔脖子："哪里，我说的是实话。这人是犯病了，他常犯病，你们可千万别把他火化了，他绝对不能火化的……"

警察沉默了一阵，似乎在考虑着什么。过了一会儿，他终于说道："你能跟我走一趟、把你所知道的情况详细讲讲吗？"

怎么办？别无选择，只有到公安局去当面说清楚了。耿诚相信自己能将事情的来龙去脉说清楚，如果行事巧妙，也许还能隐瞒密码箱的事。最重要的是，要赶在火化钱柏万之前……

公安局里，一个被称做"刘队长"的高个男人接待了耿诚。耿诚一边说，刘队长一边在一个本子上"刷刷"地记录着。

"在紫云阁，对吗？中年男人，个子不高，五十来岁？"

"没错，就是他！"

"你认为他还没死？"

"我知道他肯定没死！"

"这恐怕是不可能的。"刘队长合上笔记，"我们发现这人的时候，他就是死了的样子，没有脉搏，呼吸也停止了。刚才医生检查后确认他已经死亡，死因是心脏病发作。他的尸体现在停放在停尸间，正等着火化——所以你的担心没有任何根据，还是回去好好休息吧……"

什么？在停尸间，正等着火化？这下耿诚急了："我说的可是真的，我见过这人的病情卡，就在他的密码箱里……"

"密码箱？我们可没有发现他有什么密码箱……""刘队长怀疑地看着耿诚，"到底怎么回事？"

糟糕，这时耿诚才发现自己说漏嘴了，事情到这份上了，只有如实交代了。

"密码箱，是我拿了。"耿诚垂头丧气地说，"当时我以为这人死了，东西对他也就没用了。现在我只有一个请求：赶快找一位有经验的医生来！"

刘队长若有所思地看看耿诚，然后拿起电话："小李吗？刚才送来的那具尸体还在我们这里吗？还在这儿？太好了！"他放下电话，对耿诚说："请你跟我走一趟吧。"

耿诚随刘队长经接待室出门，向外走去。不一会儿，他们来到一条阴暗的走廊，刘队长打开一扇毛玻璃门，带耿诚走进一间地下室。

"请到这儿来。"

刘队长拉开一个冰柜，扯下蒙住尸体的床单。

"你认识这个人吗？"刘队长问。

耿诚咽了一口唾沫，壮着胆子看了一眼，就这一眼，耿诚糊涂了："不对不对，不是他，他不是钱柏万！"冰柜里的这个男人面庞庞瘦削，鼻子边还有一块青色的胎记，他不是耿诚看到的那个中年人！

"钱柏万？他当然不是，他叫苟三，我们是老相识了。"刘队长惊讶地望着耿诚。

"老相识？"

"是的，苟三是个惯偷，不知被我们抓过多少次。这次他在紫云阁附近作案，逃跑时心脏病突发，这完全是他咎由自取。"刘队长严肃地说。

耿诚全身开始发抖，喃喃地说："这不可能，不可能……"如果躺在这里的人是苟三，那钱柏万呢？他现在在哪里？是死是活？耿诚一下蔫了。

回到局里，面对着墙上威严的大字"坦白从宽，抗拒从严"，耿诚战战兢兢地讲述了事情的详细经过。

刘队长听完，眉头一皱"这事情有一点复杂了。"看来只有找到那个叫钱柏万的人，才能揭开谜底。在刘队长的布置下，大家兵分几路行动起来。

刑警们先根据卡片上的地址查找钱柏万所在的珠宝公司，很快发现那是个假地址。刘队长又拨通了张仲德医生的电话，对方却告诉他，张医生不在，他正在西双版纳度假。刘队长问对方是否知道一个叫钱柏万的病人，他得到的答复却是没听说过这个人。

这时，刘队长的助手已经陪同耿诚一起把密码箱带回了公安局。经过鉴定，箱子里的珠宝都是假货，并不值钱。耿诚很气愤，他没想到自己居然被人骗了。这也难怪，当时耿诚一下子见到这么多珠宝，喜出望外，哪里还会仔细辨别它的真假啊！

正当案件陷入僵局时，一名刑警进来报告说，有个电视台的导演在门口请求说明情况。电视台？耿诚更迷惑了，刘队长想了想，挥手示意快请他进来。

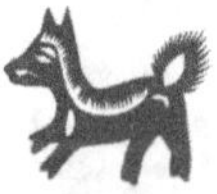

导演进门后自我介绍他姓郑，他要求先放一段录像，然后再对这件案子作出他的解释。说着，与他同行的摄像师从摄像机里取出带子，借公安局的设备播放起来。

大家不看不打紧，看了以后都惊呆了：屏幕上竟清晰地出现了耿诚在紫云阁拿走那中年男人的密码箱的一幕。录像放完后，导演这才略带歉意地解释说，其实这是电视台为了提高收视率新开设的一档节目，主题就是测试一个普通人在面对一大笔财富时，会做出怎样的反应。

为了增强节目的真实性，摄像师在被测试对象未知情的状态下进行偷拍。所谓钱柏万其实是由演员假扮的，而珠宝当然也只是不值钱的假货。按拍摄计划，当耿诚拿了密码箱时，导演就该从藏身处出来向他说明真相，可他们没想到耿诚跑得比兔子还快，电视台的工作人员硬是没追上。正当导演不知是否该继续拍摄时，又发生了惯偷苟三发病、耿诚返回等新情况，导演当即决定，将计就计，把一切过程都拍下来。

真相大白，耿诚懊恼地低下头，郑导演拍着他的肩膀说："老耿，你的行为给我们上了一课。如果你同意的话，我们想把发生在你身上的一切拍成纪录片，片名我都想好了，就叫《死亡游戏》，怎么样？"

"这点子不错。"刘队长在一边接话了，"不过郑导演，你们用这种方式制作节目是不是也有扰乱治安之嫌啊？关于这个问题，我想请你先留下，我们再仔细谈谈……"

"啊？"郑导演闻言晕了……

（题图、插图：魏忠善）

·本刊信息传真·

发最好的短信给《故事会》 看最好的短信到《故事会》

2006年《故事会》"短信王中王"有奖大征集

参加方式：将短信（原创、推荐均可）发送到9119004（移动）、9757221521（联通），02838666（广东移动），并按提示完成相应步骤，即可参赛。每条参赛短信收费0.50元。

下载和评奖：移动用户发送 XF+4位短信编号（如0308）到91192，联通用户发送XF+4位短信编号到9757221521，广东移动用户发送GU+4位短信编号到02838666000，即可获得此条短信。每月下载数前10名的短信成为"本月短信王"，作者奖金100元；每月下载数最高的1条短信荣获"短信王中王"称号，作者奖金3000元！所有入选短信作者（或推荐者）获得短信公司赠送价值10元的彩铃服务。下载资费：0.50元/3条（广东移动：1元/5条）。

美丽的婚纱

□ 周　浩

曼玲小姐的婚礼就要举行了，这天，她与伴娘阿珍一起来到城里著名的"婚纱街"，希望租一件称心的婚纱，在结婚那天好好风光一把，毕竟这是女孩子最重要的日子呀！

曼玲和阿珍一口气连逛了六家婚纱店，最终她们选定了一家叫"今生无悔"的婚纱店，因为这家店门口挂着的那件婚纱太漂亮了：雪白的婚纱纯洁美丽，领口镶着金色的蕾丝花边，特别显眼的是裙摆上缀着的六朵百合花，简直太逼真了。曼玲盯着这件婚纱目不转睛。老板娘是个四十出头的女人，做这门生意也算个老手，她满面堆笑地对两位姑娘说："小姐真是好眼力，这件可是法国进口的婚纱，整条街独此一件。"

曼玲拿着婚纱往身上比了又比，对着镜子照了又照，脸上早已露出一见钟情的神色。老板娘打量着曼玲的神情，在一边不紧不慢地说："这可是我们店里最昂贵的一件婚纱，所以租金也比较贵，押金3000元，租金400元，这种衣服每租一次就要干洗一次，折旧很厉害的……"

曼玲看着伴娘阿珍投来的羡慕的目光，很干脆地回答道："没问题，毕竟一辈子也就借那么一次。"老板娘见她回答得利索，又说道："还有个小问题我要事先说明，如果婚纱弄破的话要赔偿500元，这可是婚纱租赁的规矩。"她见曼玲的表情有点犹豫，又说道，"要不你另外挑一件，这件婚纱我还是放在店里撑撑门面算了。"

可曼玲实在太喜欢这件婚纱了，她摸了摸裙摆上的百合花，心想，自己往日做事还算谨慎，不会那么不巧吧。想到这里，她又干脆起来："就这件了，你开单子吧。"老板娘收了钱，在押金条上注明了赔偿条款。曼玲和阿珍带着心爱的婚纱，兴高采烈地回家了。

转眼，婚礼的日子到了。爆竹声中，新郎的花车来到了新娘曼玲的家门口，拜见过岳父岳母大人后，新郎便抱起穿着婚纱的新娘，上了花车。在去酒店的路上，新娘曼玲的眼里总是噙着泪花，新郎以为曼玲是舍不得离开娘家，便一直低声劝慰。还是伴娘阿珍机灵，她瞟了一眼那件婚纱便知道了原因，原来就在刚才上车的一刹那，婚纱被凸出的钻戒轻轻一勾，撕破了一个小口子，曼玲是心疼要赔的500元哪！阿珍在曼玲的耳边说道："别担心，会有办法的，开心点。"

好在那个洞不大，又在裙摆不起眼的地方，参加婚礼的宾客都没有发现，还一个劲地夸曼玲的婚纱漂亮呢。

婚礼第二天就是还婚纱的日子，阿珍来到新房，见小夫妻俩还在为这件事犯愁，500元对于工薪阶层也不是一个小数啊。阿珍仔细看了看那件婚纱，灵机一动，说道："我有办法了！"

曼玲忙问："什么办法？"阿珍指着裙摆，说"我们只要把这些百合花拆一朵下来，补到那个小洞上，不就行了吗？一般人绝对看不出来的。"曼玲一听，立刻说好。于是两个人立即忙活开了，但是不一会儿，大家就傻眼了——百合花是拆下来了，可是在百合花下面出现了一个更大的窟窿。一个洞没补上，又出来一个更大的窟窿，到底是怎么回事？两个人把婚纱翻过来看个究竟，好家伙！原来每朵百合花下面都有一个窟窿，有烟头烫的，有撕破的，有大的，有小的，六朵百合花竟是六个美丽的补丁。天哪！这哪里是婚纱，简直就是一件破袈裟！曼玲只觉得一阵眩晕。

新郎愤慨地说道："我们就拿着这件破衣服跟老板娘去评理！"阿珍摆摆手，说："没用的，押金条上写明白了，更何况3000元押金在别人手里，他们就是靠这法子来斩人的。"阿珍低下头想了一会儿，突然神秘地说道："还是按照我们原先计划的来办，把那朵拆下的百合缝到这个新窟窿上，等会儿还婚纱的时候，我自有妙计。"

不多时，阿珍和曼玲便带着婚纱来到了"今生无悔"婚纱店。老板娘先取出那张押金的存根，然后便检查

应聘经理职位

面试人员给前来应征的男士一张履历表。主考官看完他填好的简历半天没说话，董事长更是眼冒金星，当场晕倒。那位应征男士是这样填写的：

姓　　名： 父母取的。

年　　龄： 不小了。

身　　高： 很高。

体　　重： 随时改变，饭前饭后都不同。

居 住 地： 家里。

电　　话： 在身上。

电子邮件： 朋友帮我申请的。

上班时间： 8小时。

应征职位： 一位。

学　　历： 如果毕业的话有高中学历。

语言能力： 有。

兴　　趣： 睡得天昏地暗。

生　　日： 还没到吧!

经　　历： 刚来的时候摔了一跟头!

曾任职位： 小学时当过少先队小队长喔!

婚姻状况： 父母已结婚。

未来期望： 再找好工作。

希望待遇： 希望大家都很疼我。

（推荐者：晓　晴）

（欢迎读者为本栏目推荐新鲜有趣的幽默格言、俏皮话和顺口溜。来稿请寄：上海市绍兴路74号《故事会》杂志社，邮编：200020。请写明姓名和联系方法，并请在信封上注明"快乐辞典"字样。电子邮件请发lujia411@yahoo.com.cn）

起那件百合婚纱，她一眼就看见了那个拆掉百合花后露出的大窟窿："哎哟，这里怎么破了个洞啊？还挺大的哩！太可惜了，500元没商量了。"老板娘露出一副痛心疾首的样子。

阿珍不慌不忙地解释道："老板娘，是这样的，昨天婚礼前，新郎新娘去公园拍录像，风挺大，婚纱上的一朵百合花没钉牢，一下子吹到河里去了，我们仔细一看，下面有个旧伤疤，就是这样。"说完，她似笑非笑地望着老板娘。

老板娘一愣，又仔细看了看那个洞，果然似曾相识，脸上一热，回答道："算了算了，百合花不是原配的，一朵也没几个钱，既然掉进河里了，总不见得让你们去捞吧，这是你们的押金，你可数好了。"

过了一个星期，曼玲和阿珍又路过这家婚纱店。店里有一个二十来岁的女孩正在试穿婚纱，曼玲定睛一看，哟，这不就是自己租的那件婚纱吗？洁白的婚纱还是那么美丽，只是，裙摆上遮盖窟窿的百合花已经变成了七朵……

（题图：安玉民）

家中又来

□ 彭晓风

小偷

李子星刚搬进新房没几天，老家的表弟就找上门来，说刚在他家附近一个公司找了份工作，暂时没地方住，想在他家借住一段时间。

新房是三室两厅，又没有孩子，李子星想拒绝也没有理由，就答应下来。开始几天，李子星两口子和表弟相处倒也融洽，可刚过一个星期，问题就来了：有天早上，李子星起床后发现钱包里少了四百元。

钱包里本来有五张一百元的，是老婆小慧昨天发给李子星的零用钱，现在只剩下一张了。李子星先问小慧拿没拿，她听后一撇嘴："我什么时候

钱发给你了还拿回来？我们家在一楼，不会是进小偷了吧？"

李子星听了小慧的话，赶紧去检查门窗，结果发现一切正常，门窗都锁了，防盗网也没有被拉开或撬动的痕迹。这就怪了，难道钱自己飞了不成？李子星想了一天，也没想明白钱是怎么丢的，晚上临睡前又提起此事，小慧忽然拍拍大腿说："我感觉这钱不像是小偷偷的，你想啊，要是小偷，他还会给你留一百吗？"

一句话说到了点子上，李子星愣住了，家里只有三个人，难道是表弟？这个念头在李子星心里一冒出来，就像疯长的草一样按也按不住。他知道，表弟以前在南方做生意，后来被人骗了，欠了一屁股的债，这才出来打工。表弟当过老板，花钱大手大脚惯了，现在刚上班，说不定……他不敢往下想了，决定和表弟谈。

第二天早饭时，李子星装出很随意的样子对表弟说："你既然住在我

家，我就没把你当外人看，缺什么你说，没钱也直说。"李子星最后一句话说得很重，用意当然是不言而喻，可表弟却笑了笑，说："你是我表哥，你还怕我客气呀，我现在还有钱花，没钱肯定会找你要的。"

看表弟说话那神态，李子星又吃不准了，只好自认倒霉。不过此后李子星长了个心眼，每晚临睡前搬把椅子放在卧室门前，如果有人进卧室，椅子肯定会动。

但这招也没管用多久，过了一星期，李子星的钱又丢了，这回是三张一百元的丢了两张，而且放在卧室门前的椅子也动过了！卧室的窗户关得好好的，根本进不来人，卧室里有卫生间，李子星和小慧夜里也不用出去。

这回更清楚了，怀疑对象只有表弟一个人。小慧不仅恼火，而且十分强硬地给李子星下了最后通牒，让他立刻赶表弟走。原因很简单，由于天热，晚上两人亲热后几乎什么都没穿，有人进来，即使没开灯，也能看到一二，她能不恼吗？

李子星其实比小慧还恼，早上怎么看表弟都觉得他那眼神不怀好意，气得早饭也没吃。不过，毕竟是表兄弟，李子星还不想撕破脸皮。他出去找了个人，给表弟公司打了个匿名电话，说表弟有偷东西的恶习。

果然，没几天，表弟就被公司开除了，丢了工作，只好回老家。赶走了表弟，李子星满以为钱不会再丢了，谁知才安宁了十来天，他刚领的一千块钱奖金又神不知鬼不觉地少了八百！

这回李子星不仅心疼，还有点愧疚：表弟走后，李子星把家里所有的门锁都换了，这钱显然不是表弟拿的，他和小慧冤枉了表弟。

那是谁把钱偷走了呢？现在家里只有两个人，李子星怀疑这一切都是小慧搞的鬼。刚搬到新房时，小慧就提议让她爸妈来住一段时间，李子星也答应了，可表弟却捷足先登，小慧为此一直不太高兴，估计这是她为撵走表弟想的歪招。可表弟都已经走了，她还偷偷摸摸地拿钱做什么呢？李子星决定问个明白。

晚上，小慧一回来，李子星就问她钱哪里去了，小慧莫名其妙地说："钱？什么钱？"李子星哼了一声，说："还能是什么钱，我丢的奖金呀，一共八百块，怪我没及时向你汇报，可你也别不吱声就拿走呀！"

小慧这才明白李子星的话："你怀疑是我拿了你的奖金？"李子星说："你要是烦我表弟住在这里就明说，别来这一套，你让我以后回老家怎么见表弟？"他话音刚落，小慧就哭了起来，骂他是混蛋，骂完收拾自己的东西就回了娘家。

看这事闹的，李子星也很后悔，可碍于面子，他一连三天都没去找小慧。第三天夜里，李子星躺在床上，想着这事，翻来覆去睡不着，忽然，只听卫生间里发出"扑通"一声，李子星一惊，忙从床上起来，跑进卫生间，打开灯一看，只见一个七八岁的男孩摔倒在卫生间的浴缸里。李子星猛地想起来，昨晚洗完澡，忘了把水放掉。他恍然大悟，这个小孩是小偷！他从卫生间的气窗爬进来，没想到浴缸里有水，滑倒了。

家里所有的门窗李子星都检查过，这个气窗也专门测量过，可他认为气窗太小了，普通大人根本钻不进来，但他做梦也没想到小偷竟然是个瘦小的孩子，李子星赶紧打电话报警。

在派出所，李子星问了男孩一个问题："你为什么每次偷钱都不偷完，总要留下一两百块？"男孩眨巴着眼睛说："我们老板说了，偷东西不能太贪，太贪了干不久。"

这时，旁边的警察插话说"你别听他的鬼话，不贪他会偷你好几次？他们这招迷惑了很多人，因为爬的是气窗，一般人不会怀疑是小偷，不仅不报案，而且家里人还相互猜忌，为这事闹到离婚的都有。"

没想到小偷一个花招就能显出人性中丑恶的东西，让人连自己身边最亲近的人都怀疑上了。李子星想着自己的行为，不由惊出一身冷汗，他觉得这是小偷给他上了一课！

（题图：黄全昌）

买来的阳光

□ 郭 选

连续下了两天雨后天才放晴，太阳乍一出来，明亮得让人的心都亮堂起来。下岗女工何玫拖着一条瘸腿走出自己的书报亭，透一口气，温暖的阳光照在身上，惬意无比。

何玫突然想到，何不趁现在顾客少，回家把被子晒一晒。何玫把书报亭一关，骑上车子就回了家。等走进自家那阴暗的楼梯间，何玫的心霎时像被阴云覆盖，高兴不起来了。

她家住在一栋老式住宅楼的顶层，阳台是朝北的，楼南面又新盖了一座十几层高的商业楼，把这座楼遮盖得严严实实，终年见不到一丝阳光。所谓晒被子，无非就是把被子拿到阳台上晾一晾。

何玫叹着气把被子抱到阳台上，刚一到阳台，眼睛就被一束强光刺得睁不开，她用手遮住光线朝前一看，原来这是正对面的阳台上放着的一面镜子反射过来的光线。对面也是一座住宅楼，两楼之间相距只有二十米。

何玫心里蓦然升起一股别样的滋味，记得已故的奶奶说过，如果对谁家有仇，可以照着他家下"镇物"，使得他家灾祸不断。在所有的镇物中，用镜子照着他家，是最厉害最恶毒的一种。何玫不迷信，可想想最近家里接二连三发生的灾祸，又不能不使她疑云顿起。

去年，她和十五岁的女儿上街买

东西，在人行道上好好地走着，冷不丁竟冲出来一辆轿车，把她们撞倒在地，后来查明是司机酒后驾驶，一时失控所致。活泼可爱的女儿永远离开了，何玫经过抢救保住了性命，但却成了瘸子，原来的工作丢了，只好承租了一个书报亭，勉强度日。

"也许人家只是偶然把镜子放在那里，我想得太多了。"何玫安慰着自己。晚上回到家，她留意了一下，对面阳台上的镜子不见了，她这才宽了心。可第二天上午何玫老觉得心神不宁，那面镜子总在她眼前晃来晃去，她干脆关了书报亭又回了趟家。当她走上阳台，眼睛顿时被一束强光刺了一下，那面镜子赫然又放在了对面的阳台上，不偏不倚正照着她家。

何玫不能再欺骗自己了，对面分明是故意的，也许以前他们就常这么办，只是那时家里白天没人，一直没有察觉，才导致了这么多的灾难。然而有一点她不明白，对面的住户与她有什么深仇大恨呢，非要下这么恶毒的镇物。何玫早出晚归，对对面的住户并不熟悉，只模糊记得是一对老人，按说他们没有理由这么做啊！

想来想去，何玫决定把这件事先和自己的兄弟何强说一说，因为丈夫莫海在城西的煤矿干活，煤矿离家远，她不愿意去打搅他。她当即给何强打了个电话，何强听了大概情况后只说了句"这好办，一会儿我就过

来"，就把电话挂了。

半个小时后，何强风风火火地赶来了，他的手里提着一杆气枪。来到阳台上，他二话不说，举起枪瞄准对面的镜子，"啪"的一声就把镜子打了个粉碎，他说："姐姐，这下没事了吧。"

到了下午，何玫心里还是不踏实，就又回了趟家。让她吃惊的是，对面的阳台上，又放置了一面镜子，正对着她家！

看来事情不那么简单，何玫急忙又给兄弟打了个电话。

"他们究竟想干什么？你等着，我去想法打探一下他们的底细，看对面住的是谁！"何强在电话那头怒气冲冲地吼道。

直到晚上十点多，何强才满脸疲惫地回来，一进来就斜躺在沙发上，看来他没少跑路。

"我问了好多人才打听出来，对面住的是火电厂退休的老工人，与咱们素不相识。听说老两口人缘挺好的，不会平白无故仇视咱。"何强咕咚咕咚喝了几口水，又说，"而且，最近两人一起住了院，都有半个多月了，咋能回来专门倒腾那面镜子呢？"

何玫也觉得很奇怪，可事实在那里摆着，又不能不信。两人商量了一会儿，决定明天呆在家里，看一看到底是谁在摆弄镜子。

何玫一夜都没睡好，好容易天亮

了，她没像往常一样出门，而是悄悄注视着对面。吃过早饭，何强也来了，他说自己已经给姐夫莫海打了电话，让他回来一下，万一有什么事也好办一些。莫海说他正好今天歇班，应该马上就能回来。

两个人在屋里说着些闲话，不时向对面观望。开始对面一点动静都没有，好像根本就没有人。一直到九点多，忽然对面的屋子里仿佛有人影一

闪，通向阳台的门开了，走出来一个瘦瘦小小、十六七岁模样的小姑娘，看她朴素的穿着，应该是一个小保姆。只见她拿出一面镜子，放在阳台上，又挪动了几下，直到反射过来的阳光正对着这边，她才满意地笑了笑，转身进去了。

看着看着，何玫突然想起来了，这小姑娘不是经常到自己的书报亭买报纸杂志看吗？自己好像听人说过，她是由于家里穷上不起学才到这里当保姆的。何玫很同情她，常常给她优惠，她怎么能恩将仇报呢？正想着，突然听到何强说："她可能要出去了，我先到楼下截住她！"何强说着，噔噔噔就下了楼。何玫腿脚不灵便，走得慢，等她下了楼，看到何强已经截住了那个小姑娘，"是谁让你这么干的？"

"是……有人让我把镜子照着她家的……"小姑娘脸色微红，争辩着。

"到底是谁，快说！"何强不依不饶地追问。

"是我！"身后突然有人说道，何玫、何强回头一看，竟是刚赶回来的莫海。莫海接着说："我们讲好了的，我每月给她三十元钱，让她每天把阳光反射到咱们家的阳台上去！"

"你这是干什么？"何强不解地问。

莫海没有回答他，而是指着自家的阳台问何玫："咱家阳台上的那盆

  在这辞旧迎新的夜晚，我的心会伴着新年的钟声，沿着礼花的轨迹，悄悄地走到你的身后，深情地抱住你，轻轻地在你的耳边说："宝贝，新年快乐！" 贵州 秦培松（0317）

茉莉花开了吗？"

"开了！"何玫答道。何玫很喜欢茉莉花，那清幽的香气能冲淡她的疲惫和忧愁，花开后每天回家她都要嗅一嗅。本来茉莉开花是很正常的，莫海这一问，何玫倒觉出了其中的蹊跷，她忽然想起，茉莉花属于喜欢阳光的花卉，没有阳光它只会枯萎凋零，在自家那没有阳光的阳台上，它是很难开花的，莫非它能开花全是凭借镜子反射过来的阳光？

莫海动情地解释道："我知道你喜欢茉莉花，还给咱女儿起名叫莫莉。莫莉故世后，你专门买了一盆茉莉花，每天对着它发呆。我知道，如果它枯萎了，对你的打击可想而知，于是就想了这个买阳光的法子。我也不知道靠镜子反射过来的阳光管不管用，但还是想试一试……"

何玫怔怔地望着莫海，一时说不住话来。

"哎呀！该伺候李爷爷吃饭了……"小姑娘突然焦急地喊起来。莫海问明了李爷爷住在哪个医院，便拦了辆出租车，和妻子一起送小姑娘上了车。在车上，莫海夫妇了解到，小姑娘非常守信用，每天都坚持放镜子。后来她伺候的老李老两口住了院，小姑娘为了让阳光能时时反射到阳台上，每天都要两次转换镜子的方向。为了省钱，她连公共汽车都舍不得坐，总是来回奔跑着。

"真是辛苦你了，我们得说声谢谢你！"何玫真心感激道。

"哪里，我还得谢谢你们呢！"小姑娘的话让两人都有点吃惊。小姑娘笑笑说："莫叔叔是好人，他对你这样好，就是不给我钱，我也愿意这么做啊，所以我就把他给我的钱都买了书报杂志……"何玫夫妇对视一眼，眼睛都湿润了。小姑娘却没有觉察，还继续说着："何阿姨也很好，像我们当保姆的，经常被看不起，遭遇的都是呵斥冷眼，可何阿姨每次都是笑盈盈的，还夸我爱学习，鼓励我要多读书求上进，她这话就好像阳光一样温暖呢！"

到了医院，莫海夫妇没有立即离去，坚持要和小姑娘一起到病房去。到了病房，躺在床上的两个老人惊奇地问他们是小姑娘的什么人，莫海不假思索地说："我们是她的养父母，要接她回去上学，请你们再聘请一个保姆吧。"

"啊！"小姑娘情不自禁地叫了一声，她随即明白了是怎么回事，脸上不禁泛出幸福的红晕。老李夫妇了解了情况后，也不住地说好。

何玫紧紧地把小姑娘搂在怀里，一缕阳光从窗口射进来，照在这一家三口的身上，好像给他们罩上了一层金色的光环……

（本篇月月评短信代码：AA031）

（题图、插图：魏忠善）

不去等待是对的

□林贤安

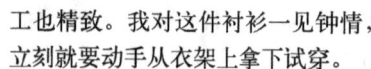

毕业前我找到了工作，我和刚刚成为我女友不久的俞敏谈起，头一天上班该穿什么衣服比较合适。她上上下下打量了我一番，眼珠儿一转，拉起我的手朝前就奔。没一会儿，我们到了一个公交汽车站，她这才嘟着小嘴，说要去给我买一件衬衫。瞧她这急性子，我只能无奈地一笑。

半个小时后，我们到了百货大厦。可是，逛了一大圈，看得眼花缭乱，也没挑中一件称心的衬衫。我正想找张椅子休息一下，手心又是一紧，人已经被俞敏带进了一家男式衬衫专卖店。

俞敏忽然像发现新大陆似的叫起来："喏，你看这件怎么样？"

我顺着俞敏手指的方向瞧去，眼前是一件天蓝色短袖格子衬衫，这件衬衫休闲而不失庄重，料子不错，做

工也精致。我对这件衬衫一见钟情，立刻就要动手从衣架上拿下试穿。

女营业员笑盈盈地走来，抱歉地说这衬衫已经被一个女孩买下了，女孩刚付了款，只因一时内急去洗手间了。

俞敏问营业员还有没有同样款式的，营业员摇摇头，说："真不巧啊，这款衬衫卖得特别好，就剩这一件了。要不，您试一下其他款式的好吗？"

我颇感失望，另试了几款，总是不太满意，正打算去下一家转转，突然听到背后有人喊我的名字，声音是那么耳熟。我回头一瞅，心下一凛，背后竟是我的前女友石蓉，顿时，我的眼珠儿痴了一般转不动了。

石蓉与我分手才不过是四个月前

的事，那时我们各自回老家实习，她教高中，我去报社。两个月的别离，让我们有了充分的时间去思量未来。她是杭州人，我却是温州人，毕业之后我得留在温州工作，她呢，也是一门心思要回杭州，这样，像许多大学情侣一样，我俩免不了劳燕分飞。实习回来，她提出分手。看着她泪如雨下，我心似刀割，苦苦恳求她回心转意，说自己会一直等着她，但她铁了心，此后无论我打她寝室电话还是手机，她都不接，去找她也根本不理。从此，我俩断了往来……虽然我现在有了新的女友，但石蓉仍是我心底最牵挂的人。

没想到今天我们会无意间碰上，最尴尬的是我正带着新女友逛商场呢！

我尴尬地同石蓉打招呼，一旁的俞敏，估计早瞧出了我脸上暧昧的神色，她是个多机灵的女孩啊，三人并立着，气氛僵住了。

"喏——"女营业员指着石蓉对我们说，"就是她买了衬衫。"说完，她又满脸堆笑地冲石蓉说，"我说过这款衬衫抢手没错嘛，你前脚离开，他俩就想买了。既然你们相熟，就商量着办吧。"

她的一席话让原本尴尬的气氛又活转了过来。

"原来你也看中了这件衬衫啊？"石蓉恢复了自然的神情，欢快地说，

"太巧了，我本来就是要买了送你的，算做毕业礼物吧。这下倒好，现买现送哩。"说着，她咯咯地笑出声来。

这清脆的笑声感染了我和俞敏，我们也情不自禁地笑了起来。不过，石蓉的笑坦荡，我的笑心虚，俞敏的笑似乎多了一丝警惕。

笑归笑，难道当着现任女友的面，收前任女友的礼物？何况这礼物还是现任女友正要送我的。这道难题可真费脑筋啊！我心里犯着嘀咕，为难地瞟了一眼俞敏。从她那微微带着些戒备和醋意的眼神之中，我想她早明了对方是何许人了。这时，石蓉已经让营业员叠好衬衫放进购物袋，递了过来。

我条件反射般伸出的手，却僵在半空，接也不是不接也不是。不料，一只纤纤玉手倏地伸过来替我接过去。我侧目一看，不是俞敏又是谁！她也正狡黠地盯着我呢，那笑盈盈的眼神儿古灵精怪，惹人怜爱。

"谢谢啦！她是俞敏，是我……新……女友。"我回过神来，慌忙替她俩引见，我把"新"字压得很低，又转向俞敏，"俞敏，这是石蓉，是……是……"说到这儿，我一下卡住了，好一会儿吱不了声。

"我还有事，先走了哦。"石蓉为我解了围，她全然不在意似的说，"你们慢慢逛，拜拜。"

她没走出几步，蓦地回转身，对我说："毕业前，我们见面道个别吧。拣日不如撞日，就今晚七点，老地方啊，不见不散。还有，别忘了穿上我送你的这件衬衫呀！"

"啊？"也不待我反应过来，她已自顾自走了开去。我望着她的娇小倩影，既怕她陡然回首，又盼她再回头一次，心底感慨万端……

"舍不得吧？"俞敏眨着她那乌黑发亮的眼睛，顿了顿，半开玩笑半认真地说，"舍不得也不许你追过

去！"她轻哼一声，牵了我的手，就往下一家店拽，那劲头儿似乎在说，既然人家抢先给你送了衬衫，那裤子非得穿我买的不可……

我们买完裤子从百货大厦出来，天已渐黑。我们乘公交车回校，一块儿吃饭，又用去了一个多小时，眼见离七点愈来愈近了，俞敏却丝毫没有放我离开的意思，一直陪我在学校的草坪上干坐，有一搭没一搭地闲聊。或许我这头越心焦，她那头倒越得意哩。装着衬衫和长裤的袋子也一直攥在她手里，不叫我碰一下，看来去赴约的事八成要黄了。我有心想把话题往石蓉身上扯，一时却又不晓得怎么开口。

倒是俞敏先开了口："老地方在哪？"

"啊？"我心里一惊，莫非她要跟去？我支支吾吾地回答，"嗯……就在学子广场。"

"那儿挺偏僻啊。"

"嗯，是啊，是有……有点。"

"不担心她的安全吗，要是让她一个人在那等太久？"

"嗯……我……"这下我真的不知该怎么说才好了。

"去吧。"

"真的？"我有点难以置信，看她的神情不像开玩笑，这才说，"我去去就回哦，不会呆多久，我和她真没什么了。"

"我信你！去好了。"俞敏语气恳切，让我为之一震。

我没走出几步，俞敏突然喊了声："回来！"怎么忽风忽雨啊，难不成刚才是在试探我？这下有我的苦果子吃了。我战战兢兢挪到她跟前听训，她却闷声不响递来放衬衫和长裤的袋子。我笑了，她也笑了……

我换上那件蓝衬衫，有心也换上新裤子，可惜仓促间没有隐蔽的地方，只好作罢。我让俞敏先回寝室，自己去了学子广场。

空旷的学子广场上夜风清凉，我等啊等啊，一直等到七点半，都没见到石蓉的身影，给她发短信没有回，打她手机无人接听。直到八点，石蓉也没有出现。我悻悻离去时发短信告诉她我走了，不久，回复来了，而且是前后连续的三条短信："非常抱歉放你鸽子。很高兴你终于回去了。你早该回去，压根不用等我。那边还有一颗真正爱你、包容你的心在等你。那件衬衫我本来是买了给我弟弟的，见你喜欢，就送给你作个纪念。可瞧你在商场看我的眼神，有几分怕你只是把她当成我的替代品。我邀了你却又爽约，无非想坚定你的心，不去为没有结果的爱情等待。她肯让你来，说明她是个值得信任的宽容的女孩。希望你好好爱她，祝你们幸福——无缘再见的初恋，蓉。"我的泪水不经意间滑出眼眶，在脸上挂下一道温热的泪痕，为蓉，也为敏……

（题图、插图：谭海彦）

· 本刊信息传真 ·

"优媒杯"《故事会》优秀作品月月评
每期 3 篇选 1 最高奖金 800 元

"优媒杯"《故事会》优秀作品月月评活动，参加方式如下：1. 每期由初评委推荐 3 篇故事为候选作品，读者可选择自己最喜欢的一篇，将其月月评短信代码（如 AA021，没有短信代码的作品不参加评选）发送到 911903（移动用户）或 97575631（联通用户）、发送到 02838168（广东移动）。每次限选一篇，可多次投票。2. 凡选对本期"最受欢迎的故事"的读者均有机会获得现金奖。每期设一等奖 1 名，奖金 800 元；二等奖 10 名，各获现金 100 元；所有参加评选的读者均有机会获得参与奖，每期 200 人，各获精美礼品一份。3. 本期活动截止期为：2 月 5 日。得奖读者在评选结果揭晓后将得到短信通知。用户每投一票收费 1 元。

本期候选作品：1.《买来的阳光》(p36)（短信代码：AA031）；2.《明天还会涨》(p44)（短信代码：AA032）；3.《生日晚会上的泪水》(p51)（短信代码：AA033）

"掌上灵通杯优秀作品月月评" 2005 年 12 月（上）评选揭晓

2005 年 12 月（上）获得选票前三名的作品分别为：《摇晃里的爱》(3270 票)、《神算》(3012 票)、《恐怖饭店》(2495 票)。

有这么个村子，那里的选票就像大城市里的股票，有涨有跌。但愿这样的稀罕事只发生在故事里……

明天还会涨

□ 李士根

溪北村要通高速公路了，这消息像一颗炸弹，把偏僻寂静的小山村炸沸腾了。原本连村干部都无人当的空壳村里，一夜间竟冒出了六七个人竞选村主任。这是因为村主任还要兼任高速公路溪北段的副总，这可是个淌油的官，谁不想当！

经过群众推荐、民主测评筛选，乡里公布了赵六和王五两位候选人的名单，乡里这样安排是考虑到王、赵两族之间的平衡与团结。这个村只有三姓人，姓王的六户，姓赵的也是六户，而姓张的只有一户。

溪北村穷是穷，同姓同族可团结啦，王姓的不会去选赵姓的，赵姓的也决不会去选王姓的，这好像已成了族里一条不成文的规矩。

选举截止日期越来越近，赵六和王五他们俩心里都十分拎得清，全村有选举权的总共有四十六个人，王姓族里二十票，赵姓族里也是二十票，真可谓旗鼓相当，不分胜负。谁要胜出就要靠张老头手里的六张票，没有他家的六票，谁都过不了半数，谁都当不成村主任。

话说掌握着六张选票的张老头，今年六十三岁，瘦瘦的脸上嵌着一双细眯眯的蝌蚪眼，眼皮子像打架似的眨个不停。村里人说，张老头眼皮一眨就是一条计策。他在村里经营一爿杂货店，生意还算不错。

张老头心里也清楚自己手里六张选票的分量。选票就是权力，谁当村主任这回要他张老头说了算数。他投给赵六，赵六就是村主任，他投给王五，王五就是村主任。

张老头算准赵六和王五这两天一定会来寻自己。

选举日的前三天傍晚，张老头早早吃完晚饭，对老伴说，弄点吃酒的菜，晚上有贵客。

一切准备停当后，张老头点了支烟，靠在货柜前的躺椅上，翘着二郎腿，蝌蚪眼直勾勾地看着大门外面。笨拙的台式收音机里传出沙哑的歌声："今天是个好日子呀……"

天暗下来了，赵六像个幽灵般地钻进了张老头的杂货店。

"来来来，喝一盅。"张老头从靠椅上欠起身，他晓得赵六是个酒坛子，拉着赵六坐在自己的对面。

闲话少说，酒过三盅，赵六先开口了："老张伯啊，这次选举村主任要靠你抬举了啊！"

"那是，那是。"张老头连连点着头。他一点也不急，只顾喝酒。凭他多年做小生意的经验，越俏的货，越要耐得住性子，咬得紧。

赵六耐不住了，他知道张老头鬼，张老头是绝对不会自己先开价的。赵六抹了一下阔嘴巴，从袋里摸出一只信封，推到张老头面前，抬起右手，在张老头眼前伸出五个指头，晃了晃："五百怎么样？"

"好说，好说。"张老头含糊地应着，眨巴着蝌蚪眼，脸上流露出一丝不快，明显是对这个价位不满意。

张老头的微妙变化让赵六看出来了，他晓得张老头的滑头，出这个价是想先探个底。赵六又伸出三个指头说："再加这个数，八百，你发我也发，大家图个吉利，好吗？"接着又从袋里抽出了三张一百元，看来赵六是有备而来的。

"好说，好说。"张老头把桌上的钱塞还给赵六，拉长了声音说："我是看你长大的，相信我嘛——我一定会投你的——这钱嘛，再说，再说……"

张老头晓得王五还要来谈"生意"，想尽快送客。他心里明白，有竞争才会把价格哄抬上去，他还想看看王五到底能出多少价呢。

赵六对张老头的态度还是满意的，心里想着，反正还有两天，他这六张选票出了溪北村，过了选举日，一分不值，我只要价位出好了，不怕他不投我，于是赵六便告辞出门了。

长话短说，赵六刚离开，王五就进了门，好像组织部找干部谈话，预先约好似的精确。

王五还未坐下寒暄几句，就直奔主题："我王五没求过人，这次要你老张伯关照了。"三十出头的王五，是从县城回来竞选村主任的，说话带着城

里年轻人的口气。他在县城开了三年饭馆，听说村里要建高速公路，村主任也是管高速公路的官，在一帮兄弟的怂恿下，便赶回来参加竞选了。

"好说，好说。"张老头还是那句圆滑的答腔，蝌蚪眼细成一条缝，像两条爬在脸庞上的毛毛虫。

"你说个数吧！"王五学着城里款爷的腔调，直截了当地说，"爽气点嘛，有啥不好意思呢！"

"好，年轻人，爽快！"张老头看王五在他面前摆阔，心里不是滋味，但王五的爽直，让他满意。凭经验，与这样的人做生意，往往能讨到个好价位。既然人家要我开价，我就把价一次开到位。张老头立起身来，伸出一双蒲扇般粗糙开裂的大手，在王五面前有节拍地翻了六次。

好家伙，三千啊！王五心里稍稍

震了一下，但本下得越大，赚头也越大，当上了高速公路副总，那一笔承包业务费的回扣少不了上万。

"三千，好！"王五没有杀价，他摸出一沓崭新的钞票，像翻书一样数过后，"啪"地甩到张老头面前。

张老头却有些后悔了，要是当初出个五千的价，他不也得答应吗？看来这选票还会涨，这钱还不能收下，一收就涨不了啦。明天向赵六透个风，还怕它不涨？于是他将这三千元推还给了王五，连连说"好说，好说。后天选举日，一手交钱，一手交票，我老张说话算数。"

"一言为定！"王五把钱放进口袋，告辞出门。

张老头送走王五，兴奋地又哼唱起来："今天是个好日子呀……"

"空开心！"老伴指着张老头的秃脑门，埋怨着："看你，到手的钞票

不收，笨蛋！"

"你晓得个屁！头发长，见识短，明天还会涨！"张老头美美地等着六张选票变成钞票的日子。

选票变钞票的日子终于等到了。

选举大会定在下午一点钟开。张老头喝了半斤土烧酒，向村子中的大礼堂赶去。礼堂里五六排长条凳上稀稀疏疏地坐了一些人，主席台上放着一只大红选票箱。负责选举的两位乡干部招呼张老头去签字领票。

张老头签字的手激动得颤抖了，他想到这三个字就值三千元钞票时，心跳"嘣嘣嘣"地加快了节奏。

捏着六张选票的张老头站在会场门外的空地上，细眯着眼，等着王五来送钞票。半个小时过去了，张老头捏着选票的手心沁出汗来，可王五、赵六的人影都没见到。不能再等了，再过半个小时就要正式投票了，张老头匆匆地向王五家走去。

王五家的大门紧闭，张老头把那扇木板门敲得"咚咚"响，门内鸦雀无声。找赵六去，张老头抹了一把额头上的汗珠子，边走边想，就是低一点也得抛出去，时间不等人啊，选举一结束，选票就作废了！

这时，高音喇叭已开始催促村民进会场选举了，张老头急得像热锅上的蚂蚁，手里的六张选票都被汗水湿软乎了。终于，他在村口的桥头上看见王五，便大步跑上前去："王五，选

票给你。"王五头也不回地说："不要了，你选赵六吧。"

张老头大吃一惊，到手的三千元就这样飞走了？正在这时，赵六过来了，张老头赶紧上去讨好地问："这选票给你？"可是赵六也是那副模样："算了，算了。"

张老头抠出六张汗水湿透了的选票递过去，可怜巴巴地说："三百元？"赵六耸了耸肩，提高嗓门说："你倒贴我三百元我也不要！"

"什么？"张老头不解，眯眯的细眼从来没有瞪得如此之大。

"你看呐——"赵六用手向溪南岸一指，张老头顺赵六指的方向看去，只见南岸的田畈上，一个人在插标杆，一个人挥着小红旗，吹着哨子。

张老头跑过桥去，问那个挥小红旗的青年："你们干啥？"

"高速公路放样啊！"

"高速公路不是往溪北村过吗？"

"改道了！"小青年怕风声带走了他的喊声，重重地对着张老头的耳朵喊道："高速公路改从溪南岸过了——"

"什么？"张老头一下子瘫在田塍上，像踏瘪了的气球，一点气力也没有了，一对蝌蚪眼呆呆地望着被汗湿透了的六张选票，后悔不及地叹息着："亏啊，亏啊……"

（本篇月月评短信代码：AA032）

（题图、插图：黄全昌）

世界末日

□ 何志钦

这个偏僻落后的小镇在地图上是个盲点，小镇唯一与外界相连的是一条水管，不知从哪里向小镇供应自来水，除此之外，小镇就与世隔绝了。镇上的人十分珍惜这条水管，人人都注意节约用水。

一天，小镇上竟然来了个外国人，不知他来自何方，这个叫丹尼的小伙子一个人买了间房子，住了下来。他会说中文，很快便和镇上的人相处融洽。

虽然丹尼平时谈笑风生，但每当有人问及他来小镇定居的原因时，他总是神色怪异，避而不答。有一次，一个小伙子问丹尼："丹尼，我们这儿又贫穷又落后，全镇的人都靠这根小小的水管生活，你为什么还要来这儿

呢？"丹尼像被闪电击了一下似的，立刻脸青唇白，然后他模模糊糊地胡乱说了一些话，便走开了。镇上的人见他不肯说，便不再问他了。

这天，丹尼正在大树底下跟镇上的人聊天，自来水站站长走过来，在大树旁的公告栏上贴了一张纸，人们立刻围上去看个究竟，原来是停水通知：

停水通知

明天上午停水半天。停水范围：全镇。请各家做好储水准备。

自来水站
5月27日

人们开始议论了："又停水了，都怪那些城里人浪费水，连累我们了！""又要回家储水了……"

  祝你在新的一年里：致富踏上万宝路，事业登上红塔山，爱人赛过阿诗玛，财源遍布大中华。1375＊＊＊0230（0322）

这时，人们都察觉到丹尼的脸上又出现那种怪异的神色了，而且这次比以往更厉害，眼看他快要晕倒了！人们立刻上前扶着他慢慢地坐下来，他才渐渐缓过气来。

一个人问他："丹尼，你没事吧？"另一个人又说："丹尼，不用害怕的，只是半天停水而已嘛，你是不是需要用水？我们可以把自己储的水给你用。"

丹尼结结巴巴地说："不是……不是，谢谢你，我想回去休息一下……嗯，顺便还要储水。"说完，他头也不回地走了。

人们心中都有一个疑问：这个丹尼到底怎么了？

第二天，当人们再见到丹尼的时候，他已经恢复正常了。

又过了许多天。一天黄昏，丹尼又在那棵大树下跟人们谈天说地，突然，有人指着远方："喂，丹尼，他们是不是你的朋友？"丹尼向远方望去，只见三个外国人正向这儿走来：一个中年男子，一个妇女和一个小孩子，显然，他们是一家三口。这三人背着沉重的行李，就像丹尼当初来到这儿的时候一样。

丹尼的脸色又变了，但这次他已经能够控制住自己了。他摇了摇头，表示自己不认识那三个人，但有人听见他口中嘟囔着："难道外面已经……"下面的话就听不清了。

这时，自来水站站长走来，又在公告栏上贴了一张纸，人们立刻围上去看：

停水通知

明天、后天将停水两天，停水范围：全镇。请各位做好储水准备。

自来水站
6月12日

丹尼看看公告栏，又看看那一家新来的客人，脸上显出极端痛苦的神情。突然，他转身一个劲地向家的方向疯跑而去，他脸上那狰狞的表情吓坏了不少人。

人们看着丹尼，又望望远处新来的三个人，在感到迷惑之余不禁也有些恐惧。大家都意识到情况不妙，是不是外面发生了什么他们不知道的大事呢？

这天晚上，人们听到外边传来"砰砰啪啪"的响声，猜想是那三个不速之客在新房子里面安置东西，便不去理睬了。

第二天清早，人们来到丹尼家门口，发现他把所有的门和窗都关上了，喊他的名字也没人应答。人们怕出事，两三下把门撞开，一齐冲到丹尼家里。

呈现在人们眼前的是奇怪的一幕：只见丹尼家客厅的中央有一个大大的方形的窟窿，好像是个大水池，往下一望，足足有十多米深！而丹尼正站在池边，打开水龙头，拿着软水管往池中灌水，他的手不停地发着抖。原来昨晚的响声是从丹尼家发出来的，恐怕他至少雇用了三十个工人才能在一夜之间挖出一个这般规模的水池。

丹尼见到大家，脸上露出无奈而如释重负的神情，没等人们开口，丹尼就说："既然你们都看见了，我只好把一切都说出来了——其实，外面的世界早已没有水了。"

"地球上已经没有水了？"人们不敢相信自己的耳朵。

丹尼继续说："我是个勘探学家，你们这个镇是现在地球上唯一有水的地方，我是很辛苦才找到这里的。我以为这里会很安全，但是接连两次停水，而且停水时间越来越长，使我也看不到希望了。"

人们似乎明白了什么，一个人气愤地问："那么你为什么不早点儿告诉我们呀！"

丹尼双手抱着脑袋，显出很内疚的样子，说："我怕告诉你们后消息传出去，就会有无数人从外面拥到这里来抢水……尽管我努力保密，昨天仍有三个人来了。对不起，对不起……"

另一个人问："为什么我们这里还有水用呢？"

丹尼说："我也不知道为什么，可能是因为你们懂得珍惜水，老天才给你们额外的恩赐。"

说着，丹尼从抽屉里拿出一台笔记本电脑，在上面敲了一会儿，把屏幕转向人们，只见屏幕上写着几行大字：

停水通知

由于人类不合理利用水资源，导致水资源严重短缺，从明天起将停水12个月。停水范围：全球。请人类做好丧事准备。

上帝

世界末日前夕

（题图：佐　夫）

·本刊信息传真·

《青春读本》3

《青春读本——感动中学生的100个故事》第一、第二辑出版后，在社会上引起了巨大的反响，被读者誉为"一本能真正打动中学生心灵的好书"，"一本能让中学生懂得许多道理的教材"。

根据广大读者的建议，编辑部继续编辑了《青春读本——感动中学生的100个故事》第三辑，现已完成并正式出版发行。

根据新年特别法，判你快乐无期徒刑，剥夺郁闷权利终生，并处没收全部疾病、烦恼。本判决为终审判决，并立即执行，快乐到永远！退庭！给你拜年啊！　1385***5158（0323）

生日晚会本是件喜事，在一片欢声笑语中，为何却有一个女孩独自向隅、默默流泪？那泪珠，每颗都像滴在了我们的心上……

生日晚会上
的泪水

□ 徐 洋

长和女子中学初三（2）班的班主任是陈老师，这天一上班她就听到自己的手机响个不停，一看号码，原来是班上同学方均的母亲打来的。

方均的母亲可不是一般人物，方均父亲是省里方融集团的董事长，财大气粗，她母亲自然是董事长夫人了。她在电话里说："陈老师，我是想告诉您，小均今天过16岁生日。可她这几天和我闹了点儿别扭，不接我电话，麻烦陈老师您替我问一下，她今天回家吗？要是想回来，我就叫车去接她。"

陈老师放下电话赶紧来到班里，走到方均跟前附在她耳朵边上说了几句，方均一个劲儿摇头，陈老师说："那好吧，如果你真不想回家，那咱们班为你组织一个生日晚会好了。"陈老师说罢来到讲台边，对大家说："同学们，今天是我们班方均同学的16岁生日，因为一些原因，她不能回家去过了，我建议全班同学来给她过一个有意义的生日，这也是同学之间互相发扬友爱精神的一次演练，大家说好吗？"

同学们一听说给方均过生日，都想借此轻松一下，一起高声答道：

"好！"见大家都同意，陈老师便开始着手安排，她先让班长给方均的母亲回个电话，把这事告诉她一声，接着又要派人用班费去给方均订一个生日蛋糕。

班长问了一下方均，她说自己最喜欢吃老店"金特利"的水果奶油蛋糕。大家一打听，"金特利"离学校最近的分店也有十几站地，加上做蛋糕的时间，来回少说也得两个小时。陈老师和班长商量了一下，决定让玲儿去办这事。

玲儿是个农民工的女儿，去年市里统一解决农民工子女就学问题，每个班都插进来几个这样的学生。玲儿插班进来后平时没事不说话，有事也话不多，在班上没有什么朋友，再加上她的身体又是全班最好的，别说拿一盒蛋糕，就是让她扛一袋面回来也没问题。

正是盛夏的中午，玲儿顶着太阳走了。

下午，玲儿满头大汗地回来了。今天下午正好没课，同学们在教室里认真地复习功课，一看玲儿回来了，都围过来看她买的蛋糕。这是一个用红绿黄三色奶油绘制出喜庆图案的生日蛋糕，上面还有一行鲜艳的红字：祝方均生日快乐！下面拼出一个"16"的造型。

就在同学们对着蛋糕发表评论时，方均低头闻了一下蛋糕，转身对玲儿说："谁让你买这种奶油的？我不是说了要水果味儿的吗？这个蛋糕谁想吃谁吃吧，反正我不吃！"今天是给方均过生日，她说不吃，那还有什么意义？大家吵成了一片，有的问玲儿店里有没有水果味儿的？玲儿说："今天店里正好搞优惠活动，这种蛋糕打八折，我看了看觉得也蛮好的，就买下了。"这时有个同学说"是你过生日还是方均过生日？你怎么能以你自己的喜好来代替别人的喜好呢？"

还有同学跟着说："又不是花你的钱，用你费这个心？""是不是不光给打折、还有回扣呢？"

在大家的议论声中，方均从身上掏出二百块钱往桌上一放，说："要是真想让我生日快乐的话，麻烦你再去跑一趟吧。"这时候陈老师进来了，她了解了情况之后，对玲儿说："你已经去过一次，对那家店也熟悉了，还是你再辛苦一趟吧！"玲儿一声不响地拿了钱又走了，在她身后，自然又响起了一片埋怨声。

一个多小时后玲儿回来了，这次比上一次快多了，玲儿进来时脸上还流着泪水，她把蛋糕往桌上一放就到边上去了。两个同学到近前一看，不禁叫出了声，大家听到声音都跑了过来，一看也傻了。原来蛋糕是买回来了，是水果味儿的也没错，但蛋糕表面已经乱七八糟，根本看不清是什么图案。班长上前问玲儿："怎么搞成这个样子？这是什么呀？"玲儿哭得更厉害了，一边哭一边说："我……不小心摔了一跤。"

在同学们轰然大笑之后，又是一阵寂静。

本来是件喜庆的事情，现在搞成这个样子，班长和陈老师互相看看，谁也不知说什么好了。方均在一旁更是一言不发，因为她听到有同学说了，生日总遇到不顺的事，不是好兆头。

全教室的人都阴沉着脸，谁也说不好该怎么办，眼看天就黑了，看来蛋糕今天就是这个样了。

此时方均站起来流着泪对陈老师和班长说："谢谢老师和同学们的关心，今天这个生日，我不过了！"说完就要往教室外面走，老师和同学一起把她拦住，有的给她擦泪，有的劝她别生气。

正在乱成一团时，教室的门开了，方均的妈妈走了进来，陈老师赶紧迎上前去。客套之后，方均妈妈见这里的气氛不大对劲，一问才知道是蛋糕的问题影响了大家的情绪，方均的妈妈说"我们家方均长这么大，可从来没有生日宴席上不摆个像样的蛋糕的。这样好了，我给那店打个电话，让他们马上做一个送过来不就成了？"是呀，这样问题不就解决了吗？方均妈妈说着拿起了电话，直接

打给了那家糕点公司的老总，她说自己的孩子今天过生日，让他们现在给做一个水果蛋糕送到学校来。

收起电话，方均妈妈对陈老师说："就这样吧，我还得去参加一个宴会，顺便过来看一下，太谢谢你们为方均组织的这个活动了，那我就先走了。"她看了看一旁撅着嘴的方均，方均把头扭过去没理她，她便向陈老师笑笑说："还使性子呢，那我先走了，

再见吧！"说完她和同学们点点头就走了。

陈老师看大家的情绪还不太好，就让同学们唱了两首歌，渐渐地，同学们开始有了说笑声，快乐又重新回到了初三（2）班。大家一起行动把课桌拼起来，摆成了几个大餐桌。陈老师已经和学校食堂联系了，今晚同学们的晚餐全都统一搬到教室来吃，而且还让另外加了几个炒菜。

不多时，一个好大的蛋糕送到了班里，大家高兴地把它迎到了那张最大的餐桌上。打开盒盖，教室里顿时响起一片赞叹声，只见五颜六色的时鲜水果当中有一行大红的糖字：祝方均生日快乐！送蛋糕的人说这是他们老总送给方均的礼物，还留下一束鲜花，分文不收就离开了。

菜上齐了，有手快的同学早把蜡烛插到了蛋糕上，拉灭了电灯。在一片烛光里，同学们高声祝福方均，祝她16岁快乐，祝她学习不断进步，祝她越长越漂亮。伴随着大家的祝愿，方均一口气吹灭了所有的蜡烛，大家一齐鼓掌，微笑和掌声紧紧地包围着方均。

这时电灯亮起，有个同学看到玲儿在后面偷偷地落泪，就冲别的同学努了一下嘴，许多人的目光都投向了玲儿，陈老师也看到了，她示意同学们先别做声。

大家开始进餐了，说笑声充满了整个教室，有人提议，一起唱一首《祝你生日快乐》，还有人找来了录音机，同学们和着乐曲唱了起来……

生日晚会进入了尾声，陈老师走上讲台，说了几句鼓励方均和同学们的话后正要宣布晚会结束，突然看到了玲儿，她还伏在桌子上落泪呢，陈老师便问："玲儿同学，今天是方均的生日，大家都很高兴，可你怎么一直在哭啊？你为了买蛋糕来回跑了两次，路上还摔了跤，是很辛苦。可自己的同学过生日，一年才一次，你有什么委屈就不能先放一放？你这样，不仅影响了晚会的气氛，也使你自己脱离了集体的怀抱，成了一个孤独的、不讨人喜欢的孩子，你愿意成为这样的人吗？"见玲儿渐渐止住了抽泣，陈老师缓了缓语气，继续道，"现在老师想请你说一说，到底为什么这么没完没了地流泪？"

玲儿赶紧把泪水擦干净，站了起来。陈老师说："对老师和同学们说说吧，你到底为什么哭？"

玲儿一边努力忍住抽泣，一边断断续续地说："老师，我错了，我不该总……哭，我没……没有别的意思，只是、只是因为……因为今天也是我的生日！"

教室里一下子静了下来，陈老师和同学们谁也说不出一句话来……

（本篇月月评短信代码：AA033）

（题图、插图：安玉民）

 用快乐带动心情，用观念导航人生，用执著追求事业，用真诚对待朋友，用平淡对待磨难，用努力追求幸福，用感恩对待生活。快乐每一天！ 1314***6995（0325）

□ 马大勇

神箫

　　从前有个箫翁，他的真实姓名没人知道，只知道他从小喜欢吹奏竹箫，很早就离开家乡，到处拜师学习箫艺。二十年后他回到家乡，已是头发斑白，除了手里一支长长的浅绿色竹箫，他身无长物。那一天，他缓缓地登上坐落在小镇中心的聚雅茶楼，径直走到雅座上坐了下来。

　　聚雅茶楼坐落在一片青翠竹林之中，楼前花草吐艳，禽鸟鸣啼，是文人雅士聚会的好地方。文士们都爱聚集在那里喝茶，交流才艺。茶楼二层有一个靠窗的雅座，摆设着紫砂茶具，挂着名家字画。谁的才艺最好，就能坐在那里悠闲地喝茶。箫翁刚在雅座上坐下，茶楼里的文士们便都把目光集中在他身上，有人甚至走过去，抱拳说："这位兄台，这雅座已经有人订了，请您换个座位如何？"

　　箫翁淡淡一笑，说道："我就喜欢在这里坐！"说着他把竹箫凑近嘴边，徐徐吹奏，只听箫声回环流泻，清脆悦耳，时而如潺潺流水，时而似飘飘细雨，一下子把人们吸引住了。一曲奏完，人们都围上来啧啧夸赞："好箫声，好箫声！"

　　"箫声虽好，能比得上我的山水画卷吗？"说话的是一位长须书生，大家见他到来，纷纷让路，原来他就是雅座现在的主人。按茶楼的规矩，要想挑战比艺，坐上雅座，必须完成现任雅座主人出的题目。箫翁抚摸着晶莹如玉的长箫，微微笑道："就请你出题吧。"

长须书生想了想，说："若你能凭箫声擒住北山中的猛虎，我就自愿让位，从此不上茶楼。"众人听了这题目，都暗暗替箫翁捏了把汗。原来最近镇外北山上有一头猛虎出没，经常袭击行人，弄得人心惶惶。官府招募猎户，结队上山捕杀恶虎。可这恶虎十分狡猾，大队人马来时它便躲藏起来，等大队人马回去休息，它又忽然出现，咬死路人，弄得大家都没了办法。

箫翁沉默良久，忽然站起身来，朗声说："好，这个题目我接下了！只凭着我这一支箫，再加上两位勇士，就能降伏恶虎！有谁愿意跟我去？"

茶楼里的人面面相觑。这时，正在茶楼喝茶的两个猎户站了起来，他们都有亲人死在了恶虎的爪下，听箫翁说得坚定，心想他或许会什么神法，便把心一横，道："好，我们跟你去！"

三个人立即出发了，大家都为他们的命运担心。

到了山上，只见草木深深，耳闻林涛阵阵。走了一阵，两个猎户指着地上的一堆粪便说："看，这不是恶虎的粪吗？还是新鲜的，它一定就在附近！"

"好！"箫翁说，"你们做好准备，它一出来就把它干掉！"

两名大汉笑道："好啊，您老有本事，就把它请出来吧！"

箫翁二话不说，便拿起箫来吹奏。只听那箫声呜呜，好似虎啸，一时又柔缓呢喃，似在召唤、在撒娇，又似在催促，原来，箫翁模仿的竟然是母虎寻找伴侣时的声音！

很快，树丛里有了响动，好像什么庞然大物匆匆越过树丛，冲过来了！箫翁说："你们做好准备！"接着又不断地吹奏，两名大汉也提足了精神。

一阵腥臊风过，突然，一头花斑大老虎随着呜呜箫声出现了！它圆睁着铜铃大眼，寻觅着母虎，可是它眼前出现的只有三个人，顿时，它气得竖起了全身的硬毛，作势就要猛扑过来！

两名大汉虽都握紧长矛，但也有点心慌，看这恶虎的气势，只怕是制不住它！

说时迟，那时快，箫翁运足中气，猛地把箫一吹，长箫立即发出一声天崩地裂般的巨响，好似轰隆隆炸响了一声惊雷！

顿时，那恶虎惊得一下子缩紧了身子，不敢动弹！趁此良机，箫翁大吼一声："上！"两名大汉直扑过去，一齐挺起长矛，狠狠地刺入恶虎的身子里！恶虎狂吼一声，纵身跃起，旋即又重重地落了下来，污血飞溅！

第二日正午，箫翁手持长箫，猎户们扛着恶虎的尸体，走过长街。整个镇子都轰动了，人们都在欢呼："神箫！神箫！"

从此箫翁就坐稳了聚雅茶楼的雅座，那支箫也和它的主人一样出了名。只要箫声响起，总会吸引一大批人在楼下静静地聆听。

可是渐渐地，箫翁越来越少吹箫了。是啊，神箫怎么能随便吹给人听呢？于是，他每天只是在雅座里坐着，慢慢地品茶，把一杯茶喝完了再慢慢地走回家去。很多慕名而来的人，想听听那美妙的箫声，可他总是摇头："我今日心情不佳，抱歉！"很多年轻人诚心想拜他为师，学习箫艺，箫翁也总是摇头："看你们学问尚浅，难学，难学！"众人拿他没办法，一提起他，只有叹息而已。

忽一日，聚雅茶楼上来了一位少年，只见他身穿蓝布长衫，文质彬彬，肩上背着一个小包袱。他客气地向众文士打听："听闻有位箫翁，吹箫如神，不知哪一位才是？"有人指给他看，他便走到箫翁面前，深深作了一揖："箫翁您好！"

箫翁傲慢地抬眼看看他，"唔"了一声，少年又说："鄙人姓杨，久闻箫翁大名，今日特来相会，想请箫翁赐教一二！"

箫翁笑了一下："哦，你也会吹箫吗？"杨生恭敬地说："不敢当，皮毛而已，还请箫翁吹奏一曲，让我也听一听这美妙的神箫之声！"

"哈，"箫翁傲慢地摇摇头，"我已

经多时不曾吹箫了！我的箫声你听得懂吗？"

杨生微笑了一下："话不能这么说吧，我这次来，就是想和您比一比的！如果您输了，这雅座就该我坐了！如果我比输了，我便跪下磕头，把箫砸烂，永世不再吹箫！"说着他解下肩上的包袱，取出一支箫来。这箫比箫翁那竹制的神箫短小很多，莹白的颜色焕发着光彩，原来是一支精致的瓷箫！

箫翁听了这话，吃了一惊，气得

脸上泛起了红晕,可看了这短小的瓷箫,他又松了一口气,哈哈大笑道:"年轻人,真是不知天高地厚!"

"您是不敢比吧?"杨生说。这时候茶楼上的人们早都把目光集中在他们身上,箫翁气往上冲"好,比就比,我不出题,免得你说我欺负小辈,你自己说怎么比吧?"

"我们各自吹箫,看谁的箫声能把窗外的鸟儿引入茶楼,就算赢,怎样?"杨生指了指窗外竹林中婉转鸣叫的鸟儿。

箫翁大笑:"好,我当你要出什么难题呢!"

这时,茶楼里已经挤满了人,但却鸦雀无声,只有窗外的鸟鸣声声传来。只见箫翁举起碧绿长箫,缓缓吹奏起来。顿时,一声声洪亮的箫声飞扬,像是"吱吱喳喳"的鸟鸣声,悦耳动听。窗外的鸟儿们都被惊动了,随着箫声飞鸣不已,却没有一只飞进茶楼的窗口。

轮到杨生吹奏了,他微微一笑,把瓷箫放在嘴边,只听一缕尖细的声音袅袅传出。顿时,那窗外的鸟儿们欢跃起来,应和着箫声,一问一答。杨生吹奏得更加细腻,逗引得鸟儿们一只只直飞过来,绕着杨生旋转飞舞!曲终乐止,鸟儿们这才慢慢散开了。茶楼里的人们如梦初醒,轰然大叫:"好!"

箫翁羞得脸红耳赤,他狠狠地把竹箫丢在地上,欲一脚踩下去,把箫踩个粉碎:"我再也不吹箫了!再也不吹了!"

杨生慌忙拦住箫翁,乘势跪下来说:"您千万别介意!"他把箫翁扶在座位上坐好,把那支神箫也放在桌子上,接着说,"您听我把话说完,听了您的气就会消了!"

原来杨生也酷爱箫艺,认真学过很多年。他听说了箫翁的事,很想拜师学艺,但知道箫翁不会收下他,便想法设计了这场比试。论箫艺,其实杨生并不如箫翁,但他特地选用短小的瓷箫,发声细腻,与鸟鸣相差无几,自然比箫翁那发声洪亮的神箫更能吸引鸟儿了。

杨生说完,又跪下来恳切地说:"师傅!我诚心诚意地想拜您为师,您就收下我这个学生吧!我们这文明古国的箫艺,不应该断绝啊!我要向您学习,好好地把这一门绝艺传承下去!"

茶楼上的文士也一起向箫翁请求:"是啊,箫翁,您就答应了吧!"

箫翁非常感动,连连点头说:"好,好,我答应你,收下你这个徒弟!"

从此,聚雅茶楼上时时飞出一声声悦耳的箫声,人们经常能够大饱耳福……

(题图、插图:黄全昌)

  你是多愁善感的乌鸦,你是活蹦乱跳的青蛙,你是出淤泥而不染的荷花,你是我心中火红火红的大虾。我想轻轻地问候你:看我短信的傻瓜,最近过得好吗? 1320***2285(0327)

爱情的位置

□ 徐志义

漂亮的白雪和警官林义清拉上了关系，白雪主动约林义清在风铃咖啡屋见面。烛光幽幽，情曲靡靡，白雪羞红了脸，林义清悠然地凝视着她，微笑不语。

白雪鼓足了勇气，说"我……可能爱上你了。"

白雪说完，抬头望着林义清，一脸真诚。

"对不起，我不能接受。"林义清收起笑容，一脸严肃。

"你……你真的就不能放我弟弟一马？死心眼！"白雪怨恨地瞪了林义清一眼，霍地起身，抓起拎包去结账，林义清赶紧起身抢过账单，说："我来吧！"白雪使劲推开他，恨声说："用不着，是我约的你！"

白雪执意结了账，走出风铃咖啡屋，她又羞又恨，无地自容。在爱情上，她已经看走了一次眼，这次，她又看走眼了？

白雪有个弟弟叫白根生，父母前年先后去世，姐弟俩没了依靠。白雪辍学，开了间美容店，挣钱养家供弟弟上学。白根生上高中，酷爱电脑，是个网络奇才。市里举办电脑游戏大奖赛，他夺得冠军。白根生受留学思潮的影响，一心想出国深造，可白雪没钱供他。暑假里，白根生去一家银行实习，他给那家银行编制网络程序时趁机做了手脚，带着86万公款逃走了。警官林义清第一次登白雪家的门，就是来了解情况的。

林义清第一眼看到白雪，忍不住说："没想到白根生有这么漂亮的姐姐！"白雪羞红了脸，女人被欣赏，是

值得骄傲的事儿，但见来人一身警服，白雪又有些紧张。让座后，林警官说了白根生犯案的事，白雪就更紧张了。林警官问白根生有什么不良嗜好，白雪说，他不吸烟不喝酒不赌博，也没有狐朋狗友，他就是想出国上学。林警官又问："白根生现在在哪里？"白雪说："我不知道。""可能会在哪里呢？""不知道，真不知道。"林警官严肃起来"白雪，我想告诉你，包庇也是犯罪！"白雪受不住了，捂着脸哭起来。林警官缓和了态度，说："我干这行，必须提醒你，是为你好……我是害怕，一个网络才子走了歧途就够可惜了，要是再搭上一个美丽的姑娘，就更遗憾了！"林警官说完，意味深长地望望她，起身离开了。

林警官走了，他的形象还清晰地留在白雪的眼前：俊朗、睿智、可亲，和想象中警察的严厉是那么不同。凭女人敏锐的第六感觉，白雪觉得这个男人对她有好感，可那又怎么样呢，自己只是个犯罪嫌疑人的亲属……

林警官第二次登白雪家的门，是半个月以后。白雪看见林警官，不禁又惊又喜，惊的是，不知林警官是不是还怀疑她在包庇弟弟；喜的是，她又见到了林警官。不知什么时候，她心里有了他。

入座后，白雪紧绷着脸说："根生在哪里我真不知道！"林警官笑了，说："我相信你。我是来告诉你，我们已经找到他了。""啊！"白雪惊叫了一声。林警官接着说："白根生卷走的公款已经被他花去了5万。我想告诉你，根据法律规定，积极退赃属于减轻情节的一种，如果能补上这5万元钱，法院有可能依法做出减轻处罚的判决。我和你的心是一样的，所以我来找你。"

白雪敌对的表情没有了，她感激地看着林警官，后悔刚才自己的态度，特别是林警官说的"我和你的心是一样的"，更使她产生了一种微妙的感觉。她要和林警官同心协力救弟弟。

白雪如实说："我没有钱。要说，我开美容店，也攒下了七八万，可是，可是……""可是什么呢？""被人骗去了。""是谁？能告诉我吗？"白雪犹豫了半天，说了那个人的名字，那是她的初恋男友。林警官问："能让我介入吗？"白雪点头。

三天后，那个无赖来找白雪了，他把钱还给了白雪，还加了利息。临走时他酸溜溜地说："没想到你找了这么硬的后台，警官！厉害，厉害！"白雪苦笑，心想，什么后台，他的目的只是要追回赃款罢了。

白雪拿着5万元送到了公安局，林义清送她出门。路上，白雪低声恳求说："林警官，钱全部退了，能不能……不判我弟弟的刑？我……"她说不下去了。林义清清澈的目光望着她，认真地说："你不是要砸我的饭碗吧？案情已经发生了，我们的努力只能是依法争取减轻处罚。"白雪讨了个没趣，她忽然想到，林义清肯定有一个很漂亮很贤惠的妻子，她才没有打动他。

白雪睡不着觉，不知弟弟要判几年，今后还能不能上学？她想到了林义清，林义清是个正直有义的人，就说他帮助自己讨回被骗去的7万元巨款，也应该报答人家，给人家送个红包，现在就兴这，何况弟弟的案子还在人家手里；还有，她出于一种莫名的妒忌，想看看林义清的家，看看他爱人有多么漂亮、多么贤惠。

白雪打听到了林警官家的住址，备好红包，趁上班时间去了。这是一个普通的院落，一进门，见一位老太太正逗着一个四五岁的小男孩在玩。从邻居老太太嘴里，她知道林义清为给妻子治癌症把房子卖了，可妻子还是去了，留给他的只有贫穷和一个孩子，现在他是租住在这里。白雪心里一阵怜悯，"没想到你找了这么硬的后台"，那个无赖还她钱时说的这句话一下子真实起来。白雪把红包塞在小男孩手里，心事重重地走了。

回到家，白雪给看守所里的弟弟写了封信，白雪告诉白根生，林警官是个好人，他抓你也是为了挽救你，你千万不要恨他。为了使弟弟相信林警官的为人，白雪甚至告诉弟弟，自己想要嫁给他。

写完信，白雪想和林义清把关系确定下来，她认为这有利于对弟弟案子的处理。她给林义清打电话，约他到风铃咖啡屋相见，说有重要的事和他谈。没想到当她满腔真情地说出"我可能爱上你了"时，林义清会严肃地拒绝，还把那个红包原封不动地退还给了她。她害臊，她生气！她一下看清了林义清的真面目——在还没有逮住弟弟的时候，在还没有追回全部

赃款的时候，他对自己是那么和蔼、亲切；现在逮住了弟弟，又追回了全部赃款，他就变脸了。白雪感到自己又看错人了，她不知道自己的命为什么这么赖，她下定决心，这辈子再不谈情说爱了，要当老姑娘！

白根生的案子开庭了，白雪到场旁听。白雪没有想到，林警官也到场了，他为犯罪嫌疑人白根生出示了一份关键的证据。原来，当初白根生卷走的公款只有26万，可那家银行报案时却说丢失了86万。经有关部门查明，其实是那家银行的头头借机谎报，把他们自己贪污的60万加进去了。因此，通过白根生的主动交代，又挖出了一窝贪污犯，也就是说，白根生实际上有立功表现。林警官请法庭根据实际情况，对犯罪嫌疑人白根生从轻处罚！

法庭经过合议，当庭宣判，对白根生从轻判决，判有期徒刑三年。

更出乎白雪意外的是，法庭宣判后，第一个到监狱里探望白根生的就是林义清。

林警官给白根生带来了礼物：大学计算机专业本科课本。林义清语重心长地对白根生说："年轻人摔跟头并不可怕，可怕的是，摔倒后不站起来。摔了跟头后能够站起来的人，生命力会更强！我给你带来了书，请你收下，监狱也是个可以成才的地方。"

白根生泪流满面地接受了林警官的礼物，他终于相信了姐姐的话，林警官是个好人。忽然，他想起姐姐信里说过的话，便在一张纸上写了决心书，交给了林警官。

那一天，白雪突然接到林警官的电话，约她到风铃咖啡屋相见。也像当初她约他一样，林警官说，有一件重要的事情和她谈。白雪去了。

烛光幽幽，情曲靡靡，白雪想起当初在这里的约会，顿时生出了敌意。林警官对她笑，她也不理睬。林警官掏出一张纸递给她，说："请你过目。"白雪接过，就着烛光读道：

林警官，是你把我送进了监狱，三年后，不，从今天起，我要好好表现，力争提前释放，希望那时你能以我姐夫的身份接我出狱！

深深敬重你的白根生

白雪看后，故作不解地问："这种胡说八道的信，你为什么不把它撕了？"

"因为……我爱你！"

"当初为什么要拒绝？"

"我干这行，爱情的位置要摆对。"

白雪起身，扑到林警官怀里，悲喜交加："这些天，你可把我害苦了！"

（题图、插图：谭海彦）

爱德华·D·霍克是美国现代著名的短篇侦探小说大师，迄今为止发表了超过800篇侦探小说。他曾是全美侦探小说作家协会的主席，并于2001年度荣获MWA爱德加大师奖。

致命的跟踪

□ 古 苹 推荐

雷·班克罗夫特住在纽约郊外的住宅区，他在纽约城里有着一份稳定的工作，和妻子琳达过着平淡而安宁的生活，但自从那个神秘的跟踪者出现，这种安宁就被打破了。

那是个星期二，雷刚下班回到家，他注意到有个陌生的男人在邻居门口徘徊。那个男人长得高高瘦瘦的，雷第一眼的直觉就觉得他是个外国人，也许是英国人。第二次邂逅是星期五晚上在车站，他们只是偶然地擦身而过。雷想，这家伙可能刚搬到

附近来，也许就在邻近社区的某栋新公寓里。

接下来的一周，雷开始注意到他无处不在的身影。

这个高个子外国人早晨八点零九分和雷一起乘火车前往纽约，中午在饭馆吃饭时他们只隔着几张桌子。雷告诉自己这在纽约是常事，有时可能一周里你每天都碰上同一个人，毕竟人的生活圈子就这么大。

真正让雷对那个外国人产生警惕是因为周末发生的事。那天，雷和妻

子驱车到郊外野餐，突然，他觉察到那个外国人正在跟踪他们。在这个离家五十英里的地方，这个高个子陌生人沿着平缓的丘陵慢慢地踱着步，不时地东游西逛，似乎在欣赏着山里迷人的风光。

雷有点生气，他问妻子是否见过那个家伙，自己几乎走到哪里都能见到他，可戴着浅色太阳镜的琳达却摇摇头："我不记得以前见过他。"

"哎，他肯定是住在我们附近。我想知道的是他到底在这里干什么？你认为他有可能是在跟踪我吗？"

琳达笑了起来："雷，别说傻话了，别人为什么要跟踪你？跟踪你来野餐？"

"我不知道，但他总是如影随形地跟在我屁股后面，这未免有点蹊跷。"

确实有点蹊跷。

夏天过去了，九月来临，事情还是怪怪的。有时一周一次，有时两次，甚至三次，这个神秘的外国人频频出现，总是踱着步，总是公然出现在雷周围。

最后，一天夜里在雷回家的路上，那个男人突然又出现了。

雷大步上前追上那个男人，直截了当地问道："你在跟踪我吗？"

那个外国人困惑地皱皱眉："请你再说一遍！"

"你在跟踪我吗？"雷重复了一遍，"我在哪里都能见到你。"

"是吗？我亲爱的朋友，你一定搞错了。"

"我没搞错，不许再跟踪我！"

但那个外国人只是沮丧地摇摇头，便走开了，雷站在原地，看着他消失在视野之外。

这次警告并未使事情好转，接下来的日子里，雷反而越来越频繁地"偶遇"那个外国人。

"琳达，我今天又见到他了！"一天，快要忍无可忍的雷对妻子说，"那个该死的外国人！今天我在我们这栋楼的电梯里又碰到他。"

"你能肯定是同一个人吗？"琳达问。

"当然肯定！他无处不在，我告诉你！我现在每天都能见到他，在大街上，在火车里，在餐馆里，现在甚至在电梯里！这简直要把我逼疯了，我敢肯定他是在跟踪我，但为什么呢？"

"你跟他说过话吗？"

"我跟他说过了，诅咒了他，威胁了他，但这不起丝毫作用。他只是露出困惑的表情，然后就走开了，接着第二天又见到了他。"

琳达想了想，建议丈夫给警察局打个电话，也许警察会有办法阻止这件荒唐事，但雷觉得这没用，因为那个男人只是如影随形地出现在他周围，却没有采取什么实质性的行动。

"那……你准备怎么处理这事？"听了丈夫的话，琳达若有所思地问道。

"怎么处理？我告诉你吧，下次再看到他时我会揪住他，暴打一顿，逼他交代跟踪我的目的！"雷气急败坏地说。

第二天晚上，那个高个子外国人又出现了，他正在雷前面的火车站站台上走着。雷朝他跑去，但那个外国人很快消失在人群里。

也许整个事情只是巧合而已，然而那天夜里雷的烟抽完了，他离开家门朝拐角处的杂货店走去，突然他预感到那个高个子外国人会在路上等着他。当他走近闪烁着的霓虹灯下时，他真的看到了那个男人，他正从铁轨那边慢慢地朝街道这边走过来。

雷想，这事真的该结束了，他大喝一声："站住！"

那个外国人停下来，很不高兴地看了他片刻，然后转身从雷身边走开了。

"等会儿，就是你！这事我们得现在解决，一了百了！"但那个外国人依然向前走着。雷一边骂骂咧咧，一边开始追起来。他大吼着"回来"，但那个外国人几乎跑起来了，这时他们周围已没有了灯光，漆黑一片。雷飞奔起来，跟在那人后面跑进了沿着铁路并行的那条狭窄的街道。

"混蛋，回来！我有话跟你说！"

但那个外国人也跑起来了，越来越快。最后雷停了下来，累得上气不接下气，前面的那个外国人也停了下来。

突然，那人抬起手做了个手势，雷能够清楚地看到他手表上闪闪的荧光，雷知道他是在招呼自己跟上去……雷猛地又跑起来。

那个外国人只等了一会儿，接着也跑起来，他身旁便是铁路护墙，几英寸宽的护墙把他与下面二十英尺深的铁路分隔开来。

远处，雷听到斯坦福德方向开来的火车，低沉的呼啸声划破沉寂的夜空。前方，那个外国人绕过一堵砖墙，转过墙角，转瞬间就不见了。

此时雷几乎就要赶上那人了，他来不及多想便随着转过墙角，看到那个外国人正在那儿等着他，但此时已经太晚了。那男人的一双大手向他扑来，刹那间雷就被推得向后跌去，翻过铁路护墙，一双手在空中徒劳地挥舞着。当他撞到铁轨上时，他看到斯坦福德开来的快车几乎就在眼前，天地之间只有恐怖的隆隆声……

几个月后，在火车站站台上，透过火车缭绕的蓝色烟雾，那个高个外国男人一边瞥着身段迷人的琳达——现在她是雷的遗孀，一边说："一开始我就说过，亲爱的，一次高明的凶杀其实就是一场游戏……"

（题图：佐 夫）

一枚偶得的铜钱，改写了一个人的命运。透过那小小的钱眼，看到的却是光怪陆离的世间百态；爬出钱眼，蓦然回首，仿佛刚做了一场奇异的梦……

古币风波

□李滋民

1. 飞来横财

这年夏天，石油勘探公司找了一批农民工，在戈壁滩上挖勘测地下石油的炮坑。在这批农民工中，有个小伙子叫胡世奎，小伙子人长得结结实实，粗眉大眼的，可就是懒散贪玩，不喜欢在黄土地里刨食，做梦都想挣大钱，发大财。他哥哥胡世光嫌弟弟不务正业，和他分了家，这下他更如脱缰野马，无拘无束，弄得家里穷得叮当响，日子实在混不下去了，这才来挖炮坑，挣点小钱花花。

这天中午时分，胡世奎顶着烈日，挖得满头大汗。快挖到两米了，一镐刨下去，隐约听到"喀嚓"一声，像是什么东西被刨裂了。胡世奎拿起铁锨，把沙土铲出坑外，砂土中露出了一个破瓦罐。胡世奎两眼一亮，心猛烈跳动起来：老天爷！该不是旧社会哪个地主埋在地下的一罐金子吧？该我胡世奎发财啦！他边想边小心翼翼地取出罐子，扒拉开一看，大失所望：哪有什么金子，是一罐锈迹斑斑的铜钱。胡世奎望着铜钱愣了好一阵子，嘴里自言自语道：铜钱就铜钱吧，听说这玩意儿也能卖钱，若能卖个几千块，自己也不用费力流汗地挖炮坑了。这么一想，他立马脱下贴身的破背心，把铜钱包好，爬出炮坑，找了个合适的地方挖个坑埋了起来。

把铜钱埋好后，胡世奎说家里有事，找队长请了假。回到家，他向哥哥借了辆自行车，等到天黑人静的时候，他骑车出门，借着月光，蹬到了埋铜钱的地方，挖出了铜钱。回到家，他后半夜才睡着，醒来后已是第二天中午了。

胡世奎为了弄清这些铜钱能值多少钱，就揣了五枚铜钱，到县城来先摸摸行情。他来到县城邮局那条街上，只见一溜摆了七八个卖假古董的地摊。问了问价，铜钱一枚卖五元钱，胡世奎大失所望，心想，那一瓦罐铜钱也就卖几百块钱，看来自己想发大财是没指望了。他摸出自己的五枚铜钱递上去，摊主看了看说："一枚五块。"胡世奎说："老板，你再给加几块吧。"摊主说："这种铜钱我这里多的是，你要不信，我这一堆都是五块钱一枚，你全拿走。"胡世奎犹豫了一阵子，最后还是决定先卖掉两枚。当他拿了十块钱，离开地摊时，发现有人拍他的肩膀，一看，是个中年人。

中年人说："这位师傅，我想看看你的铜钱，行吗？"胡世奎见这人戴着眼镜，一副斯文相，不像是骗子，就把剩余的三枚铜钱递给他。

中年人摘下眼镜，把铜钱仔仔细细端详了好一会儿，说："咱们到那边说话好吗？"两人来到一个僻静的地方，中年人问道："您贵姓？""我叫胡世奎，是白土梁村的农民。""您这钱是哪来的？"胡世奎不敢说实话，编了个谎："这是我爹留下的，现在家里急着用钱，所以想把它卖了。"中年人自我介绍道："我叫曹鸿文，是县一中的历史教师，业余时间喜欢收藏古币。您这三枚铜钱真要出手，我要了，七百五十元。"胡世奎一听，眼睛瞪大了：铜钱一下升值这么多！再看看曹鸿文，态度诚恳，不像打诳语，就说："曹老师，我是个农民，对这东西不懂行，你教教我怎么看价钱。"曹鸿文说："我家就在前面那条街上，到我家去聊聊吧。"

胡世奎跟着曹鸿文来到曹家，曹鸿文的夫人端上水果、饮料。两人坐定后，曹鸿文说："小胡师傅，你今天上当了。那个摊主我认识，外号叫尚大头。他的那些铜钱全都是自产自销的假货，一枚五块钱，他都有赚头。"胡世奎不解地问："我看那些铜钱都是锈迹斑斑，像是在地下埋了好多年。"曹鸿文笑道："这种造假技术早不是什么秘密了。他们把假铜钱铸好以后，埋在土里，浇上兑了醋的水，或者干脆撒上一泡尿，不出半个月，铜钱就会锈迹斑斑。"胡世奎听了，觉得

十分新鲜。他掏出自己的三枚铜钱，递给曹鸿文看。曹鸿文看完后说："你这三枚钱都是真的，而且都是'花钱'，收藏价值比较高。"胡世奎请教说："什么叫'花钱'？"曹鸿文说："所谓'花钱'，大体上相当于咱们现在的纪念币，一般不流通，但比流通的钱更有价值。"胡世奎一听，越发高兴了，忙问："曹老师，你看我这几个钱怎么定价？"曹鸿文起身从书柜里拿来一本古代花钱的目录，把胡世奎的三枚铜钱一一对照了一遍，说："你看，这枚钱正面为'福寿双全'，背面为'长命百岁'，

这叫吉语钱，参考价在七十元到一百元之间。而那枚价值很高，叫'马钱'，参考价五百元左右。"胡世奎一听这个小小的铜钱能值五百元，惊喜地拿过铜钱看，只见一面刻着一匹马，一面是四个字，他都不认识，就请教曹鸿文，曹鸿文说："这是篆书，四个字是'贞观十骥'，贞观是唐太宗李世民的年号，铸这钱的意思大概是纪念贞观年间最好的十匹马吧。"胡世奎说："可惜了，刚才两枚铜钱被那个摊主骗走了。"曹鸿文说："我刚才一直在旁边看热闹，我记得你的那两枚古币，一枚上写着'去邪降福'的字样，那叫咒语钱，参考价在三十元到五十元之间。另一枚上写着'祺祥通宝'四个字，古币上标有'通宝'的，前面的两个字应该是年号，比如乾隆通宝，嘉庆通宝，可是中国历朝历代，就没有'祺祥'这么个年号。"胡世奎说"曹老师，你查一查你的那些书，这也许是个很生僻的年号。"曹鸿文很自信地说："不用查，我是教历史的，包括农民起义政权用过的年号，各种短命王朝的年号，割据小朝廷的年号，我都背得滚瓜烂熟，确实没'祺祥'这么个年号。"胡世奎一听，觉得损失不大，心里也就不太难受了。

胡世奎接过书来慢慢地翻看着，心里在想，今天幸亏遇见曹老师这样的好人，要不让那个地摊贩子把五枚钱全骗走了，自己还蒙在鼓里。唉，有

钱多钱少，常有就好；人丑人俊，顺眼就好；年老年少，健康就好；家贫家富，和气就好；一切烦恼，理解就好；人的一生，平安就好。 河南 秦雯雯（0332）

文化的人和咱就是不一样呀！他把三枚铜钱的价格和书上对了一遍，痛痛快快地以七百五十元和曹鸿文成交了。曹鸿文又说道："小胡师傅，这本书你要是喜欢，就送给你了。这种铜钱你家还有吗？""有，还有百来个呢。""你如果都想出手的话，我约几个古币爱好者来，就在我家搞个小型交易会。咱们明码标价，公平交易，这就叫以古币会友，你看怎么样？"胡世奎觉得这个朋友值得交，就一口答应了。

从曹鸿文家出来，胡世奎想验证一下曹鸿文说的话，就再次来到尚大头的地摊前。他假装看一个摊前的货，蹲在尚大头身后不远的地方。时间不长，一个络腮胡子溜到了尚大头的身旁，对着尚大头的耳朵说："尚老板，你说的事情，我去和他们商量了，他们说，民国三十年的可以做，民国十八年的做不出来，成色不好掌握……"尚大头骂道："我就知道这两个家伙只会说大话，干不成事情……"胡世奎一听就知道，他们在商量着造假银元，这才相信曹鸿文的话一点儿都没错。他起身瞥了一眼络腮胡子，就回家了。

2. 衣锦还乡

胡世奎回到家中，把那本古币目录认认真真读了一遍，又关上门窗，把铜钱拿出来一一对照了一番，心中

基本有数了。星期天大清早，胡世奎又到他哥家借自行车。嫂子一边不满地抖着围裙上的灰，一边说："哟，你比县长还忙呢！你公务这么忙，就该自己买辆摩托车骑着去办啊，老骑你哥的破自行车，寒碜不寒碜啊？"胡世奎碰了一鼻子灰，只好忍气吞声回到家中，带着百来个铜钱，步行走出县城曹鸿文家，曹鸿文一见他就说："小胡师傅，对不起，我上次没给你说清楚那枚祺祥铜钱的事。前天我去了一趟省城，顺便看望我的大学老师，闲谈中提到你那枚铜钱，就请教了老师关于'祺祥'这个年号的事。老师说这是清代一个没有使用成的年号，祺祥通宝是古币中的极品。我回家又在报纸上查到，最近的一次拍卖会上，出现了一枚祺祥通宝，被拍到二十五万元。"一听二十五万，胡世奎差点晕倒，他懊恼地带着哭腔说："天哪，二十五万从我的手里溜走了……"曹鸿文说："小胡师傅，你先别急，我想尚大头未必知道祺祥通宝的价值。你拿这枚贞观十骥去换祺祥通宝，贞观十骥花钱目录上有，他可能愿意换。"胡世奎说："贞观十骥我已经卖给你了，怎么好意思再要回来？"曹鸿文说："不说这些了，你把钱还给我就行了，保住你的祺祥通宝要紧。事不宜迟，快，咱们现在就去。"

两人来到尚大头的地摊前。胡世

奎掏出贞观十骥递给他,尚大头一见,眼睛就亮了,问:"要卖吗?"胡世奎说要换祺祥通宝,尚大头故作平淡,说:"两个破铜钱,换来换去有什么意思?"胡世奎早就想好了借口,说:"我要给我爹迁坟,风水先生说要在坟里押一个铜钱。祺祥通宝几个字听着吉祥。"尚大头半信半疑地说:"你们这些乡下人尽讲究还不少!"嘴里说着,手里拿着贞观十骥把玩着不舍得放,他思索了好半天,最终还是同意了。胡世奎把祺祥通宝递给曹鸿文,曹鸿文用放大镜看了看,对他点了点头,两人就回来了。

回到曹鸿文家里,胡世奎问:"曹老师,这是我原来的那枚钱吧?"曹鸿文说:"肯定是。我用放大镜发现,

这钱上粘了几个小油泥星,尚大头大概用这枚钱做模本,去造假祺祥通宝了。"胡世奎这才放心。说话间,曹鸿文约好的六个古币爱好者都来了。胡世奎拿出铜钱。这几个人有拿放大镜的,有拿价目表的,曹鸿文打开电脑,从互联网上查找行情。这时胡世奎对古币的分类、行情也略知一二了,参照价目表上的价钱,也就能交易了。他把铜钱摊在茶几上,由大伙任意挑选,然后再和他们讨价还价。就这样热闹了一上午,胡世奎的铜钱都出手了。一百多枚铜钱,卖了大约六千多块钱。

不知不觉已到中午,有人提议去吃火锅,众人一致赞成。胡世奎也跟着大家来到火锅店。大家一边吃,一边天南海北地闲聊,当谈到祺祥通宝的年号时,胡世奎插话问道"曹老师,刚才你说'祺祥'这个年号,怎么叫没使用成的年号?"曹鸿文举杯抿了一口酒,像讲故事一样讲开了:

公元 1861 年 8 月,咸丰皇帝病死在承德避暑山庄。临死前,他把皇帝的宝座传给六岁的儿子载淳。咸丰皇帝心里清楚,六岁的孩子是无

法掌管国家政权的，于是他把八位最亲信的大臣召到病榻前，临终托孤。咸丰皇帝怕他死后，他的懿贵妃，就是后来的慈禧太后闹事，就把权力分散给顾命八大臣。肃顺为首的八大臣预感到西太后会阴谋夺权，为了巩固他们的地位和既得利益，就采取了一系列措施，其中很重要的一条，就是抢先建元年号，就用"祺祥"这两个字，并且下令铸造祺祥通宝铜钱。当时铸造的数量很少，八大臣原准备第二年小皇帝登基时，以这种钱为母钱，在全国各省铸造发行。可惜肃顺等人低估了西太后的能力，西太后抢先下手，八大臣被捕入狱，历史上称为"辛酉政变"。慈禧太后收拾了顾命八大臣后，定年号为同治，祺祥通宝就成了乱臣贼子们谋反的罪证，被下令销毁了。当然，也有极少数祺祥通宝流入民间，就成了古币收藏的一大热门。

大家听了，感叹不已。八个人喝了很多酒，散席时，都已酒意浓浓。胡世奎喝得走路都有点儿摇晃跟跄了，一个古币爱好者一把扶住他，说："小胡同志，喝多了吧？酒这个东西，看起来像水，喝到肚子里闹鬼，走起路来绊腿，感觉自己像市委常委……"引得大家哄堂大笑。

胡世奎不知道市委常委是多大的官，不过此时他腰包里有了钱，感觉自己活到这么大，从来没有像今天这样扬眉吐气过。告别大家后，他想起早上嫂子的冷言冷语，就发狠道：不管长委短委，先出一口恶气再说。于是，他转悠到商场，先掏出两千多块钱来，买了一辆八成新的摩托车；又花一千多买了个新款手机，还买了一套西服和一双锃光瓦亮的皮鞋。

这会儿，胡世奎可神气了，你看他身穿西装，足登革履，腰别手机，跨上摩托车，"嘟……"一阵吼，他昂首挺胸，雄赳赳，气昂昂往家中驰去。到了村头，他远远看见侄女玲玲在院门口玩耍，就有意"嘀嘀"按了几下喇叭。玲玲抬起头，愣愣地认了半天，才认出是她二叔，忙转身奔进院子里。胡世奎把车骑到院门口，又狠狠地按了几下喇叭。他哥胡世光和嫂子闻声走了出来，目瞪口呆地看着他。胡世奎得意地提高嗓门说："嫂子，你今天早上教导我教导得好，我活了快三十了，老骑我哥那破自行车，真是羞愧呀！我听从你的教导，把摩托车买来了……"嫂子尴尬得脸上红一阵，白一阵，开不了口。他哥胡世光皱着眉头，说："老二，有话进屋来说。"

胡世奎把摩托推进院子后进屋坐下，对侄女说："玲玲，过来，二叔给你看一样好东西。"说着，掏出手机，按出了狗叫声、羊叫声、公鸡打鸣声，逗得玲玲直拍手。胡世奎又用手机的摄像头对着满屋子乱拍一气，说"玲

玲来看你的小模样，多漂亮！再看你妈这脸，拉得多长……"

胡世光一直在默默地抽烟，此刻终于忍不住开口道"老二，你听我说句话，咱们是本分的庄稼人，不管日子多艰难，违法的事情可千万不能干。"胡世奎一听笑出了声："哥，你想到哪里去了？你以为我抢银行了？贩毒了？你就再借我一个胆子，我也不敢哪！"于是他把挖炮坑如何挖出一罐子铜钱，如何巧遇曹鸿文，如何卖铜钱的过程细说了一遍。胡世光听了埋怨道："我说老二，人家叫你胡日鬼，真没叫错！你添件新衣服，买辆车也就算了，这一千多块钱的手机，是咱庄户人家玩的吗？我知道你不喜欢和土疙瘩打交道，但你咋不用这笔钱去做个小生意啊？你眨眼工夫，就把六千块钱花得差不多了。你是今日有酒今日醉，哪管明天喝凉水！"胡世奎觉得他哥说得有道理，他沉默了，想想六千多块钱已经所剩无几，他有点后悔了。

3. 传言四起

胡世奎在家里闲呆了十几天，正在犹豫要不要再去干临时工，曹鸿文来找他了。聊了几句，曹鸿文开门见山说："小胡师傅，让你看一样东西。"胡世奎一看，竟然又是一枚祺祥通宝，顿时惊得说不出话来。曹鸿文说

"这是我在尚大头的地摊上买的，五块钱一枚，我买了两枚，这枚就送给你玩吧。"胡世奎看了半天，也分不清真假，他感叹说："尚大头这家伙，造假的本事真叫大。不过真品只有一个，就在我的手里。"曹鸿文说："小胡师傅，你先别太高兴。现在，古币市场上祺祥通宝的真品极难见到，绝大多数都是赝品。你这枚是不是赝品，只有请专家鉴定后才能作结论。"胡世奎一听，心凉了半截，说："天地良心，我可没有本事造这假铜钱呀！"曹鸿文笑了："我不是说你造假，你上次说，这钱是你爹留给你的？"胡世奎只好硬着头皮编故事，说："我爹说，是他父亲的父亲留下的。"曹鸿文点了点头，说："哦，是这样。从这些铜钱来看，可能是清代或者民国年间的古币爱好者收藏的。清代或民国年间的人也有可能制造赝品呀！"

说话间已到中午了，胡世奎看看自己屋里冷锅冷灶，啥吃的也没有，就拉着曹鸿文到他哥这边来吃饭，乘他嫂子在做饭，胡世奎就把这祺祥通宝能卖二十多万给他哥神吹了一通，说不清的地方，曹鸿文帮着解释。胡世光见曹鸿文是个斯斯文文的教书先生，也就深信不疑了，他感慨地对曹鸿文说："做哥哥的，只是希望我这个不争气的弟弟不要有了钱就乱花，等他把这铜钱卖了，好好成个家，安安

  请用一秒钟忘记烦恼，用一分钟想想快乐，用一小时与喜欢的人度过，用一辈子关怀最爱的人，然后用一个微笑来接收我传递给你的祝福！ 河北 李素敏（0334）

稳稳地过日子，我这当哥的也就安心了。"曹鸿文说："这铜钱是真是假现在还很难说，你们先不要张扬，要注意保密。"

吃过饭，胡世奎就和曹鸿文上省城了。他俩先到师范大学找到曹鸿文的老师张教授，张教授又带他们去见在省博物馆工作的古币专家。胡世奎掏出铜钱恭恭敬敬地递上去，请专家过目。专家拿放大镜看了几眼，眼睛就发亮了，嘴里念叨着："好东西！好东西！这可是个好东西！"他仔细看了一阵后，又从书柜里翻出几张古币拓片，递给曹鸿文和胡世奎，说："这铜钱十有八九是真品！你们来看，这个版本是清代兰州制币局铸造的，目前国内发现的很少。据有关资料记载，当时这批祺祥通宝铸好后，接到朝廷的命令，就地熔化。目前留下的几枚，很有可能是制币局的官吏、工匠偷出来自己玩的。这可是稀世珍品呀！"胡世奎听了，顿时觉得自己幸福得头晕目眩了。

回家的路上，曹鸿文说："小胡师傅，这枚古币大概能改变你的生活，回去后你一定要妥善保管好它，最好放在一个保密的地方。我看你把这么珍贵的东西随便扔在桌子上，万一丢了就麻烦了。"

胡世奎牢记曹鸿文的嘱咐，回到家中就开始琢磨把铜钱藏在什么地方好。他看看自己的屋里，家徒四壁，实

在没有个合适的地方，最后他想出一招，把铜钱放在一个破袜子里，压在褥子下面。他想，万一家里进来小偷，绝不会看上这只臭袜子的。

胡世奎以为铜钱藏好了，就可太平无事，岂知没出三天，这事就在村内村外传得沸沸扬扬，而第一个传播者竟是他的嫂子。

胡世奎的嫂子是个喜欢传播是非的女人，那天在厨房做饭，她隐隐约约听说那枚铜钱能卖二十五万，而曹鸿文临走时交代要保密，这"保密"二字更加激发了她传播这个消息的欲

·中篇故事·

望。经她的嘴反复传播，于是一传十，十传百，没出几天，加工版本越来越多，故事也越来越离奇，最邪乎的一种版本说：胡世奎他爹给胡世奎托了一个梦，让他在床底下挖出一麻袋金元宝来。这么一来，胡世奎可就不得安宁了。

4. 骚扰连连

这天，胡世奎摸摸衣兜，发现只剩几十元了，他正想外出找个临时工干，这时嫂子领来一个人，来人自称是嫂子的表兄。胡世奎心里想，我与他从没往来，他找我干什么？来人叙了几句亲戚关系，套了套近乎后就言归正传。他说自己去年买了一种股票，从三十几元一直跌到现在的两元钱。股评家说了，这个股票已经是跌无可跌，现在吃进，保证能翻两三番。来人说得唾沫四溅，天花乱坠，而胡世奎却听得一头雾水，他不耐烦地问："兄弟，我听不懂你这些弯弯绕，你跟我说这些是什么意思？"嫂子的表兄终于亮出了底牌："兄弟，你看在亲戚的份上，借我三十万。一年后我保证还你五十万，我给你立字据，要不咱们到公证处公证也行。这个股票肯定是翻番的牛股……"胡世奎打断他的话："什么牛骨，马骨，啥骨头我也听不懂。别说三十万，我这会儿连三十块钱都没有，每顿饭都是在我哥这儿混，说不定哪天，我嫂子，你的

表妹又要给我使脸子看。"嫂子的表兄又说了一大堆牛股、解套的话，说得口干舌燥，看看胡世奎一脸冷漠，终于站起身来说："唉，如今这世道，越有钱的人越抠门。"说完悻悻而去。

几天后，又有一位来客登门了。此人一进门，胡世奎就觉得有些脸熟，等他一张口，胡世奎就认出来了，原来是那个和尚大头一起商量造假币的络腮胡子！只是现在他把满脸的胡子刮得干干净净，鼓着铁青的腮帮子，拿腔作调地说："胡老板，咱们就开门见山吧！我出三十万，买你那枚祺祥通宝。"胡世奎冷冷地问："你有三十万吗？"络腮胡子拍拍手里的密码箱，说："没问题啦！只要货是真的，我立即付钱。"嫂子进来给客人端茶，小声说："世奎，三十万了，赶快出手吧。"胡世奎转身回到自己的屋里，想了想，就拿起了曹鸿文送给他的那枚假币，又把铜钱在粥汤里浸了一下，假币摸起来就有点儿粘手。

络腮胡子接过假币，装模作样地用放大镜左看右看，胡世奎在一旁不动声色地望着他。这时，嫂子过来给茶杯里添水，络腮胡子故意将茶杯碰翻，茶水泼在嫂子的脚面上，嫂子烫得尖叫起来。络腮胡子趁机像变魔术一样，把手中的铜钱掉了包，接着装腔作势地说："啊呀，抱歉得很，我眼力有限，实在是吃不准胡老板的东西是真是假。这样吧，改日我请位高人

忆往昔，孤单时有你，落寞时有你，沮丧时有你，无助时有你；望明朝，快乐时有你，庆祝时有你，开心时有你，收获时有你，用我的心爱你。 四川 刘光磊（0335）

来看看，咱们再谈。"说着把铜钱还给胡世奎。胡世奎摸了摸铜钱，表面很光滑，并不粘手，就冷笑一声，说"欢迎再来！"

络腮胡子怎么会找到胡世奎买祺祥通宝呢？原来那天曹鸿文等人在火锅店高谈阔论时，尚大头的女儿碰巧也在隔壁包厢里和几个朋友吃饭。她听到有人说："这样专业的历史问题，尚大头那个家伙当然不懂了……"她吃了一惊，当即出来给尚大头打电话。尚大头立即赶到火锅店，坐在女儿的包厢里，把曹鸿文细说祺祥通宝来历的话听了个一清二楚。尚大头悔得恨不得用头撞墙，他懊悔自己为了贪占小便宜，让稀世珍品祺祥通宝从手里溜走了。听到隔壁的人说说笑笑，尚大头的心痛得像刀扎一样。回到家里，他想了几天终于想出了这样一条掉包计。他先打听清楚胡世奎的底细，然后叫他的伙计络腮胡子假装来买祺祥通宝。

这会儿，络腮胡子拿着假币，兴冲冲地来报功。尚大头接过假币，用放大镜看了半天，也吃不准是真是假，就拿出一个小小的不锈钢锅，添上水，把铜钱放在水里煮。络腮胡子问："尚老板，你这是干什么呀？"尚大头说："小子，教你一手。真钱的锈是几百年才形成的红绿锈，附着力很强，在水里煮半个小时，基本上没有什么变化。假钱的锈，是在很短的时间里人为制造的，在开水里一煮就会脱落。"说话间二十分钟过去了，尚大头看了一眼锅，就破口大骂起来："你这蠢驴，让人家当猴耍了还不知道！这就是咱们自己造的东西！"络腮胡子看着满锅的绿水，顿时目瞪口呆。

再说胡世奎，等络腮胡子走后，他越想越后怕，他怕尚大头还要施出什么歪招来对付自己，反复思考后，他决定明天离家到勘探队挖炮坑去，于是他当晚就过来给他哥打个招呼。嫂子一听，忙说："他叔，你先别急着

走，我明天领个人来你见一见。"胡世奎一听就急了："我的好嫂子，你饶了我吧！你领来的人一张口，就是癞蛤蟆打哈欠，好大的口气。三十万、五十万，我有这么值钱的东西吗？"嫂子道："你别急呀，听我把话说完。昨天有人给你提亲来了，提的是咱们村陈主任的闺女。陈主任家可是有钱有势，他闺女在县城念过高中，他们能看上咱，是咱的福分！"胡世奎记得这些年来，陈主任见到自己就鼻子不是鼻子，脸不是脸的，他疑惑地问："那陈村主任能看上我？"嫂子说："人走运了，好事就跟着来，你挡都挡不住。这媒还是陈主任自己托人来说的呢。"胡世奎半信半疑，望望哥哥，见胡世光也没反对，就由嫂子去张罗了。

嫂子往返奔走了几天，事情就有眉目了，说好了日子在胡家喝订婚酒。这天，陈主任的老婆先过来视察胡家的准备工作，一进胡世奎的屋子，老太婆就摇晃着脑袋，喋喋不休地唠叨开了："他嫂子，这房子咋能行？让亲戚们见了还不笑掉大牙？咱陈家的脸面往哪里摆？娶我陈家的闺女，你们要当个大事情来办！这样吧，我家有几样不用的旧家具，你们去几个人抬过来。他嫂子，你们两口子要多花点儿工夫，把这房子好好拾掇拾掇……"胡世光两口子赔着笑脸，连连点头。经过一番整理，再配

上了家具，铺上了干净的床单被褥，屋子倒真有模有样了。胡世奎到自己的房子里一看，果然鲜亮。

订婚酒席就摆在胡世光家。陈主任几杯酒喝下肚，话就多起来："我早就看出世奎这小子有出息……"一个亲戚开玩笑说："陈主任，我以前可没少听你骂他！"陈主任说："这你就不懂了，年轻人免不了有点毛病，就得靠我们当干部的正确引导！这小子以后成了我的女婿，经我手调教后，没准儿能成个农民企业家。"又一个亲戚借着酒劲和他开玩笑道："姑父，你就不怕这胡日鬼拿个假铜钱骗你？"陈主任倚老卖老训道："小兔崽子，我过的桥比你走的路还多，还用你来说这话？我早托人打听了，县一中的曹鸿文老师，人品、学问都是一等，他说那个东西是真的，那就绝对假不了。"胡世光赔着笑脸说："我这弟弟，平常就贪玩点，别的毛病没有，骗人的事是不会干的。再说了，骗谁也不敢骗咱们陈主任啊！"

喝了订婚酒，结婚的日子定在了中秋节。大约十天后，陈主任打发人来叫胡世奎过去，说有事商量。胡世奎一进陈家的客厅，就见沙发上坐着一个戴墨镜的陌生人。陈主任笑呵呵地让胡世奎坐到自己身边，然后指指陌生人说："这位贾老板开了个小煤窑，马上就要出煤了，资金却出现了问题。他想用你那个铜钱作抵押向人

贷一笔款，煤窑给你百分之二十的股份，两年后铜钱仍还给你，我看这生意能做。"胡世奎疑惑地看了一眼贾老板，问："谈生意，怎么找到陈主任家里来了？"贾老板操着一口说不清楚的南腔北调："我听说胡老板是陈主任未来的女婿，就找到这里来啦！没有什么不方便吧？"陈主任说："找到哪里无所谓，我们是翁婿嘛，一家人不说两家话，何况有我这个村主任在场，世奎会觉得踏实，世奎，你说呢？"胡世奎想一想也是，就回家取铜钱。

他走进房间，掀起褥子，不见那只臭袜子，他又床上床下找了个遍，也不见那只臭袜子，他头上的汗刷地一下就出来了，他把屋里搜了个底朝天，也不见铜钱的踪影。他坐在地上，慢慢地回想着，猛地想起那天嫂子帮他收拾过床，他心急火燎地跑去问嫂子，嫂子说："那天我把臭袜子、破胶鞋、空酒瓶子，打扫了一大筐，全倒在屋后的垃圾堆上了。"

胡世奎急得眼冒金星，飞奔到垃圾堆前，也顾不得脏臭，拼命拨拉垃圾，一大堆垃圾全拨拉了，臭袜子倒是找到了，里面却空空如也。他脑子里一片空白，蹲在地上，望着垃圾堆发愣。

陈主任和贾老板左等右等，等了两个多小时，还不见胡世奎回来。两人等得不耐烦了，就过来看个究竟。

他俩见胡世奎一脸沮丧，坐在垃圾堆上。贾老板问："胡老板，你到底有没有东西呀？有的话拿出来我们看看呀！"陈主任也说："世奎，你愿不愿意做这买卖，给句话呀，坐在这里发啥愣呀？"胡世奎依然苦着脸，一句话也不说。贾老板怪腔怪调地说："闹了半天，胡老板没什么宝贝呀！你这戏也演得太离谱了吧？"陈主任的脸一下变得铁青，气呼呼地拂袖而去。

胡世奎蹲在地上，愣了半天神，突然站起身，到家里找了个筛子，把那一大堆垃圾仔仔细细筛了两遍，那枚要命的铜钱还是没有踪影。天黑了，他步履蹒跚地回到屋里，腾地一声倒在床上……

5. 身心交瘁

不出两天，消息传遍了全村，说什么的都有，有的说，胡日鬼想骗娶陈主任的闺女，吹牛说他有个价值几十万的什么铜钱；有的说，这胡日鬼的胆子也太大了，平日里陈主任批评过他，他就想出这种歪点子来出陈主任的洋相；也有的说，幸亏人家陈主任发现得早，要不闺女过了门，生米做成熟饭，白土梁村可就要天翻地覆了。

这天下午，陈主任领了一伙人到胡家兴师问罪。胡世奎听见远处人声嘈杂，知道事情不好，赶紧从后门溜出去，躲进玉米地里。胡世光两口子被堵在家里，陈主任手指点到胡世光的鼻梁上，骂道："胡世光，我早就知道你那个胡日鬼弟弟不是个东西，没想到他这么坏！我陈主任活了大半辈子，就这么让你们胡家弟兄俩耍了！嘿嘿，你们有能耐！你们哥儿俩还想在白土梁这地界儿上吃饭吗？咱们骑驴看唱本，走着瞧吧！"那些跟来的亲戚也七嘴八舌把胡世光两口子骂了个狗血喷头。胡世光两口子也不敢回嘴，只好低着头任人家骂。这些人一边骂，一边动手搬沙发，抬家具，搬完了，还觉得不解气，就敲碎了窗玻璃，砸破了水缸，捣毁了锅灶之后才扬长而去。

胡世奎躲在玉米地里，听着这一切，心里像猫抓一样难受。他躲到黄昏，见家家户户飘起了炊烟，才敢溜进自己家。他瞧了一眼被砸得一片狼藉的屋子，长叹一声，到一旁推出用草席盖着的摩托车，悄悄出了村才敢跨上车，向县城骑去，他想找曹鸿文说一说心中的委屈。

来到曹鸿文家，见到曹鸿文，一个大小伙子眼泪鼻涕地把这几天发生的事哭诉了一遍。曹鸿文听了也感到惊诧心酸，他给胡世奎擦去泪水，开导道："小胡兄弟，世上的事，有一利必有一弊，祺祥通宝丢了，确实可惜，但是你的这桩婚事吹了，我觉得是好事，你和陈主任那凶神恶煞似的一家

人能过一辈子吗？金钱能换来商品，却不能换来幸福！"胡世奎一想也对，他告别曹鸿文，推车走着，经过路边一个小酒馆，从里面传出了"五啊，六啊"的猜拳声。他停下车，走进酒馆，要了一瓶啤酒，两个小菜，自斟自饮，他一边喝闷酒，一边想着祺祥通宝给他带来的大喜大悲，觉得这段日子过得很烦很累，还不如挖炮坑时轻松自在。在不知不觉中，一瓶啤酒喝完了，他站起来，骑上摩托，准备回家。

胡世奎骑着摩托车在灯火明亮的大街上缓缓行驶着，突然一辆摩托猛地窜到他的车前，他躲闪不及，两辆摩托撞在一起。那辆摩托车主跳下车来，一把揪住摔在地上的胡世奎，破口大骂。交警闻声过来，一闻胡世奎喝了酒，又见胡世奎的摩托没有牌照，就把责任全归了胡世奎。胡世奎申辩摩托是新买的，还没来得及办牌照，可这会儿哪说得清楚，交警宣布，胡世奎被罚款三百元，还要赔偿那个车主的全部损失。胡世奎身上没有钱，摩托车被扣下了，胡世奎只得自认倒霉，一瘸一拐步行回家。

当他走到一个灯光昏暗的小巷，忽然从黑暗中冒出两个人，叫道："胡先生请留步！"胡世奎惊得后退了几步。黑影走近了，借着灯光，仔细辨认，他认出了，一个是尚大头，另一个竟然是那个贾老板。贾老板阴森森

人有人意我有我意，合得人意恐非我意，合得我意恐非人意；人意我意恐非天意，合得天意自然如意，如意如意万事如意！ 1312***6054（0337）

地笑着："胡先生，你可是敬酒不吃吃罚酒啊！怎么样？不和我们合作，日子不好过了吧？"胡世奎说："贾老板，你饶了我吧，我那个铜钱真的丢了。"尚大头打断他说："胡先生，对你明说了吧！他哪有什么煤窑，他是我派去的，原打算让他到你那个未来的老丈人面前假装谈生意，把你那枚铜钱弄到手，然后再搞掉包计，谁知道你小子精得可以，给我们演了那么一出戏，我们只好给你制造点儿小麻烦了。"

胡世奎一听，恍然大悟，气得破口大骂："王八蛋！刚才的车祸是你们故意制造的？"尚大头得意地晃着大头笑道"不错，这种节目以后还会继续演出，直到你愿意和我们合作为止。"贾老板说："我看你小子执迷不悟，干脆就把话说明白了，你把那个铜钱卖给尚老板，咱们就是朋友。"胡世奎斩钉截铁地说："不卖！"尚大头冷笑道："小子，看你硬！你要是一根筋硬到底，还有麻烦等着你。"说完两个人像鬼影一样消失在黑暗中了。

此时胡世奎又怒又气，又恨又怕，快被逼疯了。就在这时，老天爷也落井下石，突然下起了瓢泼大雨。胡世奎被淋成了落汤鸡，一瘸一拐，跌跌撞撞，直到后半夜才走到家，连衣服也没换，就倒在床上，发起了高烧。第二天，胡世光请来医生给开了几服中药。

这天，天很热，嫂子一早帮胡世奎煎好药，胡世奎坐在院子里，刚端起药碗，突然从院墙外飞来一个火红的东西，"扑"地正巧落进他的药碗里。药汤溅了他一脸，他惊得手一松，药碗掉在地上，碗碎了，药洒了他一脚。胡世奎一看那东西原来是个鸡毛毽子，他气恼地吼道："谁这么讨厌呀？"说着一把抓起毽子，冲进厨房，把毽子扔进灶膛里。

这时院门"吱呀"一声开了，他侄女玲玲探头探脑地进来，问："二叔，我的毽子呢？"胡世奎怒气未消地斥道："毽子是你踢的呀，你咋干这

好事？"说着他拉过玲玲，指着地上的碎碗和药汤说："毽子我扔进灶膛了，谁让你往我药碗里踢的！"玲玲吓得"哇"地哭了，听说毽子被扔进灶膛里，她哭得更伤心了，胡世奎见侄女哭成了泪人，不忍心了。他走进厨房，拿了火钳对火里夹毽子。可此刻毽子上的鸡毛和布垫早已化为灰烬，他费了好大的劲才从熊熊烈火中夹出一枚烧红的铜钱。胡世奎把铜钱放在地上仔细一看，顿时激动得一屁股坐在地上，大声喊道："老天爷，你终于睁眼了。铜钱呀铜钱，你可把我折磨苦了呀！今天你又回来啦，哈哈……"胡世光两口子听到这边又喊又哭又笑的，也过来了。玲玲吓得捏紧她妈的手，说："二叔疯了！"胡世奎一把拉住玲玲的手问："玲玲，快告诉二叔，这铜钱是哪来的？""是我从屋后垃圾堆里捡的。""唉，玲玲呀，这个铜钱快把二叔害死了，你咋不早告诉我呢？""你没问过我呀！"

胡世奎立即给曹鸿文打电话，说祺祥通宝找到了。约莫过了一小时，曹鸿文就匆匆赶到了。他看了看铜钱，摇头叹息道："烧成这样，恐怕不值钱了。"一听这话，胡世奎顿时感到当头挨了一棒，人一下子瘫倒在地上，不言不语，双眼发直。曹鸿文开导他说："小胡兄弟，想开些吧，铜钱烧坏了不一定就是坏事。你知道古人把铜钱叫什么吗？叫孔方兄。从古到今，有多少人一头钻进这个孔里就出不来了。大象之所以经常有生命危险，就是因为它长了一对价值千金的牙。钱这个东西，你从正道上得到它，它就是你的好朋友，给你带来幸福；你从歪门邪道上得到它，它就是你的仇人，给你带来祸害！"

听曹鸿文说出"歪门邪道"、"仇人"、"祸害"这些词，胡世奎突然紧张地叫起来："哎呀！我怕是遭报应了！"曹鸿文问："你这话是什么意思？"胡世奎一脸沮丧地哪哝道"曹老师，我对不起你，我对你说了假话。这些铜钱不是我爹留给我的，是我挖炮坑时挖到的，这算不算从歪门邪道得来的呀？"曹鸿文一听，惊得跳起来："小胡呀小胡，你可干了犯法的事啦！我和我那些朋友也犯错误啦！你知不知道，从地下挖到的一切财物，都属国家所有，个人占有、买卖是违法的呀！"

胡世奎这下真的吓呆了。曹鸿文想了想说："现在唯一的办法是把那些铜钱赎回来全部交给政府。"胡世奎苦着脸说："我钱全花光了咋办？""这你别担心，我先帮你垫上，我相信你会从正道上挣钱还我的。你带上这铜钱，马上跟我去县城。"

于是，曹鸿文带着胡世奎，往县城匆匆而去……

（题图、插图：杨宏富）

  如果天上落下一滴水，那是我想你而流的泪；如果天上落下两滴水，那是我爱你而心醉；如果天上落下无数滴水，那则是……别瞎想了，下雨了！ 四川 王琳（0338）

家庭故事

　　家庭是一个舞台，千千万万个家庭演绎着万万千千的故事。这本故事书里的51则作品，艺术地再现了家庭中的矛盾纠葛、悲欢离合和儿女情长，内容亦庄亦谐，或耐人寻味，或令人捧腹，有较强的可读性和可传性。

情爱故事

　　集中所收38则故事，几乎覆盖人们情爱生活的各个环节，社会众生相在作品中得到了不同程度的映照和折射。这些故事不仅在情节设计上精于构思、巧于安排，而且在艺术风格上也各有所长。对看惯小说电影戏剧的诸位来说，浏览此书是一种全新的享受。

聪明人故事

　　本书犹如一叶风帆，引您在智慧之海遨游。故事中的主人公活跃在各自的人生舞台，凭着自己的聪明才智，斗强蛮，蔑权贵，助弱小，解万难，演绎着一出出绝妙无比的连台活剧，内容既有情节性又有趣味性。

傻子故事

　　傻子故事在民间流传极广。本书共收72则傻子故事，内容生动风趣，人物栩栩如生，一群言行可笑、可悲而又憨厚可爱的艺术形象，如一幅幅色彩奇特而又耐人寻味的漫画，让你目不暇接。

不关钱的事

□ 赵宏昌

林晓艳是新大路储蓄所的一个小职员，前些日子银行存款利率上调了零点二七个百分点，那些赋闲在家的老头老太们一个个都出动了，有的把以往的存单转存，有的把家里的一点闲钱拿来开户。

这天，林晓艳忙了一上午，抬腕看看表：十二点四十分，是该祭祭自己的"五脏庙"了。她刚想站起身，不巧，门外又进来了一个身着土布衣服、满脸皱纹的老头儿。老头儿走到窗前，伸手递进一张存了没几天的定期单子，说改三个月的定期，并自动转存。林晓艳抬眼一看，顿时气不打一处来：存单上的金额是五百块整！你说这点钱也来转存，这不是吃饱撑的吗——尽管满心不乐意，她还是手脚麻利地把这笔业务给办了。

"请问还有别的事吗？"林晓艳半带气恼半带揶揄地问了一句。谁知，老头儿嘟囔着："有、有……"在怀里摸了摸，真又摸出了一个存单，也是转三个月的定期。

林晓艳接过存单一瞟，哇塞，这张单子更夸张，上面竟然只有三百块钱。她忍不住嘀咕道："真是的，一共几百块钱还这么兴师动众的，存一块儿不就完了吗？可真会没事找事！"老头儿大概耳背得厉害，没听见林晓艳的嘀咕，他接过办好的存单，脸上挂着满足的笑容，仿佛那不是三百块而是三万块！

看老头儿站在那不走，林晓艳转过脸，瞪着两只眼睛气哼哼地看着他，意思再明显不过：还有吗？老头儿也不着急，把那张单子仔细地收好，又开始在裤子口袋里摸，一边说："年纪大了，单子搞不清，一张一张来……"三摸两摸居然又摸出了一张单子，看得林晓艳眼珠子都差点没蹦出来，这老头怎么像变戏法的一样，天晓得他口袋里还有几张存单！

这张存单更绝，两百块整！林晓艳心里这个气呀：虽说存多少钱是储户的自由，可也不能这样啊，这不是折腾人吗？她强压怒火把这张存单转存好。

这时，只见老头把新办好的单子仔细放入内衣口袋，天知道他是从哪儿摸了一下，竟又摸出一张折子来！林晓艳再也忍不住，一下从座位上蹦了起来，也不管银行的职工守则，怒气冲冲地喊了起来："我说你这人有完没完，你是不是觉得这样很好玩？是不是——"老头这回听清了，窘得一张老脸黑红黑红的，但还是低声争辩："不关钱的事，银行提息了嘛，理财的方式当然得改改——"

林晓艳怒极反笑：三张折子加起来才一千块，还大言不惭地说什么"理财"？

林晓艳饿得前胸贴后背，一肚子的火气没地方发，一把夺过老头从凹槽那边伸过来又正要缩回去的折子，气呼呼地摔在了桌子上，就在这一刹那她呆住了：老头儿的这张折子上面数额大得惊人，一个简单的数字后面居然跟了一整串的零……老头还是那么憨憨地笑着，说："存半年定期！"刹那间，林晓艳满腔的怒火都化作了不安——行里有规定，跟顾客吵架是

要受处分的，尤其被大客户投诉，说不定还会被开除，天哪！自己都做了些什么？

林晓艳强打起十二分精神，把这笔业务办好，几乎是战战兢兢地把单子交到了老头的手里……

下午的"一字长蛇阵"在两点之后正式摆开，林晓艳心不在焉地在后厅扒着饭，心里还担心着中午的事。这时，前台的同事小李进来叫她赶快过去。莫非东窗事发了？林晓艳战战兢兢地来到前台，胸口就像是被重锤猛敲了一下——中午那老头正跟营业部的李主任面红耳赤地说着什么。糟了，这下可完了，饭碗保不住了……老头儿看到林晓艳，突然一声喊"就是她！就是她！"林晓艳的心简直就如同掉进了冰窖里——一步一顿地走到两人跟前，就等着主任最严厉的批评。

老头儿把存单递给了林晓艳，说："姑娘，你看你弄错了，我存的是二十七万元，可不是两百七十万元啊！"林晓艳听了这话，头嗡的一声就大了："什么？"她双手发抖地拿过单子看了又看，真是错了一个零……就在她头晕目眩之际，主任和老头儿的对话在耳边回荡着："谢谢你了，太感谢你了！""这不关钱的事，真的不是——"

泪水瞬时模糊了林晓艳的双眼。

（题图：安玉民）

多种思维

一天，幼儿园的老师问一群小孩子："花儿为什么会开？"第一个孩子说："花儿睡醒了，她想看一看太阳。"第二个孩子说："花儿一伸懒腰，就把花朵给顶开了。"第三个孩子说："花儿想跟小朋友比一比，看谁的衣服更漂亮。"第四个小朋友说："花儿想看看有没有小朋友和她玩。"第五个小朋友说："花儿也有耳朵，她想听一听，小朋友在唱什么歌！"

年轻的老师被深深地感动了。老师原先准备的答案十分简单，简单得有几分枯燥——"花儿为什么会开？因为天气变暖和了。"

（推荐者：梁永艺）

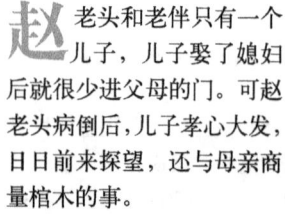

做人的资格

赵老头和老伴只有一个儿子，儿子娶了媳妇后就很少进父母的门。可赵老头病倒后，儿子孝心大发，日日前来探望，还与母亲商量棺木的事。

当地人传说，老人年纪大了，要为他们做一副棺材，可以延年益寿。赵老头准备的材料是贵重的柏树木板，坚硬光滑。赵老头打算用来做两副棺材 一副给自己，一副给老伴。

儿子把木板翻了又翻，量了又量，半天说："砍木板的声音很吵，为了让父亲安心静养，就把木板搬到我家做吧。"

母亲欣喜地同意了。木板搬回了家，儿子便不再去探望父亲了，棺材更是迟迟不见送来。

母亲听说，儿子时不时问别人："躺在床上的老头，老天爷收了没有？"

半个月后，赵老头却意外地站起来了，站起来后的赵老头，第一件事就是去看棺材，可他看到的棺材用的却不是原来的木料，而是一种近乎腐烂的替代板，老头气得差点背

生活是链子，快乐是珠子，用链子串上珠子挂在胸前就可以幸福一辈子；幸福是石子，烦恼是沙子，时间是筛子，用筛子漏掉沙子，石子就会陪你一辈子！ 上海 冒海俊（0340）

过气去。

原来，儿子把木板搬回家后就用它做了渔船。听说父亲上门，他慌忙驾船出海捕鱼，整夜不归。次日，便传来翻船的消息。

五天后的一个傍晚，尸体浮出水面。默默把尸体打捞上岸的，依然是赵老头夫妇两人。

当众人提出要用日前儿子做的那副劣等棺材装殓他时，赵老头和老伴摇摇头说："我们打捞上来的不是儿子，而是一个不幸葬身于大海的人。我们没有资格做父母，但我们有资格做人。"于是他俩买来一副柏木材料的精美棺材为死者殓尸。

（作者：廖家胜）

钻石心

□□次，朋友给我讲了这样一个故事：一户人家搬家的时候，发现杂物堆里有两只老鼠。大家齐声喊打，却又突然住了手。因为大敌当前两只老鼠没有择路而逃，而是从容地交了交颈，然后一只老鼠轻轻咬住同伴的尾巴，像手拉手过马路的小孩一样大摇大摆地进行了"战略转移"。

人们观望着，议论着，一时竟忘了围剿老鼠。这时有人喊了

一声："看，后面那只老鼠是瞎子！"大家定睛一看，明白了：大祸临头，那只健全的老鼠不忍丢下可怜的同伴，把自己的尾巴送到了同伴嘴里，带它脱离险境。看着看着，人们的心软了，不约而同地让出一条通道，目送两只老鼠胜利逃亡。

讲完，朋友要我猜猜它们是什么关系，我笑着摇头。朋友莞尔一笑，说："猜它们是夫妻关系的，有一颗银子般的心；猜它们是母子关系的，有一颗金子般的心；而猜它们没有关系的，有一颗钻石般纯净的心。"

（推荐者：操方春）

凝神倾听

一个美国人和朋友走在纽约市中心的曼哈顿时代广场上，正值午饭时间，街上挤满了行人，汽车的喇叭声此起彼伏，整个城市几乎震耳欲聋地吵闹着。突然，这个美国人说："我听到一只蟋蟀的叫声。"

朋友一个劲地摇头，怎么也不相信，他认为在这么吵闹的地方是不可能听到蟋蟀的叫声的。

"不，我很肯定。"美国人说，他又仔细听了一会儿，穿过大街，来到一个长着灌木的水泥大花池前，俯下身子，然后很自信地在灌木枝下找到

了一只蟋蟀。朋友见状完全惊呆了。

"真是难以置信。"他的朋友说，"你一定有一对超人的耳朵。"

"不，"美国人说，"我的耳朵和你的没什么两样，关键是你在听些什么。不信的话你看——"

美国人说着掏出钱包，倒出几枚硬币，小心翼翼地把它们扔在人行道上。

大街上的吵闹声依旧，然而，他们看到20英尺范围内的行人都不约而同地把头转了过来，盯着人行道上叮当作响的硬币，看会不会是他们自己掉下来的。

"明白我的意思了吗？"美国人说，"关键是看什么东西对你来说才是最重要的。" （推荐者：卓学霖）

理想的孤寂

在浙北一座海拔一千米的山上有一个村子，这里的山民下山买生活用品来回一趟需要五个小时。村小学里有二十多个小孩，老师是从山下来的。

上第一堂课时，老师看到教室里坐着几个浑身湿漉漉的孩子，还以为他们一大早就去打水仗了，后来，一个扎辫子的女孩指指窗外的一片远山说"他们是从深山里来的，是杂草上的露珠打湿了衣服。"

霜叶飞舞秋风凉，近来身体可安康？一天工作挺辛苦，天凉别忘添衣裳！虽然工作有点忙，我可把你记心上！此时恰有闲暇时，发个信息问吉祥！ 福建 袁伟强（0341）

老师很感动，也很绝望：孩子们在上学的路上要走两个小时，大山把他们封闭了，他们的见识和海拔成反比。老师问学生最大的理想是什么，大多数学生说，要学会在自家的毛竹上刻上父亲的名字，以防别人偷盗。只有那个扎辫子的姑娘说的理想最大最体面，她说要当村里的会计。

后来老师有了一台二手电脑，可以通过村里唯一的一条电话线上网，那次课是在村主任家里上的，围观的大人比孩子还多。老师给孩子们讲外面的世界，讲肯德基和麦当劳，讲电玩和樱桃小丸子……

渐渐地，孩子们的理想变了，那个扎辫子的女孩说，她将来要下山当会计。另一个男孩说，他以后要当乡长那样的官，拿一笔钱修一条通向山下的公路。老师在山上呆了一年便走了，他说他只能改变孩子这么多，他希望后来的老师不要把孩子的理想变小，希望那个扎辫子的女孩有一天会说想到大公司当白领，希望那个男孩说想当省长。他说，这些孩子也许永远走不出大山，但是必须提高孩子的理想，这才是教育的灵魂。

（推荐者：王玉军）

（本栏欢迎来稿，一经录用，即致推荐费，部分特别精彩的故事将会入选正在编纂的《滴水藏海——300个3分钟典藏故事》第五辑。推荐稿可从邮局寄发，也可发电子邮件，本期责任编辑的电子信箱为：lujia411@yahoo.com.cn）

谁的烦恼都不少

一个农民总是抱怨自己命运不济，只要看到别人比他强，就羡慕不已，希望自己能跟别人交换命运。

许多年过去了，一天，天使来拜访他，表示愿意帮他实现交换命运的愿望。天使说："你把你的'麻烦'全部装在一个布袋里，然后带到郊外去，那里有一袋袋堆积如山的'麻烦'，你可以换一袋你喜欢的。"

于是，这个农民来到郊外，兴高采烈地开始了他的挑选。他花了整整两天时间，选了又选，终于选出了一个分量最轻的布袋。

然而，当他把布袋放下，迫不及待地打开看时几乎晕了过去：在精挑细拣之后，他选的竟然是原先自己的那一袋！

生活就是这样：每个人都有自己的烦恼，一味地抱怨自己命运不济的人，他没有想到别人的烦恼或许比他更多。只有摒弃抱怨，烦恼才会越来越少；埋头进取，道路才会越走越宽。

（作者：王　亮）

学写作文，可以从读故事开始

拍蚊子

□ 鲤鱼晓

王科长是今年轮到去柳庄下基层的干部。他心里有把小算盘，这次"镀金"回来，提升就不成问题了。

这天，王科长到庄里家访，挨家挨户说了不少漂亮话。到牛老汉家时天已经晚了，他便决定在牛家过夜。由于停电，王科长打电话叫镇上的饭馆送来几个小菜，与牛老汉摸黑喝酒了。正值夏日，蚊子猖狂地在屋子里狂轰滥炸，王科长酒性大发，提议不挂蚊帐了，比谁能撑到最后。王科长输了，就给牛老汉100元，牛老汉输了呢，就不要掏钱了。

牛老汉呵呵笑着叫道："中！"

王科长乐了："老伯你真能行？"

牛老汉哼了声："干部说行，我还能再说不行？"

"老伯好样的，我是不会甘拜下风的。"

正说着，蚊子成群结队地袭来了，在人的耳根处叫嚣着，在大腿与小腿间徘徊着，在肩膀与胳膊处叮咬

着……王科长"噼里啪啦"地拍打着胳膊腿儿，诅咒着这钻心的痒。

终于，王科长再也忍不住了，他大喊"蚊帐，可爱的蚊帐，我需要你，我得把你放下来。老人家真是有韧劲有毅力啊，我甘拜下风了。"

牛老汉"噼里啪啦"地一阵猛拍，说："战斗还刚开始呢。"

王科长起身，正要去摸索蚊帐，刷地来电了，屋里顿时光明起来。王科长清清楚楚地看到：牛老汉闭着眼安详地躲在蚊帐里，双手却不住地拍打着身子，嘴里还嘟嚷着："这蚊子可真厉害！"

想不到牛老汉也会玩虚的，王科长气得一句话也说不出来。

绑架

□ 白英发

老王的女儿晓雯卫校毕业后在县医院找了份工作。这天晓雯上日班，晚上老王左等右等，晓雯还没到家，老王有点着急，拿起电话打通了女儿的手机。谁料手机刚接通，一个阴森的声音传了过来："不许报警！晓雯在我手里，准备好100万赎人……"话筒掉在地上，老王顿觉天旋地转。

一宿的煎熬使老王心力交瘁，没办法，一大早他来到了县公安局。

"绑架案！"县公安局紧急成立了专案组，指挥中心就设在老王家。监听设备、电话定位设备以及各行动小组安排就绪，人们急切等待着绑匪的来电……

"铃、铃、铃……"电话铃急促地响起，老王看着刑警队长催促的目光一狠心拿起听筒。"喂，是王大爷吗？昨天下午你家电话咋老占线，是不是话筒没放好啊？我是晓雯的同事美芳，她让我告诉你，她接到紧急任务，护送病人去市医院了，这几天可能就不回来了，让你别担心……"

人们面面相觑，老王更是涨红了脸，说不出话来。

女儿到底在哪里？为了解开疑问，老王再次拨通了女儿的手机，递给刑警队长。队长一脸严肃，把手机放到耳边，一个阴森的声音又传了过来："不许报警！晓雯在我手里，准备好100万赎人……只要硬币，不要纸币。嘻嘻，哈哈！"

老王呆住了，刑警队长更是哭笑不得，他拍拍老王的肩膀说："那是时尚彩铃！你女儿把等待接通时的拨号音改成幽默小段子了。"

时尚彩铃？说实话，队长的话老王没听懂，他只知道，女儿没事，就好。

说假真不了

□ 顾文显

星期天，老黄家里突然来了好几位客人，他赶紧关照老婆烧水沏茶，自己飞快地下楼，去市场买菜。

老黄跑到市场，直奔水产部，那里的胖头鱼是当地一绝。他选中一条，老板一称，说二十五元。接着，老板三下五除二，把鱼刮鳞开膛，装入塑料袋中。

这工夫老黄一掏口袋，坏了，出来得匆忙，钱都在另一件衣服里，也就是说，他身上分文皆无了！

老板冷静地看着他左翻右找，半天才问："怎么啦？"

老黄道："钱忘在家里了。"路很远，不可能跑回去取钱，鱼贩也不会让他离开。正急着，他突然想到，内衣上缝着一枚纪念币，老婆说是辟邪的，给自己缝在贴身处。这块纪念币面值五十元，是可以在市面上流通的，现在只好拿出来救急了。

老黄拽出贴身的小布包，抠出那枚纪念币："老板，这是五十元，您先收下，别花掉，明天我拿钱来换回去。"纪念币在他手中足有十年了，他还真舍不得出手呢。

"想点别的办法吧。"老板双手抱肩，"这东西我不能收。"

可是鱼杀了，退货是万不能的。老黄急了："您看看，这不是假的，我能造出这么精致的假币吗？"

"没人说是你造的。"老板话里开始带刺了，"我也不负责鉴定。告诉你，本摊只收人民币。"

这如何是好？老黄只好跟邻摊位的小贩们商量："老板，这纪念币现在早增值了，你们看看。"然而所有的人都冷淡地说："见得多了，别来这套。"

不但钱花不出去，老黄的人格也受到了贬低，他分明被当成了花假币

 送你一朵白云，带去微笑和吉祥；送你一缕青烟，带去清爽和欢畅；送你一个天空，使你前途无量；送你一个祝福，愿你永远幸福安康！ 山东 郑娟（0343）

致富秘诀

□ 王新禧

侯精明人如其名，心眼活、脑筋快，大学毕业后，在朋友的帮助下，侯精明进了著名的守信集团。

这守信集团可不得了，属于AA级企业，是省里的十大纳税标兵之一。集团创始人郑守信本是当地土生土长的穷光蛋，十年前他去东南亚转了一圈，回来后就神秘发家，投资创办了守信集团。人们对他的暴富史众说纷纭，其中传得最玄乎的，说郑守信有一个"致富秘诀"，这秘诀只要在国外应用，就能财源滚滚，旺达四海。

侯精明对郑守信的事早有耳闻，自打他进了守信集团，就存了个心眼，一心想从郑守信口中把这个致富秘诀给套出来。

这天，郑守信带着侯精明谈成了一笔大生意，庆功宴后满脸醉意的郑守信依然余兴不减，继续开怀豪饮。在喝完一瓶XO后，郑守信突然说道

的骗子！现在他一脸热汗，转着圈跟周围的摊主、顾客解释，然而，没人理睬他，他被尴尬地晾在了那里。

好不容易盼到了一个秃顶男人走过来，他拿过老黄的纪念币一看，欣喜地说了声："我要了。"便掏出一张五十元，递给鱼贩子，"你给他找钱吧。"说完，很得意地走了。

老黄接过鱼和找回的钱，他认为应当表明一下自己是无辜的，同时也显出对方的无知，连纪念币都不认识。他对鱼贩子说："怎么样，我没说假话吧，还是有人识货的。"

想不到鱼贩子说："快去追你那同伙吧，人家在外边等你呢。"

敢情那秃顶男人被认为是他的同伙了？好嘛，老黄怎么着也是骗子啦！

"小侯啊，当年我只身远赴海外，三天，只用了三天，就成了大富翁，你知道我是怎么成功的吗？今儿个我高兴，就跟你讲讲。"

侯精明心里一阵激动，自己苦等了这么久，不就是为了知道这个"致富秘诀"吗？他连忙竖起耳朵，认真地听郑守信讲起"创业史"。

"那年，我孤身一人，身无分文，只带着一箩筐山果闯东南亚……啥，你问我为啥带山果？唉，这可是个大秘密，我说了你可不能告诉别人。这山果是咱们本地野生的土特产，又酸又硌牙，乡亲们都任它自生自灭，从来不去理会它。可他们不知道哇，这玩意儿在咱们这是垃圾，到了东南亚可就是宝啊！那地方热，这山果可以解暑生津，用来榨饮料再好不过。

第一天，我先按一元钱的价卖掉了一个山果，用这一元钱买了把果刷，把所有的山果都擦得水灵透亮，卖相一好，很多人就抢着买。我按两元钱一个的价格又卖了一百个山果。这样，我就有两百元了。第二天，我用赚来的两百元买了台榨汁机，把山果榨成果汁来卖。一个山果能榨两杯，每杯我卖五元。这天共榨了一百个山果，我就有一千元钱了！第三天，我……"

郑守信讲到此处，突然酒意上冲，一阵晕旋，醉倒在包厢的沙发上。侯精明听到这里，心潮澎湃难以抑制：致富的秘诀原来如此啊，果然是一本万利的好买卖！他当下写了封辞职信，塞进郑守信的外套口袋里，就此扬长而去。

两年后，"精明果品出口贸易公司"破产，侯精明负债累累、潦倒不堪，再次踏入守信集团的大门。他要找郑守信问个明白：我一模一样地在东南亚卖山果，怎么就发不了财呢？郑守信似乎早就预料到会有这一天，微笑着接待了这位失意的青年。

"傻小子，上次我还没说完，你就跑了。其实，第三天才是最重要的！"他喝了口茶，清了清嗓子，慢慢地说道："第三天，我在东南亚的远房表舅死了，他就我这么一个亲人。于是，我继承了他一千万美元的遗产……这才是我的'致富秘诀'！你也不想想，山果就那么一箩筐，就算再畅销，也不至于让我暴富发家吧？"

（本栏题图：李 加 史 琦）

您手中有没有得意之作？本刊辟有二十多个原创性栏目，如中国新传说、悬念故事、我的故事、情感故事、幽默世界、16岁故事、海外故事和中篇故事等，总有一款适合您；您读到或听到什么有趣事可以和大家一起分享吗？3分钟典藏故事、情节聚焦、外国文学故事鉴赏和快乐辞典等都是本刊推荐性栏目。热忱欢迎来稿，来稿可从邮局寄发，也可从网上传递。邮寄地址：上海绍兴路74号《故事会》杂志社，邮编：200020；如为电子邮件，本期责任编辑信箱：lujia411@yahoo.com.cn。

361 2006 SEMIMONTHLY 下半月刊 2月 STORIES

故事会
2006 年 2 月
下半月刊·绿版

主　编：何承伟
常务副主编：吴　伦
副主编：姚自豪（上半月·红版）
副主编：夏一鸣（下半月·绿版）
本期责任编辑：夏一鸣
发稿编辑：
　姚自豪　吕　佳　周　吟
　鲍　放　梁宁宁　王雅静
美术编辑：李宝强
电脑制作：郭瑾玮
通　联：归依玲
本社办公室电话：021-64375030
上半月刊编辑部电话：021-64332325
下半月刊编辑部电话：021-64336469
（上海市绍兴路 74 号 邮编：200020）
主管、主办：上海文艺出版总社

督印 发行：张　凯
电话：021-64313938
广告总代理：上海文艺广告传播中心
（上海市绍兴路 74 号 邮编：200020）
广告总监：张　淮
广告业务：021-34010383
广告投诉：021-64333738
广告经营许可证
沪工商广字 3101034000029 号
发行：中国图书进出口上海公司

手机阅读器服务商：北京掌讯远景信息技术
有限公司　客服电话：010-51196627

封面插图：于　路

本刊各栏目欢迎来稿。来稿寄上海市绍兴路 74 号《故事会》杂志社，邮编：200020；请在信封上注明"××
栏目"收；本期责任编辑 E-mail 地址：xiayiming@vip.sohu.net

健康秘诀

老钱身体特别好，一点也不像八十三岁的老人。

有人问他有什么养生秘诀，"没什么，"他风趣地说，"我是一口二口咪咪，三步四步跳跳，五索六索摸摸，七搭八搭讲讲，九张十张翻翻。"

那人请他再解释一下。老钱说"一口二口咪咪，就是要喝酒，但是要少喝点；三步四步跳跳，是讲跳舞，三步华尔兹，四步布鲁斯；五索六索摸摸，就是搓搓小麻将；七搭八搭讲讲，是说侃侃山海经；至于九张十张翻翻嘛，则是说要多看看书和报，了解社会信息。"

（庄良勤）

（本栏插图：李 加 史 琦）

丧 乐

三个朋友在一起聊天。一人说："天下事真是无奇不有，我昨天回家时，遇到出殡的，送丧乐队演奏的曲目竟是《今天不回家》。"

另一个人说："这有啥？我听过一乐队演奏的是《何日君再来》。"

"你俩遇到的都不够稀奇，"第三个人说，"我曾碰到送丧乐队，演奏的竟然是《真是乐死人》！"

（杨东杰）

活的雕像

某著名音乐家一次与他的"乐迷"相遇，"乐迷"说他非常崇拜音乐家，几乎是每场演奏会必到，因为他手里有钱，所以还打算为音乐家建一座雕像。

音乐家听后非常感动，关切地问："你准备花多少钱？"

"100万！"

"100万？"音乐家大为吃惊，"如果你肯给我50万现金，我愿意亲自站在雕像的底座上！"（秦皇岛）

4　朋友不一定合情合理，但一定知心知意；不一定形影不离，但一定心心相印；不一定锦上添花，但一定雪中送炭；不一定常常联系，但一定挂记在心！ 上海 赵钢 （0401）

温柔的女声

唐僧把孙悟空赶走后，继续前往西天取经，不料没走多远，就遇到了一个本领高强的妖精。猪八戒、沙和尚都不是人家的对手，被打了个落花流水。接着，妖精把魔爪伸向了唐僧。

在这生死关头，唐僧想到了悟空，于是一边喊"救命"，一边念起了紧箍咒。

过了好一阵，空中传来了温柔的女声："对不起，你所呼叫的用户现在不在服务区……"

（文　君）

戏说数字

甲：考考你，阿拉伯数字1到10里面，哪一个最懒，哪一个最勤快？

乙：啊呀，还真的不知道。你说说看？

甲：告诉你吧，1最懒，2最勤快。

乙：为什么？

甲：因为"一不做，二不休"嘛！

乙：……

甲：再问一个。阿拉伯数字1到10里面，哪一个最诚实？

乙：不知道。

甲：是10，因为"实（10）不相瞒"。

（文　华）

夫人买画

有位夫人到画商那儿去买画，挑中了一幅静物画，画上有一束花、一碟火腿和一个面包圈。夫人问"请问这幅画要卖多少钱？"

"50美元，这可是非常便宜的了。"

"可是我看到有幅跟这相同的画才卖25美元。"

"是吗？我想它肯定没有这幅画画得好。"

"不，上面的火腿比这多。"

（凡小文）

·笑话·

深度近视

——对青年男女在公园里接吻。一会儿，女的开口说："你把眼镜拿下来好吗？它弄疼我了。"

只过了几分钟，女的又说："你还是把眼镜戴上吧！"

男的似乎没听懂，睁大眼睛看着对方。

女的解释道："你刚才吻的是椅子。"

（葛国春）

男朋友

小丽是个"韩迷"，票夹里放了一张韩国明星李秉宪的照片，一次在办公室碰巧被经理看见了，经理惊讶地说："哟，小丽，你的男朋友长得还真帅！"同事围上来一看，都笑起来，对经理说："经理，是李秉宪。"经理这下更吃惊了，瞪大眼睛说："啊，你们都认识小丽的男朋友？"

（韩 星）

巧舌如簧

法庭上，法官问受害者："你能认出偷你汽车的人吗？"

"法官大人，很难。对方律师发表了一通辩护词后，我现在对自己是否有汽车都没把握了！"（杨东杰）

戴手套

小王是玻璃厂工人，有戴手套的习惯。

这天下夜班，他坐出租车回家。当车路过郊区的一片小树林时，小王觉得有点冷，就从兜里掏出手套戴上了。司机从后视镜里看到了，支支吾吾地问："哥们，你要干什么？"

"喔，没什么，习惯了，我每次干活的时候都要戴手套，这样既不会留下痕迹，又割不到自己的手⋯⋯"

话音未落，司机就跳下车跑掉了。

（阿 超）

  人活一生不容易，想想应该多珍惜；有缘千里来相遇，如有知己要珍惜；伤心事情不要提，开心时候要珍惜；要把快乐放第一，生活才会笑眯眯。1338***5458（0402）

由、甲、申

妻子给远方的丈夫寄了一条被子。不久，丈夫发来电报，只有三个字："由、甲、申。"妻子看不懂，就拿电报问邻居。

邻居笑道："电报上讲，你丈夫盖被子，盖住脑袋就盖不住脚；盖住脚就盖不住脑袋；盖住身子呢，脑袋和脚都盖不住了。"（秦皇岛）

报　答

有个钓鱼人在河边救起了一个落水者，落水者非常感激地对钓鱼人说："我要报答您的救命之恩，您提个条件吧。"

钓鱼人想了想，就说："只有一件小事相求，您再下到河里，拉拉我的鱼钩，让我过过鱼儿上钩的瘾。"（杨东杰）

蜗牛与蛇

蜗牛散步时遇到一条蛇，蛇就对蜗牛说："大家都在笑你走路太慢。"

蜗牛很生气："说我慢？我一点也不慢，不信，你叫他们用肚子走走看。"

蛇笑了，说："我就是用肚子走路的。"

蜗牛立即说："那你再背上一幢房子走走看。"（罗国强）

借口

米勒右臂装上了假肢，一开始还有点别扭，但不久也就习惯了。

一次，他去参加一场舞会，跳舞时那只假手顺着舞伴腰部往下滑。舞伴慌忙将其推开，说："别乱来。"

米勒赶紧解释说："对不起，这只手臂是人造的，有时不听使唤。"

舞伴忍不住笑了起来："我听过不少借口，不过这个是最好的。"（蒉国春）

（本栏目欢迎来稿。来稿可从邮局寄发，也可从网上传递。如为电子邮件，请发以下信箱：xiayiming@vip.sohu.net）

追踪白灵

□ 叶林生

这天,报社接到一个投诉电话,说市郊有家私营食品厂的卫生有问题,领导便派我以一个批发商的身份前去暗访。然而,几个车间观察下来,没有什么收获,却发现那些干活的人群中,夹着一个稚气未脱的女孩。女孩尽管穿着又大又老气的成人衣服,仍掩饰不住她那瘦小的身体。

趁老板不注意的时候,我悄悄走上前,和颜悦色地跟她套近乎:"你叫什么名字呀?""姓白,叫白灵。""白灵?哟,这名字好听!你今年多大啦?"女孩抬眼看了看我,却再不肯开口了,低下头去只顾干活儿。她面前,是成堆的瓶子和一把固定的电动洗瓶刷,由于个头太矮,她脚底下垫着几块砖头,一双被水泡得红肿的小手,在麻利而机械地操作着,疲倦的脸上爬满了汗珠。

这可怜的孩子,还没我那宝贝女儿大吧,她该是上学读书的年龄呀,怎么能在这儿做童工呢?我心里颤抖着,走出厂子就打了个电话,市劳动监察大队很快来了人。一查,白灵果然才十五岁,是辍学后被一个老工人从外地带来的,家在偏僻的贫困山区。按照企业禁止使用童工的法律法规,老板受到了处罚,并被责令尽快将她护送回乡。

出于牵挂,我留下了小白灵的家庭地址,在她离开的那天,我特意赶到汽车站,以小白灵回乡搭乘的客车为背景和她合了影。以此为素材的新闻稿子在省报刊出后,我又将报纸连同那张合影一起寄给了她。

两个月后,一条信息从白灵家乡

 朋友是灯,帮你驱散寂寞,照亮期盼;朋友是茶,帮你过滤浮躁,储存宁静;朋友是水,帮你滋润一时,保鲜一世;朋友是泪,帮你冲淡苦涩,挂满甜蜜。 云南 刘坚 (0403)

的村委会反馈到报社，说白灵回家后，在乡村两级的照顾下生活得很好，现在已经继续上学了，还被评上了三好学生。这个消息，让我感到了一种无比的欣慰。正巧这段时间，报纸需要反映贫困地区孩子求学方面的稿子，我心里一亮，决定来个追踪采访，将有关白灵的报道写出续篇。在征得领导同意后，我几经辗转，找到了白灵家乡的村委会。

已经是傍晚时分，负责接待的是村委会阮主任，在听清我的来意之后，阮主任闪着眼愣了一愣，说去白灵的家有十多里路，还得翻两个山岗，今天累了先歇着。我说不累，现在就去没关系。阮主任这才又讪讪地搓搓手："记者同志来得不巧，白灵昨天向老师请假，去山外她姨家了，明天指不定回来。"然后，他领着我去附近路边的一家个体旅馆，让我晚上好歹先住下。

这晚没有其他旅客，晚上我在旅馆大门外面转了几转，回到房间后看了会电视就独自睡下了。

从喧闹的城市出来，感觉山村的夜晚特别宁静。没想刚刚迷糊上，耳旁就有一种"沙沙"的声音，感觉身板下鼓鼓的，像是什么东西在被褥里蠕动。我一个激灵，拧亮床头灯，翻身掀开了被褥，我的妈呀，是一条昂头扭动着身躯的蟒蛇!

蟒蛇虽不会咬人也没有毒，却吓得我浑身直起鸡皮疙瘩。我大声叫来了旅馆老板，老板也吓傻了，好半天才慌慌张张捉起那条蟒蛇扔到了外面。接着赶紧就给我换房间，翻床倒柜折腾了好大一会，又说了很多宽慰的话儿，算是让我勉强安顿了下来。

眼下正是滴水成冰的冬季，这旅馆的被褥里哪来的蛇呢? 会不会是什么人故意的……我实在想不透这样的怪事儿，亮着电灯和衣躺在床上，可心里还是有点发毛发怵。岂料到了后半夜，我刚有些倦意，突然又是"哗啦啦"一声，房间的窗子被什么东西砸了，碎玻璃块儿差点没溅落到我身上。

我一骨碌翻下床奔到窗边，只见一个人正朝屋后的村子里奔跑，然后不慌不忙拐进了路旁的林阴里。但借着淡淡的月光，我看清了那个人裹着头巾，左胳膊的衣袖管空荡荡的——是个独臂的女人。

凭直觉，我感到夜晚这两件事并非偶然，都是那个独臂女人干的，并且很可能就是冲着自己来的，她熟悉这儿的环境，应该就是附近村子里的人。

一大早，阮主任就匆匆赶来，他显然已知道了昨晚所发生的情况，一个劲地向我赔着不是。我二话没说，请他帮忙先把这事儿弄个清楚。在村里，一个体貌特征如此明显的人，弱

智也能找出来的。

阮主任迟疑片刻，这才领着我去了后面村子里，不大工夫，他就从一间简陋的破屋里拽出一个独臂的妇女。我一眼认了出来，正是她！妇女面黄肌瘦，两鬓花白，看上去有四五十岁，她毫不慌张地站在我面前，表情僵硬，浑浊的双眼死死地盯着我，目光里充满着仇恨。

这反倒让我有些乱了阵脚："昨晚你……那都是你干的？"

独臂妇女坦荡得出奇："哼！知道了你还问？"

"你，你为什么要这样？"

她慢慢地磨了磨牙："我要报复

你，让你也不得安生！"

报复我？我简直是一头雾水："大嫂，我跟你无冤无仇呀！"

"亏你说得出口！"她呼哧呼哧喘着粗气，不顾一切地朝我扑过来，"你干的好事，你毁了我的女儿！"

阮主任急忙呵斥着用力挡开她，接着将我拉到一旁，悄声道："你还不知道吧？她就是白灵的母亲。"

"白灵的母亲？"我一怔，"她女儿那么小小年纪去做童工，我是可怜孩子，把她解救了回来，这难道……"

"问题就是这个！别看白灵小，她在那厂里干活儿，一天能挣二十多元钱呢，人家老板，也是可怜这孩子才照顾着收下来的。你把她解救回家，就断了她的路呀。"

我还是有些不明白："她才十五岁，何况童工是禁止的……"

阮主任脸色阴沉沉地说："我知道你做得没错，可白灵父亲死得早，母亲又是这个样子，在我们这个穷地方，她这种情况除了出去做童工，还能有啥办法？孩子也有自己的理想啊，她本是想在那儿干活先挣够了学费，然后就回来继续上学读书，你们这一弄，她却完了。为了能上学，后来白灵只好每天去山里采些野山菇卖钱……"

"那她现在呢？现在怎么样了？"

"现在哪还有她？那天她一个人进山采菇的时候，被毒蛇咬死了。"

男人就好比洋葱，要想看到洋葱的心就需要一层一层去剥，但是你在剥的过程中会不断地流泪，剥到最后才知道原来洋葱是没有心的。 浙江 林笑笑（0404）

爸爸的建议 (文：吴 港；图：包丰一)

1. 儿子考试没及格，老爸拿起一根皮带就要抽他。

2. 儿子没有躲闪而是拿起电话，老爸问他给谁打电话。

3. 儿子说："我要打给110让警察叔叔快来救我。"

4. 老爸笑道…"110就别打了，还是打120救护车吧！"

怎么会是这样？我拿出那份以村委会名义写给报社的信，有些羞恼地看着阮主任"你们不是说，白灵被解救回家后生活得很好，还上学了吗？"

阮主任红着脸挠了挠头，半晌才讷讷地说："现在都兴报喜不报忧，村里有孩子外出做童工，还被曝光上了报纸，这总不是件好事呀，所以就……"

这时，白灵的母亲忽然又想起了什么，流着泪水走过来，将一张纸头狠狠掷到我的面前"你拿去吧，这是我孩子留下的！"我捡起来一看，竟是几个月前，我和小白灵以回乡客车为背景的那张合影，合影的上面，模模糊糊写满了字迹：恨你！恨你……再定眼细看，字迹下我的整个身体上，几乎从头到脚都是密密麻麻的蜂窝孔，显然，这是被小白灵用针尖或小刀，一下一下狠狠刺的！

这是一篇无法续写的追踪报道，一种深深的悲哀涌上了我的心头。离开村子时，我特地绕过怪石嶙峋的山坡，含泪来到了小白灵的坟前。寒风中，几片雪花飘落在枯萎的荒草上，使小小的土坟显得格外孤苦凄凉，只有石碑上那小白灵的照片还在相伴，她睁大一双困惑的眼睛看着我，充满渴望，如泣如诉……

（本篇月月评短信代码：AA041）

（题图、插图：安玉民）

出租乞讨位

有个老者，在一家商场门口乞讨已经三年了。这个位置很好，人流量大，还不会淋到雨吹到风。

这年秋天，老乞丐病了。他原以为是场小病，扛一扛就会过去，可一天早上，他怎么都起不了床。就这样，一连躺了三天。

老乞丐很着急，虽然他口袋里有些钱，但大多数都攒了起来，准备寄给家里的孩子们，因此手头上并不宽裕。而且，他现在不能动弹，他住的地方，只怕连鬼都摸不着门。再这样拖下去，他也只能是死路一条。

就在第四天早上，只听"吱呀"一声有人推门进来，他抬头一看：认识，是街对面乞讨的小乞丐！都说同行是冤家，这一老一少也不例外。小乞丐曾经跟他争过位子，但被他赶走了。

小乞丐看见他的样子，着实吃了一惊，马上出去买了几片药。老乞丐吃下药，又吃了小乞丐弄来的饭，感觉好了一些，但还是起不了床。他抚着两条没有知觉的腿，伤感地说："我

算完了！"

"师傅福大命大，休息一段时间就会好的！"小乞丐忽然转转眼睛，安慰他说，"师傅，我有个主意，你那个位子空着也是空着，不如租给我，从今天起，我就上你那位子乞讨，每天讨来的钱我们对半分，行不行？"

老乞丐一听，第一个反应就是认为小乞丐有点傻。他反正不能动，小乞丐即便是占了他的位子，他又能怎样呢？

可他没说出口，只是不动声色地点点头，说："等我腿脚好了，你还得把位子还给我。""好的！"两人算是达成了口头协议。

就这样，小乞丐每天晚上都到老

  最温暖的不是春天而是你的笑脸，最惬意的不是阳光而是你偎依在我身边，最浪漫的不是桃花飞舞的季节，而是我们彼此的思念。祝你情人节开心快乐！ 浙江 姚月香(0405)

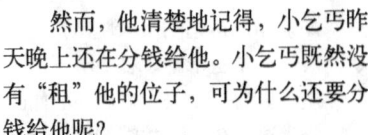

乞丐家，把一天讨得的钱都拿出来，一五一十地点个数，然后，分给老乞丐一半。

老乞丐心存感激，但也有不满：这个小乞丐给他的钱，怎么只有这么点呢？心想，这小鬼精灵，不知打下了多少埋伏呢？

都说穷人命硬，此话不假。养了三个月，老乞丐愣是站了起来。他第一个想法就是，找小乞丐要回他的位子，因为小乞丐分给他的钱已经越来越少了。

老乞丐走出家，一直走到他乞讨的地方。然而，令他大吃一惊的是，那地方成了一片繁忙的工地，那家商场已是一片废墟。他找人问了一下才知道，就在他生病的第二天，这条街就开始扩建了。

然而，他清楚地记得，小乞丐昨天晚上还在分钱给他。小乞丐既然没有"租"他的位子，可为什么还要分钱给他呢？

老乞丐那久经风霜的心忽然颤抖了一下，干涸了几十年的泪腺，又涌出了晶亮的泪珠……

晚上，小乞丐仍平静地拿出他的钱袋，正要打开，老乞丐伸手握住他冰凉的小手，从贴身的地方摸出一本存折，放到小乞丐的手里，说"孩子，你还小，上学去吧……"

（推荐者：付秀玲）（题图：安玉民）

· 本刊信息传真 ·

2006年《中国最有影响力的故事》征文启事

五大奖励措施　稿酬外追加千字千元奖金

为鼓励多出优秀作品，《故事会》杂志社决定继续举办2006年《中国最有影响力的故事》征文大赛，并对优秀作品实行五大奖励措施：

1. 入选作品除在杂志上发表外，还将收入《〈故事会〉中国最有影响力的典藏故事》（2006年版）一书。2. 入选作品可得两笔稿酬：在《故事会》杂志发表的作品，首发稿酬每千字400元，选入书后再追加每千字1000元。3. 入选作品均颁发奖励证书。4. 本刊将委托有关专家对入选作品进行精彩点评。5. 本刊将邀请有关作者参加5月在上海举办的第十一期"故事创作研讨班"、10月在外地风景区举办的优秀作品改稿会以及年底的颁奖大会，所有费用均由我社承担。

征稿范围：具有现实感、新鲜感且可读性强的中短篇原创作品。超短篇（如幽默故事）的字数一般在1500字以内，短篇（如中国新传说）的字数一般在5000字以内，中篇故事的字数一般在15000字以内。第一次截稿日期：2006年3月31日。

来稿方法：1. 从邮局寄发，请在信封上注明"征文大赛"字样，本刊地址：上海市绍兴路74号《故事会》杂志社，邮编：200020。2. 从网上传递，可发以下信箱：wulun@vip.sohu.net，请在主题上注明"征文大赛"字样。来稿也可直接发至各责任编辑的电子信箱，本期责任编辑的信箱：xiayiming@vip.sohu.net。

拍广告请不起大腕怎么办

如果你请不起明星大腕做广告，这回你算是有救了，请参考下列策划：

◆ 猴子进了玉米地，右手掰下一个，夹在左腋下，又发现了个更好的，于是左手再掰一个夹在右腋下，如此往复，猴子忙了半天，仍然没有停下的迹象。这时在一旁放哨的同伴急了："行了行了，找到好的吗？"掰玉米的猴子回过头来，十分认真地说："没有最好，只有更好！"

◆ 一群猴子首尾相连，探着身子在河里捞月亮，一而再，再而三，始终不能成功。一个不懂事的小猴子急了："我们什么时候才能捞到月亮啊？""你没看见吗？"猴王正色道，"我们一直在努力。"

◆ 狐狸打老远就看到了满架熟透的葡萄，它远远地便开始助跑，然后起跳。一次，两次，三次……可就是够不着葡萄，最终只能悻悻地放弃。站在高处的乌鸦笑道："狐狸先生，敢情这葡萄还是酸的吧？"狐狸咽了咽口水，叹了口气："好吃，看得见！唉——"

◆ 一只老鼠爬到了油瓶口，将尾巴伸进瓶里蘸出油来，油一滴一滴往下滴，另一只老鼠在下面贪婪地吃着，舍不得离开。一旁放哨的老鼠急了："喝够了没？味道怎么样啊？"喝油的老鼠咂咂嘴："滴滴香浓，意犹未尽！"

◆ 老虎将信将疑地跟着狐狸走了一遭，果然，森林里的小动物见了狐狸个个噤若寒蝉。老虎见此，不禁羡慕起来"可以啊你！"狐狸得意地笑道，"我的光彩来自你的风采。"

◆ 鳄鱼毫不费力地咬断了野牛的脖子，大快朵颐起来。一只小鸟飞了过来："老兄好胃口啊。"鳄鱼头也不抬："牙好胃口就好，吃嘛嘛香。"

◆ 蛤蟆好不容易从井里跳了出来，看到外面广阔的世界，不免感慨起来"原来生活可以更美的！"

这时一群天鹅从天空飞过，蛤蟆目不转睛地盯着天鹅，嘴里流出了口水。一旁的青蛙不解："大哥，你在想什么啊？"蛤蟆的目光一直没有离开天鹅的身影，道："我心飞翔。"

青蛙摇摇头："别瞎寻思了，这是不可能的。""不！"蛤蟆严肃起来，"一切皆有可能。"

"可是，从来就没有哪只蛤蟆能吃到天鹅肉。"青蛙不屑。

蛤蟆鼓起自己的肚子，意志非常坚定："我能！"

（推荐者：李 鬼）

14 有一天，天爱上了海，可是空气却把它们阻隔开了。它们无法相爱，于是天哭了，泪水落在海里。即使不能相爱，天也要把灵魂寄托给海。从此，海比天蓝！ 江苏 陈兰（0406）

政府大院养老虎

本书系《故事会》金栏目"中篇故事"精选，共收9则传奇色彩浓郁的精品。大老虎走进政府大院，还被委以"保卫"重任，它果然尽职尽责，抓到了坏人，真叫新奇荒唐。两头公牛一碰面就眼红气粗，斗得天昏地暗，当它俩遭遇群狼围攻时，竟捐弃前嫌，配合默契，脚蹬角挑，杀得饿狼嗥嗥惨叫，可谓奇妙。还有鹰猴各为其主，舍命拼斗；小黄牛为救女主人，居然初生牛犊不怕狼，民兵营长独闯野猪沟，杀死红野猪；汽车班长迷路斗公狼，血战沙尘……

"黑色"人物在行动

本书系《故事会》金栏目"中篇故事"精选，共收9则该栏目之精品，主要围绕金钱这一主题多侧面地拓展故事情节。其中有因钱而污染灵魂，导致亲情泯灭，好友成仇；见财起意，不择手段冒领他人钱财；有为钱所逼，做了违心之事；更有为发横财，行骗作恶等。这些作品的特点是故事情节曲折生动，令人回味无穷。

密访曲家屯

本书系《故事会》金栏目"中篇故事"精选，共收9则有关形形色色的"官"故事精品。或是颂扬清官好官心系民众，为民请命，惩治土顽，巧妙拒贿，秉公施政；或是批评某些干部为创政绩大搞形式主义，弄虚作假，蒙骗上级，苦了百姓；更有一部分作品对那些贪官污吏们以权谋私，仗势欺人，坑害民众，甚至为逃避罪责杀人灭口、销毁罪证等不法行为进行了无情的揭露与抨击。

高原守护神

本书系《故事会》金栏目"中篇故事"精选，共收其9则故事精品，说的是怎么做人的故事。作品通过对人物举手投足的精心设计，形象地描绘做人的道德、原则与气质，展示了人与人之间相互关爱、恪守诚信以及见义勇为的精神。面丑心善的火化工关爱弱女，可歌可泣；好邻里关心失足青年，以情动人；男女青年历尽坎坷，体现了大海可以作证的为人美德，等等。

海内外60位大作家

第一次在一本书中集体亮相　第一次为500万读者写故事

金庸、席慕蓉、白先勇、苏童、莫言、张炜、陆天明……

这些文坛大家，著洋洋万言，挥洒自如；说世相百态，如数家珍——却为一本杂志，数易其稿；为短短千字，字斟句酌。

为什么？因为，这是他们第一次面对《故事会》的500万读者，用故事讲述人生悲欢。

因为，他们希望用最短小的篇幅，汇聚最大的智慧。

于是，这些作品几乎都成为了不可多得的精品。

让我们一起聆听大作家们讲故事，一起开始轻松愉快的《故事会》之旅……

私人侦探第一案

　　本书系《故事会》金栏目"中篇故事"精选，共收9则作品，都是与歹徒、罪犯作斗争的故事。公安人员追捕逃犯，历尽艰险，血洒战场；罪犯遥控杀妻，扑塑迷离；村霸设置黑洞，为非作歹；小偷擒获白色恶魔，仗义可嘉偷盗贪官财物，枪杀情敌后代……作品内容曲折惊险，具有震撼人心的艺术魅力。

妻子要跳交谊舞

　　本书系《故事会》金栏目"中篇故事"精选，共收9则作品，皆系情爱故事。虽属情爱，却非都是甜甜蜜蜜，卿卿我我，而是充满了喜怒哀乐，恩怨情仇。看这些年轻的男女主人公，既有历经悲欢离合终成眷属，也有历经磨难依然遗恨终生；既有由爱变恨，愤而断情，也有化恨为爱，喜结良缘……

□ 薛 鑫

做人
要有分寸

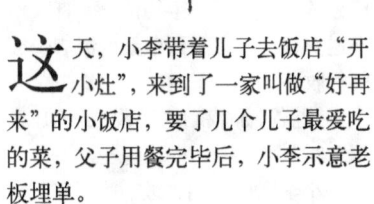

这 天，小李带着儿子去饭店"开小灶"，来到了一家叫做"好再来"的小饭店，要了几个儿子最爱吃的菜，父子用餐完毕后，小李示意老板埋单。

"一共120块！"老板说。

"多少？"

"120块！"那老板不耐烦地重复了一遍。

小李经常带着儿子在外面吃饭，同样的几个菜在别的饭店顶天也就六七十块，而这家饭店的老板居然开出了120块的价，这不是狮子大开口，成

心宰人吗？"老板，是不是要价太贵了？"

"嫌贵就别出来下馆子！就这价，少一分也不行！"饭店老板沉着脸说道。

今天碰上个黑心老板，小李心里连连叫苦。可饭吃到肚子里吐不出来呀？小李万般无奈，只得认倒霉，从衣兜里掏出了钱包。

小李出来的时候可没有想到一顿饭要花120块，他钱包里只有一张面值100元的人民币，这可如何是好？

"老板，我这里只有100块，要不我先给你打个欠条，我这就回家给你去取钱。"小李红着脸说道。

"笑话，你少来这一套，你走了要是不回来，我到哪儿去找人？你这样的人我见多了，给现钱，否则就别想

走！"老板的脸一下子拉得老长。

"要不我把身份证押你这儿，我回去取钱来赎。"小李抽出了身份证递给了那老板。谁知老板连看都不看一眼，歪着脖子说道："身份证顶个屁用！假冒的有的是，我看你还是别耍花招，趁早乖乖给钱！"

今天小李碰上个既黑心又难缠的"蒋门神"，他万般无奈，把身上穿的西装脱了下来说道："我把衣服押你这总行了吧！这件西装可是名牌的，怎么着也值120块吧！"

"你说是名牌，谁知道你那破衣服是不是真名牌，要是假货可一分不值！我才不上当呢，不行！"

小李有些生气了，他一把拉过身边的儿子，气冲冲地说道："我把儿子押你这儿！给你个大活人你总放心了吧！"儿子瞪着眼睛看着父亲，显得很气愤。

谁知那老板笑了："我要你儿子干什么？这孩子怎么长得一点也不像你？谁知道到底是不是你儿子！不行，除了付齐饭钱，别的免谈！"

小李气得差点吐血，难道说这儿子还有假，这分明是成心刁难人！这时候，小李看到饭店吧台上的电话，他强忍着怒火说道："老板，借我电话一用，我打电话叫人把钱给你送过来。"

饭店老板一阵冷笑："小子，别和我要花招，刚才你拿钱包的时候我都看到了，我知道你钱包里有钱，就是成心想和我赖账。"说着出其不意，上前一把就抢过了小李手中的钱包，三两下就从里面又翻出了一张百元大钞，塞进了腰包，又从抽屉里拿出了80块零钱，一把扔给了小李道："小子，玩这套你差得远，想和我耍赖，还嫩了点！"

小李和儿子在众人的嘲笑中，走出了"好再来"饭店。

一出门，儿子就埋怨起来："爸爸，你口袋里有钱，为什么不给人家？"

小李叹了口气说"儿子，那钱不能给人家！"

"为什么？"

"那100块钱是假钞。我在钱包里已经放了好久了，手头忙，一直顾不上送交银行，想不到今天给饭店老板强行收下了。"

"爸爸，那我们这样做，是不是也不对？"

小李沉吟半晌，最后叹了口气。

"好儿子，你说得对！"小李手里拿着那一沓零钱，自言自语道，"做人要有分寸。不过，我得好好数落这个老板！"说完，重又返回"好再来"饭店……

（题图：蔡解强）

（本栏目欢迎来稿。来稿可从邮局寄发，也可从网上传递。如为电子邮件，请发以下信箱：xiayiming@vip.sohu.net）

 所谓幸福是有一颗感恩的心，一个健康的身体，一份称心的工作，一位深爱你的爱人，一帮值得信赖的朋友。当你收到此信息，一切随之拥有！ 1338***2096（0407）

□ 黄胜

最后一场演出

这天晚上，京剧团的演出结束后，刘彩霞连妆都没有卸，就随着寥寥几个观众走出剧院。她站在门口，在凛冽的寒风中怔怔地看着对面人头攒动、喧哗热闹的歌舞厅，忽然间感觉到万念俱灰，两颗泪珠无声地滚落下来。

这半年来，克服种种困难，刘彩霞带领大伙精心排练了几部大戏，本想以此重振剧团雄风，没想到市场反应冷淡，观众们并不买账。每场演出，除了她的十几个铁杆老戏迷前来捧场外，门可罗雀。几天下来，剧团入不敷出，连剧院的租金都付不起。所有的努力、希望顷刻间化成了泡影。

她怅惘地想：该结束了……

第二天，刘彩霞召集大伙开了一个短会，先落实了一下过几天下乡演出的事情，然后黯然地宣布：京剧团再也维持不下去了，等接下来的这几场戏唱完，我就辞去团长一职，这辈子再不会唱戏了，不瞒大家说，出路我已找好了，我有个亲戚开饭馆，他那里缺个洗碗刷盘子的帮手。你们也各寻出路吧。

听到当年红透城乡的名角儿"小彩霞"要去饭店洗碗，人人心中酸楚，几个小姑娘更是当场哭了起来，她们拉着刘彩霞的手："师傅，你不能抛下我们不管呀。"

刘彩霞强忍泪水，勉强笑道："你们年轻，改行还来得及，以后好好寻个正经事做，千万别唱戏了。耽误了你们这几年，师傅对不起你们。"说着，她别转过头，怕她们看到自己的眼泪。

"师傅！"

"师傅！"……

屋里哭声一片。男人们眼圈里也都红红的。

刘彩霞打起精神，说："大伙都提起神来，把咱们最后几场戏唱好，将来也好……也好有个想头。"说到这里，她再也忍不住了，泪水儿夺眶而出。

最后这几场演出是前些日子跟人家定好的。

刘彩霞有个老同学张德江在三山镇当副镇长，当年刘彩霞红遍城乡的时候，张德江就是她的忠实戏迷。前些日子，两人偶然在街上碰上，张德江听说剧团日子不好过，没有戏演，就有心帮她一把，拍着胸脯打了包票：到我们那里去唱，三山镇偏僻，没有什么文化活动，你去一定受欢迎。

刘彩霞有些担心：老百姓愿意掏钱看戏吗？

张德江说："包在我身上，花块儿八毛的就能看送上门的大戏，不乐趴下才怪呢。"于是，两人就定下了这事。初步打算演八场，每场的报酬是五百元。剧团的人得到这个消息后都很振奋，八场就是四千元，人均下来二百多元，过年就够了。

过了几天，刘彩霞打电话联系张德江，问安排好了没有，什么时候出发。

张德江支吾了一会儿，才吞吞吐吐地说："彩霞，你们过来吧，不过场次减少了，可能演不了八场。"

刘彩霞心里一紧，就说："能演几场算几场。演几场？"

张德江为难地说："对不起，可能就两三场吧。"

刘彩霞掩饰不住内心的失望："是不是出了什么问题？"

张德江说："妈的，这帮刁民，花一块钱看戏都嫌贵，都想白看呢。"

原来，张德江回去后把请戏的事跟各村主任一说，大家一开始都挺高兴，说多年没看戏了早该请了。可后来听说还要出钱，村主任就都不干了，纷纷说村里没钱，要请的话就由镇里出钱。

张德江知道他们说的也是实际情况，就说：镇上哪有钱给你们？要看戏的话自己回村里收，一户收一块就够了。村主任们听了他的话，都回去发动群众，结果只有两个村收够了五百元，其他的收了一百元、两百元不等，有个最穷的老树沟村，一千多户人家，只收上来五十来块钱。这样，只能到收够钱的两个村演两场了。

演两场也比没有戏演强，京剧团打点行装，来到了三山镇。当天晚上，来到其中一个村演出。张德江专门安排人守门，外村的人一律轰走："想看戏，回去交钱在自己村看。"

由于天冷，许多年轻人宁愿聚在一起摸牌九打麻将，也不愿受冻来听这咿咿呀呀老掉牙的戏，台下的观众除了上了岁数的老人，另外就是妇女跟孩子了。不过，大人叫，孩子跳，现场倒显得闹哄哄的，很是热闹。

演出开始后，由于大伙都知道这是京剧团的最后两场戏了，所以演起来很卖力，无论是主演还是跑龙套的，都一招一式，力求到位。刘彩霞更是将浑身的本领都使出来，用尽浑身的力气在唱、在舞，似乎要把自己融化在这简易的舞台上。

所有的人都感觉到，当年的那个光彩夺目的"小彩霞"又回来了。

渐渐地，台下的人看得如痴如醉，连孩子都停止了打闹。

张德江获知剧团将要解散的消息，吃惊不小。戏开演后，他在台下看着"小彩霞"忘我的表演，心中难以平静，他想不通，这么好的演员、这么好的戏，怎么会走到这步田地呢？难道以后再也看不到"小彩霞"的表演了吗？

第二天晚上，京剧团来到另一个村子演出。开演前，张德江才火急火燎地赶到。他掏出一摞钱放在桌子上，里面有大钞也有零票，大钞是一千五百块，小票共五百块。他兴奋地告诉大家：由于昨晚上戏演得精彩，消息传出去后，另外几个没收够钱的村子的钱都收上来了，这是两千块钱，今天晚上这一场后，还有四场等着你们呢。

大家喜出望外。刘彩霞更是眼中放光，她握住张德江的手，感激地说"老同学，太谢谢你了。"说着，眼圈不由自主地就红了。

要知道，她本来是把今天晚上的戏作为这辈子最后的一场戏了，没想到还有机会能多演几场，不免让她激动得有些失态。

张德江明白她的心思，拍拍她的手，低声道："咱们不用客气，用心演吧。"

刘彩霞深深吸了一口气，忍住了眼泪，是的，她要把接下来的每一场演出，都当成是自己的最后一场。

接下来的几天，每天晚上演一场，每天晚上都要换一部戏。一连几场演下来，刘彩霞毕竟是四十多岁的人了，大家都怕如此强度的演出她吃不消，然而，她的脸上却神采飞扬，丝毫看不出疲劳的感觉。是啊，多少年没过这样的戏瘾了，她依稀找回了昔日辉煌的感觉。

演到第五场，却出了意外。那天的演出结束后，张德江正跟演员们一起收拾现场，急三火四地跑来了一个

婆娘，上来一把就揪住了张德江的耳朵，疼得他哇哇大叫："哪个王八蛋……"等回头看清来人是谁，立马笑嘻嘻地道，"夫人，你咋亲自来了？"

那妇女横眉怒目："姓张的，今天你要是不交待清楚，老娘跟你没完。你说，你把钱都给哪个相好的了？那一千五百钱是留给儿子交学费的，你也敢动？"

刘彩霞听了心中一动，忙过来道："是嫂子吧？张大哥拿你的钱了？"

张德江一个劲地冲老婆使眼色，老婆却不理他，她打量打量刘彩霞，酸溜溜地说："你就是那个小彩霞吧，果然长一副风流样子，我那一千五百块钱是他拿给你了吧？"

张德江一听，跳过来一巴掌就甩在老婆脸上，骂道："臭娘们，让你胡说八道，快滚！"不由分说，拖着老婆的胳膊就往场外拽。两人撕扯着走了。

刘彩霞呆立在那儿，她明白了张德江那天拿来的那两千块钱是怎么回事了：除了那零零碎碎的五百，剩下的是他自己掏的腰包呀。

两行清泪从她的脸上缓缓流了下来。

第二天一大早，张德江就赶来了，脸上横一道竖一行的，伤得不轻。他看到刘彩霞，尴尬地说："让你看笑话了，我老婆胡说八道，你别往心里去。还有，她的钱找到了，他妈的，这老娘们，钱藏在什么地方自己都记不清。"

刘彩霞眼圈一红："行了，你别说了。"她从口袋里拿出那一千五百块钱，这钱本来已经分给大家了，她昨晚上费了好大的劲才说服大家交了回

世间朋友情常在，打工日子真无奈，岁月跟着时光跑，每天总想问声好，看着天上流星走，愿你过得比我好，天天快乐无烦恼，开开心心活到老。 陕西 巫宝军（0409）

来。她把钱塞到张德江的手里，说："大哥，你的情我们领了，我知道你也不容易，这钱我们是万万不能要你的。"

张德江把钱猛地拍到桌子上，板着脸气汹汹地说："你瞧不起我是不是？这钱是你们该得的，收下！这不是你自己的，是你们全团的。"

刘彩霞无语地立在那里，一瞬间，她真想扑到对面这个男人的怀里，痛痛快快地大哭一场。

"好了，今晚是你的最后一场戏了，好好演，我也要好好听，唉，以后怕没机会听到了。"说到这里，张德江的喉头也哽咽起来。

刘彩霞抬起头，说："不，我们商议好了，明晚上再加演一场，不是有一个老树沟村总共才凑了五十块钱吗？我们就去老树沟演最后一场，免费演出。"

第二天晚上，老树沟村几乎所有的村民都来到了小学校，由于是义务演出，观众不受限制，附近许多村的村民闻讯也赶来了，黑压压地挤满了小操场。

今晚上的剧目丰富多彩，先是许多名剧的精彩片段，都是"小彩霞"的拿手唱段，压轴的是传统名剧《霸王别姬》。演出开始前，"小彩霞"候在场边，当锣鼓声响起，她的心怦怦狂跳，三十年前自己初次登台的画面清晰无比地出现在面前，一瞬间，岁月

似乎凝滞……

大幕徐徐拉开，"小彩霞"开始了她最后的演出。

"劝君王饮酒听虞歌，解君忧闷舞婆娑。嬴秦无道把江山破，英雄四路起干戈。自古常言不欺我，成败兴亡一刹那……"

"小彩霞"圆润亮丽的嗓音摄人心魄，字字泣泪，句句啼血，后台的人闻之无不动容，大家知道，那是她在用自己整个生命在演唱，在向自己深爱的舞台做最后的告别。

虞姬挥剑自刎的一幕使当晚的演出达到了高潮：虞姬抬起宝剑，脸上的凄怆绝望的表情令人不忍目睹，"小彩霞"似乎完全进入了角色之中，手猛一挥，宝剑在脖子上一划而过，随后，她轰然倒地。

全场一片寂静，观众们都被她逼真的演出惊呆了，忘了叫好。过了很久，叫好声掌声才轰然响起。

张德江坐在后台，他最先清醒过来，大声喊道："快拉幕！"率先冲上台去。

他抱起刘彩霞，只见刘彩霞双目紧闭，已然昏迷，颈上有鲜血流出。张德江吓坏了，仔细一检查，一颗心才放下来：幸亏是木剑，伤口很浅，之所以昏迷不醒，大概是劳累与伤心过度造成的。

他急忙让人端来热水，喂刘彩霞喝下。

片刻后，刘彩霞悠悠醒转，她看了看众人，泪水滚落，嘴里喃喃地道："结束了。"双眸中光彩尽失，一瞬间，似乎苍老了十岁。

当天晚上，下了一场大雪。

第二天早晨，刘彩霞醒来后，听见外面有动静，下炕一拉门，顿时呆了：雪地上，一溜摆放着四个竹筐，装满了花生、栗子、鸡蛋，还有活鸡活鸭，一旁的树上，还拴着一只羊。

老树沟的老主任候在一旁，见到她，凑过来小心地问："妹子，你好了没有？"见刘彩霞看着地上的东西发呆，就说，"大伙听说你唱戏累病了，送点东西来给你补补身体的，还有一些是送给你们的一点年货。山里没什么好东西，你们可千万别嫌弃。"

刘彩霞眼眶一热，不知说什么好。

老主任又从怀里掏出个布包，打开，道："妹子，这里面是棵老山参，你身子骨弱，补一补就能恢复了。"

他搓着一双大手，笑眯眯地道："妹子，你戏唱得太好了。大伙托俺问问你，赶明年，你还来不来俺村唱了？"

刘彩霞攥着那棵昂贵的老山参，泪水扑簌扑簌掉下来，一时间，她不知该如何回答……

（本篇月月评短信代码：AA042）

（题图、插图：谢　颖）

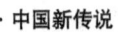

长大后干什么

□ 詹有星

这天中午，城建局的王局长开车去学校接儿子。到了学校门口，离放学还有十多分钟，王局长见附近有个擦皮鞋的摊子，便走了过去。

擦皮鞋的是个三十五六岁的中年妇女，她见王局长走过来，便热情地招呼王局长坐下，然后拿起工具动手干了起来。

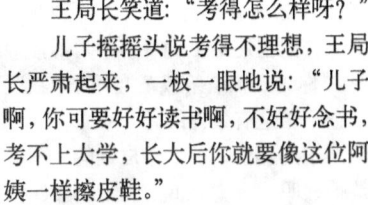

一只鞋刚擦好，学校的下课铃响了。没多久，王局长的儿子出来了，他跑到王局长面前说："爸，今天考试了。"

王局长笑道："考得怎么样呀？"

儿子摇摇头说考得不理想，王局长严肃起来，一板一眼地说："儿子啊，你可要好好读书啊，不好好念书，考不上大学，长大后你就要像这位阿姨一样擦皮鞋。"

话说出口，王局长觉得有些失言。好在那女人对王局长的话似乎并不很在意，仍然不动声色地擦着鞋子，王局长才松了口气。

皮鞋擦好后，王局长带着儿子上车，行至半路，忽然手机响了。王局长拿起一看，是个陌生的号码，于是没好气地问："谁呀？"对方犹豫了一下说："你是王局长吧？我就是刚才那擦皮鞋的，你看看是不是丢了什么东西？"

经这女人一提醒，王局长才想起把皮包落在她那儿了。那包里有2000

·中国新传说·

块现金，几张发票，一盒名片，这些都不太重要，倒是包里放着的几张照片让王局长有些紧张。那是王局长和情人雪儿外出旅游拍的合影，今天刚刚拿到手，还没有来得及转移阵地呢。

这照片如果落到他人手里，那后果不堪设想，一定得把照片要回来。王局长挂了电话，立刻掉转车头赶了回去。

那女人果然还在。王局长让儿子在车里等着，自个儿跑过去说："刚才是你给我打的电话吧？你拾金不昧的精神值得我学习啊。"但中年妇女却不急着把包还给王局长，不紧不慢地说："你先别忙着给我戴高帽子，我这拾金不昧是有条件的。"

王局长想，一个擦皮鞋的，不就是缺钱吗？于是就说："什么条件？你就说出来嘛，我给你200块钱，你看行吗？"

中年妇女摇了摇头。

王局长急了，忙说："给500，可以了吧？"中年妇女还是摇头。王局长心里打起了鼓，心想：莫非这女人想讹我，于是，咬一咬牙说："那你到底要多少，我把包里的2000块钱都

给你，这下总行了吧？"

中年妇女冷笑一声道："局长大人，我什么也不要，我要你为我擦一次皮鞋。"

中年妇女见王局长犹豫，收起包来说："不想干呀？那好，今晚我就把包送到你家里去，我认识你爱人，家长会上见过面的。"

王局长一听，如同听了个晴天霹雳，要是这包落到老婆手里，那可就是天翻地覆啊！没办法，他一咬牙，妥协道："擦，我这个局长给你擦！"然后很不情愿地拿起刷子，为中年妇女擦起鞋来。

王局长正汗流浃背地干着，一个背着书包的小女孩跑过来，她好奇地看看王局长，又看了看那女人，说："妈，这不是我们班王浩的爸爸吗？你怎么让他擦皮鞋呀，听王浩说，他爸爸还是个局长呢！"

那女人"扑哧"笑道："局长就不能擦皮鞋吗？孩子，我可告诉你，你成绩差点都没有事，一定要好好学做人，否则的话，长大后，即使当上了局长，也照样给人擦皮鞋。"

（本篇月月评短信代码：AA043）

（题图：魏忠善）

 我珍惜雨后清新的空气，我珍惜五彩缤纷的世界，我珍惜似秒表般飞逝的生命，但我更珍惜的是正在看我短信的你！愿你有个美丽心情，祝你新年快乐！ 安徽 潘正年（0411）

红原鸡为国家二级保护动物，因雄鸡啼声似"茶花两朵"，故也称茶花鸡。

茶花两朵

□ 李志华

小试身手

学校放长假，吉布就扛着个钓鱼竿去舅舅的村寨钓鱼，舅舅那里有一座淡水湖，鱼儿可多呢。

这天，吉布整理好钓鱼线，正放饵料时，身后突然传来一阵洪亮的鸡鸣声，扭头一看，只见一只浑身雪白的大公鸡立在一块石头上斜睨着他，威风凛凛，一副不可一世的样子。吉布很纳闷：这荒郊野岭的，哪来的鸡呢？

正疑惑间，白公鸡却一拍翅膀，径直朝他俯冲过来。吉布又惊又怕，丢下鱼竿便跑，白公鸡拍着翅膀紧追

不舍，有几次甚至跳到他的肩膀上，尖利的喙子啄得他火辣辣的疼，突然他一不小心绊到一块石头，重重摔倒在地，回头一看，那只白公鸡站在不远处神气地抖着羽毛，不时拍着翅膀引吭高歌，好像随时要扑上来。

就在这时，舅舅骑着自行车来了，看到吉布狼狈不堪的样子不禁哈哈大笑："忘了跟你说，我这里还有一只看门鸡哩！怎么样，不要紧吧？"

原来这只白公鸡是舅舅养的。舅舅告诉吉布，去年他养了十几只鸡，但病的病、死的死，弄到后来就剩下了这只白公鸡。这鸡可厉害了，黄鼠

狼、狐狸什么的都不敢招惹它。

吉布又问："那它都吃些什么呢？晚上又在哪里过夜？"

舅舅说："这湖边草地上多的是食物，天上有飞虫，地下有蚯蚓。至于晚上，你看到湖心那个小岛吗？它晚上就飞到那里过夜，天明再飞回来。"说着，捡起一块石头向白公鸡扔去，白公鸡敏捷地躲开了，然后"扑扑扑"地拍着翅膀向湖心飞去。好家伙，这次飞行的距离足有五十多米，吉布一旁都看呆了。

晚上，吉布和舅舅就在湖边的简易房子里过夜。第二天清晨，吉布被一阵凄厉的尖叫声惊醒了。只见舅舅一手拎着白公鸡，一手拿刀在青石上磨着。吉布一骨碌爬起来，抢下了舅舅手中的菜刀。舅舅一撒手说："看来我白忙活了，该你吃不成鸡肉，要再被啄了可不许哭哦？"

这桀骜不驯的白公鸡倒也通人性，似乎知道是吉布救了它的命，接下来的几天里，吉布走到哪儿它就跟到哪儿，有时还调皮地飞到吉布的肩膀上。吉布还给白公鸡取了个好听的名字：白雪。

一个星期后，吉布该回家了。舅舅说："看你闷闷不乐的样子，是舍不得你的白雪吧，既然这么喜欢，你就带回去吧。"吉布乐得一蹦三尺高！

吉布带着白雪刚进院子，便看见了令他气愤的一幕：隔壁家的麻公鸡又在他家院子里撒野，把他家的几只公鸡撵得四处飞窜。这时白雪拍着翅膀从吉布肩膀上跳了下来，麻公鸡也发现了这个不速之客，便朝白雪扑了过去。但仅两个回合，麻公鸡便败下阵来，灰头土脸地逃出了院子。其余的公鸡见状不敢造次，都小心翼翼地收起翅膀，以示对白雪的臣服。

不白之冤

可接下来的几天里，吉布陷入了苦恼中，寨子里的公鸡接二连三被啄瞎了眼睛，有的竟被残忍地啄死。这些公鸡都死在寨外的耕地里。有人说肯定是白雪干的，而白雪身上也的确有斗架的痕迹。

阿爸对吉布说："你看，寨子里的人都快被你得罪光了，这鸡野性难驯，留着是个祸害，赶明儿杀了。"

吉布说："那也不必杀白雪呀，它本来就在野外长大，当然有野性，下次放假我把它送回舅舅那儿，这些天嘛，关在鸡棚里总行了吧？"

奇怪的是，白雪被关的几天里，寨子里仍然有公鸡被啄死，这到底怎么回事呢？

清晨，红日升起，薄雾仍笼罩着村寨，也掩映着远方绵延的群山。寨子里的鸡在鸡棚里关了一整晚，此时正迫不及待地拍着翅膀向寨外奔去。雄鸡在前面昂首高歌，母鸡在后面哼着小曲。

伴随着一声洪亮而短促的鸡啼，一团红色直朝鸡群窜来。那是一只身形略小的红公鸡，它兴奋地拍着翅膀，漂亮的羽毛在初升的红日下金光灿灿。寨子里的公鸡虽然个个高大威猛，可此时却像被抽去骨头一样，耷拉着翅膀四处逃窜，只有一只黑公鸡压低了翅膀准备迎战。这黑公鸡是从别的村寨带来的"礼品鸡"，它不明白它的伙伴为什么如此惧怕这只瘦公鸡，它看起来还未成年哩。

红公鸡并未将黑公鸡放在眼里，它没有放慢速度，而是拍着翅膀腾空跃起，径直落在了一只母鸡的背上。这时黑公鸡狠狠地扑了过来，却不料红公鸡轻盈一跳躲开了，而且在空中灵巧地掉转身来一口啄中了黑公鸡的鸡冠，尖利的爪子同时狠狠地砸在黑公鸡的头上。黑公鸡奋力挣脱，但红公鸡更快，一口准确地击中了它的眼珠。黑公鸡像无头苍蝇般在地上扑腾着，翻滚着，发出凄惨的叫声……战斗顷刻间结束了！

这一幕正好被早起放牛的阿爸撞见。阿爸吆喝着跑了过去，红公鸡机警地连飞带窜逃开了，而后掉头看了一眼，拍着翅膀腾空向远方的山林飞去，消逝在薄雾中，身后留下一阵洪亮而短促的啼鸣声。

这叫声听起来如"茶花两朵"的谐音。阿爸忽然明白了，那红公鸡是

生活在山林里的茶花鸡。他曾在山林里看到过茶花鸡，也听到过茶花鸡的啼叫。只是他根本没有想到，茶花鸡竟会跑到村寨附近来。

阿爸的发现终于让蒙冤的白雪重获自由。

财迷心窍

白雪一出笼，很快就与茶花鸡交上了手。

这天清晨，在村寨外的耕地，白雪与茶花鸡对峙着。茶花鸡用强健的利爪刨得地上草屑乱飞，率先压低身子展开了进攻，而白雪也竖起颈部的毛迎了上来，两只鸡便上下翻飞斗成一团。

战斗刚开始便进入了白热化，一白一红，两只鸡轮番发动攻势，直杀得难解难分，几个回合下来，谁也不落下风。

太阳渐渐升高了，晨雾也慢慢消散。寨子里的人都站在远处饶有兴致地观看。

接下来的战斗更是惨烈，两只鸡的身上都是血迹斑斑。斗到后来，两只鸡渐渐筋疲力尽，动作也迟缓下来，看上去甚至连站也站不稳了，但仍然你一口我一口互不相让。

渐渐地，人们看出了苗头，那茶花鸡的优势是轻盈灵巧，腾挪闪跳，却不耐持久战，而白雪却是越战越

勇，最后白雪一使劲将茶花鸡掀翻在地，茶花鸡挣扎着爬起来，做了一个要进攻的假动作，突然掉转身拍着翅膀想逃，然而脚步跟跄飞不起来。

这时不知从哪闪出一个人影，没费什么劲便一把逮住了茶花鸡。

这人是谁？二狗子！是寨子里出了名的见便宜就占的家伙。却说二狗子倒提着茶花鸡来到镇上，遇到正要出门采购的饭店老板，老板一见他拿

着个茶花鸡，眼睛都亮了，掏出了五十块钱，买下了茶花鸡。走时丢下话，说以后就按五十元一只收，二狗子能抓多少他就收多少。这下没把二狗子乐死！

晚上，二狗子摸到吉布家，让吉布的阿爸把白雪卖给他。阿爸一开始不同意，说这鸡是吉布的心爱之物，吉布在学校住读，没他的话他做不了主。然而，当二狗子把价加到五十元时，阿爸不禁心动了。就在两个月前，为了筹措吉布的学杂费，吉布的阿妈从家里捉了三只老母鸡到集市上去卖，也只换回五十来块钱。他咬咬牙，把白雪卖给了二狗子。

第二天，二狗子便提了白雪，牵着猎狗进了山。他将白雪用柔软的橡皮绳系在一个树桩上，自己则和猎狗隐蔽在不远处的灌木丛中，然后，他口中吹着鸡骨哨子，吹出类似母鸡发情时"哼哼叽叽"的叫声，诱引茶花鸡前来。

果然，一只雄性茶花鸡出现了，它拍着翅膀扬起脖子，朝天高歌起来，这时，它发现了白雪，很快便与白雪斗在了一处。

斗了大约十来分钟，两只鸡的动作渐渐迟缓了下来。二狗子觉得时候到了，便一拍他的猎狗，猎狗应声蹿出，直扑茶花鸡。茶花鸡猝不及防，只扑腾了几米远，很快便被猎狗叼住了。

不是每朵浪花都为海滩而来，不是每颗星星都为夜幕而来，不是每次细雨都为麦苗而来，但是我的每条短信都是为逗你开心而来！ 1375***6374（0413）

然后二狗子又换了几个地方，屡试屡中，当天就逮到了五只茶花鸡，二狗子喜不自禁地哼起了小曲。可怜白雪原本洁白的羽毛几乎被染成了红色，头部更是血肉模糊，污血甚至堵塞了鼻孔。

可二狗子财迷心窍，没让白雪精神恢复过来，第二天又进山了。晚上，二狗子酒足饭饱躺在床上数着钞票，咧着嘴直乐。

然而，次日清晨，二狗子却傻了眼。只见白雪伏在地上一动也不动，浑身的羽毛脏兮兮的，血肉模糊的鸡冠变成了乌黑色，脖子无力地耷拉着，眼睛也闭上了，不管二狗子拿什么食物引诱，它连看都不看一眼。

二狗子这下慌了，这白雪就是他的摇钱树啊，他怎么办？

大爱无言

星期六，吉布从学校回来了。当他知道白雪被阿爸卖给了二狗子后，脸都气红了，捏着五十块钱就奔到二狗子家，气呼呼地把钱扔到地上，二话没说，抱起白雪就走。

在吉布的精心照料下，白雪竟奇迹般活了下来。只是大病初愈的它，变得和以前大不一样，它不再与寨子里的鸡群为伍，也不怎么跟吉布亲近，而是独自蹲在院墙或树枝上，似乎在眺望远方，眼神显得忧郁、空洞和茫然……

大约过了一个多月，吉布放了暑假，而白雪也终于完全康复了，它的羽毛重新变得光洁，火红的鸡冠又如燃烧着的火焰。只是，它再也不打鸣，整天无声无息，凝神静思。

这天早上，吉布抱着白雪出了寨子，白雪依然一声不发。然而，当远方的山林里传来阵阵"茶花两朵"的啼叫声时，白雪似乎被激活了，它的眼神闪现出久违的光芒，激动地从吉布手中跳了下来，"扑扑扑"地拍着翅膀撒着欢，又腾空跃到一处高地，挺胸昂首竖起尾羽——吉布都以为它要打鸣了，但最终还是没有声音。

从此，白雪终于肯与他亲近了，像以前一样又调皮地飞到吉布的肩头，吉布走到哪儿它就跟到哪儿。

可是第二天白雪却不见了，吉布找遍了寨子也没有找到。天快黑的时候，白雪却自己回来了，它的羽毛凌乱，全身血迹斑斑，鸡冠上又多了新的伤疤。吉布用棉花沾着清水，小心翼翼地给白雪清洗血污。

早上吉布起床后发现白雪又不见了，吉布也没有找它，他一直以为白雪会回来，然而，一直到天黑，白雪的身影也没有出现。

几天过去了，一个星期过去了，一个月过去了，白雪彻底从吉布的生活中消失了，就好像它从来不曾来过。可吉布不死心，只要听说在哪里

看见了一只白公鸡，他总会充满希望地跑去看，但它们都不是白雪。吉布甚至还到舅舅家找过，但仍是失望而归……

直到有一天，寨子里唯一的一名大学生从省城回来，他递给吉布一张报纸。在报纸上，吉布惊奇地看见了他的白雪！那是自然保护区的一位工作人员拍下的照片。照片上的白雪桀骜不驯，威风凛凛地立在树枝上引吭高歌，一旁的灌木丛旁有几只茶花鸡在觅食。

照片旁边配有文字说明：红原鸡为国家二级保护动物，因雄鸡啼声似"茶花两朵"，故也称茶花鸡，是家鸡的祖先，羽毛为红色。但保护区工作人员却偶然发现了这只白色的红原鸡，目前尚不清楚这只白色红原鸡的出现是由于基因突变还是其他的原因。

大学生说："你应该高兴才对，你的白雪不仅没有死，而且生活得很好，更重要的是，它获得了最珍贵的

东西，那就是自由。"

"自由？"吉布点点头，"不过，我想我应该给这家报纸写一封信，说明白雪的来历。既然我知道事情的真相，就应该说出来。"

大学生提醒他："但你要想清楚，你这样做也许对白雪不利。"

"为什么？"吉布心中一凛。

"如果保护区工作人员知道了白雪并非红原鸡，他们一般会采取两种方法，一种是将白雪用作研究，另一种是——"大学生顿了顿，"他们会除掉白雪，以免杂交造成野生红原鸡种群遗传纯度的下降。"

大学生走后，吉布发了好一会儿呆。

这天晚上，吉布一夜未眠……

第二天清晨，准备返城的大学生在村口遇到了等候多时的吉布。吉布递给他一封信，让他转交给那家报社。吉布转身离开时，大学生看见了他眼中闪烁的泪光。

（题图、插图：魏忠善）

·本刊信息传真·

《青春读本》3

《青春读本——感动中学生的100个故事》第一、第二辑出版后，在社会上引起了巨大的反响，被读者誉为"一本能真正打动中学生心灵的好书"，"一本能让中学生懂得许多道理的教材"。

根据广大读者的建议，编辑部继续编辑了《青春读本——感动中学生的100个故事》第三辑，现已完成并正式出版发行。

  初一的月亮弯又弯，想你的人好孤单；十五的月亮圆又圆，没你的夜晚好难眠；今晚的月亮羞答答，想你才把信息发；想得太深说不清，月亮代表我的心。 江苏 梅春华（0414）

我要杀掉你的狗

□唐雪嫣

傍晚时分，有个叫冯成的中年汉子牵着他的看家狗"金钱豹"出去遛弯。广场上的人很多，看到他来了，纷纷让开一条路——不是怕他，而是金钱豹长得太凶了，两只铃铛大的眼睛寒光闪闪，令人不寒而栗。

就在这时，只听人群中有人说："这人真是，怎么把狗带这儿来了。"冯成转过头刚要发火，那金钱豹突然狂吠起来，那人吓了一跳，往后连退了几步。这人三十岁左右，身上的一套行头价值不菲，身边还有个人，像是跟班的。这人看上去有点来头，冯成把滑到嘴边的话咽了下去，伸手拍金钱豹，让它安静下来。

金钱豹是一条有灵性的狗，三年前，冯成一次酒后经过街道，一辆超速的车直冲他撞过来，他还懵懵懂懂地往前走，后面的金钱豹一跃而起，将他撞出几米远，那辆车擦着金钱豹的身体冲过去。要不是金钱豹，那次冯成的小命也就丢了。

冯成沉着脸说："把狗带这儿怎么了？有法律规定不让往这带吗？"

男人气愤地看着他，说："你的狗差点吓死我，我可是有心脏病的。你都这么大岁数了，怎么还这么不讲理？"

冯成最烦人说他岁数大，虽然他已经五十了，可看上去就像四十岁一样，他还想再找个年轻的伴侣呢。他讥笑道："我的狗分得清好人、坏人，谁让你说它坏话了？"

男人看了冯成一会儿，突然恶狠狠地说："好好好，我不说它坏话，我要把它送进狗肉馆，让人抽筋扒皮吃它的肉，看它还分不分得清好人、坏人。"

男人语气轻松，好像在说一件再随意不过的事情。冯成忍不住哈哈大笑起来，指着男人说："你……你不是说梦话吧？这是我的狗，你说怎样就怎样啊？"

男人也跟着冯成笑起来，笑够了，漫不经心地说："你开个价，我要把它买下来。"

原来他打的是这样的算盘，冯成明白了，斩钉截铁地说："不卖，你死了这条心吧。"

男人好像不死心，说："这条狗不过是条普通的狼狗，我出二千块。"

冯成吓了一跳，二千块？这条狗最多只值五六百，难道是要出口气就出二千块？他马上意识到了自己的失态，便昂然说："我不缺钱，留着二千块你自己用吧。"说完觉得不过瘾，伸手从脖子下面抻出一条粗大的金项链说，"看到没？这条项链就值五千。还有这表，知道多少钱吗？说出来吓死你。"

冯成穷了一辈子，不过生了个儿子争气，大学毕业后自己开了公司，知道老爹在乎脸面，所以把年过半百的冯成打点得跟个大款似的，现在，终于有机会拿出来炫耀了。

男人蓦地放声大笑起来："看来你真不缺钱，那这样吧，我出五千块，你卖不卖这狗？"

冯成心里一哆嗦，这人是不是疯了，五千块，够他挣一年的了。他仔细打量男人，见他正不屑地看着自己，跟着他的那个人不说话，伸手从皮包里拿出一沓钱，在手上拍着，一副看热闹的样子。冯成觉得自尊心受挫，大声说："五千也不卖，这条狗不但看家护院，还救过我的命呢。再说了，我老伴死了后，它就是我亲人，想扒它的皮，先扒我的皮吧。"

"救过你的命？"男人探询地打量金钱豹，"怪不得你对它这么好呢。那可真不能出价太低了——我给你一万。"

冯成觉得挺不住了，一万啊，自己会有什么损失？不过一条狗罢了，就算它救过自己的命又怎么样？它还不是一条狗？再说，儿子给自己买的楼就要装修完毕，搬到那之后，这狗往哪儿放啊？装修好的屋子还不被它搞得乱七八糟？想到这儿，他的心里不觉激烈地斗争起来，终于，一万块钱的诱惑大过了对金钱豹的感情，他不再犹豫，问男人说："你不是开玩笑吧？你真的肯出一万块买它？"

那个跟班模样的人说："这是我们吴老板，吴老板有千万身价，会在乎这区区一万块吗？"

"成交。"冯成一拍大腿，"你付钱，然后就可以带着它走了。"

见冯成终于出卖了金钱豹，男人好像觉得很无聊，瞟了冯成一眼，转身就走。跟班的笑嘻嘻地数出一万块交给冯成，冯成小心翼翼地揣好钱，摸着金钱豹的头，指着男人说："跟他走吧，对不住你了。"

金钱豹好像听懂了它的话一样，依依不舍地低声叫了几声，乖乖地跟着那人走了。

冯成也不弯腰了，兴冲冲地去买了一大堆熟食，捧回家自斟自饮起来，喝得差不多了，往床上一倒，带着发财的兴奋进入梦乡……

他再醒来时，外面已经日上三竿。他只觉得头痛欲裂，不由地心里嘀咕起来：昨晚他酒并没有喝多，怎么身子这么难过？他勉强坐起身子，抬眼看时，吃了一惊，这才发现家里一片狼藉：儿子孝敬他的大彩电不见了！再看时，茅台和五粮液不见了，抽屉里的两万块钱也不见了……再摸摸自己的身上，项链和手表都没了，当然，卖狗的一万元钱也不在了。

冯成不笨，想了半天，终于明白了是怎么回事：什么狗屁老板，明明是两个贼，想偷他的东西，但是金钱豹太厉害，而且从来不吃别人给的东西，想毒死它都不可能，所以他们设了个买狗的圈套让自己钻了进去。没了金钱豹的保护，他们轻易地用什么东西熏倒了自己，再进入屋里，从容地拿走一切值钱的东西。

冯成不禁放声大哭起来：自己真的不如那条狗，那狗忠诚、可靠，还救过自己的命，可为了区区一万块钱，自己就把它给卖了！

这时，他真希望那两个贼能够可怜他，放过他的金钱豹。

（题图：魏忠善）

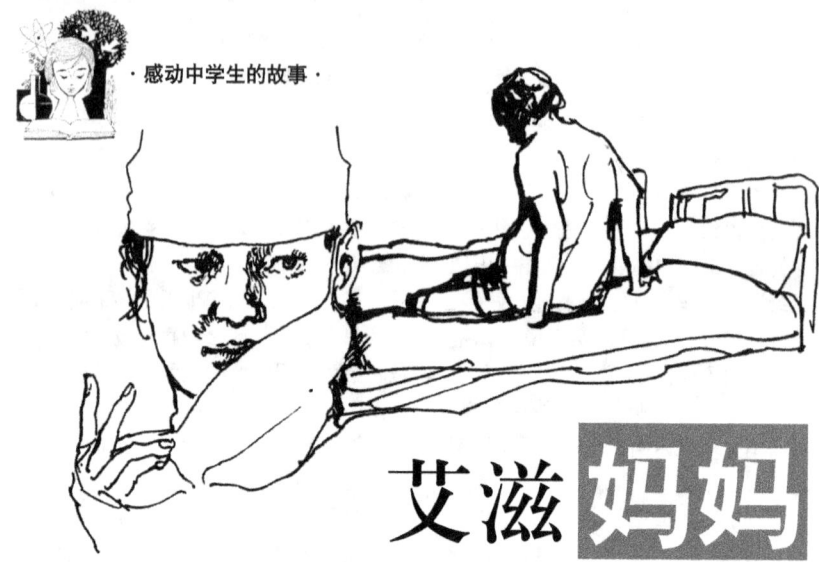

艾滋**妈妈**

这天，医院妇产科召开了一次特别会议，说有个艾滋病人要住进病房。

这个消息在妇产科顿时炸了锅，开会时院长在台上没人敢吭声，可等会一结束，全体护士齐声抗议："不行，万一感染了谁负责？"一些医生也有意见："要是污染了手术器械、床铺，造成其他病人感染怎么办？"

嚷归嚷，最后病人还是住进了产科病房，"艾滋病母亲分娩无感染婴儿"是本院的一个科研项目，这次连编号都是院长亲自来挑的：特护病房"19床"，说是图个吉利。然而，当护士长给这床分派护士的时候，谁也不愿意去。最后，任务落到了我的头上。

我刚从卫校毕业三个月，虽说初生牛犊不怕虎，但现在还是如履薄冰。第一天的护理内容是"抽血"，我知道血液是艾滋病传播途径之一，所以，我除了戴口罩帽子穿长袖，还特意挑了一双最厚的乳胶手套。推开病房门，我先探着头朝里望了望，然后硬着头皮说："19床，我来检查啦——"，这时只见"19床"靠在床垫上，腆着临产的肚子，微笑着看着我进来。我以为得这种病的人，多少有点与众不同的，一打量，发现她很普通，头发短短的，宽松的裙子，平底黑襻扣布鞋，脸颊上布满蝴蝶斑，一个标准的临产孕妇。

"你好！""19床"彬彬有礼说道。我心跳如雷，僵硬地笑了笑，然后拿起针筒，大概是太紧张了，一针下去没扎进静脉，反而把血管刺穿了，病人疼得眉毛都跳了起来。我手忙脚乱地拿针管吸血，又拿来棉球，小心翼翼，不让血迹沾染到自己的身体上。清理完毕，再抬眼看看病人的脸色，居然风平浪静。

"谢谢你。""19床"轻声说道，声音温和而恬静。

回到办公室，我忍不住对值班的李医生说："哎，这个'19床'，怎么看也不像得那种病的人呀？"李医生反问我："那你以为得这种病的人应该是什么样的？"一句话把我噎住了。李医生把"19床"病历递给我："你看看吧。"

翻开病历一看，"19床"运气是真不好，她本来是一所大学的老师，30岁就升了副教授，前途可谓一片光明，然而人有旦夕祸福，就在去外地出差的路上，她遇到一起车祸，需要紧急输血，谁都没想到这次输血竟"中"上了艾滋病毒，直到她怀孕做检查时才发现被感染。可怜那个未出世的孩子！研究表明，"艾滋妈妈"生产的婴儿，受感染的概率轻者百分之二十，重者百分之四十，而且对于免疫系统被破坏的母亲来说，常常是致命的……

当天下午，"19床"的丈夫就来了，这在妇产科又引起一阵小小的轰动。一个艾滋病人的丈夫会是什么样子？我怀着好奇心，装作查房，走了进去。"19床"坐在床上，把腿搁到对面坐在椅子上的丈夫的身上，慢慢地

梳头发，从头顶到发际，悠然自在；丈夫帮妻子轻轻揉着肿胀的双脚。阳光从窗户溜了进来，斑斑点点地定格在丈夫的手和妻子的脚上。这时，他们更像一对幸福的准父母。

"你觉得孩子像谁？"丈夫问。

"我呀，"妻子娇憨地撒娇。"皮肤不能像你吧？"丈夫呵呵地笑，"看你的小脸都成花斑豹了……"

我整理着床铺，听着这一对夫妻细语呢喃，心里不断泛酸，眼泪都快流出来了，赶紧走出病房……

"19床"每天必须服用多种药物，控制 HIV 病毒的数量，几乎每天都要抽血、输液。两条白皙丰满的手臂，从手背到胳膊，针眼密布。我手生，常常一针扎不进，可"19床"却没发过一次脾气，只是很安静地看着我笑。护理一个多星期，我渐渐喜欢上她。有时候，我还会为她买几支新鲜的向日葵，插在花瓶里放在她的床前。

"19床"的胎位正常，不过为了避免在生产过程中感染，医生早就商定了剖宫分娩方法，连手术计划都拟好了，就等着产期的到来了。虽然离预产期还有一个多星期，但是"19床"31岁初产，又身患艾滋，所以病房上下都高度戒备，随时准备进入临战状态。

"19床"很镇静，每天看书听音乐，还给未来的孩子写信，画一些素

描，枕头下已攒了厚厚一叠。

我问她为何坚持要这个孩子，她的生育年龄偏大，又带病在身。

她并不在意我的唐突，笑了笑道："孩子已经来了呀，我不能剥夺他的生命。"我犹豫了一下，还是说了出来："万一被感染了怎么办？"她抚摸着向日葵，半晌方道："如果不试一试，孩子一点存活的机会都没了。"

我的心情颇为沉重，病房里出现死一般的寂静。正要离开，她轻声唤住我"我想拜托你一件事，万一生产时出了什么事，我先生一定会说要保大人，可我的情况你也知道，所以无论如何，孩子是第一位的。"我眼泪不可抑制地流了出来……

日子一天天过去了。那天夜里我值班，"19床"的手术已经安排就绪，排在第二天上午，可就在凌晨，办公室的紧急信号灯忽然闪烁起来，发出刺耳的响声，我猛地坐起来，一看牌号，是"19床"，我一边招呼值班医生，一边飞速地奔向"19床"的病房。

惨白的日光灯下，"19床"的面色也是惨白惨白的。打开被子一看，羊水已经破了，更要命的是，羊水是红色的。也就是说，子宫内膜非正常脱落，子宫内出血了。

"19床"的脸上第一次出现慌乱的神色。原本胎盘可以屏蔽和过滤艾滋病毒，但一出血，意味着孩子遭受感染的可能成倍增加。她疼得额头上全是汗水，仍咬牙强忍住配合手术前的准备工作。夜间担架一时没来，她二话不说下了床挪开步子就走。我搀扶着她，她不管不顾，越走越快，仿佛她走快一秒，孩子不被感染的可能就增多一分。

当她躺在手术台上时，羊水已呈污浊色。这意味着胎儿处于危险的缺氧状态。麻醉师给她实行了硬膜麻醉，我开始拿探针测试她的清醒程度。真要命，三分钟过去了，她依然清醒地睁着眼睛，说："很疼。"麻醉师汗如雨下，这种体质他还是头一次碰到，但是胎儿已经绝对不允许再加大麻醉剂量了。

"19床"死死握住我的手，眼睛哀求地望着医生们，声音轻微而坚决："救我的孩子！快救孩子！别管我！"一分钟后，"19床"的手和脚被固定在产床上，麻醉师也预备好了针剂，主刀李医生闭了闭眼睛，不忍心下手。这是我做护士以来，第一次在这个"王牌医生"脸上，看到这样近乎绝望的神情。

手术刀迅速地在"19床"对麻醉不起反应的肚皮上划切下去……"19床"握住我的手骤然间收紧了，咬着毛巾的口腔里发出含混不清、低哑却绝对撕心裂肺的吼叫声，身体在产床上剧烈地颤抖着，痉挛地颤抖着……她的脸因疼痛而变形，我不忍目睹，眼泪成串地往下掉。

终于，胎儿取出来了，由于脐带绕着了颈部，那张小脸给勒得发紫。几分钟后，"19床"身体开始松弛，而这时，在李医生有节奏的拍动下，婴儿吐出了口中的污物，发出了第一声微弱但清晰的啼哭。昏睡过去的母亲听到了这声音，努力地睁开眼睛朝孩子瞥了一眼，眼皮就沉甸甸地合上了。

我为她解开固定的带子，才发现她的手腕和脚踝处都已经磨出了血。

而我的手，也像骨头断裂了一样，一阵阵剧痛。

我怎么也没想到，那一眼是"19床"第一次也是最后一次看到自己的孩子。那双恬静爱笑的眼睛合上之后，就再也没有睁开。三天后，她就因为手术并发败血症，抗生素治疗无效，永远离开了人间……

庆幸的是，那孩子 HIV 原体测试为阴性，医疗个案多了一个成功例子，听说市里的报社和电视台都要来采访这个健康婴儿。我在清理"19床"病房时，在她的枕头底下，发现了她留给孩子的信：有字，还有图，最上面一页画着一个大大的太阳，太阳下一双小小的手。她给孩子写道："宝宝，生命就是太阳，今天落下去，明天还会升起来。只是每天的太阳都会不同。"下面署着一个漂亮娟秀的名字：婉婷。

我第一次感到后悔，这些日子来一直叫她"19床"。

孩子出院的时候，我把信交给那个爸爸，他的眼睛哭得又红又肿，孩子好像也知道妈妈走了，在一个劲儿"哇哇"大哭，可一当我把那张画着美丽太阳的图画在他眼前晃动着，小家伙立即不哭了，兴奋地伸出手挥舞着，似乎要抓住这封信……

（本文根据《19床是艾滋妈妈》改编。改编者：姜文华）

（题图、插图：王申生）

与歹徒过招

□ 钱 岩

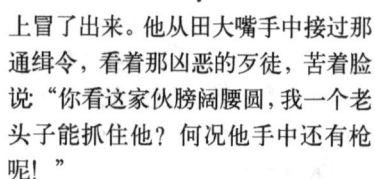

大青山脚下有个叫周白柴的老汉，承包了村上的一口水塘养鱼。水塘比较偏僻，离村庄有好几里远。

这天，周老汉正在塘旁小屋门口修理渔网，见村支书田大嘴来了。田大嘴手里拿着一张纸，那是一张通缉令。田大嘴是来告诉他，说有一个持枪的抢劫杀人犯，可能已流窜到大青山一带，公安正在全力揖捕。田大嘴说："你老周一个人住在这大青山脚下，说不定哪天就碰到了歹徒，所以特意赶来，把通缉令送给你看看，小心为妙啊！还有，真的发现了歹徒，要立刻向公安报告。当然了，你要是能亲自把他抓住也行，那样公安就会奖给你五万块！五万块啊，抵得上你养好多年的鱼！"

周老汉一听，顿时冷汗就从额头上冒了出来。他从田大嘴手中接过那通缉令，看着那凶恶的歹徒，苦着脸说："你看这家伙膀阔腰圆，我一个老头子能抓住他？何况他手中还有枪呢！"

"说的也是，"田大嘴说，"你一个人在这，歹徒真要是来了，的确很危险。干脆这几天你就回村上去，等歹徒抓到了你再回来看鱼塘。"

周老汉不同意。他可舍不得丢下满塘鱼虾躲回村上去，这歹徒要是没来，鱼虾丢了，一年的辛苦可就白费了。

周老汉不回去，但不能不防备，他要层层设招。周老汉想，这歹徒要

  对你一见钟情，绝无二心，愿陪伴你三生三世，昨晚梦见你四次，你迷人的五官让我六神无主，七上八下的心"九九"不能平静，说"十"话发错了。 吉林 孙晓刚（0418）

是下山，只会选在夜里。第一招，握鱼叉在手。他有一条护鱼塘的狗，叫黑儿，很机警，一发现陌生人就叫就扑。鱼叉在手，又有黑儿壮胆，够歹徒吃一壶的。即使黑儿没发现歹徒，那他还有下一招。周老汉在窗户下挖了一个一人多深的坑，盖上一张马粪纸，上面撒上细土伪装，歹徒来了肯定会来窗前察看屋里动静，这样他就会掉到坑里去，成了瓮中之鳖了。就是这两招都失灵了，周老汉也不怕，他还有第三招。歹徒冒险下山，还不是为了找吃的？于是周老汉蒸上几个白馍，放在灶旁。门故意不插，一推就开，就是让歹徒轻易进来吃馍。只是为了做这馍，周老汉把自己备用的安眠药全捣碎放在里面了。只要歹徒吃了，就迈不出这屋了，他只要提根绳子，捆捆绑绑，五万块钱就到手了，哈哈……

黑夜降临了，周老汉既紧张又兴奋，抱个鱼叉在怀中，几乎一夜没合眼，可歹徒没来。第二天夜里，周老汉强打起精神不睡觉，差不多是盼着歹徒来了，可又是平安无事。第三天晚上，周老汉再也挺不住了，很快就进入了梦乡……

夜里，周老汉突然被响动惊醒：“谁？”周老汉一声喊，同时翻身点亮油灯，就见一个满脸污垢的汉子奔到跟前，周老汉想拾起鱼叉，可来不及了，鱼叉已被那汉子踢到远处。周老

汉于是壮着胆子问：“你、你是什么人？怎、怎么跑到我屋里来了？”那汉子见屋里就一个老汉，顿时放心多了：“老同志，你别怕，我是地质勘探队的，到大青山来勘探，这不，迷路了。一天没吃东西，进屋想找点吃的，不好意思打扰了。”

周老汉仔细看了看那汉子的脸，大吃一惊：什么地质勘探队的，明明就是那通缉的持枪杀人犯啊！周老汉疑惑不解：陌生人进屋，我那黑儿怎么不叫？难道让这歹徒害了？还有，这歹徒怎没上窗前？唉，我那坑又白挖了。

很快，周老汉镇定下来，他感叹道：“一天没吃东西了，这多难受啊，你别急，我这就来给你弄点吃的。唉，这大青山山高林密，不是本地人，进去了还真容易迷路！你们这些搞勘探的，到处钻山沟，挣一份工资也难啊！还好，这回算你运气了，没碰着野猪。大青山的野猪可凶着呢，人挨着碰着，不死也要丢胳膊丢腿！”

听周老汉说山里有凶猛的野猪，歹徒的脸都吓得变了色。周老汉见了，心中暗暗得意：我就要吓死你这个狗日的，看你还敢往大青山里躲？不过，你现在想躲也躲不了了，吃了我的馍，我就能捆绑你送给公安了。

周老汉来到灶前，头嗡的一声响：馍不见了！这是咋回事？仔细一看，周老汉就发现了自己的大黑狗，

躺在角落里一动不动。怪不得，原来拌了药的馍让黑儿偷吃了！周老汉苦不堪言：黑儿啊黑儿，你怎么这么馋嘴，面对这凶悍的歹徒，这下我该怎么办？

就在这时，屋外传来一阵踢踢踏踏的脚步声。周老汉想上去开门，却被歹徒一把拉住。歹徒压低声音命令道："不准开门！不准说话！"说着吹灭了油灯。周老汉心儿怦怦跳个不停，他清楚：歹徒的手放进了那鼓鼓的口袋里，那口袋里肯定有枪！

来人是谁？是村支书田大嘴。这两天田大嘴也一直没能睡好觉，持枪杀人犯流窜到大青山来了，如不抓获，在这儿再犯下血案，那可不得了了。田大嘴最不放心的就是看鱼塘的

周老汉，歹徒要是溜下山，最有可能就是上他那儿，一个老汉，能斗过凶残的歹徒？夜里睡不着，于是就翻身起床，来周老汉这儿看看。

远远就看见周老汉的小屋还亮着灯，田大嘴疑惑啊，这么晚了，这周老汉还没睡？可还没走近，灯又突然熄了。田大嘴警惕性很高，于是他放慢了脚步，悄悄地靠近。四周静得出奇，田大嘴来到窗户前，想凑上去听听小屋里的动静。谁知一上来，就"扑通"一声掉进了周老汉挖的坑里了！

歹徒很紧张，拉开门冲了出来，周老汉也跟着冲了出来。

坑里的田大嘴以为开门出来的只是周老汉，恼羞成怒，忍不住破口大骂："周白柴，你这个老王八蛋！你挖个坑想跌死我啊……"田大嘴大喊大叫的，周老汉急了，怕他激怒歹徒，匆忙拾起身边一根扁担，朝坑里砸去，一边砸一边狠狠地说："我让你叫，我让你叫，老子就是要挖个坑跌死你！"田大嘴遭到重击，一下就瘫

到了坑底。周老汉好像还不解恨，还一扁担捅到坑底。

歹徒疑惑地问周老汉："这个人是谁？你和他有什么深仇大恨？"周老汉装着生气道："这个家伙就是我们村上有名的小心眼。他总怀疑他老婆和我有一腿，动不动夜里就上我这儿来捉什么奸！他坏我名声，你说我能不生气？特意在窗前挖个坑，就是要跌死他！"

歹徒听了，大笑起来："老同志，你别气。你先给我弄点吃的，等我吃饱了有了力气，我帮你往坑里填土，把这家伙埋了！"周老汉听了可是心惊肉跳：天啦，这歹徒有多狠毒！

没办法，周老汉虽然一万个不情愿，但还得去和面给歹徒烙饼。不过，人虽然在烙饼，眼却一直在盯着歹徒，脑子也一直在转着想办法。就在这时，周老汉见歹徒从他的床头拿起一张折起来的纸，周老汉的心一下就提到了嗓子眼：那可是田大嘴带给他的通缉令！这要是让歹徒看了，那我这条老命可就没了！急中生智，周老汉于是把手放在滚烫的锅上，疼得一声大叫……

歹徒听到周老汉的叫喊，忙扔下纸，惊慌地奔了过来，不满道："怎么回事？你嚷什么嚷！"周老汉把手伸到歹徒面前，哭丧个脸说："我不小心，把手给烫了！"歹徒见周老汉的手果然红肿了，阴森森地一笑："老同志，你忍一忍，过一会就不会疼了！"歹徒想，等我吃饱了，再好好地收拾他，嘿嘿……

饼烙好了，周老汉把它端到桌前，顺便用抹布把桌前的石凳擦了又擦。歹徒饿坏了，见到香喷喷的饼眼都绿了，一坐下来就狼吞虎咽。可他根本没想到，刚才周老汉擦石凳时，偷偷把一管用来补盆的胶水全擦在上面了。

周老汉估计胶水已经发挥作用了，于是又悄悄到灶前把刚才和面剩下的面粉端了来，趁歹徒抬头的一刹那，迎面泼了过去，一下就迷糊了歹徒的双眼。歹徒气急败坏，可想站却站不起来，原来他的屁股牢牢黏在石凳上了！

周老汉拔腿就往门外跑，匆忙中碰翻了桌上的油灯。没这么巧，灯油泼到了歹徒的身上，歹徒的衣服一下就烧着了。歹徒慌了，想跑又起不了身，哇哇惨叫着，双手胡乱地扑着火，哪还有工夫掏枪！

周老汉趁机打开屋门往外冲，可刚出门，身上就结结实实地挨了一下子，"扑通"一声跌倒在地上。"天啦，怎么是你老周？"田大嘴大吃一惊，忙上来把周老汉拖到一边。原来打倒周老汉的是田大嘴。田大嘴不是挨了周老汉一扁担，昏倒在坑里吗？其实啊，周老汉那一扁担是演给歹徒看的，田大嘴是个什么人，马上就假装

昏死过去。后来，他又顺着周老汉插到坑里的扁担爬了上来，然后操着扁担守在门口，想寻着机会就给歹徒一下子。谁知第一个冲出屋子的不是歹徒，而是周老汉，他一扁担把周老汉打倒了。

这一扁担打得不轻，周老汉躺在地上，"哎哟哎哟"的想站都站不起来，别说跑了。这下田大嘴急坏了，周老汉急中生智，低声对田大嘴说："快，快把我挂在这墙上的尼龙丝网取下，我牵一头，你牵一头，守在这门口，等歹徒冲出来时一拉，绊倒他就能把他捆住！"这主意不错，田大嘴忙从墙上取下丝网，一头交到周老汉手中，一头自己牵着，两人精神高度紧张，就这么悄悄守在门口。

屋里的歹徒拼命挣脱，终于挣掉了裤子，脱下了着火的衣服，赤裸着身体，嗷嗷叫着往外奔。那歹徒眼已迷了，哪还清楚门外的情况，只顾逃命。可刚奔出门，周老汉和田大嘴一拉地上的丝网，绷紧的丝网一下就把歹徒绊倒了，歹徒摔了个狗啃泥。还没等歹徒反应过来，周老汉和田大嘴就扑了上去，特别是周老汉，此时也顾不上腰疼了，动作比田大嘴还快！三下两下就用丝网把歹徒缠上一圈又一圈。歹徒虽然烧伤了，但仍拼命挣扎，可这丝网细且结实，越挣扎勒得越紧，怎么挣也挣脱不了，最后歹徒绝望地躺在地上，一动不动像头死猪……

经过了一场生死搏斗，周老汉在田大嘴的配合下，用智慧活捉了歹徒，但两人也都累得上气不接下气。就在这时，田大嘴发现周老汉的屋子里已燃起了熊熊大火，原来，歹徒着火的衣服引燃了小屋。很快，风借火势，火借风威，越烧越烈。周老汉冲进去，硬是把黑儿拖了出来，田大嘴还要冲进去救火，却被周老汉死死拉住不让，田大嘴对着周老汉喊"你不让我救火，你的屋子烧了，你的渔网，还有你的家什，马上全没有了！"

周老汉听了，却不以为然，嘁嘁一笑："烧了就烧了呗，我抓了歹徒，政府要奖我五万块，我何必为了这点破烂让你冒险！"

田大嘴一下明白过来，嘿嘿笑道："老不死的，你别高兴得太早。你把我的头砸了个大包，你得赔我医药费。你骂我是小心眼，编排我老婆，你还得赔我精神损失费……"

周老汉亲热地在田大嘴胸口擂了一拳："什么？我得赔你医药费？我给你一扁担，你不也给了我一扁担？扯平了！要是我当时脑子不转得快，不编排你老婆，那歹徒早就送你上西天了。你小子谢我都来不及，还好意思要我赔你什么精神损失费？"

说完两人都开怀大笑，朗朗的笑声响彻夜空……

(题图、插图：谢　颖)

□ 南 风

翻过围墙去

吃腻了。我妈会做一样拿手好菜，那才叫好吃呢，但是要一出锅就吃，送不来！"说完还舔了舔舌头。

"你说了等于没说，反正又出不去。"

"这你就不懂了，我自有妙招！"王海显出一脸的神秘。

小辉转过头邀请同学们："我爸爸送的，大家一起吃吧！"同学们把头凑过来："什么好东西？""炖鸡！""我还以为是汉堡呢，不吃！"

小辉一听，忙将吃进嘴里的鸡肉吐了出来："扔了，扔了！改天让我爸送汉堡来！"说着，将一只还没怎么动的鸡，"扑通"扔进了垃圾筒。王海见了，张张嘴想说什么，可又没说。

晚上，大家都睡了，小辉脚上磨了个水泡，哼哼唧唧的睡不踏实，突然，宿舍里传来轻轻穿衣服的声音，小辉睁眼看去，见王海已经悄悄穿好

十四中给刚入校的高一新生发了军衣、军帽，开始了为期两周的军训。

这天，军训一结束，家长们就簇拥到校门口，各自喊着孩子的名字。三班的小辉爸爸个子大，嗓门高，一下就叫来儿子，然后将怀里抱了一上午的炖鸡，从门缝里递给了小辉。

小辉拿着老爸送来的炖鸡，一蹦三跳地回到宿舍，其他几个男生也拿出了父母送来的好吃东西，摊在桌子上，只有王海一人坐在自己床边，没动。小辉抬头问："王海，你妈没给你送吃的？"

王海把嘴一撇："这些东西我早

了衣服，很快就开门出去了。小辉以为他去上厕所，就没在意，谁知，直到他昏昏沉沉迷糊过去，也没见王海回来。可第二天早上起来，小辉却发现王海在自己的床上睡得好好的。

咦，这是怎么回事？

第二天晚上，王海趁大家都睡着了，又偷偷溜了出去。这回小辉是装睡的，王海一走，他的眼睛就张得大大的，等呀等，一看表，时针已不知不觉指向了十二点，终于，走廊上响起了轻微的脚步声，小辉忙闪到门后，将开门进来的王海抓了个正着。小辉哈哈一笑："说，干什么去了？"

"吓死我了！"见是小辉，王海忙示意他小声点，"你千万别声张，让严老师知道我就死定了。告诉你吧，我馋得不行，回去吃我妈的拿手好菜了！"

小辉知道王海家离学校不远，但他似乎不相信王海的话："骗人！你怎么出去的？"

"我告诉你，你可别告诉别人，"王海压低声音说，"放实验器材的仓库后面的围墙，有个小豁口，能爬出去！"

"真的？"小辉两眼一亮。

"信不信由你！"王海打着哈欠去睡了……

这天晚上，王海又要翻墙回家，刚爬上墙头，墙外突然也冒出个人头来，吓得王海"妈呀"一声从墙头跌了下来，结果被巡逻的学校保安给抓住了。学校保安一问，一个是三班的学生，一个是三班学生的家长，就将两人交给三班的班主任严老师。

办公室里，严老师很客气地请学生家长坐下，那家长不好意思赔笑道："实在对不起，我是小辉的爸爸，想进来给他送点吃的，没想到给你添了这么大麻烦！"

严老师叹了口气，敲着桌子说："你也太溺爱孩子了，这不是好事呀，该吃的苦就得让他们吃。再说了，你看你给孩子做的什么榜样……"

送走小辉的爸爸，严老师狠狠地瞪了王海一眼："明天叫家长来！"

"他们……他们没空，来不了！"王海低着个头，小声说。

"那我去家访总该成吧！"严老师显然生气了，"明天军训结束，就来找我！"

王海的家和学校就只隔了一条街。第二天师生俩一前一后来到王海门口，严老师正要前去敲门，王海却抢先一步，掏出了钥匙。

听到钥匙开门的声音，王海的妈妈知道是儿子回来了，早来到了门口。严老师的眼光落在王海妈妈的身上，他愣住了，他没想到王海的妈妈是个残疾人，坐着轮椅……

从王海家出来，严老师的眼睛红红的，心里却无比欣慰。跟在他身后

·编读往来·

读者王咏诗：我是一位学生作者，曾给编辑部寄去一些作品，有的还是特快专递，不知为何有的作品没有收到回复？

绿版编辑部：限于人力、物力，本刊很难做到每篇必复，在此，还请广大作者多多谅解。但可以肯定的是，编辑部是善待每一篇作品的。有一点提请大家注意：给编辑部寄稿时，信封上的地址一定要写清楚！在可能的情况下，在来稿中把你的地址再写一遍（特快专递的更要如此）；如是学生作者，除学校地址外，最好还要写上可联系的其他固定地址。

读者小　辰：我在北京打工，平时很喜欢到书报亭买你们的杂志，我喜欢读的栏目是悬念故事，常常为曲折多变的情节、人物复杂的命运而感到惊奇不已。你们能不能多发表这类作品？

绿版编辑部：悬念故事是"绿版"开设的一个栏目。自推出以来，受到不少读者的欢迎。不过，我们认为悬念在手法上还可以开拓，比如连环式、加码式、解谜式、无底式、误会式、倒装式等等。我们将努力把这个栏目做得更好，同时也欢迎大家继续提出更好的建议。

读者李明新：编辑同志，我发现《故事会》每一期刊载的电子信箱都不一样，我如从网上投稿的话，该投哪一个信箱？

绿版编辑部：每一期杂志所公布的是当期责任编辑的信箱，应该说每个信箱都是有效的。读者投稿，可投给该期的责任编辑，当然也可投寄其他编辑。但不能采取天女散花的办法，把一篇稿件投给两个或更多的编辑。

读者xozhangluo：我是否可以通过"短信"的方式寄发稿件？在外出差时，听到一些趣闻逸事，往往有创作的冲动，如果手机能寄发作品的话，那就太方便了！

绿版编辑部：很遗憾，本刊现在还没有开通"短信"接收故事作品的渠道。不过，本刊有个栏目叫"短信王中王"，有兴趣的读者不妨看一看。

的王海，亮晶晶的眼睛里饱含泪水："严老师，谢谢你没将我翻墙的事告诉妈妈，要不然，她会很难过的！"

严老师疼爱地摸着王海的头："你也不用再冒翻墙的危险了，老师特批你可以光明正大地从校门里出来！"

"真的？"王海高兴得跳了起来。

原来五年前，王海的父母遭遇一起车祸，爸爸死了，妈妈成了残疾人。按规定，现在学校军训期间不让出门，王海也就无法照顾妈妈了，他只好每天晚上去翻墙，还骗同学说是吃妈妈的拿手好菜。他回到家，先给妈妈擦背洗脚，等把妈妈背上床，安顿好了，再给妈妈炖一碗红烧肉放进冰箱，最后又从墙上爬回去……

（题图：安玉民）

牵 手

某市有位盲人"拥军好妈妈"前不久因车祸身亡。

事情是这样的:那天负责接送老太太的交警小吴,因为临时有事,就把任务托付给了自己的同事小雷。这是一件好事呀,小雷二话没说就答应了下来。

小雷一直慢慢地牵着老太太往前走,走啊走,老太太手中的纸袋不知何故落到了地上,凭感觉,老太太意识到过了十字路口,就松开手往回走了一步,想把纸袋拾起来。

就在这时,只听一阵刺耳的急刹车声,小雷回头一看,老太太已经倒下了……

小吴闻讯后立即赶到出事的地方,他简直不相信自己的眼睛,问小雷:"你是怎么牵老太太的?"小雷说,她是拉着老太太的拐杖过马路的。小吴听后,深深地叹了一口气。

非常清楚,问题就出在小雷没有牵着老太太的手,而他以前一直是牵着她的手走路的。一根拐杖的距离并不远,却使老太太过早地离开人世。

此事发生后,该市公安交警大队在交通警察执勤时特别规定,在帮助盲人或者孩子过马路时,必须牵着他们的手。

该市的一个交警对采访他的记者说:牵着老人或孩子的手过马路,不仅能安全地帮助他们,而且能温暖他们。

是啊,把手伸向别人,一方面可以给人力量,还可以给人温暖。

(作者: 佚 名; 推荐者: 二虎子)

在人造卫星上做广告

二十世纪五十年代,美国一家企业研制出了一种新产品,但苦于找不到提高产品知名度的好办法。正在这时,美国研制的人造地球卫星大功告成。企业老板认为这简直是天赐良机,便郑重其事地写信给美国五角大楼,申请在这颗即将升空的人造卫星上做广告。

五角大楼收到此信后,不禁哑然失笑。人造卫星飞入九霄云外以后,踪影全无,在它上面做广告,有谁能看得到呢?这难道不是拿钱往水里扔吗?

后来,这件事就被作为一桩笑料传扬开了。有位记者闻言,便在报纸上写了文章披露了此事。结果,这件趣事几乎和世人瞩目的人造地球卫星一样,成为全美乃至全世界许多人共知的一条新闻。

这家企业没有被允许在人造卫星上做广告,但却获得了比广告还要好的轰动效应,结果没花一分钱,知名度却得到迅速提升,新产品也迅速打开了销路。然而，故事到这里并没有结束。喜欢打破沙锅问到底的那位记者找到了企业老板，进一步了解申请在人造卫星上做广告的真正目的。

老板笑着说："当时企业由于财力不足，根本拿不出广告费。我申请在人造地球卫星上做广告的真正目的，只是为了能做成免费的广告。"

记者情不自禁地感叹道："经营斗智，善谋者胜。"

（作者：蒋光宇；推荐者：邓伟明）

老板的火山

朱老板是有名的烈火脾气，职员犯一点小错，账簿上差几毛钱，他都能花上两个小时训话。

这天，有个叫小李的员工出了大纰漏，公司有一大批客户可能因此而流失。很快，小李就被叫进老板的办公室，大家的呼吸似乎都停止了，都为小李捏一把汗。

过了十几分钟，小李出来了，一回到座位上就低着个头翻抽屉，找东西。大家心想：这下完了，小李卷铺盖了！

可好一会儿过去了，只见小李脸色苍白，不声不响，做着份内的事。偶尔朱老板也会出来看看，不但没发火，脚步还比平常缓和，甚至拍拍小李的肩膀呢！

最后老板对大家说，在他打电话一一道歉之后，失去的客户都挽留住了。

大家这才松了一口气。

年终聚餐，朱老板给大家致词，讲起了这件事："你们一定奇怪，为何平常犯一点小事，我就冒火，而小李出了那么大的错，我却出奇的平静。道理很简单，小事冒火，是为了教你们随时警惕，免得出大错。至于真出了大纰漏，你们自己已经自责得要死了，又何必我再多说？"朱老板举杯，"出大错，我们全受了伤。哪里有受伤的人打受伤的人呢？最重要的，是镇定下来，彼此帮助，克服困难。"

平时，要"小题大做"，以收警惕之效；战时，要"大题小做"，以安定人心。

（作者：刘 墉；推荐者：邓伟明）

搬　家

这年伦敦兴建了一座新图书馆。新馆建成后，要把老馆的书搬到新址去，按预算需要350万英镑，然而图书馆根本没有这么多钱。眼看雨季就要到了，不马上搬家，这损失可就大了。

馆长整天愁眉苦脸的。有个馆员问他苦恼什么，馆长就把眼前的困难倾诉一番，几天之后，这个馆员找到馆长，说他只需要150万英镑，就能解决问题。馆长喜出望外，忙问："什么方案，你快说出来！"

馆员说："不过，你要答应我一个条件。"

"什么条件？"

"我需要150万英镑，但150万是上限。如果全花光了，就权当我给图书馆做贡献了；如果有节余，那图书馆能不能把节余的钱给我？"

"没问题！150万以内剩余的钱给你，我可以做主！"馆长很坚定地说。

"那咱们签个合同！"

合同签订后，不久即实施了馆员的新搬家方案。值得庆幸的是，150万英镑连零头都没用完，就把老馆的书给搬走了。

原来，图书馆在报纸上登了这么一条惊人的消息："从即日起，大英图书馆免费、无限量向市民借阅图书，条件是从老馆借出，还到新馆去。"

（**作者**：史宪文；**推荐者**：水云间）

羊羔的说服

澳洲有个牧场主养了许多羊。他的邻居是个猎户，院子里养了一群凶猛的猎狗。这些猎狗经常跳出栅栏袭击牧场里的小羊羔。牧场主几次请猎人把狗关好，但猎人只是口头上答应，没几天，猎狗就又跑进牧场横冲直闯，咬伤了好几只羊。

忍无可忍的牧场主找来法官评理。

法官听后说："我可以处罚那个猎户，但这样一来你就失去了一个朋

婚姻带给我们的好处不多，无非是一盏等待的灯，一个可以放下所有伪装的小窝，一个在节日共度的人，一双风雨中紧握的手——足够了。1388***6520（0423）

友，多了一个敌人。你是愿意和敌人做邻居呢，还是愿意和朋友做邻居？"

"当然是和朋友做邻居。"牧场主回答道。

"那好，我给你出个主意，你按我说的做，不但可以让你的羊群不再受到骚扰，还会为你赢得一个朋友。"法官认真地说。

一到家，牧场主就按法官所说的，挑选了三只最可爱的小羊羔送给了猎户的三个儿子。孩子们如获至宝，每天放学都要在院子里和小羊羔们玩耍嬉戏。因为怕猎狗伤害到儿子们的羊羔，猎户马上就做了个大铁笼，把猎狗锁了起来。在这以后，牧场的羊群再也没有受到任何骚扰。

（作者：佚　名；推荐者：曾　霁）

拉住成功的手

一个农民，初中只读了两年，家里就没钱继续供他上学了。他辍学回家，帮父亲耕种三亩薄田。听说养鸡能赚钱，他向亲戚借了500元钱，养起了鸡。但是一场洪水后，鸡得了鸡瘟，几天内全部死光。他的母亲受不了这个刺激，竟然忧郁而死。他后来又酿过酒，捕过鱼，甚至还在石矿的悬崖上帮人打过炮眼……可都没有赚到钱。

但他还想博一博，就四处借钱买

了一辆手扶拖拉机。不料，上路不到半个月，这辆拖拉机就载着他冲入一条河里。他断了一条腿，成了瘸子。而那拖拉机，被人捞起来，已经支离破碎，他只能拆开它，当作废铁卖……

几乎所有的人都说他这辈子完了。

但是后来他却成了一家大公司的老总，手中握有两亿元的资产。有个记者在采访时问他："在苦难的日子里，你凭什么一次又一次毫不退缩？"

他坐在宽大豪华的老板台后面，喝完了手里的一杯水，然后，他把玻璃杯子握在手里，反问记者："如果我松开手，这只杯子会怎样？"

记者说："肯定会碎的。"

"那我们试试看，"他手一松，杯子掉到地上发出清脆的声音，然而，并没有破碎。他对困惑中的记者说："如果有十个人，就有十个人认为这只杯子必碎无疑。我告诉你其中的秘密：这只杯子不是普通的玻璃杯，而是用玻璃钢制作的。"

（作者：佚　名；推荐者：张志国）

（本栏插图：佐　夫）

学写作文，可以从读故事开始

□ 李 凤

响床

民国初年，川南某地有一巨富王团总，将独生女儿许配给了西乡柳家的小公子。

大富豪嫁千金小姐，嫁妆自然不同凡响，果然，木料是从山场挑选的上等柏木，三年前便砍伐解料，早已干透定型；木匠师傅则请的是城里有名的"活鲁班"毛师傅。

这个毛师傅一生有很多传奇。据说他当年学艺"出师"的绝活，是一对没上箍的柏木水桶，装满了一担清油，绕城墙走了一圈，居然一滴不漏，毛师傅因此得了个"活鲁班"的称号。

却说这回毛师傅带上他的十几个高徒，挑上干活的工具，开到王团总家安营扎寨，赶做嫁妆。毛师傅此时

已是五十开外的人，且又染上了鸦片的嗜好，除大局上把把关外，具体活计全由大徒弟领班操作。经过一年工夫，全堂大小三十六件家具大功告成，在宽敞的庭院里一字排开，请王团总过目验收。

王团总让管家把众工匠带到下房用茶，然后传令夫人、小姐过来观赏。

一会儿，王家近亲女眷一行十数人来到院内，看到这一件件巧夺天工的家具，不禁赞不绝口。最高兴的当然是王家千金，只见她一一看过大小家具，最后移步来到一张象腿雕花牙床前，停了下来。这张牙床好生了得，床架楹柱为双龙环绕，两头呈万字栏杆，床额计有三层：第一层是双龙戏

珠,用的是浮雕;第二层是百鸟朝凤,用的是镂空雕;第三层是十子拜寿,用的则是悬雕……

毛师傅是个机灵人,把这一幕全看在眼里,赶忙向主人抱拳打拱,请求指教,然后故意用双手使劲地推着牙床,牙床稳稳当当,纹丝不动。

王团总早已满心欢喜,却故意要女儿说句话。小姐满脸羞红,低头细声说:"婚姻大事都是父母作主,这嫁妆之事哪容女儿多嘴?二老高兴,女儿也就心满意足了。"

王团总见此,当下便赏了毛师傅一大包大洋,另外还包了一包鸦片,说是工钱之外的"花红"。就在师傅千恩万谢之际,大徒弟却一声不响地带领众师弟悄然离开了王家……

随后结婚庆典那番热闹自不用说,单说新婚之夜,客人散尽已是三更,一对新人进了洞房。可万万没有想到,他们刚要亲热,这张牙床便突发奇响,其声沙哑尖利,一对新人好事未成,便紧急刹车,很是败兴。更糟糕的是,睡在洞房两侧的父母兄嫂也被响声惊醒。他们故意大声咳嗽,意在提醒小两口注意点。

可怜小夫妻好一会儿才回过气来。待隔壁鼾声阵阵,两人又鼓足勇气,可刚一动作,那床声震屋瓦,刺耳钻心。由于夜静更深,这次连远在厢房里的客人也被惊醒。小夫妻一夜无眠。

· 烟雨长海 朝花夕拾 ·

次日清晨,夫妻双双上堂拜见公婆。柳家老爷一脸青霜,对小两口严词呵斥。之后,哥嫂又对两人进行了开导。小夫妻俩满肚子委屈却又难于启齿。

上午例行拜客,一位调皮的表兄就趁机塞给了新郎一张纸条,上写道:"莫道书生无虎气,象床已是不周山。"把新郎比作神话中的共工,据说,共工以头撞垮不周山,导致天倾西北地陷东南。弄得新郎脸上发烧,暗暗叫苦不迭。

回到房中,新郎一肚气没处出,就把气撒到了新娘身上,说:"早就听说你们王家是刻薄起家,为富不仁。准是亏待了木匠,人家才在床上做了手脚。这下可好,不光你王家要断子绝孙,还连累我柳家也要绝后了。你就一个人做梦去吧!"说罢,径自去了书房,新娘像挨了一记闷棒,却又不敢出声,只得捂嘴呜咽。

三天后小夫妻"回门",王团总夫妇见女儿满脸憔悴,双目红肿,而女婿则面无表情,冷若冰霜,心里不禁打了个寒噤。等问清了原由,老两口心里明白:肯定是木匠在牙床上捣了鬼!

那王团总毕竟是老谋深算,想此事只能是私了,绝不能张扬,于是就叫管家请来了毛师傅,好酒好肉款待之后又送了些鸦片给他,最后漫不经心地说起了"响床"之事,"当初在舍

下做活，管事们招待不周，多有怠慢之处，"王团总好言赔礼道，"还得有望师傅多多包涵，有话好说，只是别苦了女儿女婿。"

毛师傅却说绝没有在这牙雕床上做过手脚，还说那天还当着大伙的面，抱着床架试探了一下，并没有一丝声响。但他只过了一会，才又恍然大悟似地说："我知道了，恐怕是大徒弟作的怪！不过，解铃还须系铃人，相烦团总在大徒弟身上破点钱财。"

王团总一听，欣然答应，马上到城里订了一桌上等酒席，设宴款待师徒两人。

席间，王团总亲自敬酒慰劳，却始终不提"响床"之事。饭后，团总又掏出一大包银元，双手呈送大徒弟，口称是前次大徒弟走得匆忙，没来得及酬劳。大徒弟也不推辞，只是顺手递过两枚小小的木楔子，接了话

头说道："那天我也是走得匆忙，忘记了交割，那牙床后两条象腿的顶头上各有一条小缝，那是切好的楔口，把这两个楔子打进去就完事儿了。"

团总接过木楔，拍拍大徒弟的肩膀哈哈大笑，夸奖大徒弟是第二个活鲁班。师徒两人也不禁笑了起来。

第二天，王团总夫妇以拜亲家为由，备上各色礼品来到柳家，并暗里把木楔交给了女儿。小两口如此这般塞入木楔，当晚牙床果然一声不响了……

两天后，有人在西门乱坟堆草丛里发现了一具尸体，认出那人正是毛师傅的大徒弟，便赶快去报信。消息传开，都说是遭了暗算，只有毛师傅心里明白大徒弟真正的死因。他匆忙收拾了些物品，关了木器铺，逃出了城……

(题图：黄全昌)

· 本刊信息传真 ·

本刊第十一期故事创作研讨班开始报名招生

为了培养故事的骨干力量，本刊将于2006年5月在上海举办《故事会》第11期故事创作研讨班，会议期间，我们将组织各类富有针对性、实践性、实效性的学习活动，使与会作者在故事创作方面获得新的认知、新的起点、新的成效，从而缩短作为一个故事作者的成熟周期。**凡录取者，差旅食宿等费用均由我刊负担。**

报名办法如下：1. 提供本人创作简历一份；2. 提供至少一篇既富有时代气息、又有新奇情节的故事作品，篇幅不限；3. 需注明真实姓名、单位及联系方式；4. 即日起开始报名，至4月15日截止。来稿可用电子邮件的形式直接发给我刊的各位责任编辑(各编辑的电子信箱见各期《故事会》)，也可由邮局寄发，地址：上海市绍兴路74号《故事会》杂志社(邮编：200020)，信封上须注明"研讨班报名"字样。4月底发录取通知，未录取者稿件恕不奉还，请自留底稿。

  蓝蓝的天特别的你，无奈的我牵挂你；白白的云可爱的你，无助的我帖记你；轻轻的风远处的你，有情的我等待你，柔柔的雨浪漫的你，孤独的我在想你！ 1385***1773 (0425)

宿 怨

□ 王 婷 改编

最近，格里兹小镇发生了一桩抢劫案，匪徒趁着夜色开枪打死银行的解款员，抢走了150万美金，然后逃走。镇警察局菲利、希尔两位警官奉命调查此案。

此刻，菲利、希尔正在讯问一个叫汤姆的年轻人，凑巧的是，这汤姆还是他们的中学同学。中学时，汤姆就是他们的搞笑对象，一次，他们甚至把汤姆的内裤脱下来挂在学校的旗杆上，成为全校的笑柄。高中毕业后，菲利和希尔参了军，退役后回到镇上当了警察。而汤姆依然住在河边那孤零零的房子里，常常一个人画画，听音乐。而菲利和希尔"顽"性不改，逮着机会就会捉弄汤姆一番。

这次，当他们得知汤姆是唯一的一个目击证人时，菲利和希尔就乐了，他们想：要让这胆小鬼做证还不容易，只要吓唬吓唬，他什么都会说的。果然，刚被带来警察局，汤姆就吓得面无血色。

菲利说"再问你一遍，前天晚上真的没看到匪徒从你家屋前的小路上经过吗？"

"这……我真的没看见，警官。"

希尔走上前，给汤姆递了张纸巾，让他擦擦额头上的汗珠，安慰道"老同学，你再仔细想想，匪徒抢了钱只能往河边的小路逃跑，那一带镇上很少有人去，只有你住在河边，也只有你能看到他逃跑了。"

"可……可是警官，我前天在房里画画，他有没有经过我真的没注意，非……非常抱歉，我想我帮不了你们。"

希尔想：这小子又在画那些该死的画了，我得再给他施加点压力才

行，就说："这可是个大案子啊，你应该知道知情不报的后果。"

汤姆额头上的汗珠冒得更多了，嘴唇也有些哆嗦。这时菲利也走了上去，拍了拍汤姆的肩膀："我知道你胆子小，中学时你就是这样。可这次你必须把看到的说出来，不然的话你的麻烦会更大的。我提示一下：你是否看到杰克？"

杰克是一个月前来到镇上的，他从哪儿来谁也不知道。他高大粗壮，浑身透着股蛮力，不但喜欢光着上身露出胸前的文身，而且还经常醉醺醺的，跑到大街上撒野，镇上谁也不敢惹他。菲利、希尔早就想找他的碴儿了。

汤姆舔了舔嘴唇，说："好吧，前天晚上我确实看到一个人，不过我不能肯定他是谁，因为天实在太黑了，而且那人隔得也远，他在河对岸的泥地上好像在挖什么东西，但这个人到底是不是杰克我真的不知道。"

"那个人身材很高大吧？"

"呃……人影很模糊看不太清楚，好像是比较高大吧。"

"那除了杰克还能是谁呢，镇上可没人比他高大的。"

"哦，也对，有可能是杰克吧。"

见汤姆已经松口，希尔、菲利决定立刻到河对岸的泥地去，看看杰克到底在那里干了些什么，如果他们能挖到什么跟案子有关的东西的话，人

证物证俱在，那么就容不得杰克不承认了。

于是，他们让汤姆在警察局等着，两人立刻开着警车往河边驶去。

来到泥地里，他们四下里开始寻找证据。昨天刚下过雨，地面软软的，一会儿他们就留下了一堆杂乱的脚印。找了半天，终于发现一根插在地上的小树枝，跟周围环境不太协调，于是他们决定在此开始挖了起来。果然，没多久他们就挖出了个白色的塑料袋，打开一看，里面居然都是钱，菲利和希尔顿时兴趣大增，迫不及待地开始数了起来，足足有70万。他们又发现另外两根可疑的树枝，于是两人又拼命地挖起来。他们总共挖出了三个袋子，里面的钱加在一起刚好150万！原来杰克不是在挖东西而是在埋藏抢来的钱。

"这儿有150万呢！我们一辈子也赚不了这么多钱！"看着这堆钱，菲利、希尔气变粗了，脸也变红了，他们互相看了看对方，顿时萌生了把钱据为己有的念头。

他们开始考虑下一步该怎么做：首先汤姆必须死，他们要杀人灭口，而这个案子也得有人来顶着。菲利说："如果我们故意让杰克得知是汤姆告的密，又一时疏忽松开杰克的手铐，而恰巧汤姆又进了关杰克的房间的话，那么……"

"可怜的汤姆肯定会被杰克给撕

碎的！"

"不错。然后我们选择适当的时机进入，击毙杰克。击毙一个正在行凶的罪犯，这对两个警察是无可指责的。"

"这样知情者死了，黑锅又有人来背，案子也可以了结。至于赃款，犯人死了自然也没法知道他藏哪儿了，我们就可以安心地享用这笔钱了。"

"不错！"

两人当即对这个计划达成了一致意见，他们准备立刻回警察局，实施这个天衣无缝的计划。

他们先把钱运回自己家，然后迅速赶回警察局。

接着他们把杰克带到审讯室，可杰克坐下便一声不吭，像泥菩萨一样。希尔走了过去，大声说道："你拒不承认也没用！汤姆已经指认，他前天晚上看到你抢劫后从他房前的小路逃跑了。"

杰克一听，立刻暴跳如雷，咆哮道："汤姆这个狗杂种，我非剥了他的皮不可！"

菲利和希尔见效果已经达到，便转身离开了审讯室，走时手铐的钥匙不经意地从菲利的裤子口袋里掉了下来。

一切都按照计划进行得很顺利。下一步他们得把汤姆带到那个对他来说就是地狱的审

讯室去。

他们在饮料自动贩卖机旁找到了汤姆，胆小的汤姆果然听他们的话乖乖地在警察局等着。希尔走上前去，拍着汤姆的肩膀说："我们在你说的地方果然找到了罪证，这可都是你的功劳啊！"汤姆一听，嘿嘿地傻笑起来。

"真是个白痴，"菲利想，接着说，"这里太热了，我带你去个凉快的地方吧。"

于是三人一起朝审讯室走去。快到审讯室门口，菲利说："就是这儿。"三人正准备进去，突然有人从后面叫住了他们。转身一看，是三个身穿警

服的人，走在前面的竟然是汉森警长。

"奇怪，警长不是开会去了吗？"菲利纳闷了。

菲利和希尔立刻站直，给汉森警长敬了个礼。汤姆也给警长打了个招呼："你好，汉森警长。"然后就转身进了审讯室。

希尔更奇怪了："汤姆怎么会认识汉森警长的呢？"

菲利和希尔还在为这突如其来的变故而发愣的时候，警长身后的两名警探突然冲上前来，把他们两个给铐了起来。菲利和希尔立刻大声抗议："警长，你这是干什么！"

汉森警长冷笑道："逮捕银行押运车抢劫案的罪犯啊！"

菲利一听，大呼冤枉："不，警长您弄错了，罪犯是杰克。"

"不要抵赖了，在你们的家里已经搜出了150万现金，钱的号码跟被抢的钱的号码是一致的。而且，钱上面有你们俩的指纹。"

"我们是知道了线索为尽快结案才去把钱挖出来的。那上面肯定还有杰克的指纹。"

"如果你们是为了结案而去挖的钱，那为什么钱会在你们的家里被找到呢？而且那上面除了你们两个人再没第三个人的指纹了。"

"他一定是把指纹擦掉了……警长，您一定要相信我们啊。"

"哼！"警长冷笑道，"汤姆已经指认前天晚上看到逃跑和埋钱的就是你们俩。"

"他撒谎！我们问他的时候他明明说没有看到人。"

"你们两个问他，他当然不敢实话实说了，所以他才会打电话给我。还有，杀死解款员的子弹我们分析过了，与你们所使用的是一样的。你们抢了钱以后就把钱藏在河边的泥地里，然后再找机会把钱取出来，没想到你们胆子这么大，居然开警车去挖钱，还在那里留下了一堆脚印。"

菲利和希尔还想说什么，可已经什么也说不出来了，他们被带了出去……

一个多月后，汤姆在他那孤零零的房子里，把音乐的声音开到了最大："哈，我从来没有这样开心过。那两个混蛋从小就羞辱我，欺负我，把我的自尊踩在脚下，参军回来还不放过我，我一直生活在他们的阴影里，现在他们终于为此付出代价了。我就知道他们是经不起金钱诱惑的，面对花花绿绿的钞票他们肯定会起贪念。"汤姆得意地说道。

杰克坐在汤姆对面："老板，只可惜我们这次到手的150万美金没了。"

汤姆笑了笑，在他看来，再没有比能除掉菲利和希尔，出掉这口多年来积压在心头的恶气更快活的了！

（题图、插图：佐　夫）

真正的 杀招

□ 吴宏庆

东州城出现了一个飞贼，此贼开始时只是偶尔作一次案，后来，愈加张狂，频繁作案，再后来不分昼夜，只要兴趣一起，便动手作案。完了还在墙上题诗一首，把城里的名捕赵之焕嘲笑一番。

赵之焕无奈之下想到了授业恩师——京城总捕欧阳华。

欧阳华今年八十岁，须眉皆白，行走之间已然不便。赵之焕把此事述说了一遍，欧阳华听后，陷入沉思中，很久才说："你是说他最近白天也作案了？""不错，这正是令弟子困惑的地方。平常，飞贼只要听说官府插手，至少会收敛一些，可是此贼却根本不把官府放在眼里。"欧阳华想了想，说："我跟你去一趟吧。"

总捕欧阳华要来东州城的消息一传十，十传百，很快就在东州城传开了。这欧阳老爷子的名气太大了，据说他任捕快几十年来，还没有破不了的案子，硬是靠真本事一步步地爬上了刑部总捕的位子。

也许是惧怕欧阳华，连着几日，飞贼也没有出来作案。赵之焕心里便有些得意起来，可欧阳华却忧心忡忡地说："以我对他的判断，估计他很快就会作案。"

果然不出欧阳华所料。天一亮，赵之焕便接到报案，城中又有一富户

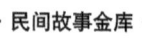

失窃，他忙请恩师一起前去勘察现场。一到那里，赵之焕已经肯定是那飞贼所为：现场干干净净，不留任何线索，庭院正中那雪白的墙上，又有那飞贼题写的一首打油诗：天地我独行，敢笑世间人；名捕与总捕，能奈我如何！

欧阳华很仔细地看完诗，叫道："好字！"

赵之焕问道："师傅，你可查出了什么线索？"

欧阳华摇摇头说："案子做得干净利落，没留下任何蛛丝马迹。对了，你注意到他的字没有？"

赵之焕莫名其妙地摇摇头，道："这有什么关系吗？莫非字里有什么线索？"

"你啊，就知道破案，也不好好看那字，"欧阳华咂咂嘴，"好字好字，飞扬跋扈，不可一世。"

赵之焕愣了一愣，暗想师傅果然已经老了。

接下来，欧阳华的表现更是让赵之焕失望，他原本以为师傅会下令四处搜捕飞贼，没想到他老人家成天呆在屋子里，似乎忘了飞贼一事。

飞贼也好像知道总捕也奈何不了他，为弥补前几天没有作案的损失，有时一天就能作案四五起。赵之焕一肚子怨气无处可发，就进了一家位于闹市区的酒楼买醉去了。

刚一坐下，就听到旁边有人在聊天。一个大嗓门说："我敢打赌，这飞贼是天上偷星下凡，要不怎么赵捕头和欧阳老爷子都抓不到他？"

一个尖嗓子的人却反驳道："话不能这么说，欧阳老爷子是总捕，赵捕头也是不差的，相信一定可以抓到他的。"

"我看未必，那欧阳老爷子都七老八十了，走路尚且吃力，哪里还能动手抓人？再说赵捕头，这么久连飞贼是谁都不知道……"

那两人说着说着争吵了起来，引来了很多人围观。围观的人又分成两派，有说官府厉害的，有说飞贼厉害的，争论不休。到最后，一个瘦得像排骨的中年人，竟宣称道："我要是那飞贼，就到官府去走一趟，看看什么总捕和名捕能不能抓到我？"

赵之焕气坏了，把酒杯一推，赶回衙门。欧阳华正在下棋，左手执黑，右手执白，落子极快，见他进来，说："对了，那飞贼这几天又做了几起案子？"

赵之焕把这些天飞贼作案时题写的诗拿出来，厚厚的一叠。这是师傅叫他这么做的，临摹诗不算，还要他注明题诗的顺序。欧阳华接过来，一张张仔仔细细地查看起来，看到最后一张，微笑着说："差不多了。"

赵之焕忙问他是什么意思。老爷子指着那些诗说："你仔细看看这上面的字，前后有什么不同？"

赵之焕一看，他只能看出这字写得不错，一个个龙飞凤舞的，端的是好看。

欧阳华叹道，"这都怪我，当初只教了你破案之法，没教你书法。"接着，他面色一沉，"你马上去布置机关暗器，记住，各种机关都要比平时多上一倍。"

赵之焕困惑地说："师傅，在哪布置啊？"

欧阳华笑了笑，用脚跺了跺脚下，说："就在这屋子里，当然，外面也要布置的。"

赵之焕吃惊不小，说："你是说飞贼会来这里？"

"不出意外的话，不在今晚就在明夜。"

赵之焕虽然满腹疑问，但还是按照师傅的要求一步步安排停当。

布置完毕，欧阳华就叫赵之焕跟他下起棋来。夜深人静，老爷子没有停止下棋的意思。赵之焕心急如焚，一来他担心师傅的判断是错的，飞贼不

可能有这么大的胆子来衙门里；二来他也担心万一飞贼来了，那些机关是否能抓到他……正胡思乱想间，突然，从外面传来一阵衣袂飘动的声音。赵之焕猛地一震，就要起身。欧阳华抓住了他，这时他才发现师傅的手也是汗津津的。他感觉出来，师傅心里其实也很紧张。

外面响起了几声奇怪的声音，显然，飞贼也发现了那些机关，正在一一破解。不多时，就见一个人影从外面进来了。欧阳华拍了拍手说："老朽已在此恭候多时。"

那飞贼愣了愣，说："你知道我今晚会来？我倒要洗耳恭听你是怎么知道我要来的？"

不仅是飞贼，赵之焕也很想知道其中的道理。

欧阳华把桌上那些诗的摹本亮了亮，说："其实很简单，是你的大作告诉我的。"

飞贼看了一眼，困惑不解地说："哦，你倒是颇有心计，把它们都临摹了一遍。不过，这里面有什么机关吗？"

欧阳华大笑道："从一个人的字迹上可以看出来一个人当时的心境。看到了那上面的数字了吗？正是你作案的次序，越到后来，你的字越是张扬，但里面又传达出强烈的寂寞感。是啊，一个人做了这么多大案子，又不能跟任何人说，当然就寂寞了。你最后一首诗上充满了想要向人诉说的欲望，告诉谁呢？普通人就算知道了你是谁，你也没有多大的满足感，所以，我就是最佳人选了。"

飞贼拍手笑道："不错，欧阳华不愧为天下第一神捕。"说着，他掀开面巾。赵之焕看得真切，此人正是酒楼里那瘦得像排骨的中年人。飞贼又道："可是，就算你算准了，却又能奈我何？"

赵之焕再也忍不住了，他拔出刀来猛地扑了上去，一招"泰山压顶"，挟风带雷般向飞贼扑去。但他的刀刚砍下去，却发现飞贼已经不见了，赵之焕一招落空，紧接又是第二招，但飞贼却根本不与他正面交锋，只是用高超的轻功与他周旋。时间一久，赵之焕力气接不上，动作渐渐慢了下来。

可飞贼身姿依然那么轻快，最后"呼"一声，夹住屋梁，狂笑道："如此笨拙，却要来抓我！"话音未落，屋顶上突然落下一张大网，正好将他罩住，但他反应极快，在下落的过程已经抽出宝刀将网划破，等落到地上时，他已经跃至屋外，可刚丢下一句："神捕不过如此……"话音未落，就被外面守候多时的两个人擒住，夹着他从外面跃进屋来。

"大人，飞贼已经抓到了！"

赵之焕一看，竟然是在酒馆中争吵的那两个汉子。赵之焕看了看师傅，这才突然明白老爷子暗中带了高手来，先故作低调，激起飞贼的狂妄之心，接着，又令人在酒肆里"争吵"，进一步刺激飞贼，使其落入陷阱。至于从飞贼的字中猜测他会到来，那当然是假的，目的只是从心理上震慑飞贼，而那些机关，也只是为了让飞贼生出轻视之意，真正的杀招却是他带来的那两个高手。

赵之焕从年迈的师傅那里又学到了一招：当捕快并不是武功好就行，更重要的是要动脑子！

（题图、插图：黄全昌）

（本栏目欢迎来稿。来稿可从邮局寄发，也可从网上传递。如为电子邮件，请发以下信箱：xiayiming@vip.sohu.net）

摸准市长的

□ 杨海峰

软肋

人。老乡说："你问他？就是市长呀！"老乡还随口说，他这里有一大摞旧报纸，说不定上面还有高市长的其他文章。

大明很兴奋，开始翻那堆旧报纸，一下子竟找出6篇高市长的文章。大明翻来覆去地读，不禁为高市长的学识所折服。

读着读着，一个念头在他脑中闪了出来：他在拾荒的时候，经常在垃圾箱中发现大量的废电池，由于废电池无处回收，所以拾荒者对它是熟视无睹。废电池中含有汞、镉、锌、铬等重金属，对环境污染相当严重。他决定在废电池上大做文章。

从那以后，大明把捡废电池作为一项主要工作，他跑遍了本市的所有垃圾点，把丢在角落里无人问津的废电池全都收集起来。一个月过去了，

大明是从太行山来的城市拾荒者，靠着吃苦耐劳的精神，积攒下5000块钱。他不甘心一辈子拾荒，一直雄心勃勃地想干点什么，然而，5000块能干什么？他的老乡都笑他心比天高。

这天中午，大明在垃圾箱里捡到一张旧报纸。他一向喜欢看报，就蹲在马路边浏览了一遍，感觉这篇文章写得很棒，中肯、实在，有说服力。再看看作者，名字叫高广，大明就留了心。

晚上，他到老乡那里闲谈，听到老乡嘴里说高广长、高广短的，心中一激灵，就掏出报纸打听高广是何许

竟收集了数万枚。他把院子里的其他废品全部处理掉，腾出地方搭了一个简易棚，把废电池全部堆在下面。

老乡纳闷地问他干什么，他只是神秘地笑一笑。

大明仍不满足，他认为拥有百万人口的这座城市废电池远不止这些。深思熟虑之后，他一咬牙从银行里提出4000块钱，以每只8元的价格做了500只小塑料箱，作为废电池收集箱挂在街头巷尾。收集箱上印着几行醒目的字："一枚废电池可以污染60万升水，相当于一个人一生的用水量！为了我们的生存环境，请协助我们做好废电池回收工作。"

收集箱挂出后，大明每天按固定线路开箱收取。由于近年来老百姓的环保意识逐渐增强，市民们对此还是十分配合的，平均每只箱里每天都有几十枚，500只箱一天能收集上万枚。如此一个月下来，花花绿绿、大小不一的废电池堆了满满一院子，看上去真是触目惊心。

时间一天一天地过去，大明认为时机已经成熟了，就借来一架照相机将院子里的壮观景象拍了下来，洗出照片后，他来到市政府。

好不容易见到高市长，他开门见山，直接把照片递了过去，等高市长看过照片再惊讶地抬头看他时，他才开口道："高市长，一枚废电池就是一颗炸弹，这几十万枚废电池足以把咱们这座城市摧毁啊！"

高市长显然吃惊不小，他推了推眼镜问道："你这么做目的何在？"

大明笑笑说："首先声明，我是一个有责任感的人。为了子孙后代，我认为市政府有责任解决这个问题。市政府每年只要拿出30万，我就可以成立一个废电池处理公司，消除这个巨大的隐患！"

高市长疑惑地问："看来你已经投入不少钱了，你胆量不小啊，你知道我能批准这个项目吗？"

大明爽朗地笑起来："能，我相信一定能！我读过您的一些文章，知道您是非常关注环保问题的。更为重要的是，您的简历还告诉我，你大学毕业后做过环保志愿者！"

高市长愣住了，喃喃地说："你这个鬼机灵，你是摸准了我的软肋啊！"

哲学先生评曰："寻租"是近两年比较热闹的经济学话题。说深点，"寻租"是指一个小团体或者个人，通过游说政府改变其政策而使自己获益，当然，这种行为会损害社会大多数人的利益；说白了，"寻租"就是以权谋私。然而本故事却提供了一个相反的例证。也许大明的行为称不上"寻租"。不过，有一点可以肯定，凡是对社会有益的事，都是值得我们欣赏的。

（题图：安玉民）

□ 张彦林

107路
公交车

这天，107路公交车上来了一位年近七旬的老妈妈，只见她穿着一双土布鞋，黑粗布棉裤，对襟蓝粗布上衣，头上戴着农村妇女常用的那种方巾。一上车，她就特地挑了一个靠近司机的座位坐下。

售票员见她在车上坐了很长时间了，却始终不下车，也不知道她到底要在哪一站下车，便走过来，轻声问道："大妈，您去哪儿？"

车上人多嘈杂，老妈妈人老耳背，听不清。

售票员只好再问一声："大妈，您去哪儿？"

老妈妈终于听明白了，大声说："姑娘，我去第四监狱看儿子。"

售票员心中一惊，愣了一下，忙说："大妈，这车不到第四监狱，您坐错车了。"

"坐错车了？你们要把我拉到哪里去？"老人家显然没出过门，不会按线路乘坐公交车，一听自己坐错了车，显得非常紧张。

售票员心想：这线路错得还挺离谱，附近根本没有到第四监狱的车，就是换车，也要费上老半天。这老人没出过门，换来换去可能就更糊涂了。

"要不您下去坐出租车？"

"啥是出租车？"老人小心翼翼地问。

　　售票员犯难了，她感到简直与老人没法沟通。

　　"你把我拉到第四监狱去吧，求求你，好人！我儿子犯了王法，这几天就要枪决，我还想见见他，和他说说话……这是村干部给我的地址，你把我带过去吧……"

　　"大妈，不是不带您去，而是我们这车不去那里，我们只能按规定的线路跑车，不能随便走。"售票员尽量向老人家做解释，她注意到，车上有不少乘客都向这边瞅来，看她如何解决这难题。

　　老妈妈似乎沉浸在自己的世界里，哀求道："虎儿今年杀了人，被政府判了死刑，这几天就要枪决，我求求你，让我见他一面吧，我们娘儿俩五年没有见面了。他在这里给人家干活儿，五年都没有回过家，我想他呀！没想到最后一面竟是在监狱，真是作孽呀！"

　　说着话，老妈妈抹了一眼浑浊的眼泪，声音也不由地大了起来，不少乘客都被老妈妈的情绪所感染，表现出了同情和怜悯；有些乘客显得有些不耐烦，把脸扭出车外。一个上车不久，手腕上戴着粗大金手链的中年男子向售票员嚷嚷道："坐错车了，让她下去不就得了，还啰嗦什么？烦不烦，纠缠不清的！"

　　售票员狠狠地瞪了男子一眼。

　　这时，一个中学生模样的女孩儿，讽刺道："嫌吵你下去呀，一点也不知道尊重老人！"一个老退休工人在一旁像是自言自语："你老娘也要坐错公交车的！"中年男子恼怒地看了看中学生和老退休工人，情知众怒难犯，咽了口气，不再吭声。

　　中学生掏出纸巾，帮老妈妈擦了擦眼泪。老妈妈像是得到了鼓舞，似乎已经忘记了自己在车上，回到了生活了半个多世纪的乡村，面对的是那些知冷知热的纯朴乡邻，诉说道：

　　"虎儿爹在虎儿三岁那年去世，我们孤儿寡母什么苦也熬了过来。这孩子从小心地善良，老实巴交。我和虎儿在村里势单力薄。当时在队上的时候，村里分粮食，少给了我们，我一个妇道人家不好出头，就让虎儿去队里讲理，虎儿胆小，不敢去；等到分了地，虎儿正是好年纪，没日没夜地干，几年好收成下来，家里厚实了一些，虎儿娶了媳妇儿。孙儿六岁那年，媳妇儿得了急病，治不了，死了。可怜四十多岁的人了，出的门还没有我小脚老婆婆走的远。可为了还媳妇害病借的三千块，虎儿第一次出了远门，整整五年！每年年关，邻村和虎儿在一起干活儿的老碾总给我捎信，说虎儿每年都想回来看娘，可每过年都领不到钱，没有路费。可今年，儿出了事儿，老碾回来捎信，说虎儿想娘想孩子，也急着还债，向人家讨工钱，却挨了一顿打，虎儿……这才

  木头笑着对火说："抱我。"于是木头幸福地消失了，火哭了，火也熄灭了。人们常问：天堂在哪？其实只要心爱的人陪在身边就拥有了天堂！1384***1059（0431）

杀了人。"

老妈妈的话像锤子一样敲打着乘客的心。一些心软的人，已经抹起了眼泪，售票员的眼睛也红了。那些原本对老妈妈有点反感的乘客，也禁不住唉声叹气。

那个戴金手链的中年男子插嘴道："怨你儿子太老实！要是换了我，绑了死工头的儿子，看他还给不给钱！"

中学生听了男子的话觉得刺耳，但是又想不起怎样反驳，就撇了撇嘴，从书包拿出矿泉水和面包，递到老妈妈面前："奶奶，看您饿了也渴了，先吃点东西喝点水吧！"

老妈妈下意识地接过，放在腿上："我孙儿也和你一样大，在矿上干活儿。他也哭着要看他爸爸，可是那里不许告假，告假会丢掉活儿的……

我是连坐车带走路，问路带讨饭，一个多月才赶过来。

虎儿不容易，从小生活不如别人，媳妇死后在家又做饭又洗衣还要拉扯孩子……村里人不出去打工就没法生存！虎儿一时糊涂犯了事，我不识字，可我知道应该按国法处理。虎儿杀了人要偿命，可那些欠虎儿钱、打虎儿的人，当初怎么就没有王法管呢……这下孙儿没了爹，我没了儿……"

老妈妈扯起衣襟擦擦眼睛，可她的眼睛已经无泪可流……

车上的人再也看不下去了。

这时，那个戴金手链的中年男子下了车，而107路公交车在乘客们的强烈要求下，向一个陌生的方向驶去……

（题图：黄全昌）

神秘山庄

□ 方 琪

1. 神秘邀请

杰米是欧洲某滨海城市的一名晚报记者，资历虽然不深，但采写的新闻经常引起轰动效应，很受报社老总的器重。有一天，他突然收到一封奇怪的来信，信上是这么写的：

杰米先生：

您好！鄙人是"神秘山庄"的主人。兹定于八月十三日傍晚，邀请阁下前来寒舍共聚晚宴并小住几日。与此同时，鄙人又邀请另外五位性格不同、情趣不同、职业不同的客人与您一同前往。虽然你们互不相识，但我敢保证，当你们生活在一起的时候，会发生许多极其有趣的事。如果你能将这些趣事详细记录下来并发表于世的话，一定会引起轰动。

"神秘山庄"坐落在一海岛上。请你们于八月十三日中午十二时前到达3号码头。接待你们的游艇上，悬挂着三面黑色小旗，船夫会带你们去海岛的。

最后，我恳请阁下接受我这次邀请。这将是一次绝对令您终身难忘的旅行。同时，为了保持这次活动的神秘性，请您暂时保守这个秘密，在海岛归来前切勿向任何人提起此事。

"神秘山庄"欢迎您的光临！

神秘人

八月十日

杰米马上被信上的内容吸引住了。作为一名记者，任何新鲜、神秘的事情都会牵动他的神经，这千载难逢的趣事怎能错过？

十三日中午，杰米向报社请了假并准时来到3号码头。那艘悬挂着三面黑色小旗的游艇，已十分显眼地停靠在码头边。

杰米踏上游艇，艇内已有三男一女在等候了。等他放下行李，最后一名乘客也急匆匆地登上了游艇。至此，信上所提到的其他五位客人都到齐了。船夫随即启动了游艇。

杰米首先打量了一下其他五位客人，坐在他身边的是一位戴着眼镜的年轻人，看上去斯斯文文的。在旁边是一位穿着粉红套装的性感女郎。坐在对面的两位一胖一瘦，四十岁左右。最后上艇的那位穿着灰色的夹克衫，裤脚管一只高一只低，就坐在瘦子旁边。杰米率先打破了沉默"你们好，我叫杰米，是晚报记者。我想，大家应该都是去海岛赴宴的吧？我们先互相认识一下吧。"说完，望着坐在身旁戴眼镜的年轻人。

那年轻人推了推眼镜，慢条斯里地说："哦，你好！我叫卢比，大学刚毕业，学的是计算机专业。前天我收到主人的信，说要招聘网络营销员，我想去试试！"

"哇，那太好了，"那个性感女郎张扬地说，"我也是前天收到的邀请，说是高薪聘请家庭教师，让我去试试。我早就不想在那所倒霉的学校任教了，那校长是个十足的色狼，动不动就……"那女郎感觉离题太远，连

忙刹车，抱歉地说，"对不起，对不起，我不该说这些。"又说，"我叫艾丽，是中学教师。"

"什么，你们都是去应聘的？"那胖子粗声粗气地说，"他给我的邀请信上说，在神秘山庄举行一个酒店老板座谈会，说有很多老板都会参加，所以我也就来了。怎么，你们不是去参加那个会议的吗？"

杰米问："那您是？"胖子回答:"我叫亨利，是美登大酒店的老板。"那胖子一脸不高兴，说完了看了看戴在右手腕上的劳力士手表。

"那您呢？"坐在一旁的瘦子突然站起身来问最后上船的那位客人。

"我是个花匠，叫古尔逊。前天接到邀请函，说岛上的花草不知得了什么病，特地叫我去给花草治病。"

那瘦子听了，沉思着说："如此说来，你们去那山庄的目的都不一样啰？"杰米问："那您是？"

瘦子说："噢，我叫泰勒，职业是私人侦探。""那您去的目的？""信函上说，他家有几个兄弟姐妹失散了，委托我去寻找。"

杰米问："那邀请我们的主人是谁啊？"泰勒摇了摇头说："不知道。我们还是问问船夫吧。"

杰米问船夫"先生，你们家的主人是谁啊？"

船夫说："这个我也不清楚啊。"

船夫的话显然让大家大吃一惊，

性感女郎跳起来说"不会吧？别开玩笑了，你怎么会不知道呢？"

船夫说："是这样的，上个星期，有人打电话给我，叫我今天把你们送到一座海岛上。完成任务后，他给我五百欧元。那人告诉我那海岛的地址，我就按他说的在码头等你们，人齐了就把你们送过去，过几天再把你们接回去就行了。至于这打电话的人，我可真的从来没见过。"

游艇内的气氛一下子凝重起来。这到底是怎么一回事？

2. 恐惧降临

游艇在海上颠簸了约三个小时，"神秘山庄"终于到了。

这是一座不足五千平米的孤岛，岛上长满了奇花异草，有一种世外桃源的感觉。山坳内，是一栋独立的二层楼的别墅。外墙上斑斑驳驳，似乎已有较长的历史。离别墅不远的地方还建有一座小木屋，孤独地战栗在海风中。码头上既无主人迎接，也无仆人侍候，只有一块牌子，上面写着：欢迎诸位光临，请到客厅稍候。

七人就一起走进别墅。屋内灯火通明，一楼是大厅，大约一百五十平米，显得格外宽敞。大厅内的装备豪华舒适，尽显欧式风情。一套组合沙发，一张能坐下十人的西餐桌，石砌的壁炉内木柴在熊熊燃烧。一切都是那么的尊贵典雅。

"哇，真是漂亮啊！"艾丽情不自禁地感叹起来。胖子亨利却一屁股坐在沙发上，嘴里叽哩咕噜地说："什么鬼地方，既然请我们来，却连个影子都不见。"

杰米、泰勒好像在看室内装饰。

正在这时，落地音响突然发出了一种神秘的声音："你们好啊，尊贵的客人们，欢迎来到'神秘山庄'！"听得出，这声音经过技术处理，不仅改变了语音、语调，还使人分辨不出说话者的性别。"很抱歉我现在还无法与各位见面，请你们先去认识一下各自的卧室。卧室在二楼，具体安排我已经写在表格上了。表格就放在茶几上。待你们稍事休息后，六点正，请你们到大厅共聚晚餐。哈哈哈……"最后的笑声使人毛骨悚然。

七人既已来到这里，只得客随主便。根据安排分别去了二楼各自的卧室。杰米、亨利、女教师艾丽被分在东侧的三间卧室，卢比、古尔逊、泰勒和船夫被分在西侧的四间卧室。

杰米走进自己的房间。卧室不大，只有二十来平米，所有摆设也只有一张单人床和一个衣橱。打开窗门，可以看见一望无际的大海。

离六点钟还有段时间，杰米就去别墅外看看。他环绕海岛一圈后，走到山庄旁的小木屋内。打开门，只见一整套发电与净水设备，原来是利用潮汐能的发电机。墙上挂着一套潜水服，一只氧气瓶，还有一副箭鱼的标本。刚想出门，却迎面碰见了泰勒。

杰米和泰勒回到大厅内，人们正在议论壁炉前的一幅画像。

这画像是一位年纪较大的长者，坐在椅子上，神采奕奕地看着远方。

杰米仔细看了看，对泰勒说"这画像怎么挺像您？"

"别开玩笑，我看倒挺像你。"

艾丽指着卢比的眼睛说："哇，这双眼睛多像卢比，莫非你是他儿子？"

卢比不高兴地说："别胡扯，我倒觉得你挺像他女儿！"卢比这么一说，沉闷的气氛一下子又活跃起来。

"别说了！"胖子亨利大声喝道，他指了指戴在右手腕上的劳力士手表又说，"快六点了，这该死的主人也该出场了，我的肚子快饿扁了！"

被他这么一说，其余人也确实觉得肚子饿了。正在这时，不知从什么地方飘来一阵香味。

女孩子的鼻子特别灵，艾

丽夸张地说："哇，好香啊！什么东西这么香？你们闻到了吗？"花匠古尔逊接茬说："是啊，好像是咖啡的香味。嗯，是从厨房传来的。"

艾丽自告奋勇对众人说："你们去餐桌旁等我，我去看看。"说完就向厨房间走去。

不一会儿，艾丽就端着一盘子，笑呵呵地走了出来。她将盘子往餐桌上一放，又拿出一只咖啡壶说："果真是咖啡。有人在煮咖啡的器具上设了自动定时装置。刚煮好的咖啡，香极了。旁边还有糕点，我想这是主人特意为我们准备的吧。"说着，她把咖啡分别倒在七只杯子里，又把蛋糕分别装在碟子里。亨利第一个拿起杯子就喝。其余人也各自取了一份享用起

来。

杰米喝完咖啡，吃完点心说："六点到了，主人还不出来，真是太不礼貌了。"

胖子的火气更大，粗声骂道"这个神经病，不知在开什么玩笑！"

古尔逊说"我说亨利先生，你跟那人到底是怎么回事啊，怎么一路上总听你骂他，好像你和他有天大的不解之仇似的……亨利先生，你怎么了，亨利先生……"古尔逊的喊叫声引起了其他人的注意。

只见亨利双手紧紧地扼住自己的脖子，嘴角流着血，脸上表情十分痛苦，身体扭曲着不断地想挣扎。

大厅里一片混乱。"亨利先生，亨利先生，你怎么了……"可无论别人怎么喊叫，亨利还是毫无反应，在地上痛苦地抽搐了几下后，就再也不动了。泰勒伸手探了下他的鼻息，摇头说："他死了。"

"啊……"艾丽的一声尖叫，惊醒了在场的所有人。"食物有毒，快吐出来。"泰勒下了命令。

"哇……"众人丢下杯子，张口就吐。艾丽一下子瘫在地上："我也快死了，可我还没有结婚呢……"

3. 谁是凶手

几分钟后，大伙发现自己都平安无事。这到底怎么回事？杰米不敢相信眼前所发生的事实。

泰勒在检查了亨利的尸体后，说道："这是氰化物中毒，我想毒就藏在先前我们所吃的食物里。"

"那为什么我们没有中毒？"躺在地上的艾丽渐渐意识到自己还活着。

"你们好啊，我尊贵的客人们。"正在这时，落地音响里那奇怪的声音又出现了，不过现在听起来更加恐怖。"诸位品尝过我为你们准备的点心了吗？味道如何啊？哈哈！亨利先生还火气十足吗？哈哈……"

恐怖的笑声刺激着在场的每个人的神经。古尔逊跳起来说："你到底是谁，出来，快出来。"

那声音继续着："躺在地上的只是你们当中的第一个牺牲品。接下来的日子里，我要将你们一个接一个地杀死。你们逃不了的！游艇上剩下的汽油最多只能坚持十分钟，岛上你们再也找不到一滴汽油。这里也没有手机信号，你们无法求救。你们被困在岛上了，永远也出不去。你们就是我的猎物，哈哈……"笑声充斥着整个房间。

艾丽害怕极了，沙哑的嗓子里蹦出大家的疑惑："你究竟是谁？"

杰米走到走廊边，从音箱内搜出一台收录机，里面磁带还在滚动着。这是有人预先放在这里的，是一个定时装置，设计好在这个时间播放的。

"可是，凶手怎么知道亨利会中

毒呢？"杰米从收音机里拿出磁带，不知如何解释这一点。

"凶手是你！"古尔逊指着艾丽怒吼道，"是你去冲的咖啡，拿的糕点，肯定是你在食物中下了毒。"

"不是我，不是我。"艾丽连忙矢口否认。

"肯定是你。"古尔逊举起手来想去搂她。

泰勒拦住说："不要那么冲动。不要冤枉咱们漂亮的小姐。当时点心是自己拿的，艾丽怎么会知道亨利会吃到那份有毒的点心呢？"

杰米问："那到底是谁作的孽？"

"是魔鬼，一定是魔鬼。"古尔逊突然像发疯了一般大叫着，"这一定是魔鬼干的。说这里是'神秘山庄'，其实是魔鬼山庄。只有魔鬼才会事先知道是谁先死，这都是他安排的。我们谁都逃不掉了，他会把我们一个一个杀死的。"

"你冷静点，世界上是没有魔鬼的。"杰米试图让他恢复理智。

古尔逊却极度冲动，根本不理会别人的劝阻，推开大门，径直向码头冲去："我要走了，这里有魔鬼，我们会死光的。"

众人追到码头，古尔逊已经上了船。船夫喊道："回来吧，船上没汽油了。你开不了多少远的，一个人在大海上是很危险的。快回来吧！我们在一起就不用怕他了。"

古尔逊摇摇头，苦笑道："没用的，他一定事先安排好了，呆在这里只有死路一条。我要走了！"说完就发动了游艇，离开了小岛。

岸上的人望着远去的游艇，内心极其失落。刚发生的凶杀案，神秘的凶手让他们感到十分害怕。而现在，又有一个人离开了。茫茫大海上他能不能安全抵达大陆，实在难说……

夕阳的余晖落在每个人的脸上。虽然那别墅十分危险，但也只能回去

过夜了。他们转过身，默默地向山庄走去。

"嘭——"一声猛烈的爆炸声从海面上传来。杰米回头一看，只见一团火球燃烧在海面上。游艇爆炸了！

恐惧再一次笼罩在每一个人的头上。在没有任何征兆的情况下，两条生命，就这样突然消失了。这实在太可怕了！

4. 谜影重重

回到别墅，亨利的尸体还躺在餐桌旁的地板上，杰米拿了一条床单盖在他身上。大厅内一片沉寂，静得可以听见每个人的呼吸。他想了想说："我们不能再这样坐以待毙。我们在明处，凶手在暗处。我们应该把他找出来。"

"杰米说得对，"泰勒也站起身说道，"我们应该一起行动，让凶手无机可乘。"

艾丽望了望胆小的卢比，点点头说："好，把这海岛来个彻底搜查。"

他们先绕着海岛走了一圈，这岛实在是太小了，没人能在山庄外而又不被别人发现。接下去是小木屋，那里也很小，只有几台机器。检查的重点最后只剩下这幢别墅了。他们又返回屋内，开始在各个房间里仔细搜寻，但一切又都是徒劳。

杰米回到自己的房间，已是深夜十一点了，他原本以为是一次惬意的旅行，却不料成了一次杀人聚会。现在最大的愿望就是能平安地离开这里。他在确认房门已反锁住后，躺在床上，一闭上眼，睡意就不期而至。

杰米醒来的时候，已经是第二天早上了。他急匆匆赶到了大厅，刚好是八点整。卢比、艾丽和船夫已等在那里了，唯独不见泰勒。

艾丽着急地问："泰勒怎么还没来啊？"船夫伸伸懒腰说："我想他肯定是太累了。"

杰米想了想也

对，就说："那就不要去打扰他了，让他多休息一会吧。"

可是到了九点整，泰勒仍然没有下楼。

三人一起走上楼，杰米敲了敲门。里面一片寂静，没有传出任何声音。

杰米又敲了敲门，喊道"泰勒先生，你起床了吗？我们大伙都在等你。"

可里面仍然没有传出任何声音，一种不祥的预感涌上杰米心头，他回头对船夫说："快去厨房找一把刀来，我们把门劈开。"船夫很快去了，拿来一把劈柴刀。

只听"喀嚓"一声，房门被砸开了，四人一齐冲了进去。

"啊……"艾丽一声尖叫后，人立即瘫倒在地上。

床上躺着的是泰勒，胸口上插着一把尖刀，血水从床上流淌到地面上，尸体冰凉，显然已死去多时了。胸口上放着一张纸条，上面写着：尊敬的泰勒先生，因为您是一名出色的私人侦探，为了保持这次活动的神秘性，你必须死。落款是"神秘人"。

杰米立即检查了门窗，见门窗都反锁着，没有撬锁的痕迹。他们又敲遍了每一堵墙，又仔细检查了衣橱内壁和地板。但是，结果是令人失望的，没有发现任何可疑之点。那么凶手是从什么地方进来杀人，又从什么地方脱身的呢？

5. 死亡面孔

四人回到大厅内，疲劳和恐惧使他们说不出任何话。

在沉寂了很长一段时间后，一直沉默寡言的卢比说："凶手就在我们中间。""这不可能！"艾丽跳起来说，"我们这些人都是一起来的。"

卢比继续说："我可以确定这岛上现在只有我们四个人。因为所有地方都搜查过了，没有发现任何蛛丝马迹，所以说，凶手一开始就在我们中间。"

船夫问："这么说，凶手不是艾丽，就是杰米或者是我了？"

"有这个可能，"卢比肯定地说，"当然，也包括我。"

"不，不会是我，一个女人怎么会做出那种事。"艾丽辩解着。

卢比说"那也难说，我记得当初就是你给亨利准备点心的。"

"不错，点心是事先分好的，但没有强迫你们取哪一块，是你们随意选取的，我不可能是凶手。"艾丽显得异常激动。

"谁知道呢，说不定你用了什么特殊的办法。说不定是从小说里学来的。"

"你不要乱说，哼，我看你才是凶手。"

"你胡说！"

"你才胡说！"

"你们不要吵了，"杰米大喊一声，"我们谁都有可能是凶手。你，你，你，还有我。但没有证据，又不知道凶手作案的手法。所以，现在你们就不要吵了，这样胡乱猜测是没有用的。"大厅又回到一片静寂中。每个人的思绪都很混乱，他们都在猜想谁是凶手。

时间就这样一分一秒地过去。很快就又到了夜晚。这期间，他们每个人都分别回到各自的房间取了点食物。一个人先上楼，其余三人等在大

厅内，直到那人回来，再一人上楼。只有这样，才能保证每个人都能各取所需，又不会有被害的危险。

大厅里的钟又"当、当……"敲了九下。艾丽缓缓站起身，轻声对卢比说："我想去洗手间，你能陪陪我吗？"卢比点点头，就陪艾丽去洗手间了。

突然，大厅里一片黑暗。应该说是整幢房子都笼罩在黑幕之下。

船夫问："怎么回事？"

杰米说："好像是断电了。"

"我们去看看电源开关。"杰米和船夫一起向厨房间跑去。在那里的总开关处，他们发现电源的阀门被人关上了，上面有一个用无线电控制的定时装置。杰米推上闸刀，山庄又回到一片光明之中。

正在这时，"啊……"一声凄厉的叫声从洗手间传来。"不好！"杰米和船夫一起跑了过去，只见艾丽倒在洗手间里，右手紧捂胸口，两眼瞪得滚圆，面目扭曲，样子十分吓人。

"她死了。"在一旁的卢比说。

船夫一把抓住卢比说："你这个刽子手，现在你还有什么话说？"

卢比挣扎着说："你、你……"

杰米拉开船夫的手说："艾丽不可能是卢比杀的。如果他是凶手，他会陪艾丽去洗手间吗？"

"现在只剩三个人了，那到底谁是凶手呢？"

76 如果秋天过去了，我会在雪中爱你；如果世界消失了，我会在天堂爱你；如果你走了，我会在泪水中爱你；如果我走了，我会在远方爱你。 浙江 张建平（0436）

杰米闭上双眼，陷入深思中……

6. 真相大白

杰米重新梳理了一下事件的整个经过。

先是亨利在吃了点心后中毒身亡，接着，古尔逊坐船逃离海岛时被安放在游艇上的炸弹炸死，然后，在一个密室内，泰勒被人用刀刺中心脏，最后是凶手通过遥控器，使别墅电力中断，艾丽被人害死在厕所内。

"我一定要把凶手找出来。"杰米对自己下了命令。他看了一眼客厅里的大钟，现在是晚上十点整了。"我要出去一趟。"他对卢比和船夫说。

船夫问："你，一个人？"

"嗯，我去各个案发现场看看，说不定还有什么线索。"

杰米先来到客厅餐桌旁。对于这个案件，疑惑之处就在于，为什么在众人随意选取的点心中，凶手会预先安排使他中毒。

杰米翻看着亨利的尸体，又模仿了被害人遇害时的情景，案件"回放"了一次。突然，他目光聚集在尸体身上。"原来如此，"杰米叹了一口气道，"哎，这么重要的线索当时都没有发现。"他站起身，又将白布盖住尸体，向屋外走去。

外面风大得很，海面上更是波涛汹涌。杰米走到码头，看着潮水拍打着礁石，思绪万千。古尔逊的死，实在是可惜。也许他实在是太害怕了，失去了理智。也许他一直都相信这世界上是有鬼存在的。如果他还活着，也许还能出点主意帮助找出真凶。也许凶手在游艇上安放的炸弹是想把我们都炸死。也许……也许……想着想着，他眼睛突然一亮，"也许，如果……是那样的话，"杰米转身跑进小木屋，"也许就是那样。只有那样，才会……"杰米一直在自言自语，"还是去卧室看看吧。"

泰勒的卧室内，一切都如案发时那样。杰米又开始新一轮的搜查，他在这只有二十来平米的小房间内足足呆了二十分钟。

"我肯定漏了什么地方没有检查，否则凶手怎么可能在这样一个密室里消失呢？哪里出问题了呢？"杰米双眼不断扫视着房间。渐渐地，他的目光定格在……

一分钟后，杰米回到厨房，卢比和船夫正在焦急地等候他："你总算回来了。我们还以为你出了什么意外了呢。"

"你找到什么线索了吗？"

杰米自信地说："现在，我可以说。我知道凶手是谁以及他所采用的种种手法了。"

"真的吗？"卢比和船夫激动地叫了起来。"真的，请你们随我上二楼，我将当面揭开这一切。"他的话有股无法抗拒的力量，卢比和船夫两人不由自主地跟在他后面，缓缓地走向二楼。

他们走进了亨利的卧室。

杰米手里拿着一只咖啡杯，胸有成竹地说："先让我们来解开第一个谜吧。亨利是如何中毒的？其实凶手在每只咖啡杯上都下了毒。"

船夫摇着头说："什么，这不可能，不然我们早就被毒死了。"

"不，"杰米并不理会船夫，继续说，"毒药是抹在每只杯子的杯沿上。但只抹了一面，也就是这半圈。"杰米在咖啡杯上比画了一下，"通常情况下，我们右手执杯的人拿杯子，嘴巴是不会碰到杯沿的这半圈的。但如果是左撇子呢？他们左手执杯，嘴巴就会碰到涂上毒药的这面了。"

"你是说，亨利是左撇子？"卢比似乎有点接受了他的观点。

"是的。在我去查看他尸体时，发现他是右手戴表的，所以我认为他是惯用左手的。"

"啊，经你这么一说，我想起来了。我记得在游艇上曾看见他用左手写过字。"卢比补充说。

"原来如此。"船夫轻声说道。

"起初我们都认为发生在这里的杀人案，最大的疑惑就是，凶手是如何进入以及逃离这现场的。其实我们一开始就中了凶手的圈套，凶手一直就呆在这个房间里。"

"什么？"两人几乎同时叫了出来，这一推理太出乎他们的意料了。

"我们曾在这里仔细检查过，想试图去发现什么机关暗道，结果什么都没有。实际上，我们一直漏了一个地方。为了保护现场，我们没有去翻动尸体，因此，一个最重要的地方我们始终没有检查过，就是这张床！"杰米用手一指，大声叫到，"出来吧，古尔逊先生。"

两人张大着嘴，紧盯着那张神秘的床。

随着"吱"的一声，床自动移开了。一个人从床底下钻了出来，那人正是已在游艇爆炸中丧生的古尔逊。

"是你？天哪，你不是死了吗？"船夫本能地躲到杰米身后，不敢相信这人就是古尔逊。

"你，你，你究竟是谁？"卢比也很害怕。

那人却不理睬他们俩，只是转向杰米："厉害，真是厉害。我这么精心策划的计谋，居然被你看穿了，我可真小看你了。"

"这，这到底是怎么一回事？"船夫越来越糊涂了。

"还是让我来解释吧。起初我与你们一样，也认为他被炸死了。但当我走到海边时，突然想起，与其他人死得不同的是，我们并没有亲眼看见他死去，再想想他当时夸张的表情，他不断地大叫有魔鬼，急着离开我们，一定要开走那艘没有汽油的船，不是显得太离谱了吗？其实，这只是他实施杀人计划的一个步骤。事实是这样的，他故意表现出极端害怕的样子，开走了游艇，当船行驶到一定距离时，就穿上预先准备在船上的潜水服，偷偷潜入水中，在水下引爆了装在船上的炸弹，给我们造成一种他已在爆炸中丧生的假象。然后，他游回海岛，从秘密通道爬进泰勒先生的卧室，藏在他床下的机关中，然后，等到深夜，他就从机关中出来，将泰勒先生杀害，又躲回机关中。我在木屋内曾见过潜水服和氧气瓶，在这里又发现床铺有移过的痕迹，于是就做了以上的推断。幸运的是，这些推理都是正确的。"

"精彩，十分精彩！"古尔逊鼓起掌来，"了不起的年轻人。"

虽然对方是凶手，但出于礼貌，杰米还是对他的称赞报以一笑。

"正因为如此，也就不难理解艾丽死时脸上恐怖的表情了。"杰米继续说下去，"他在电源开关上做了手脚，然后在一旁等待下手的机会。当看见艾丽上厕所时，他就切断电源，从秘密通道现身于她的面前。艾丽原本胆小，看到一个她认为已死的人突然出现在她面前，再加上这几天恐惧的历程，当场心脏病突发而死。"

"完全正确。事实就是这样。"古尔逊点头表示赞同。

船夫和卢比听着杰米这一番话，恨不得一刀把古尔逊劈了，但被杰米阻止了。

"为什么？你为什么要这么做？我们跟你素不相识，为什么要这样害我们？你说，为什么？"卢比和船夫愤怒地问道。

古尔逊说"为了钱，为了很多很多的钱。"

卢比和船夫说"除了亨利，可我们都没有钱呀！"

"事到如今，我还是什么都说了吧。"古尔逊叹了口气，稳定了一下自己的情绪，说出了他们绝对也想不到的话"其实，我们七人是同父异母的

兄妹，我是你们的大哥。"

三人大张着嘴，惊讶地相互看着对方。眼前这个凶手，竟会是自己的哥哥，这真是太难以置信了。

"我知道你们无法相信，但这是事实。我们的父亲，也就是你们在客厅里看到的那幅画像里的人，是个很有钱的人。这海岛和这幢别墅都是属于他的。他年轻时，到处风流，欠下了不少风流债。但由于种种原因，他不能将你们的母亲娶回家。我母亲是他的原配夫人，我也就一直在他身边长大。他老了，想偿还以前所欠下的孽债。两年前，他叫我把你们都找来，好当面认亲，同时把财产分给你们。我根据他提供的情况，好不容易才把你们都找到，正当我准备把这一切通知你们时，我突然想到，如果你们都死了，我就可以独享那笔钱了。所以，我就设计了这个计划，用各种理由把你们骗到岛上……"

杰米听了古尔逊的话，止不住的后怕。自己的哥哥，竟然是一个如此冷酷的凶手。谁都没有想到，所有命案的背后，竟然是这样一件涉及各自身世背景的故事。

"你就为了那些钱，去杀害你的兄弟姐妹吗？你就不怕上帝谴责你吗？"船夫控制不住自己，大声地喝问凶手。

"难道还不够吗？"古尔逊反问，

"我陪那老头子这么多年，没有功劳也有苦劳。而你们呢，你们连自己的亲生父亲是谁都不知道，却要和我平分这财产，你们说说这公平吗，公平吗？"他再也控制不住自己的情绪，大声咆哮起来……

杰米冷冷地说："亲爱的大哥，现在你还能独吞这笔财产吗？"

古尔逊哈哈大笑说："我虽然落在你们手里，但我得不到的，你们也休想得到。这里与世隔绝，如果没有我，你们谁也别想出去，只能做这里的孤魂野鬼！"

"这……"卢比和船夫又紧张起来。

杰米从口袋里掏出一部卫星电话，胸有成竹地说："别得意得太早！在我确定你就是凶手后，我就想你一定有什么通讯工具，于是，我就在你房间里搜寻，找到这部卫星电话，同时，也报了警。现在警察已经快来了！古尔逊，不……大哥，你还是自首吧。"

这时，门外隐隐传来直升机的轰鸣声，古尔逊听了，人顷刻间瘫倒在地……

直升机载着他们四人，离开了海岛。杰米坐在机舱内，望着渐渐远去的海岛，心里不断在拷问自己：人世间，到底什么最重要？是金钱？还是亲情？

（题图、插图：杨宏富）

书刊互动，时尚杂志推出时尚图书——
《秀·女性图书架》

　　《秀with》是上海文艺出版总社与日本株式会社讲谈社的WITH杂志合作创办的女性时尚类杂志，本杂志被期刊界公认为：2003年中国创办成功的一本杂志。

　　在办刊的同时，又开发延伸品牌 ——《秀》女性图书架书系。

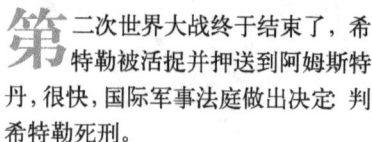

·外国文学故事鉴赏·

这是一则在想象基础上创作出来的虚构作品，反映了世界人民对希特勒及其法西斯大屠杀的痛恨和诅咒，是世界人民内在感情的真实体现。原作者不详，此作品根据同名小说改编。

仇恨

□赵 华 编译

第二次世界大战终于结束了，希特勒被活捉并押送到阿姆斯特丹，很快，国际军事法庭做出决定 判希特勒死刑。

然而，用何种方式执行死刑呢？法官们开始争论起来。有的说干脆一枪崩了他，有的说剐了他，有的说绞死他，还有的说给希特勒注射毒液……最后大家达成共识：烧死希特勒！

可过了一会儿，法官们担忧起来，因为在阿姆斯特丹，最大的广场只能容纳一万人，可单单荷兰就有一千多万人，烧希特勒的时候大家都要去看呀，广场实在太小了！

怎么办？

后来，有个法官想出一个主意：烧希特勒的木柴要由火药来点燃。所以，导火索可以长一些，以鹿特丹为起点，然后一直布到阿姆斯特丹的主干道上。这样，老百姓只须聚集在马路上，就可以看见导火线一路向北燃去，直烧到为希特勒准备火葬的木柴堆。

为了讨论这种惩罚是否妥当，大家还特意进行了一次公民表决。结果有4981076票赞成，1票反对。这个反对者说，火刑对于希特勒来说还是太

世上本无大海，可是我每想你一次，便流下一滴泪，从此便有了太平洋；世上本无沙漠，可是我每想你一次，便遗下一粒沙，从此便有了撒哈拉。 广东 楚林（0439）

轻了，他希望要用中国的酷刑：五马分尸。

表决通过后，激动人心的时刻终于来临。

这天凌晨四点，火刑开始。当合唱团唱起庄严的感恩赞美诗时，一位母亲划着火柴，点燃了导火索。据介绍，这个母亲有三个儿子被纳粹以所谓从事破坏活动的罪名杀害了。看到导火索点着了，人群中立刻爆发一阵胜利的欢呼声。

导火索在鹿特丹的大路上慢慢燃烧着，人们从四面八方簇拥而来。

却说希特勒身上裹着一件黄色长衫，被紧紧地捆在在火刑柱上。此时的他呆如木鸡，一言不发。有个小孩子爬到柴堆上，把一张写着"这个人是世界上最大的刽子手"的标语贴在那里，希特勒看到了，忍不住破口大骂起来。

看到这个刽子手竟如此放肆，人们似乎被激怒了，一时间嘘声四起，唾沫满天飞，一下子把希特勒给镇住了，希特勒赶紧低下头，闷声不响……

下午三点钟左右，导火索烧到了阿姆斯特丹郊区。人们怀着无比的激情，和着鼓声唱起了民歌。此时的希特勒已是面如死灰，挣扎着想脱去身上的绳索，然而却是徒劳无益。

唱完民歌，导火索的火星离炸药只有几英尺的距离了。再过几分钟，

希特勒就将一命呜呼。人群中发出一阵复仇的呐喊。

一分钟过去了，又一分钟过去了。现在导火索只剩下最后几英寸了。

就在这时，一个干瘦的矮个子男人，一边使劲地喊着"让我过去，让我过去"，一边从维持秩序的士兵队伍里挤了出来。

这老人大家都认识，叫普里特，他的两个儿子被德国宪兵队用机关枪打死了。妻子和三个女儿都惨死在鹿特丹大屠杀中。打那以后，这可怜的家伙就一直神志不清，整天到处流浪，全靠救济过日子，是大家同情的对象。

大家自动闪开一条道，让普里特走了过去。普里特来到希特勒前面，朝他啐了一口，然后，竟不可思议地一脚踩在导火索上，火灭了。

这下广场上的人都气坏了，高声喊了起来："普里特，你疯了吗？"

"杀了他，杀了他！"混乱的人群厉声叫了起来。

可面对愤怒的人群，普里特老人面不改色，缓缓地朝天举起胳臂，咬牙切齿地说道：

"咱们从头再来一次！"

（题图：安玉民）

（本栏目欢迎来稿。来稿可从邮局寄发，也可从网上传递。如为电子邮件，请发以下信箱：xiayiming@vip.sohu.net）

没空儿理你

□ 珠珠

这天小刘下班回家，刚拐进胡同，就瞧见有位胖胖的大妈拎着一把菜刀，脚步慌乱、气喘吁吁地奔过来。小刘心里一惊，正要张嘴问问，大妈已经擦肩而过。

刚迈出几步，竟然又碰到一位大妈，呼哧带喘地持刀小跑过来。小刘赶紧赔笑打招呼："大妈，您这是干吗去呀？"

"有急事，没空儿理你！"

小刘还想说话，再看大妈已离他三四米远了。嘿！奇怪，老太太们今儿都怎么了？

这时又一位大妈拎着一把特大号的菜刀跑过来，小刘仔细一看，哎哟，原来是自己的老妈！忙问："妈，您这是去哪儿啊？"

老妈喘着粗气，气冲冲地嚷道："没你事，快让开！"没等小刘回过神来，她已经冲出胡同，一拐弯不见了。

老太太们跑这么快，这么急，这么凶，人手一把菜刀，莫非……

小刘不敢往下想了，肯定是出事了！老妈他老人家可千万别有什么闪失啊！小刘立马调转头撒腿追了上去。

追到菜市场，就见七八个老太太正围了一圈，低头看地上的什么东西，手里……都拿着刀。果然出事了！小刘头皮一紧，赶紧冲过去。咦，地上并没有料想中血淋淋的场面，一个老头系着围裙，正在熟练地磨一把菜刀。

小刘凑到老妈身边，小声问是怎么回事，老妈失望地说："磨刀的老李头每次来，头把刀算开张，从来不要钱的，唉！今天又慢了一步。"

（本栏题图：李 加 史 琦）

树的孤独，有风知道；左手的想法，右手明了；对你的思念，不是摇摇头就能甩掉。两地相思，红豆知道；天空想要哭，开始细雨飘；我想你了，是否该让你知道？ 1384***3999 （0440）

两道智力题

□ 吴 港

小雅姨妈给她介绍了个男朋友，名字叫高明，见过一面后，小雅感觉不太满意，原因是那小子太能吹牛。

回到家，母亲问她印象如何，小雅摇头说不合意。母亲说："这可是姨妈费好大劲儿才为你选出来的。你先别一棒子把人家打死，继续谈着慢慢找感觉。"小雅是个乖女孩，在母亲面前一向百依百顺，但对于自己的终身大事，她可不想听人摆布。当然，小雅又绝不会与母亲公开对抗。

此后又与高明谈了两次，小雅依然难以接受对方。周末那天母亲说："你们已经见过三次面，今晚把他带回家让我也见见。"于是，高明那晚就成了母亲的座上客。也许是头一次来做客，他多少有些拘谨，那天他并没放开来吹牛，说了一会儿话，母亲满意地去阳台摆弄那几盆花，故意留下女儿和高明在客厅里继续谈。

又聊了几句，小雅说："高明，我出两道智力题考考你咋样？"高明说："不是吹牛，还没有什么难题难倒过我呢！""那好，我这两道题并不难，主要看你的反应快不快。说一个

女孩，家里有爸爸、妈妈和奶奶，这天女孩扫地时，发现屋角有条金项链，猜猜看，项链是女孩什么人的？""她妈的！"高明大声抢着说。"谁的？"小雅轻声问了一句。"她妈的！"高明重复了一遍。

小雅点点头，接着说："第二天，女孩儿又在地上拾到一只铜耳环，你说，是谁的？""她奶奶的！""再说一遍！""她奶奶的！真是她奶奶的！"他肯定地说。小雅笑笑，说："好，到此为止。"

送走高明，母亲对小雅说："这小伙子从表面看倒也文雅，可咋一开口净是些骂街话，太不文明了。雅儿，你要是不满意，干脆别和他谈了，妈不再勉强你。"

教授开店

□ 申之珉

退休在家的曹教授，这天突发奇想，开了一家婚纱店，名字叫"教授婚纱店"。

甭说，还真的有轰动效应，开业第一天，就涌来一帮小青年，可在婚纱上比画一阵后，却都摇摇头走了。

一连数日都是这样，曹教授坐不住了，眼看就要到"五一"结婚高峰了，可自己的生意仍毫无起色。

正烦心时，小儿子笑嘻嘻地走了进来，一进门就大大咧咧地说："老爸，我来给您收拾残局来了！"曹教授平时最看不惯小儿子，都二十好几的人了，成天还没个正形。这不，与女友同居都快两年了，就是不提结婚的事，便没好气地说："你能有什么办法？""那您就甭管了，把店铺交给我，租金我出，赢利对分，赔了算我的还不行吗？"

看到儿子那副胸有成竹的样子，曹教授一横心，把店铺一交，干脆带着老伴旅游去了。

曹教授身在外地，可心里老放不下自己的小店，因此，旅游一结束他就来到了自家婚纱店。几天没来，只见小店门前停了好几辆挂满鲜花气球的婚车，几个打扮花枝招展的新娘进进出出的，煞是热闹。

曹教授很纳闷，来到店内，只见儿子和女友正满头大汗地指挥服装师给新娘量婚纱尺寸，一见他进来就说："老爸，我正要给您打电话呢？您新进的那几件婚纱放哪儿了？快拿出来让师傅改改，人家今天急着用呢……"

曹教授见服装师把婚纱的腰围改得又肥又大，不觉大吃一惊"这么难看的婚纱谁要呀？"他正想发作，忽然看见儿子正给他努嘴，再一看那些新娘微微隆起的肚皮，顿时明白了：怪不得我的婚纱卖不动，可我教的经济学书本里没写这个呀……

灭火英雄

□ 庞洪成

有个富翁的小别墅，这天突然起了大火，消防队闻讯及时赶到现场，进行扑救。经过一场顽强的战斗，大火终于被扑灭了。在这场灭火行动中，一个叫尚伟强的消防队员，表现神勇，冒着生命危险冲入火海将富翁的女儿莎莎抢救了出来。

不曾想，这场火刚刚扑灭，另一场火却又燃烧起来。

原来莎莎小姐发现救她的人是一个英俊潇洒的帅小伙，竟一见钟情，心中燃起了熊熊的爱情之火。从此，她有事没事就来找尚伟强，以表达谢意为由，不是送礼物，就是请吃饭，一片浓情溢于言表。

这么一来，尚伟强可犯了难。这莎莎不但长得又矮又胖，像个肉墩似的，而且为人也太俗，什么珍珠、项链，凡是值钱的东西，全都往身上挂。当然，更重要的是，尚伟强已经有对象了。他是个老实人，既不会逢场作戏，又不忍一口拒绝人家，因此，愁得都要哭了。

·幽默世界·

无奈，尚伟强只得去找教导员，把自己的心思跟他说了。教导员听完，乐了："亏你还是个灭火英雄呢！就这么点火都灭不了？你不会含蓄一点，婉转一点，把你对她的看法说出来吗？"

"含蓄一点？婉转一点？"

"是呀！含蓄一点！婉转一点！还不懂吗？去，好好想一想！"

尚伟强回到队里，整整想了三天三夜。

这天莎莎趁他不上岗，又把他约

冒名顶替

□ 贾桂兰　刘金泉

星期六一大早，办公室主任陈肖华躺在被窝里，就听见手机响了，接起来一听，是镇长戴世恩打来的，叫他马上到他家去一趟。

陈肖华不敢怠慢，马上赶到镇长家，此时镇长正在门口等他，一见陈肖华，就用命令的口吻说："肖华，你今天替我去党校听一堂课吧。"

戴镇长要上课学习的事儿，陈肖华是略知一二的。近一段时间，市委请来高校教授，对全市乡镇级领导进行现代化管理培训，利用每周六上午进行集中授课。培训结束后，据说还

要进行考试，成绩作为以后提拔任免的重要依据之一……

陈肖华想到此，显得有些为难，支支吾吾地想说什么。戴镇长把脸一沉，说："怎么，有困难？"

见陈肖华低下头不吱声了，戴镇长放缓了语气说，"你放心，只要帮我应付一下考勤，我给你算加班！"

了出来。两人来到一个休息的地方。莎莎对尚伟强嗲声嗲气地说："我知道你有女朋友了，但是，只要你没有结婚，我都是有机会的！你想，那么多人中只有你救了我，说明我们俩是有缘分的！"尚伟强听后，终于鼓起了勇气："莎莎，其实，我没有你想的那么好。那天在现场，我透过火光，看

到了一只煤气罐，我怕引起爆炸，只是出于职业的习惯，才冒险把它抱了出来。没想到，原来是你……"

"啊，我是一只煤气罐？你，你竟这么看我？"莎莎猛地拍了一下桌子，站起身，把肥腰一拧，走了！

尚伟强愣了愣，一溜烟找教导员汇报去了。

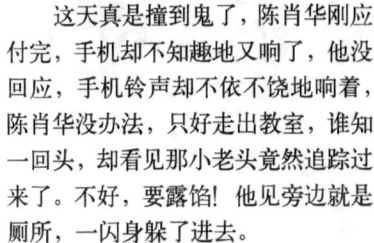

说完，一头钻进他的专用小车内，屁股一冒烟开走了。陈肖华只好硬着头皮，拦了辆出租车赶到党校，走进嘈杂的教室。见后面的位子都给坐满了，就在前排就座。

没多久，门外有个小老头径直走到讲台上，拿着个花名册开始点名，陈肖华不敢与他的目光对视，像做了贼似的低着个头。当点到"戴世恩"名字时，他因没有进入角色，没有及时应答，就在这时，小老头又喊了一声"戴世恩！"

陈肖华这才猛醒过来，"蓦"地往起一站，大声回答："到！"

话音刚落，教室内一阵哄笑。陈肖华这才发现，点名是用不着站起来的，心里一惊，不好，给戴镇长弄砸了！他忐忑不安地偷眼看了看讲台上的小老头，只见小老头冲着自己笑了笑，示意他坐下来，提到嗓子眼的心这才落了一半。

接下来，小老头开始授课，陈肖华觉得很无聊，就掏出手机搁在腿上打游戏，一边打，一边不断地在心里提醒自己：我是戴世恩，戴世恩是我！

正玩得入迷时，突然，手机响了，他忙压低嗓门："对，我就是陈肖——""华"字还没溜出口，就赶紧刹住了，环顾左右，见大家都若无其事，再往讲台上看，只见小老头目光怪怪地看着他，陈肖华赶紧对着手机回了一句："对不起，找陈肖华，你打错了！"

这天真是撞到鬼了，陈肖华刚应付完，手机却不知趣地又响了，他没回应，手机铃声却不依不饶地响着，陈肖华没办法，只好走出教室，谁知一回头，却看见那小老头竟然追踪过来了。不好，要露馅！他见旁边就是厕所，一闪身躲了进去。

那老头儿也跟进了厕所，陈肖华忙在卫生间关好手机，就听见小老头的声音传了过来："张教授啊！你那边忙完了就快过来吧，我快支撑不住了，你那什么后现代理论我不会讲啊，万一露了馅可咋办？"

陈肖华听到这里，捂着嘴扑哧笑了，敢情这位先生，也是个冒名的替身哪！

知道了这个秘密后，陈肖华再也不胆怯了，打开手机，大声地说："我就是陈肖华，有什么事，你说！"

买 票

□ 邹吉庆

某外国歌舞团来本市演出，马局长一时兴起，一个电话打到局办公室："熊主任，你去买两张歌舞团的演出票，要最好的座位！"

熊主任接到局长的指示，不敢怠慢，但转念一想，堂堂一个主任跑腿去买票，岂不是太掉价？于是，他拿起话筒，把电话打到楼下办公室"小徐吗？你去替我买两张歌舞团的演出票，要最好的座位！"

小徐是刚分配来不久的大学生，对主任安排的任务自然不敢推辞。可自己手头正在忙着一份报告稿，实在脱不开身。

于是，就用商量的口吻跟坐在对面的婷婷说："婷婷，麻烦你去帮我买两张歌舞团的演出票好吗？要最好的座位，回头我请你吃饭，行不？"

这婷婷是局里的一朵花，仗着马局长宠爱，局里上下下谁也使不动她。可她对小徐却是例外。婷婷很喜欢这个英俊的大学生，常常主动帮他干这干那。现在听小徐这么一说，便

爽快地答应道："没问题，不过你得交代，是不是和女朋友去看演出？"

"不，不是，是替别人买的！"小徐不敢说是替主任买，他知道婷婷对这个主任很反感。

婷婷其实知道小徐还没有女朋友，刚才不过是逗他玩的，见小徐脸红到耳根，便打趣道："看你，一个大学生，还这么不好意思。"

婷婷拿着手机走出屋外，拨通了马局长办公室的电话"局长呀，我是婷婷，要劳你的大驾哪！你帮我买两张歌舞团的演出票，行不？记住，要最好的座位哦！"

果然，电话那头传来马局长兴奋的声音："婷婷呀，咱俩可是心有灵犀一点通呵！买票的事你不用操心，下班前你直接到我办公室来好了！"原

我不知道流星能飞多久，值不值得追求；我不知道樱花能开多久，值不值得等候；但我却深信，我对你的爱如烟花般美丽，如恒星般永久，值得我用一生来保留！ 1340***0857 (0443)

谁丢了手机

□ 刘 浪

晓明买了部新的彩屏手机，坐在公交车上，越看越喜欢。

忽然，车厢里有人高叫起来"停车，停车！我的手机丢了！"话音未落，就见一个矮个子年轻人冲到司机旁边。司机是个热心人，停下车，将前后门关死，然后对矮个子说："别着急，想想刚才谁站在你旁边？"

那矮个子一看就是个没经过事的，看看这个，瞧瞧那个，拿不定主意。

有人喊起来："将车开到派出所去！"一人带头，大家便七嘴八舌地说起来：有的说要打"110"，有的说要挨个搜身，还有几个年轻人开始摩

拳擦掌，准备大打出手了。

有了大家的支持，矮个子镇定了许多，对大家说："请哪位先生借个手机用一用，大家帮忙留意一下，手机在谁的身上响，谁就是小偷！"

大家一听有道理，不约而同地就从口袋里掏出手机。晓明也自告奋勇，将手中的新手机递了过去，矮个子接过手机，哆哆嗦嗦地去摁号码。就在这时，只听车后一阵喧哗，原来一个十八九岁的年轻人已经将车窗推开，正从座位上往下跳。

"抓住他！"众人怒吼着向后涌去。但那小偷已经跳到车外。矮个子奔到前门边，叫司机快开门，门一打开，矮个子就箭一般地奔下车去。

只见矮个子和年轻人一前一后，很快消失在人海中……

突然，晓明心里一怔：不好，自己的手机还在矮个子手中，不禁失声大叫起来："手机，我的手机——"

来，马局长买两张票，就是想带婷婷一起去看演出。

婷婷回到办公室，对小徐说"搞定了，你就等着拿票吧！不过，请客的事可别忘了呵！"

离下班还有半个钟头，马局长把熊主任召到办公室，问："票呢？"熊主任赶忙解释"我有急事离不开，已经安排小徐去买了！"说完，赶紧打

电话让小徐把票送到马局长办公室来。小徐放下话筒，对婷婷说："来电话催着要票了！"

"走，跟我取票去！"婷婷领着小徐来到马局长办公室。一进门，熊主任就问小徐："票呢？"小徐来不及解释，只用手指了指婷婷，婷婷走到局长跟前，摊开一只小手："局长大人，把票给我吧！"

□刘六良

小皇帝比车

龙龙是家里的小皇帝，在家中向来说一不二，偏偏他家对门也有个小皇帝，比龙龙大一点，名字叫虎虎，爸爸对虎虎也是有求必应。

这天，龙龙拿了一款电动玩具车在门前玩，被虎虎看到了，虎虎马上从家中推出另一种玩具车，个头比龙龙的要大好几倍，而且还是个遥控的。虎虎指挥着玩具车，把龙龙的小汽车撞得翻了几个跟头。

龙龙一怒之下回了家，不一会就出来了，拖出一辆更大的玩具车，他坐上去，一按开关那小汽车就开动了。这下轮到龙龙得意了，他扬着头冲虎虎说："我爸爸特有钱，什么样的汽车都能买，你还敢跟我比吗？"

"敢！"虎虎不服气地跑回家，很快拿着一只遥控器出来了。"车呢？"龙龙却看不到虎虎的汽车在哪儿。"你看——"虎虎举着遥控器冲前面一挥，不一会儿从外面开过来一辆小轿车，随着虎虎手中挥动的遥控器，在空地上不断地开车、倒车、拐弯。龙龙呆了，竟然有这么大的遥控汽车！

原来虎虎爸爸是总经理，打了一个电话，司机就赶紧开着车过来，配合虎虎和龙龙比起车来。

我只能寄给你一个问候，期待的目光，我如何寄走？我只能寄给你一份祝福，晶莹的泪珠，我如何寄走？我只能寄给你一纸眷恋，跳动的心啊，我如何寄走？ 广东 殷洪赛（0444）

最具人气短信推荐 2月(下)

本期刊登情人节短信专辑，你可以选择中意的短信，下载后发送给最心爱的人哦！ (详情见P67)

● 爱，是牵挂着的辛苦；爱，是思念着的孤独；爱，是团聚时的欢乐；爱，是相拥着的幸福；爱，是彼此间默默的祝福；爱，是天长地久的守护。 云南　张勇 (0445)

● 亲爱的，车票我买好了：起点是今生，终点是来世，上车请遵守天长地久规则，人跟心不可随意探出车外，更不可中途跳车！ 1388***7222 (0446)

● 海豚想给天使一个吻，可惜天太高了；天使想给海豚一个吻，可惜海太深了；我想给你一个拥抱，可惜太远了。只有发个信息轻轻告诉你：好想你，情人节快乐！ 北京　经琦 (0447)

● 如果世界只剩下10分钟，我会和你一同回忆走过的风风雨雨；如果世界只剩下3分钟，我会深情地吻你；如果世界只剩下1分钟，我会说60次我爱你！ 1385***2630 (0448)

● 上帝把情人节定在2月14日，是希望2个有情人甜蜜相处，1个宝宝幸福成长，4位老人平安健康，不许第三者插足。山东　杜水花 (0449)

最浪漫的不是雪花飞舞的季节，而是我们彼此的思念
(图：安玉民)

　　2月(上)刊登的那条趣味短信你还记得吗？下面是这条短信翻译成普通话以后的版本，你读对了吗？

　　我想你，我想你，我非常想你，你知道不？我眼泪都哗哗地流，你知道不？我都快疯了，你在我心上，我可想你了！记得跟我常联系，你要不理我，我就哇哇哭。(0450)

　　请用某种方言朗读下面这条短信，把它翻译成普通话，以短信形式发给我们，你将有机会获得一份新年礼物哦！ (发送方式见P67)

　　栽易革拐楞拐楞得董添，尼左再糖订糖定地惹糠透尚，科遮刷自，河浙插液税，稿行德烁："安珍时已偷型府得笑忖"。(0451)

青春读本 1、2、3

——感动中学生的 300 个故事

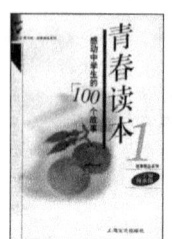

这是我国第一种由中学生全选、推选和评选而成的作品集。它来自全国各地的中学生之手，是从数万件推荐作品中大浪淘沙筛选出数千份来，然后又特邀上海市的几所重点中学的同学们组成"读书会"，依其多数同学的公认，最后才集镌了这三册共 300 个故事。

据先睹为快的同学们坦言，读了这些作品，才知道什么叫轻松阅读，体会到愉快教育的真正魅力；因为它不但使人学会了感动，而且还让人在感动中留下生命的暗记；用不着逐字逐句地诵读，这些故事已完全潜入了意识领地，在需要的时候喷薄而出。

当然对于其他读者来说，看这些作品，一方面，可以了解我们中学生到底喜欢什么样的作品，另一方面，也可以从中探究他们的心理世界和价值取向。

* * * * * * * * * * * * * * * * * * *

滴水藏海 1、2、3、4

——1200 个 3 分钟典藏故事

我们常有这样的生活经验 有时，想说出一番道理容易，而想让人接受这番道理则难，但如果你借助一个精彩的故事来述说道理，借事寓理，托事言志，情况则完全改观。

这就是故事的魅力。

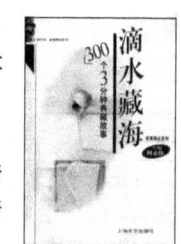

《滴水藏海》收录的 1200 则作品正是这样魅力洋溢的精彩故事。这些故事内容精深，构思精巧，篇幅精短，形式精致。学者撰文，教师授课，干部讲话，家长训导，学生作文，都可从中得心应手地广征博引，如同置一架书橱于身边。